GEHANDELT

Die Blutbande-Reih

A.K. ROSE

ATLAS ROSE

Warning

Diese Reihe ist Teil der Cosa Nostra Welt, die mehrere miteinander verbundene Reihen umfasst. Die Stimmung ist düster, es gibt eine Reihe von romantischen Interessen für unsere weiblichen Hauptfiguren und wir raten den Lesern zur Diskretion.

Weitere Informationen zu den inhaltlichen Warnhinweisen findest du hier.

Bitte sei dir über deine eigenen Trigger und Grenzen bewusst. Dies ist eine Welt, die mit Mafia- und Gang-bezogenen Situationen zu tun hat. Die Charaktere sind keine Helden, sie sind ehrgeizig, skrupellos, hungrig und tun sich und anderen schlimme Dinge an.

Wenn du damit einverstanden bist, lies gerne weiter. Ich wünsche dir viel Spaß mit dieser düsteren, verbotenen Reihe. Ich kann es kaum erwarten, dir so viel mehr zu liefern ...

Love Atlas, xx

*Sie lief vor mir weg ... aber sie
wird nicht weit kommen ...*

*Sie lief vor mir weg ... aber sie
wird nicht weit kommen ...*

EINS

London

DIE REIFEN QUIETSCHTEN, ALS ICH DIE KURVE SEITLICH nahm und wir nach Hause rasten. Colt schaukelte auf dem Sitz hinter mir, blass und verängstigt, während Carven unbeirrt neben mir saß und geradeaus starrte, die Faust um den Griff der Waffe geballt.

Alles, was ich sah, war der Vertrag in Kings Wohnung. Den Vertrag, in dem Vivienne hinter meinem Rücken *an Macoy Daniels* verkauft wurde.

KOMM SCHON! Ich würgte das Lenkrad ab.

»Er gehört mir«, warnte ich und richtete meinen Blick auf die Straße vor mir. »Hast du das verstanden? Macoy Daniels *gehört mir ...«*

Ich drückte das Gaspedal bis zum Anschlag durch, als sich in der Ferne mein Haus abzeichnete. Die hintere Tür des Wagens öffnete sich, als ich kaum die Bremse berührt hatte, um das verdammte Ding zum Stehen zu bringen. Aber der Sohn war schon in Bewegung und stürmte aus dem Auto, sein Bruder dicht hinter ihm.

Weißer Dampf quoll aus dem Motor, als ich den Wagen in die Parkposition brachte und meine Tür aufriss. Schritte dröhnten und verschluckten den Donner in meiner Brust, als ich zum Haus rannte. Im Vorgarten lagen Leichen. Ich sah die großen, blinzelnden Augen der Wachen, die uns beschützen sollten, bevor ich die offene Tür meines Hauses fixierte und das dumpfe Geräusch der Stiefel auf der Treppe hörte.

Blut ... das war alles, was ich sah, als ich ins Haus rannte und auf den Blutspritzern im Foyer ausrutschte. Leuchtendes Rot auf den strahlend weißen Fliesen. Ich folgte der Blutspur und fand Guild mit dem Gesicht nach unten auf dem Boden liegend.

»*Vivienne!*«, brüllte Carven. »*VIVIENNE!*«

»*Hey!*« Ich stürzte mich auf die Knie und zog meinen besten Freund in meine Arme. »Ich bin ja da. *Guild, ich bin hier.*«

Angestrengte, flache Atemzüge. Große, schimmernde Augen. Aber er war noch am Leben ... *er war noch am Leben. Mein Gott ...*

Oben krachten die Türen gegen die Wände, als die Söhne sich ihren Weg durch alle Räume bahnten, von ihrer Etage zu meiner, bevor sie wie der Zorn der Götter über mich herfielen.

»*Ich habe versucht ... sie in den ... Keller ... zu bringen*«, flüsterte Guild, als Colt vor mir zum Stehen kam.

Er ruckte mit dem Kopf in Richtung Küche, dann stürzte er sich auf mich, sein Zwilling direkt hinter ihm. »Wohin?«, bellte Carven und seine Augen waren voller Angst. »*WOHIN?*«

»*Sie … haben sie mitgenommen*«, presste Guild hervor, dann hustete er und Blut spritzte auf meinen Arm.

Kälte durchströmte mich bis ins Innerste. »Sie haben sie mitgenommen?«

»*Der Orden*«, flüsterte er und sein Gesicht wurde grau. »*Ich … habe dich … im Stich gelassen.*«

Ich zuckte zusammen und schob meine Hand in meine Tasche. »Du hast mich nicht im Stich gelassen, Guild.« Ich musterte die Blutlache an seiner Seite und wischte mit dem Daumen über den Bildschirm meines Handys, um die einzige Person aufzurufen, die mir jetzt helfen konnte …

Der Leiter der Notfallmedizin, Doktor Lucas DeLuca.

»DeLuca«, antwortete er und klang ruhig, während im Hintergrund das Chaos herrschte.

Menschen schrien. Maschinen heulten auf. Aber all das war mir egal. Mir war alles egal, nur nicht das, was mir gehörte. »DeLuca, hier ist der Mann, der dein Leben verschont hat.« Ich sah zu, wie Guild langsam seine Augen schloss. »Jetzt bist du an der Reihe, eines für mich zu retten.«

Am anderen Ende der Leitung wurde es still, dann sprach er vorsichtig. »Ich nehme nicht an, dass ich eine Wahl habe?«

»Nein«, antwortete ich. »Hast du nicht.« Dann nannte ich ihm die Adresse meines Hauses.

»Ich werde in dreißig Minuten da sein«, antwortete er.

Ich zuckte zusammen, als die Söhne aus dem Keller kamen und Schutzwesten, Waffen und ein ganzes Arsenal in einem Rucksack mit sich führten.

»Wartet mal, verdammt«, knurrte ich, als ich das Scharfschützengewehr ergriff, das Carven mir zuwarf.

»Los.« Guild schüttelte den Kopf und flüsterte. »*Rette ... sie.*«

Ich legte seinen Kopf zurück auf den Boden, nahm die Waffe in die Hand und stand auf. Ich wollte nicht gehen. Aber ich zog mir eine Weste über, während ich auf ihn hinunterstarrte, dann drehte ich mich um und ging zur Tür.

Ich blieb nicht stehen, schaute nicht einmal zurück, sondern zwang mich einfach, mich zu bewegen und setzte zum Sprint an. Die Maschine lief noch, aber der Dampf strömte nicht mehr aus dem Motor.

»Der Tracker, Colt.« Ich setzte mich hinter das Steuer und legte den Gang ein. »*Finde den verdammten Tracker.*«

Mein Puls pochte. Das Geräusch schrie ihren verdammten Namen. Ich wartete kaum darauf, dass sie sich in die Sitze stürzten, sondern drückte den Fuß durch und riss das Lenkrad herum, sodass wir wieder in die Stadt fuhren.

Alles kam mir wieder in den Sinn.

Die Jagd.

Die Gewalt.

Ich wurde dazu ausgebildet ...

Ich wurde dazu geboren.

Ich blickte hinüber, als ich hart um die Ecke bog und auf den Ort zusteuerte, von dem ich wusste, dass er Daniels' Wohnung war. Das Gewehr lag mit der Mündung auf dem Boden, während Colt die Daten in sein Handy eintippte und wartete.

»Hast du es?«, schnauzte ich und ließ meinen Blick von der Straße zu ihm schweifen. Er schaute finster drein und zückte das GPS. Selbst vom Fahrersitz aus sah ich das kleine rote Licht blinken. Ich wandte mich wieder der Straße zu und steuerte den Wagen durch die Straßen der Stadt. Er war still ... *zu still. »Und?«*, knurrte ich. *»Was zum Teufel ist los?«*

»Er ist weg.«

Wut schoss durch mich hindurch. »Was meinst du damit, er ist *weg?«*

»Es ist einfach verschwunden, verdammt.«

Ich griff nach dem verdammten Handy und drehte es um. Die kleine rote Markierung leuchtete nicht mehr und die Karte war so dunkel wie die verdammte Nacht.

»Er ist kaputt«, knurrte er durch zusammengebissene Zähne.

»Er ist nicht kaputt«, sagte ich kalt. »Das Signal wurde gestört.«

Der Vertrag brannte in meinem gottverdammten Kopf. *Dauerhaftes Recht auf Besitz/Nutzung:*

Dauerhaftes Recht ...

Dauerhaftes Recht.

Hale hatte sie verkauft.

Er hatte sie verdammt noch mal verkauft!

Ich packte das Lenkrad, bis meine Knöchel weiß wurden.

Sie hatte Angst. Sie war verletzt. Sie würde so verdammt wild sein. Ich kannte meine Wildkatze besser, als sie sich selbst kannte. Sie würde mit allem kämpfen, was sie hatte ... und sie würden ihr dafür wehtun. *Die Dinge, die dieser verdammte Schwanzlutscher ihr meinetwegen antun würde ...*

»Es kann nicht unterbrochen werden.« Carven griff nach dem Handy, swipte mit dem Daumen, um die App zu schließen, und öffnete sie dann wieder. »Oder wir haben Empfangsstörungen. Der Tracker kann nur gestoppt werden, wenn sie ihn in eine Metallbox einschließen.«

Ich starrte ausdruckslos vor mich hin und stellte mir entsetzt vor, was sie mit einem so reinen Menschen alles anstellen würden. »Genau.«

ZWEI

Vivienne

BUMM!

Der Stahldeckel schlug über meinem Gesicht zu und schloss mich ein. »*NEIN! NEEEIN!*« Ich warf mich nach vorne und knallte mit dem Kopf gegen die Stahlbarriere, bis Sterne hinter meinen Augen auftauchten.

Ich konnte nicht atmen ... Ich konnte nicht atmen! *ICH KONNTE NICHT–*

KNALL! Ich atmete schwer ein, als das Geräusch in meinen Ohren explodierte.

»Hör auf zu kämpfen, dann schaffst du es vielleicht«, knurrte Daniels und klang dabei fast amüsiert.

»Hör auf ... *hör auf, bitte!*« Ich schloss meine Augen und klammerte mich an die letzten Reste meiner Vernunft. »Lasst mich raus ... *lasst mich einfach raus!*«

Aber es gab kein Scharren von Stahl.

Keinen Blick auf das Mondlicht.

Keinen Hauch von kalter Winterluft.

Nur diesen *erstickenden Raum*.

Flache Atemzüge prallten von dem Metall zurück und wärmten mein Gesicht.

»Dreißig Minuten, Vivienne. Ich denke, du kannst dreißig Minuten aushalten, schließlich hast du Schlimmeres überlebt.«

Schlimmeres überlebt.

Schlimmeres ... überlebt.

Mein Verstand heulte und tobte, die Schreie verzehrten mich. *Ich werde hier drin sterben. Ich werde sterben ...*

Nein.

Carvens kaltes, kehliges Knurren durchbrach meinen schreienden Verstand.

Nein, das wirst du nicht.

Denn du bist eine Tochter ...

Jetzt benimm dich auch wie eine.

Meine Atemzüge wurden tiefer und reichten aus, um die Verwirrung in meinem Kopf zu verlangsamen. Ich wurde zur Seite geschleudert und mit einem Knall gegen die Wand geschmettert. Sterne leuchteten hinter meinen Augen auf, als die Stahlkiste sich bewegte, auf und ab hüpfte und mich schüttelte, während wir uns bewegten.

»Nur bis wir ihn aus ihr herausschneiden können«, sagte Ashwood mit gedämpfter Stimme, aber ich hörte die Worte.

Meine Kopfhaut brannte von seiner grausamen Faust und meine Wange hatte ihren eigenen wilden, pochenden Herzschlag, ein Überbleibsel seiner Faust, als ich versucht hatte, wegzulaufen. Aber es waren die Worte von Macoy Daniels, die mich fesselten. Ich konnte immer noch die Hand des Bastards um meinen Hals spüren, als er mein Gesicht in den Sitz seiner Limousine drückte.

Ich wurde wieder zur Seite geschleudert, aber diesmal hatte ich genug Zeit, meine Hände nach oben zu stemmen und gegen die Wände zu drücken, um den Schlag abzufedern. Trotzdem tat es weh. *Alles tat weh.*

»Beweg dich«, ertönte Daniels' schleimige Stimme, als ich von einer Seite zur anderen geschleudert wurde, bevor ich stehen blieb.

Wollten sie mich begraben?

Ließen sie mich ersticken und in der Erde verrotten?

Du kommst mit mir nach Hause ...

Diese Worte erinnerten mich an vorhin, als er mich irgendwohin gefahren hatte und mich in diese *Hölle* gezwungen hatte.

KNALL! Eine Autotür schloss sich, bevor ein Motor ansprang. Ich schrie auf, als wir uns bewegten, und presste meine Hände gegen die Stahlverkleidung. Die Hitze meines Atems wehte zu mir zurück und streichelte den brennenden Umriss von Daniels' Hand.

Ich werde dich so richtig auskosten. Seine Worte waren alles, was ich hörte und sie klangen immer wieder wie meine eigene persönliche Qual. *London wird dich gar nicht mehr wollen ... wenn ich mit dir fertig bin.*

London.

London ...

»Wo bist du, wenn ich dich am meisten brauche?«, flüsterte ich.

Das Fahrzeug beschleunigte und drückte mich hart gegen die Metallwände. »Denk nach«, antwortete ich mir selbst leise. »Komm schon, denk einfach nach.«

Ich brauchte einen Ausweg aus dieser Sache. Was auch immer *diese Sache* war.

Heiße, dicke Tränen liefen mir über die Wangen und brannten. Ich brauchte einen Plan. Nur eine Chance - ich wischte mir die Tränen mit dem Daumen weg und senkte meinen Kopf, um ihn gegen den kalten Stahl zu drücken - nur eine verdammte Chance, um hier rauszukommen, und ich würde fliehen.

Wohin? Londons Stimme tauchte wieder auf. *Wohin willst du fliehen, Vivienne?*

»Zu dir, Arschloch«, flüsterte ich und zwang die Worte durch meine enge Kehle. »Ich werde zu dir rennen.«

Ich wusste nicht, wie lange wir schon gefahren waren, als wir langsamer wurden und dann scharf abbogen. Es könnten Minuten oder Stunden gewesen sein. Es fühlte sich wie eine Ewigkeit an. Ich drückte meine Augen zu und versuchte verzweifelt, mich zusammenzureißen, als der Wagen zum Stehen kam, bevor ich sie öffnete. Die Autotüren gingen auf.

»Du musst dich beeilen und sie rausholen, bevor das Signal ausgelöst wird«, murmelte Daniels.

»Mach dir keine Sorgen«, antwortete jemand. »Es wird nicht auf dem Radar zu sehen sein.«

»Gut«, fügte der Mistkerl hinzu, als ich nach vorne geschleudert wurde. »Sie ist ruhig ... das macht es einfacher, jetzt, wo sie gebrochen ist.«

Jetzt, wo sie gebrochen ist ...

Jetzt ... wo sie gebrochen ist ...

Der Metalldeckel öffnete sich und Funken tanzten vor meinen Augen. Doch dann blinzelte ich und sie waren verschwunden.

»Da hast du's«, Daniels' hässliches Gesicht kam zum Vorschein, als er sich über die Kiste beugte. »Jetzt bist du schön ruhig, was?«

Kämpfe, Wildkatze ... Carvens Worte drängten sich erneut auf.

Er war nicht der Sohn, den ich hören wollte. Nicht tröstlich. Nicht freundlich. Aber er war hier.

Reiß dich verdammt noch mal zusammen!

Ich zuckte zusammen, als Daniels' Mann nach mir griff, mich am Arm packte und mich mit einem Ruck nach oben zog. Mein Kopf kippte nach vorne. Die kalte Nachtluft tanzte über meine nackte Haut. Die Pyjamashorts und das dünne Satinhemdchen rutschten hoch, als sie mich aus dem Stahlsarg zerrten, in den sie mich gesteckt hatten.

»Bringt sie rein. Ich will, dass dieses Ding aus ihr herausgeschnitten wird und sie in einer Stunde nackt in meinem Arbeitszimmer steht.«

Jetzt, wo sie gebrochen ist ...

Bist du gebrochen, Wildkatze? Carvens wildes Knurren hallte in meinem Kopf wider, als sie mich aus dem Van zerrten.

Diese blauen Augen brannten in meinem Kopf. Hasserfüllt. Fordernd. Ein Monster zu jedem anderen Zeitpunkt.

Mein eigenes, persönliches Monster.

Nur nicht jetzt.

Ich riss meinen Kopf hoch, eine Sekunde, bevor meine Füße den Boden berührten. Anstatt zu fallen, zog ich meine Knie an meine Brust und trat mit aller Kraft zu. Der Wächter bekam die volle Wucht des Schlags mitten auf die Brust und wurde nach hinten geschleudert, bis er auf dem Boden aufschlug.

Ich blieb nicht stehen, schaute mich nicht einmal um. Ich sah nur Dunkelheit und Bäume und rannte los.

»Schnappt sie!« Daniels' Gebrüll ertönte hinter mir.

Ich saugte die kalte Nachtluft ein und schmeckte die Freiheit. *Ich wollte mehr ... ich wollte so viel mehr.* Die Umrisse der sich abzeichnenden dunklen Bäume verschoben sich bei jedem rüttelnden Schritt, während ich rannte. Ich rannte auf sie zu, auf die Straße ... und auf *London*. Das Knirschen des Kieses kam von hinten. Ich wagte nicht hinzusehen, stieß nur einen Schrei aus und stampfte mit meinen nackten Füßen in den kalten Winterboden.

Meine Füße stachen und meine Brust brannte, als ich mit den Armen pumpte und im Zickzack auf die Straße zuraste.

*»*Nein, verdammt, das wirst du nicht tun«, grunzte jemand hinter mir.

Ich wurde getroffen und nach vorne geschleudert, mit dem Kopf voran auf den Boden. Schmerz entlud sich in meinem Gesicht, als grausame Hände meinen Hinterkopf packten, bevor er mich umdrehte. Aber ich war noch nicht fertig mit dem Kämpfen. Ich war noch lange nicht fertig.

Ich stieß einen Schrei aus, schwang meine Fäuste und krallte mich in alles, was ich in die Finger bekam. Ich kratzte meine Nägel in das Gesicht des Bastards, während sein heißer Atem in meinen offenen Mund drang. Mein Schrei brannte in meiner Kehle, während ich um mich schlug und trat.

»*Genug!*«, brüllte er und klang dabei viel zu sehr wie London.

Nur war London nicht brutal ... London war nicht grausam.

Nicht so wie dieser.

Seine Faust war nur noch ein verschwommener Fleck, als sie meine Wange traf und meinen Kopf nach hinten schleuderte. Fassungslos versuchte ich, durchzuhalten, aber meine Welt verdunkelte sich und wurde von Sekunde zu Sekunde dunkler.

»*Nein*«, krächzte ich. »*Nein!*«

Die Faust kam wieder und schlug auf meinen Mund ein. Knack! Blut spritzte auf meine Zunge. Das Brennen in meinen Mundwinkeln war vergessen, als die blutigen Knöchel noch einmal kamen.

Knack!

Mein Kopf wurde nach hinten geschleudert und schlug auf der kalten Erde auf. Ein dunkler Schatten schob sich über mich, als mein Angreifer sich erhob.

»Ich habe versucht, dich zu warnen, du verdammte Schlampe«, grunzte er, während er nach unten griff, eine Handvoll meiner Haare packte und daran zerrte.

Der Schmerz schoss durch meinen Kopf und strömte aus meinem Mund. Ich griff nach seiner Hand und konnte nichts anderes tun, als mich auf die Füße zu stemmen, selbst als meine Welt verschwamm.

Andere stürmten auf mich zu. Zwei Wachen, deren Gesichter durch meine Tränen nicht zu erkennen waren.

»Haltet sie fest«, forderte einer.

Ich spürte ein Stechen im Arm, das ich schon viel zu oft gespürt hatte, um es zu zählen. Ich blickte auf die Spritze in der Hand meines Entführers und versuchte, mich an das Einzige zu klammern, was zählte: die Erinnerung an London und die Söhne. Sie wollten mich jetzt mitnehmen. Sie wollten mich zurück zum Orden bringen.

Ich wartete auf die Finsternis. Ich wartete darauf, betäubt zu werden. Aber was auch immer sie mir verabreicht hatten, es betäubte mich nicht. Stattdessen schwirrte mir der Kopf, als sie mich an Armen und Beinen nach oben zerrten und wieder in Richtung des Lieferwagens trugen.

»Bringt sie rein, verdammt noch mal!«, brüllte Daniels.

Meine Lippen kräuselten sich. Der Schmerz war brutal und bohrte sich noch tiefer, als das Lachen aus meinem Mund drang. Ich hätte es nicht aufhalten können, selbst wenn ich es gewollt hätte - *und das wollte ich nicht*. »Habe ich deinen *kleinen Plan* durchkreuzt?« Ich grinste und sah, wie sich Wut in seinen Augen breit machte.

Er kam näher, packte meinen Kiefer und brachte das Lachen zum Schweigen. »Ich werde den heutigen Abend wirklich genießen, Vivienne. Schade, dass ich das nicht auch von dir sagen kann.«

»Tu, was du nicht lassen kannst, du erbärmliche Ausrede für einen Mann«, murmelte ich.

Er verkrampfte Seine Hand und der Schmerz durchfuhr meinen Kiefer. Aber ich gönnte ihm nicht die Genugtuung, mich zusammenzucken zu sehen. Nein, ich hielt seinem Blick stand, auch wenn der Bastard in diesem Moment drei Augenpaare hatte.

Die Welt schwamm, als sie mich einen Weg entlang und durch eine riesige offene Tür trugen. *Sie kam mir bekannt vor.* Ich versuchte zu denken. Ich versuchte, mich zu erinnern. *Bäume ... eine lange Auffahrt ... ein hohes Herrenhaus.* Irgendetwas über ein Feuer? Aber als ich näher kam, schwirrte mein Kopf und es wurde immer dunkler.

Stiefel donnerten, als sie mich einen Flur entlang in Richtung der Rückseite des Hauses trugen. Das verdammte Ding schien ewig zu dauern. »Ich kann es kaum erwarten, dass London mich findet«, krächzte ich. »Oder Colt und Carven. Du kennst sie doch noch, oder?« Ein Kichern stieg auf, als Bilder von Blut und Gemetzel meinen Geist erfüllten. »Man nennt sie die Söhne.«

Das Arschloch, das ein Bein in der Hand hatte, hob seinen Blick und sah das andere an. »Es ist mir scheißegal, wer sie sind.«

»Nicht wer sie sind, Arschloch ... *was ... sie ... sind.*« Ich starrte ihm ins Gesicht und prägte es mir ein.

»Sie werden kommen«, flüsterte ich und grinste wie ein verdammter Idiot. »Sie werden euch in Stücke reißen.«

»Halt's Maul, verdammt!«, fauchte derjenige, der mich unter den Armen gepackt hatte, als sie mich in ein riesiges Wohnzimmer zerrten.

Meine Sicht verschwamm, aber ich erkannte die Reihen von gebundenen Büchern, die sich in hohen Regalen stapelten. »Warum halten sich all die rückgratlosen Arschlöcher für so verdammt schlau?« Die Frage kam aus dem Nichts ... und in diesem Moment hatte ich keinen Filter.

Mit einem Grunzen der Drecksäcke um mich herum warfen sie mich in Richtung des braunen Ledersofas mit den hohen Lehnen. Ich schlug auf dem harten Sitz auf. Die Splitter des Schmerzes schallten wie eine Trommel durch mich, als die Arschlöcher weggingen.

»Holt den Arzt her, sofort«, befahl Daniels.

Aus dem Augenwinkel sah ich, wie er auf mich zukam und seinen Blick über mich schweifen ließ.

»Du siehst mich so enttäuscht an«, zischte ich. »Glaubst du, du kannst mich einfach nehmen und ich wehre mich nicht?« Ich stemmte mich nach oben. »Ich glaube nicht, dass du das gewöhnt bist, oder, Daniels? *Dass Frauen sich wehren?«*

Diese seelenlosen Augen funkelten.

Ich warf einen Blick auf seine erbärmliche Spielzeugarmee, als sie aus dem Zimmer ging. »Du magst sie sanftmütig und mild, nicht wahr? Du magst es, wenn sie betäubt sind, damit sie nicht kämpfen können, während du all die schmutzigen, erniedrigenden Dinge mit ihnen machen kannst, die du willst, nicht wahr?« Ich richtete meinen Blick auf ihn. »Oder ist das so, damit sie nicht merken, wie erbärmlich klein dein Schwanz ist?« Ich senkte meinen Blick. »Ich wette, er ist so verdammt klein, dass sie ihn nicht einmal spüren. Ich wette, er ist so winzig, dass ...«

»Halt. Dein. Verdammtes. Maul.«

»Habe ich einen Nerv getroffen?«, flüsterte ich und hob meinen Blick zu ihm. Ich konnte ihn kaum durch den winzigen Schlitz meines einzigen offenen Auges sehen.

Er kam näher und ich unterdrückte ein Zittern der Angst. Ich wollte ihm nicht die Genugtuung geben. *Es würde größere und schlimmere Mistkerle brauchen, um mich zu brechen.*

»Weißt du, du erinnerst mich an etwas ...«, flüsterte ich und starrte ihm in die Augen. Ich sprach weiter, obwohl mir der Mund verdammt weh tat. »Eine Schnecke«, fügte ich hinzu, als er sich über mich beugte. »Eine schleimige, kalte, krabbelnde Schnecke. Das ist es, was ...«

KNALL!

Ich flog zur Seite und schlug gegen die Seite des Sofas, als der Schlag landete. Schichten und Schichten von Schmerz. Schneidend. Quälend. Bestrafend.

»So wirst du nicht mit mir reden, habe ich mich klar ausgedrückt?«, knurrte er, als er über mir stand. »Du gehörst mir, du verdammte Fotze. Hast du das kapiert? Ich kann dich schlagen. Ich kann dir wehtun. Ich kann mit dir machen, was ich will. Ich kann dich selbst ficken und dich an jeden vermieten, den ich will. Was hältst du davon? Vielleicht würde ich mich gerne zurücklehnen und zusehen, wie dein Körper immer und immer wieder auseinandergenommen wird. Wie deine Muschi gedehnt wird. Dein Arsch gespalten. Ich wette, dein Mund verkraftet eine Menge Schwänze. Vielleicht bringe ich dich dazu, Muschis zu lecken, wie wäre das? Mir fallen da ein paar Frauen ein, die gerne geleckt werden.« Er lehnte sich näher heran. »Wie wäre es, wenn ich deinen Kopf nach unten halte und dich deine Fotze lecken lasse, während meine Männer sich abwechseln?«

Abscheu krampfte sich in meinem Bauch zusammen. Ich verrenkte mich. Qualen bohrten sich in mich hinein.

»Du bedeutest mir *nichts*, verstehst du?«, spuckte er mit seinen seelenlosen Augen. »Ich habe bekommen, was ich wollte, als ich dich *ihm* weggenommen habe.«

Angst erfüllte mich, ließ meine Arme zittern und meinen Körper beben. Ich versuchte, die Tränen zu unterdrücken, aber mein Körper hatte seinen eigenen Willen.

»So ist es besser.«

Angesichts der Worte verkrampfte sich mein Magen. Ich wusste nicht, was mehr wehtat: seine Handfläche oder seine Genugtuung über mein kauerndes Schweigen. Die Wut, die mich noch vor einer Sekunde angetrieben hatte, war eingefroren.

»Zwing mich nicht, dieses hübsche Gesicht zu zerschlagen.« Er packte meinen Kiefer und drehte meinen Blick zu sich. »Das werde ich nämlich. Ich werde dich schlagen, bis du nicht mehr zu erkennen bist ... dann schicke ich ein Foto an den Mann, dem du anscheinend sehr nahestehst. Mal sehen, ob er dich dann noch haben will.«

Unbarmherzige Atemzüge verschlangen mich. Ich hasste ihn in diesem Moment, hasste seine verdammten Glupschaugen und die schlaffe Kieferpartie, die herunterhing. Ich hasste die grauen Haare auf seinem Kopf und die pummelige Hand, die mich festhielt. Aber am meisten hasste ich seine Macht ... und die Art, wie er sie ausübte.

»Das wurde aber auch Zeit«, knurrte er, als die Tür aufging und jemand den Raum betrat. Er richtete sich auf, als er meinen Kiefer losließ. »Der Tracker in ihr. Ich will ihn raus haben.«

Unerträgliche Schmerzenswellen schossen mir durch den Kopf, als ich mich zu dem Mann umdrehte, der den Raum betrat. Ein Déjà-vu überkam mich, aber statt des älteren Arztes im schwarzen Smoking und mit genervtem Gesichtsausdruck, der näher kam, sah ich ein Kind. Einen unbeholfenen, jungen Idioten, der meine Brustwarze kaum von meiner Klitoris unterscheiden konnte. Dieses Kind hätte mich ansehen und sehen können, dass jemand gerettet werden musste. Dieser Junge hätte sich vielleicht sogar selbst eingemischt.

Aber nicht dieser Mann. Oh, nein. Er kam herein, stellte seinen kleinen schwarzen Lederkoffer auf den kleinen Tisch neben dem Sofa und knöpfte seine Jacke auf. »Ihr müsst sie dafür festhalten.«

Daniels deutete auf seine Männer an der Tür. »Das wird kein Problem sein.«

Ich wich zurück, als mir die Angst Krallen wachsen ließ und mich von innen heraus zerriss. »Nein ... nein ... nein ... nein.«

Daniels blickte nur auf mich herab. »Schnappt sie euch.«

Sie kamen auf mich zu, alle drei, und ich konnte nichts dagegen tun. Ich kämpfte und trat und huschte über die Armlehne des Sofas. Aber sie waren alle um mich herum und näherten sich der Rückseite des Sofas, um mich zu packen. Meine Wirbelsäule krümmte sich, während ich um mich schlug und trat, denn die Droge machte mich langsam und schwach.

»Hier rüber«, befahl der Arzt.

Er war nur noch ein verschwommener Fleck in meinem Augenwinkel und schritt auf einen Schreibtisch zu, der an die hintere Wand des Raumes geschoben war. Ich verkrampfte meinen Kiefer, trat und strampelte, auch wenn es nichts nützte.

Willst du ein Opfer sein? Carvens leerer Tonfall durchdrang meinen Schrecken. *Dann benimm dich weiterhin so. Du bist ein Nebenprodukt dessen, was sie geschaffen haben. Du ... bist ... eine ... Tochter.*

Ich wurde schlaff, als sie an mir zerrten und die Sehnen in meinen Armen strapazierten.

»Auf den Tisch. Haltet sie fest.«

Ich schlug mit einem Knall auf die hölzerne Tischplatte. Hände packten mich und drückten meine Handgelenke und Knöchel auf die Oberfläche.

»Ihr Oberteil«, forderte der Arzt.

Mein Hemd war zerrissen. Die dünnen Fäden rissen. Ich schrie auf und wand mich, als sie es mir vom Leib rissen. Nicht, weil ich ihren kranken Blicken ausgesetzt war. Sondern, weil London es für mich gekauft hatte ...

»*Gebt es zurück!*«, brüllte ich. »*Gebt es mir zurück!*«

Sie warfen das zerrissene Kleidungsstück beiseite. Ich ruckte mit dem Kopf zur Seite und sah, wie der blasse, pfirsichfarbene Rest auf den Boden fiel. Die Umrisse des Wachmanns verschwammen, als er sich bewegte. Ich wusste nur, dass er darauf trat und den Stoff unter seinen Stiefeln zermalmte.

»*Das ist meins*«, rief ich, als sich eine Hand über meine Brust legte.

»Da ist der vorherige Schnitt«, murmelte der Arzt.

Ein stechender Schmerz kam und er war ... *unerbittlich*. Ich schrie auf und stieß einen wilden Schrei aus. Ein Schrei, der mir die Kehle zuschnürte und meinen Mund mit Blut füllte. Die Finger zwickten. Die Finger drückten zu. Die Finger bohrten sich in mich, bis es sich anfühlte, als würde er durch meine Rippen und in meine Brust fahren.

»So«, knurrte der Arzt und ließ mich plötzlich los. Blutige Finger schwammen in meinem Blickfeld, als der Raum dunkel wurde.

»Nein, das tust du nicht.« Daniels gab mir einen Klaps auf die Wange, der die Dunkelheit vertrieb. »Wenn du dein Maul aufreißen willst, dann will ich, dass du bei Bewusstsein bleibst.«

Er drehte den Kopf und nickte ... und sein Anblick ließ mich bis auf die Knochen erschaudern.

Seine Hände griffen in den Bund meines Schlafanzugs und zogen ihn herunter. Ich stieß mich schreiend und heulend ab.

»Ich habe versucht, dich zu warnen«, spottete Daniels, als er einen Schritt zurücktrat und nach der Schnalle seines Gürtels griff. »Du wolltest es auf die harte Tour ... dann bekommst du sie auch.«

DREI

London

Verrat. Ich schmeckte es in der Luft, bevor ich überhaupt dort ankam. Der widerliche, ranzige Geschmack rann mir die Kehle hinunter, als ich schluckte. Meine Stiefel waren still. Aber mein Puls war ein gottverdammter Güterzug, der in meinem Kopf dröhnte. Carven flankierte mich auf der einen Seite, Colt auf der anderen, als wir die lange Auffahrt umgingen und auf das dunkelbraune, weitläufige Herrenhaus zusteuerten.

Der Tracker hatte sich vor kaum zehn Minuten eingeschaltet ...

Es war nur eine Minute.

Aber das war alles, was wir brauchen würden.

Ich warf Carven einen Blick zu, nickte und ließ meinen Sohn wie eine blutrünstige Bestie los. Er schenkte mir ein kühles Lächeln und eilte vorwärts, wobei er Colt bei mir zurückließ, als wir uns dem Van näherten, der vor dem Haus geparkt war. Ich musterte das Gelände, als Carven verschwand und schaute dann in die hintere Tür des Wagens ...

Meine Schritte stockten, als ich die lange Metallkiste sah, in die man sie gesteckt hatte. Sie war kaum groß genug, um irgendetwas zu enthalten, geschweige denn einen Menschen. Aber sie hatten sie hineingestopft und ihr die Stahlabdeckung über das Gesicht gezogen, sodass sie fast erstickt wäre. *Mein Gott ...* die Hölle, die sie durchgemacht haben musste ...

Ich knirschte mit den Zähnen, als der Hass in mir aufloderte.

Ich war nicht der Einzige, der bei diesem Anblick vor Angst zusammenzuckte.

Ich warf Colt einen Blick zu, als er sich abwandte. Seine dunkelblauen Augen waren schwarz vor Wut, als er seinen Blick auf die Bewegung richtete.

Carven kam um die Ecke, sein Gesicht war blutverschmiert und er hielt ein Messer in der Hand, das tropfte. Ich erstarrte, mein Blick war auf die beiden Augäpfel gerichtet, die an den Sehnerven hingen, die er in seiner Hand hielt. Ich erwiderte seinen Blick und hob die Augenbraue. »Ist das nicht übertrieben?«

Es war keine Wut, die ich in diesen blauen Augen sah ... es war Rache. »Er hat sie angesehen, nicht wahr?«

Oh Gott.

Das war nicht nur irgendein Mord für uns.

Das war etwas Persönliches ...

Ich hob meine Hand und deutete auf die Tür, bevor ich mich vorwärts bewegte. Aber noch bevor ich das Signal geben konnte, war Colt schon in Bewegung und stürmte vor. Ich hatte sie darauf trainiert, anzugreifen und zu gehorchen. Ich biss die Zähne zusammen und rannte hinter meinem Sohn her. Es sah so aus, als wäre er fertig damit, Befehle zu befolgen, besonders wenn es um Vivienne ging.

Die Bewegung wischte das Lächeln aus Carvens Gesicht, als sein Zwilling durch die riesige Holztür verschwand und hineinging.

»Verdammter Mistkerl«, zischte er und stürzte sich auf Colt.

Wir waren nur wenige Schritte hinter ihm, aber selbst das war schon zu viel, vor allem, als drei Wachen aus dem großen Wohnzimmer in den Flur vor ihm kamen.

»Carven«, brachte ich hervor.

Aber das brauchte ich nicht. Sie hatten diese Söhne zu schweigsamen, furchterregenden Wilden gezüchtet - und genau das waren sie auch, als sie lautlos auf ihn zustürmten. Carven warf das Messer in seiner Hand in die Luft und drehte es um, bevor er seine Faust um den Griff ballte und die Klinge in die Brust eines Wachmanns rammte.

Ich hob meine Waffe und zielte auf das dritte Arschloch, das auf sie zukam.

Pft!

Der Schalldämpfer erstickte das Geräusch und hinterließ nichts weiter als das Rauschen der Luft und den Biss des Schießpulvers. Der Bastard fiel dorthin, wo sein letzter Schritt gelandet war. Die Blutspur an der Vorderseite seines Kopfes war nichts im Vergleich zu der Wunde auf der anderen Seite. Carven knurrte, riss seine Klinge heraus, packte den Bastard an der Kehle und schleuderte ihn mit einem dumpfen Schlag gegen die Wand.

Überall floss Blut, aus der Brust und der Kehle des Bastards, als Carven die Waffe anhob, aber ein durchdringender Schrei ertönte aus dem Inneren des Hauses.

»Das gehört mir!«

Ich erstarrte.

Wir alle erstarrten.

Vivienne ...

Der Bastard an der Wand keuchte, dann stürzte er nach vorne und kämpfte um sein Leben. Aber Carven sah ihn nicht mehr an. Tatsächlich nahm er den Söldner kaum wahr, als er das Messer direkt in den Bauch des Bastards stieß. Nach zwei furchterregenden Aufwärtsbewegungen wandte er sich mit seinem eisigen Blick dem toten Mann in seinen Fängen zu. *»Das wirst du nicht überleben ... keiner von euch.«*

Blut spritzte aus der Wunde, als Carven ihn vom Bauchnabel bis zum Schlüsselbein aufschlitzte, bevor er sich entfernte und den Körper des Wachmanns zu Boden sinken ließ. Der Sohn trat über die Leiche, während Colt vorwärts stürmte. Ich setzte mich ebenfalls in Bewegung und riss die Mündung meines Gewehrs nach oben, während er auf das Geräusch zustürzte.

»NEIN!«, schrie Vivienne aus einem Zimmer weiter hinten im Flur.

Dieses Geräusch traf mich mitten ins Herz.

Aber so brutal wie das Geräusch für mich war, so vernichtend war es für Colt. Der Sohn hörte nicht auf, als wir auf die schwere Holztür zurasten, aus der ihre Schreie kamen. Er wurde nicht einmal langsamer, sondern ließ einfach die

Schulter sinken, als er angriff. Er knallte mit seinem Körper gegen die verschnörkelte Barriere.

KRACH! Die Tür erbebte und gab unter der Wucht nach, sodass sie mit einem lauten Knall gegen die Wand prallte, während wir ins Innere eilten.

Acht Männer ... Ich musterte den Raum, hielt nach Waffen Ausschau und fand die Tötungswinkel.

Acht Männer ... und drei von uns.

Colt bewegte sich nach rechts, als wir eintraten, und sprang über ein großes braunes Sofa. Der Sohn brüllte nicht. Er gab nicht einmal einen verdammten Laut von sich. Er ließ das ekelerregende Knallen seiner Fäuste für sich sprechen, als er mit brutaler Grausamkeit angriff. Seine Schläge waren grausam und trafen das Gesicht des Wächters immer wieder, bis er mit einem schmerzhaften Knirschen zu Boden fiel.

Der Körper fiel zu Boden, bevor Colt einen langsamen Schritt nach vorne machte, wobei sich sein Brustkorb mit verzehrenden Atemzügen hob und senkte.

Aber mein Blick war nicht auf ihn gerichtet, sondern auf die anderen.

Die sechs Männer, die sich um den Schreibtisch am anderen Ende des Raums drängten.

Bevor sich etwas zwischen ihnen bewegte.

Dünne Arme.

Lange Beine.

Strampeln.

Vivienne ...

Colt rammte seine Faust in das Gesicht eines Mannes, bevor der Wachmann zu Boden fiel.

Ich hob mein Gewehr, als Carven sein Messer durch die Luft schleuderte und mitten in die Brust eines Wachmanns traf, der sich bei dem Eindringen umdrehte. Im Zeitraum eines langsam dröhnenden Herzschlags war der Raum von einem Vakuum der Gewalt erfüllt. Einem Vakuum, das alle Geräusche mit sich riss.

Da war nichts mehr.

Nichts als ein Tsunami aus gnadenloser Wut.

Eine, die sie geschaffen hatten, als sie sie entführt hatten.

Ich hob mein Gewehr und zielte. Meine Reflexe übernahmen das Kommando, als ich den Abzug drückte und einen ... zwei ... *drei* von ihnen ausschaltete, bevor ich weiterging. Ich spürte nichts als Leere, als ich den Bastard am Ende des Tisches und zwischen ihren Schenkeln näher kam. Daniels war ein toter Mann ... und die Konsequenzen waren mir scheißegal.

Seine Hose war offen, der Reißverschluss ganz unten. Aber es waren diese verdammten Hände an ihren Schenkeln, die mich anwiderten ... die etwas anfassten, was ihm nicht gehörte.

Bumm! Bumm! PLOPP! Colt brüllte. *KNACK!* Dann hob er seinen Blick und konzentrierte sich auf den Schreibtisch, bevor er sich auf sie stürzte. Vivienne stieß einen Schrei aus und schlug um sich. Ich schritt bereits vorwärts und schluckte das eisige Brennen der Wut hinunter. Das Brennen war alles, was ich spürte, als ich einen Blick auf sie riskierte und erstarrte.

Verdammt ...

Ihr Gesicht war ein verdammtes Durcheinander. Eine Wange war rot und glühend und wurde von einem quälend aussehenden Bluterguss verdunkelt, der sie morgen in den Wahnsinn treiben würde. Ihre Lippen waren blutig und aufgerissen. Aber das war nichts im Vergleich zu ihren Augen. Eines war stark geschwollen, sodass nur noch ein leerer Blick zu sehen war, das andere war zugeschwollen. Sie rutschte aus und fiel hin, als sie verzweifelt versuchte, zu entkommen. Aber Colt war zur Stelle, sprang durch die Luft und fing sie auf, bevor sie auf dem Boden aufschlug.

Dann lag sie in den Armen des Sohnes.

Sie war in Sicherheit.

Ich richtete meinen Blick wieder auf den Mistkerl, der das getan hatte und hob meine Waffe. Das kleine rote Licht meines Zielfernrohrs fand die Mitte seiner Stirn. Ich konnte schon fast sehen, wie die Kugel eindrang und der purpurne Nebel aufblühte.

»Nein!«, brüllte Daniels, hob seine Hände hoch, um sein Gesicht zu bedecken und sank auf die Knie. *»Warte ... WARTE! Du brauchst mich ... du brauchst mich verdammt noch mal!«*

Ich trat vor und bahnte mir einen Weg durch die Gewalt.

Schreie durchdrangen die Luft, als Carven einen weiteren Angreifer neben mir auf den Boden warf und seine Klinge in die Luft hob. Ich hatte ihn noch nie so wütend gesehen, wie er zustach und zustach ... und zustach.

Ich hatte ihn noch nie so ... *furchterregend* gesehen. Nicht einmal, als er für mich gekämpft hatte. Aber jetzt schon.

Verzehrt von Blutrausch und Rache und als er fertig war, richtete er seinen kalten Blick auf sie …

Vivienne.

Aus dem Augenwinkel sah ich, wie er zusammenzuckte, als ich mit tiefen Atemzügen näher kam. Ich sagte nichts, weil es nichts mehr zu sagen gab.

»Du weißt nicht, was ich weiß«, schrie der schleimige Wichser, als ich ihm die Mündung des Scharfschützengewehrs an die Stirn presste. *»Ich weiß es … ich weiß es!«*

Aus den Augenwinkeln sah ich, wie Colt seine taktische Weste ablegte und sein schwarzes T-Shirt auszog, bevor er es Vivienne überstreifte und sie so gut wie möglich bedeckte.

»Es gibt nichts, was du sagen könntest, was dir das ersparen würde«, antwortete ich eiskalt.

Aber da war diese winzige Stimme in meinem Kopf, die mir zuflüsterte, *was wäre, wenn …*

»Du brauchst mich«, flüsterte der Bastard und seine Augen füllten sich mit Tränen, als er von den Söhnen zu mir blickte. Er schüttelte den Kopf, als wäre ihm endlich klar geworden, was sie uns bedeutete, dann senkte er den Blick und duckte sich. »Ich wusste nicht, dass …«

Kaum hatte er die Worte herausgebracht, stürzte sich Vivienne auf ihn und riss ihn aus Colts Armen. Sein T-Shirt flatterte, als sie ihre Hand hob und Daniels mit einem Knall auf die Wange schlug!

»Du *Mistkerl*!« Sie verpasste ihm immer wieder Schläge, sodass er sich den Kopf mit den Händen zuhalten musste. *»Du … verdammter … BASTARD!«*

Ich wich einfach zurück und ließ sie ihr Unwesen treiben.

»Ich wusste es nicht«, murmelte das schleimige Arschloch immer wieder.

Bis Vivienne aufhörte, tiefe Atemzüge einzusaugen, während sie ihn überragte. Sie sah so grimmig aus, selbst wenn sie zerschlagen war.

»Du wusstest es nicht?« Die Worte waren hohl und fremd.« Ich ließ meine Waffe sinken und drückte ab. *Pft!* Die Kugel traf ihn in den Handrücken.«

Ein schriller, markerschütternder Schrei brach aus dem dreckigen Stück Scheiße hervor, als er sich das Handgelenk umklammerte und auf die saubere Schusswunde in seiner Hand starrte. Seine Haut wurde grau, seine Augen groß und rot, als ich einen langsamen Schritt näher kam, bis ich seinem entsetzten Blick begegnete. »Jetzt weißt du es«, beendete ich. »Jetzt weißt du, was wir alles tun werden, um sie zu beschützen.«

Daniels wandte seinen Blick von Vivienne zu mir um. Rote Striemen zeichneten sich auf seinen blassen Wangen ab. »Du weißt nicht, was er vorhat«, stotterte er. »Ich schon. Ich kann dir helfen. Ich kann dir alles sagen.«

Ich schüttelte den Kopf, bis Vivienne in meine Richtung schaute. Alles, was ich sah, waren ihre geschwollenen, sich verdunkelnden Augen und die blutigen Strähnen in ihrem Haar. »Wildkatze«, antwortete ich und reichte ihr das Scharfschützengewehr.

Sie wusste es.

Selbst so gequält und verängstigt wie sie war, wusste sie, was ich sagte: »Du hast die Wahl.«

Sie streckte eine zitternde Hand aus, drei Fingernägel waren abgebrochen und bluteten. Alles, was ich sah, war der verdammte Metallsarg hinten im Van, und ich wusste sofort, wie sie gebrochen worden war. Sie griff nach der Waffe und drehte sich um.

»Nein«, Daniels' Augen weiteten sich, als er sie anstarrte. »*Nein!*«

Sie hob das Gewehr, packte den Lauf und schlug ihm mit einem wilden Schrei den Kolben gegen den Kopf. Daniels fiel zur Seite, als Colt näher kam und sah, wie sie stolperte und sich wieder aufrichtete.

Aber der Wichser sackte nicht zusammen. Benommen schwankte er auf seinen Knien und stützte seine unverletzte Hand auf den Boden.

»Du hast ihn nicht bewusstlos geschlagen, Kleine«, murmelte ich und starrte ihn an. »Vielleicht versuchst du es noch einmal?«

Sie sah mich durch den Schlitz ihres kaum geöffneten Auges an und nickte langsam, bevor sie die Waffe noch einmal hochhob.

»*Warte!*«, kreischte Daniels, als mein verdammtes Handy in meiner Tasche klingelte.

Sie drückte das Gewehr nach unten und traf ihn erneut, nur dieses Mal noch härter. Er sackte ohnmächtig zu Boden, während ich in meine Tasche griff und mein Handy herauszog.

Daniels bewegte sich nicht, aber der Mistkerl lebte noch, und das hatte er Vivienne zu verdanken. Ich ließ sie nicht aus den Augen, als sie in meine Richtung schaute. »Wenn er weiß, was Hale plant, dann werden wir ihn brauchen.«

Ich schenkte ihr ein Lächeln, warf dann einen Blick auf den Bildschirm, knurrte und ging ran. »Ich hoffe, das ist gut.«

»Wir haben ein Problem«, knurrte Mickie. »Ich hätte nicht angerufen, aber ... hier herrscht das reinste *Chaos*.«

»Was meinst du mit Chaos?«

»Die Sprinkleranlage ist ausgefallen und hat den gesamten Ostflügel überflutet. Wir mussten den ganzen Flügel sperren ... und das bedeutet, dass wir Leichen bewegen müssen. Also musst du herkommen ... *und zwar schnell*.«

»*Scheiße!*«, bellte ich und starrte Daniels an, während meine Gedanken rasten. Es konnte kein Zufall sein, dass dies in derselben Nacht geschah, in der sie versucht hatten, sie zu entführen. Das glaubte ich nicht. »Ich komme, so schnell ich kann.«

»Du musst dich beeilen, London–«

Ich verkrampfte meinen Kiefer und presste die Worte durch zusammengebissene Zähne hervor. »Dräng mich nicht, Mickie. Nicht heute Abend, verstanden?«

Am anderen Ende der Leitung wurde es still. »Ja, Sir.«

»Gut. Halte alles unter Kontrolle, bis ich da bin.«

Der Ostflügel beherbergte nicht nur Jack Castlemaine, sondern auch Dominic Petrov, einen von Killions Sicherheitsleuten. Er war mir eine große Hilfe gewesen, als ich nicht nur Kameras aufstellen musste, um den Mistkerl auszuspionieren, sondern er hatte auch geholfen, Ryth zu schützen.

Ich beendete den Anruf und wandte mich dem Leichenhaufen zu. »Bring Vivienne zurück ins Lagerhaus«, befahl ich und wandte mich an sie. »Du lässt sie nicht aus den Augen, hast du mich verstanden?« Ich drehte mich wieder zu den Söhnen um, denn ich wusste, dass diese Worte nicht nötig waren.

»Nein.« Sie schüttelte den Kopf. »Ich komme mit dir.«

Ich zuckte zusammen, als ich an das Chaos dachte, das mich erwartete. Dort wollte ich sie nicht haben, nicht so. »Vivienne, ich will nicht …«

Selbst wenn sie blutete und kaputt war, lag ein trotziger Blick in ihrem Gesicht. »Meinst du nicht, dass ich meine Loyalität schon bewiesen habe?«

Ein Schmerz durchfuhr meine Brust. »Das ist keine Frage deiner Loyalität.«

Sie hielt meinem Blick stand. Ich wusste augenblicklich, dass ich sie nicht umstimmen konnte. Meine Gedanken überschlugen sich, was es bedeuten würde, wenn sie Ryths Vater begegnen würde, und ich nickte langsam. »Wenn du darauf bestehst.«

»Das tue ich.«

Ein Lächeln zerrte an meinen Mundwinkeln, während ich das T-Shirt anstarrte, das ihr kaum bis zu den Oberschenkeln reichte. »Colt, such ihr etwas zum Anziehen. Carven«, sagte ich und schaute ihn an. »Nehmt den Laden auseinander. Ich will alles wissen, was dieses vergewaltigende Stück Scheiße weiß.«

Ein Nicken und er schaute Viv an. Zwischen den beiden ging etwas vor, ein Blick, der den Sohn finster dreinblicken ließ, als er sich umdrehte und seinem Bruder aus dem Arbeitszimmer folgte. Die Luft war anders, als sie gingen, ruhiger, aber auch angespannter.

»Vivienne.«

Sie schüttelte den Kopf. »Nicht doch.« Sie drehte ihr zerknirschtes, schönes Gesicht in meine Richtung. »Ich brauche keine Worte. Ich brauche Taten. Ich will, dass du das hier ein für alle Mal beendest.«

Mein Puls pochte und die Verzweiflung kroch aus dem Loch, in dem sie wohnte. »Das werde ich. Ich verspreche es.«

Sie nickte, wandte sich ab und betrachtete die Leichen, die den Raum bedeckten. »Gut. Denn diese Männer können nicht leben, nicht in dieser Welt.«

Das war alles, was mich antrieb.

Alles, was mich nachts wach hielt.

Das alles, was mich jagen ließ, um die zu schützen, die ich liebte.

Schritte ertönten draußen im Flur. Ich kannte Colts Gangart, auch wenn der Sohn so verzweifelt war, wie ich ihn noch nie gehört hatte. Er kam mit einer Handvoll roter Spitzenunterwäsche zurück in den Raum.

»Das war alles, was ich finden konnte.« Er sah angewidert aus, als er die billigen, ekelerregenden Kleidungsstücke hochhob.

Vivienne starrte nur auf das, was er in der Hand hielt, dann streckte sie langsam die Hand aus und nahm die Unterwäsche. »Ich würde lieber nackt durch die Straßen laufen, als für ihn Rot zu tragen.«

Colt wandte den Blick ab und folgte ihrem Blick zu Daniels, der immer noch zusammengesunken auf dem Boden lag. »Es gibt nichts anderes.«

»Wenn ich keine Hosen habe, dann sollte er auch keine haben.« Vivienne starrte Daniels' Hose an. »Und einen Schwanz auch nicht.«

Sie warf einen Blick in meine Richtung. »Wohin ist Carven denn jetzt verschwunden?«, murmelte sie und ein kleines Grinsen umspielte ihre Mundwinkel, bevor sie vor Schreck zusammenzuckte.

VIER

London

»Weißt du was?«, flüsterte sie und starrte Daniels an, der auf der Seite zusammengesackt war. »Ist auch egal. Ich will sowieso nicht, dass Carven sich eine verdammte Krankheit einfängt, wenn er es anfasst.«

Die Art, wie ihre Augen glasig wurden, ließ die Wut in mir noch tiefer brennen. Hatte er sie angefasst? Hat der dreckige Wurm sie *vergewaltigt*? Colts Hemd reichte ihr kaum bis zu den Oberschenkeln, aber alles, was ich sehen konnte, waren Daniels' Hände auf ihren Schenkeln, und ich zitterte vor dem Bedürfnis zu töten, als Carven den Raum betrat.

»Bringt ihn ins Auto, bevor er aufwacht«, knurrte ich. »Ich bringe diesen Mistkerl zum Lagerhaus.«

»Keine Sorge.« Carven schritt vorwärts, beugte sich vor und hob den fetten Bastard auf seine Schultern. »Er wird eine Weile nicht bei Bewusstsein sein.«

Da war wieder dieser Blick, dieser gequälte Blick, als Carven Viviennes Blick begegnete und sich dann abwandte. Ich schloss

36

diese Erinnerung weg, denn im Moment hatte ich keine Zeit, die gefährliche Bandbreite an Gefühlen auszupacken, die mit den beiden einherging.

Ich legte meinen Arm um sie und führte sie aus dem Raum, der mit Leichen übersät war. »Sieh nicht hin«, forderte ich sie auf.

Aber Vivienne zu sagen, sie solle nichts tun, war, als würde man in den verdammten Wind pissen. Natürlich schaute sie hin und starrte wie erstarrt auf die weißen Eingeweide des ausgeweideten Wächters, den Carven in seiner Mordwut zurückgelassen hatte.

Ich hatte Tränen erwartet.

Und Geschrei.

Viel, viel Geschrei.

Aber von dieser ... *Wildkatze* kam nichts. Sie lenkte ihren Blick einfach von der verdammten Blutspur ab, die sich durch die Fugen der Fliesen zog, und ging weiter. Jeder Schritt war quälend. Ich sah es an der Art, wie sie sich versteifte und hinkte.

Carven ging voraus und trug Daniels.

Klatsch!

Der Kopf des Mistkerls prallte gegen die Türkante, als Carven ihn nach draußen trug und die Treppe an der Vorderseite des Hauses hinunter. Die Scheinwerfer blendeten mich für eine Sekunde, aber ich erkannte das vertraute Brummen des Mercedes-Motors, als ich es hörte, als Colt den Wagen neben den Van lenkte und den Motor laufen ließ, während er den Knopf für den Kofferraum drückte und ausstieg.

»Ich warte im Lagerhaus.« Ich ging zum Heck des Wagens, öffnete die Hintertür und fand meine Anzugjacke dort, wo ich sie heute Abend hingeworfen hatte. »Organisiere die Reinigungskräfte. Ich will, dass das Haus bei Sonnenaufgang sauber und leer ist.«

Carven nickte und ließ Daniels in den Kofferraum fallen ... *unsanft.*

Bumm!

Ich warf einen Blick auf die Leiche, dann hob ich meinen Blick. »Wir brauchen ihn noch lebend.«

»Er atmet doch noch, oder?«, murmelte der Sohn, als er zurücktrat und den Kofferraum schloss.

Ich wickelte meine Jacke um Vivienne, als sie zur Beifahrerseite ging und half ihr, ihre Arme hineinzuschieben. »Ich rufe an, wenn wir fast fertig sind.«

Ich hasste es, sie zu verlassen, vor allem, weil ich nicht wusste, wie das Ganze ablaufen würde. Wir hatten nur ein kleines Zeitfenster, das sich schnell schloss. Jeden Moment würde Hale herausfinden, dass die Sache schiefgelaufen war ... und dann würde das Spiel für alle sichtbar sein ...

Er gegen mich ...

Und es würde brutal werden.

Ich öffnete die Autotür und half ihr ins Auto. Ich hasste es, wie sie zusammenzuckte, als sie sich setzte, bis sie ihren Blick nach oben richtete und das eine Auge weiter aufging als das andere. »Warte ... Guild ...«

Ich zuckte zusammen und hasste dieses ungute Gefühl. »Er lebt ... zumindest war er am Leben, als ich ihn zurückgelassen habe. Ich habe einen Arzt geholt.«

»Gut.« Sie nickte langsam und zog den Sicherheitsgurt zurecht. »Gut.«

Ich schloss die Autotür und meine Gedanken kehrten zu Hale zurück. Er war nie ein Verbündeter gewesen, nur eine verdammte Schlange. Ich hatte die Hoffnung gehabt, dass er mich zu seinem Nest führen würde. Dorthin, wo er und all seine kranken, rückgratlosen Freunde waren.

Es sah so aus, als würde das nicht passieren.

Nicht mehr.

Ich stieg ein, legte den Gang ein, wendete und fuhr die Auffahrt hinunter. Vivienne betrachtete ihr Spiegelbild im Seitenspiegel. Ich brauchte nicht hinzusehen, um zu wissen, dass Colt immer noch dort stand und uns beobachtete, als wir wegfuhren.

»Bei mir bist du sicher.« Ich schaute in ihre Richtung und begegnete ihrem Blick. »Ich möchte, dass du das weißt.«

»Ich weiß«, antwortete sie. »Ich habe keine Angst. Aber jeder, der sich zwischen uns stellt, sollte welche haben.«

Mit *uns* meinte sie mich, sie und die Söhne.

Ich stieß ein kleines Schnauben aus und drehte das Lenkrad, als wir die Kieselsteine gegen den Asphalt austauschten. Die Fahrt war ruhig. Zu ruhig. Ich warf einen Blick hinüber und hasste es, dass es mir nie leicht fiel, mich zu beruhigen. Ich beschützte. Ich jagte. Ich *tötete.* Aber in den ruhigen

Morgenstunden, wenn es um mehr ging als um Sex, fehlte es mir an Ruhe ...

Berühre sie, du Idiot.

Ich schluckte schwer und konzentrierte mich auf sie und die Straße. Doch im Augenwinkel sah ich, wie sie nach dem Saum meiner Jacke griff und ihn fest um sich zog. Ganz fest, fast so, als wäre sie zu einer zweiten Haut geworden.

Ich brauchte zwanzig Minuten, um zum Lagerhaus zu kommen.

Ich hasste und brauchte diese zwanzig Minuten zugleich.

Ich verfluchte den Anblick der Lichter mitten im Nirgendwo. In der Ferne flackerten Scheinwerfer auf. Ich warf einen Blick auf das Auto und dann auf die Abzweigung, an der in der Ferne das Lagerhaus wartete. Als das Auto vorbeifuhr, starrte ich die junge Frau hinter dem Lenkrad an. Sie schaute nicht in meine Richtung, sondern konzentrierte sich nur auf die Straße, während sie vorbeifuhr.

Rote Bremslichter flackerten im Rückspiegel hinter uns auf. Ich lenkte meine Aufmerksamkeit langsam zurück, bis das Auto schon lange weg war, bevor ich vor den Toren anhielt. Es dauerte nur eine Sekunde, bis sich die Tore langsam öffneten und ich den Mercedes hineinsteuerte.

Bumm!

Der Aufprall kam aus dem Kofferraum. Ich hielt inne und hob die Augenbrauen, als es wieder passierte. Ein dumpfer Schlag. »Wenigstens ist er noch am Leben«, murmelte ich. »Vorerst.«

Ich stieg aus und ließ ihr den Vortritt. Die kalte Luft kroch mir bis unter die Weste. Sie musste frieren. Falls dem so war, sagte sie kein einziges Wort. Das Poltern von Stiefeln hallte wider. Ich umrundete das Heck des Mercedes und blieb am Kofferraum stehen, als Mickie auf mich zukam.

»Holt das Stück Scheiße raus«, knurrte ich, als ich mich Vivienne näherte. »Und bringt ihn rein.«

Bumm!

Ein gedämpfter Schrei kam aus dem Inneren des Kofferraums. Ein erbärmliches Geräusch, das zu dem Mann passte. Aber ich hielt sie fest, während ich sie vorwärts führte, durch die Doppeltür schob und eintrat.

»So sieht es hier also aus. Es ist schön«, murmelte sie. »Zumindest das, was ich sehen kann.«

Ich schüttelte den Kopf. »Immer der Spaßvogel.«

»*Lasst mich los, verdammt!*«, kreischte Daniels.

Zwei der bewaffneten Wachen schritten den Gang entlang auf uns zu, beide durchnässt bis auf die Haut und stinksauer. Einer wischte sich über die Stirn und murmelte eine Reihe von Obszönitäten, bis er seinen Blick hob und mich sah.

»Sir.« Er nickte langsam und sah dann panisch aus, als sein Blick auf Vivienne fiel.

»Schaden?«, fragte ich.

Er sagte nichts, sondern starrte nur.

»Hey!«, bellte ich, woraufhin er zusammenzuckte. Seine Augen weiteten sich und fanden meine. »Hast du eine Antwort für mich oder nicht?«

»J–Ja, Sir«, stotterte er. »Der Ostflügel ... er ist zerstört. Wir mussten die ... die Gegenstände in den Westflügel bringen.«

Ich ließ meinen Arm um ihre Schultern sinken und trat einen Schritt vor, als die Erinnerung an das Auto, an dem wir gerade vorbeigefahren waren, in meinem Kopf aufstieg. »Jack Castlemaine.«

»Sicher. Nass, aber sicher.« Er schaute sie noch einmal an.

»Bring mich zu ihm.«

Er nickte mir zu. Ich drehte mich um und begegnete ihrem finsteren Blick hinter dem Schlitz ihres geschwollenen Auges. »Willst du das tun?«

Sie nickte und sah unter den blauen Flecken und dem Blut so verdammt unschuldig aus.

»*Fick dich, St. James!*«, spuckte Daniels aus. »*FICK DICH!*«

Ich hob meine Hand und meine gekrümmten Finger streiften die geschwollene Haut ihrer Wange. »Ich werde ihn für das, was er dir angetan hat, töten, egal ob jetzt oder später. Er wird schreiend sterben, das sollst du wissen.«

»*VERDAMMTER SCHWANZLUTSCHER!*«

»Das klingt, als würde er jetzt schreien.« Sie starrte mich an.

Ich schenkte ihr ein Lächeln. »Das ist kein Schreien, Kleines. Das nennt man Klarheit.«

Mickie schubste das Stück Scheiße nach vorne, sodass Daniels stolperte. Ich drehte mich um und folgte ihnen den Gang entlang bis zu der Stelle, an der sich der Korridor in Blöcke von Lagerfächern verzweigte, in denen alle meine schmutzigen Geheimnisse aufbewahrt wurden ... manche schmutziger als andere.

Unsere Schritte hallten durch den Korridor, bis Daniels auf dem feuchten Boden ausrutschte.

»Mein Gott!«, schrie er und richtete seinen benommenen Blick zu meinem Wächter. *»Willst du mich umbringen?«*

»Der Tod ist zu nett für dich«, knurrte ich. »Glaub mir, was ich vorhabe, wird dich wünschen lassen, du wärst nie geboren worden.«

Er versteifte sich bei dem leisen Knurren und riskierte einen panischen Blick über seine Schulter. Die dunklen Augen trafen meine, bevor er einen Blick hinter mich warf.

»Sieh mir in die Augen, du Wichser«, knurrte ich. »Du darfst sie nicht ansehen. Nie wieder.«

Er sah sie an ...

Carvens Worte tauchten auf, ebenso wie das Bild der hängenden Augäpfel in seinem Griff.

Sie werden das nicht überleben.

Daniels zuckte zusammen und drehte sich um, als unsere Schritte durch die zurückgelassenen Wasserpfützen klatschten. Wir gingen tiefer, in den Westflügel. Der kleinere Flügel ... In ihm befanden sich nicht nur warme Körper, sondern auch meine eigenen Zimmer, gefüllt mit Waffen, Geld und Ausrüstung, die ich nicht im Haus zu lassen wagte.

Aber alles, was ich hatte, verblasste im Vergleich zu Kings Reichweite.

Der skrupellose Bastard hatte alles.

Er hatte alles, was ich wollte.

Und ich hatte alles von ihm.

»Hier.« Mickie blieb vor der Tür von W312 stehen, dem größeren Raum mit den Wohnräumen.

Er öffnete die Tür und stieß sie weit auf, sodass ich in die dunkle Tiefe starrte, bis sich etwas bewegte.

»Was zum Teufel ist das?«, bellte Daniels und ließ seinen Blick zu mir schweifen.

»Deine Zelle … vorläufig«, antwortete ich, als Jack Castlemaine ins Bild trat.

Sein Haar war noch nass, seine Kleidung einigermaßen trocken, als er ein frisches Hemd zuknöpfte und Daniels anstarrte, der in den Raum geschoben wurde. »London?«

»Das ist nur vorübergehend«, antwortete ich. »Bis wir herausgefunden haben, was die Sprinkleranlage ausgelöst hat.«

»Jack?«, flüsterte Vivienne und mein Puls beschleunigte sich, als sie um mich herumtrat.

Seine Augen weiteten sich bei ihrem Anblick und für eine Sekunde sah ich etwas in diesen Tiefen aufflackern. Eine Verzweiflung. Ein *Hunger*. Einer, der unterdrückt wurde, als er zusammenzuckte und seinen Blick langsam zu Daniels lenkte. »Du warst das?«

»Fick dich, Castlemaine.« Daniels drängte sich in den Raum. »Bringen wir es hinter uns, verdammt. Du willst die Schlampe und ich will leben. Also bring mir den verdammten Vertrag und ich werde sie dir geben.«

Er schwankte auf seinen Füßen, als er sie anstarrte. »Die Fotze war nicht wert, was ich bezahlt habe.«

Ich versuchte, meine Wut im Zaum zu halten, aber die Scheiße platzte einfach heraus. Mit einem Gebrüll stürzte ich mich auf ihn und stieß Castlemaine zur Seite. Daniels schrie und stolperte rückwärts. Aber es war zu spät. Ich packte sein Hemd und schlug ihm meine Faust so fest ins Gesicht, dass sein Kopf mit einem dumpfen Knall zurückschnellte.

Benommen weiteten sich seine Augen ... aber er war noch am Leben.

Ich holte tief Luft. »Du wirst *nie* wieder über sie sprechen. *Hast du mich verstanden?* Oder du wirst nie wieder sprechen *können*.«

Blutspritzer flogen, als er hustete und stotterte. Ich ließ sein Hemd los und ließ den Bastard heulend auf den Boden fallen. Das war alles, was er war: ein heulendes, dreckiges, verdammtes Chaos. Eines, das ich unbedingt vom Angesicht dieser Erde tilgen wollte.

»Ich habe mit Ryth gesprochen«, murmelte Vivienne.

Ich atmete schwer ein und drehte mich um, als ich sah, wie Vivienne näher an Ryths Vater herantrat. »Es geht ihr gut.«

Jack nickte langsam, ohne seinen Blick von ihrem Gesicht abzuwenden. »Aber dir geht es gut?«, fragte er leise.

Sie schaute in meine Richtung. Ihr Blick wich nicht von der Stelle, als sie antwortete. »Jetzt schon.«

Piep.

Das Geräusch kam von hinter mir. Wut flammte auf.

»Scheiße!« Ich drehte mich um und stürzte mich auf Daniels, als er nach seinem Handy griff.

Es klingelte, als ich es ihm aus der Hand riss ... und der Name auf dem Bildschirm ließ mich bis ins Mark erschaudern.

Hale.

»Mickie«, sagte ich vorsichtig. »Stell sicher, dass Daniels nicht gehört wird.«

»Ist mir ein Vergnügen«, murmelte der Wachmann und durchquerte den Raum, wobei er Daniels die Hand auf den Mund legte, während ich den Anruf entgegennahm, ohne zu sprechen.

»Wie geht's Londons kleiner Schlampe?« Hale gluckste mir ins Ohr. »Ich hoffe, du hast die Fotze nicht komplett ruiniert. Ich habe vor, mir morgen nach unserer kleinen Feier viel Zeit mit ihr zu lassen. Gott, ich wette, sie kann schreien.«

Ich versteifte mich.

Unfähig, mich zu bewegen.

Oder zu denken.

Alles, was ich tat, war zu konsumieren und jedes Wort zu schlucken, bis es sich in meine Seele eingebrannt hatte.

Das leise Glucksen am anderen Ende der Leitung verebbte langsam und hinterließ nichts als Stille.

Eine Stille, die ein ganz eigenes Tier war.

Kalt.

So verdammt kalt.

Dann, ganz leise, murmelte Hale: »London?«

Ich ließ meine Hand sinken und beendete das Gespräch.

FÜNF

Carven

___

ICH ZUCKTE ZUSAMMEN UND HOB MEINEN BLICK VON DER ZELLE. Das Aufräumteam würde in dreißig Minuten hier sein, so lange hatten wir Zeit, um uns zu holen, was wir wollten und von hier zu verschwinden. »Bist du bereit?«

Ich hob meinen Blick zu Colt, der einfach nur dastand und auf die Leichen im Wohnzimmer starrte. Er sagte kein einziges Wort. Sein Blick war auf die Männer gerichtet, die sich auf dem Tisch um sie geschart hatten. Ich wusste, was er sich vorstellte. Ich wusste, wie sehr es ihm wehtat.

»Colt.«

Er hob den Kopf und drehte sich zu mir um. Wut verdunkelte seine blauen Augen. Wut und ein unstillbares Bedürfnis nach Rache, als ich sagte: »Sie sind tot.«

»Sind sie das?« Das war alles, was er sagte.

Drei gottverdammte Worte. *Sind sie das?* Ich wandte den Blick ab und fand den unkonzentrierten Blick des Arschlochs vor

47

mir. Ich hob meinen Fuß, spannte mein Bein an und trat dem Arschloch ins Gesicht. Sein Kopf kippte mit einem Knacken nach hinten und dort blieb er liegen. Das Blut sickerte, es gab kein Leben mehr.

Dann fingen wir an, den Laden auseinanderzunehmen, genau wie London es wollte.

Ich schritt um den Schreibtisch herum und starrte die verrutschte grüne Lederunterlage an.

Sie hatten versucht, sie zu vergewaltigen ...

Ich betrachtete die Unterlage und das makellose, lackierte Holz, dann ließ ich die Hand sinken, zog meine Waffe und leerte das verdammte Magazin in das Ding. *Knack. Knack. Knack, knack, knack, knack, knack, knack!* Die Waffe knallte in meinen Händen und der scharfe Gestank von Schießpulver stieg mir in die Nase. Ich drückte den Abzug durch, bis nur noch das leere Klicken zu hören war.

Einschusslöcher zierten das Holz.

Die Matte war ein zerfetztes Durcheinander.

»DA!« Ich drehte meinen Kopf und schnauzte meinen Bruder an, meine Wangen glühten. *»Ist es jetzt besser?«*

Harte, verzehrende Atemzüge stießen durch meine Brust. Ich hielt seinem Blick stand, bis ich ihn nicht mehr ansehen konnte und wandte mich ab. Um mein Bedürfnis nach Rache zu stillen, wollte ich ihn anschreien ... *sie alle.* Ich dachte, es sei, weil sie es war. Die Frau, nach der sich mein Bruder und London sehnten.

Aber es war nicht das Mitleid, das mich wie ein Lauffeuer durchfuhr. Es war schlimmer. Das Gefühl, gegen das ich nicht ankämpfte. Denn ich war nicht schwach und bedürftig ... *wie sie.*

Mein Gesicht brannte noch heißer, als ich mich wieder dem zerstörten Schreibtisch und seiner hässlichen Matte zuwandte.

»Sie haben sie verdammt noch mal mitgenommen. Carven, sie haben sie mitgenommen. Sie haben sie mitgenommen und jetzt gehört sie wieder *uns*.«

Mein Gott ...

Ich zuckte angesichts der Leere in seinem Tonfall zusammen. Da war nichts zu hören. Nichts als Hass. Nichts als das zehnjährige Kind, das fast zu Tode geprügelt worden war. Ich bückte mich, riss die Schublade auf und begann, alles zu zerstören.

Schublade um Schublade.

Bücherregal um Bücherregal.

Ich zerstörte den verdammten Raum.

Es war nichts da.

Überall nichts.

Nichts–

Eine Gänsehaut lief mir über die Arme. Meine Sinne waren geschärft, geschärft wie eine verdammte Klinge. Ich legte den Kopf schief und lauschte.

»Was?«

Ich sank ganz hinunter in die dunkle Grube, in der meine Vergangenheit wartete. Der Schrecken, den wir versucht hatten, hinter uns zu lassen, hallte bis in die Gegenwart wider.

Ich kannte dieses Gefühl. Es war dasselbe Gefühl, das ich gestern Abend gehabt hatte, als ich zu den Ruinen des Waisenhauses gefahren war. Das Gefühl, das mir zuflüsterte, dass jemand mich verfolgte.

Er hatte damals auf mich gewartet, in den Schatten vor dem baufälligen Überbleibsel unserer Vergangenheit gelauert und auf seinen Moment gewartet. Ich versuchte zu denken und alles von letzter Nacht zu wiederholen.

Jagst du allein? Meine eigenen Worte fielen mir jetzt wieder ein.

Nein, hatte er hinter mir geantwortet. Ich hatte mich damals nicht umgedreht, ihm nicht in die Augen gesehen. Wenn ich das getan hätte, würde ich dann jetzt hier stehen? Ich war mir da nicht so sicher.

Suchst du jemand Bestimmten?, hatte ich den Sohn gefragt.

Eine Tochter, Clair Murdoch. Er warnte mich. *Du solltest von ihr wegbleiben, wenn du sie findest, hast du mich verstanden?*

Ich hatte mich nicht nach der Tochter erkundigt, also warum zum Teufel war er hier? Ich drehte mich um und ging zur Tür des Arbeitszimmers. Colt knurrte: »Was ist los?«

»Nichts«, antwortete ich.

Aber es war nicht nichts. Es war ganz und gar nicht nichts. Ich ließ die Leichen und das Gemetzel hinter mir und machte mich auf den Weg aus dem Haus, wo die Reifenspuren von Londons Auto noch frisch waren. Die eiskalte Dezemberluft stach, als ich tief einatmete. Ich schmeckte den schwachen Geruch von Rauch, als ich mich umsah und die Vorderseite des Hauses musterte. Wir waren nicht weit von der Villa dieser verdammten Fotze entfernt. Die, die wir versucht hatten, niederzubrennen. War ja klar. All diese widerlichen Wichser zogen einander an.

Aber ich war nicht ihretwegen hier ... ich war wegen *ihnen* hier.

Die, von denen ich wusste, dass sie mich gerade beobachteten.

Die Söhne.

Ich wartete darauf, dass sie sich zeigten, dass sie mir sagten, was sie wollten. Aber es gab keine Bewegung in den Schatten, keine Stimme in der Dunkelheit. Nur das Weiß meines Atems wehte vor mir, bis ich mich schließlich umdrehte und mich auf den Weg nach drinnen machte, wo ich Colt oben fand, der ein Schlafzimmer zerstörte.

Aber es war nicht nur ein Schlafzimmer ... sie hatten es für die Hölle gebaut.

Knall! Er ließ seiner Wut freien Lauf und rammte seinen Stiefel auf das Ende eines Bettes. Er schrie nicht, heulte nicht vor Wut, sondern bückte sich nur und packte das Fußende des Bettes, das mit Fesseln und einer Streckstange versehen war, um ihre Beine weit gespreizt zu halten, und schleuderte es quer durch den Raum gegen die Wand, bevor er sich aufrichtete und scharf einatmete.

Ich blieb in der Tür stehen und starrte ihn an, als er meinen Blick erwiderte. »Hast du etwas gefunden?«, fragte ich.

Er schüttelte den Kopf und runzelte besorgt die Stirn, bevor er sich dem zerstörten Raum zuwandte.

»Dann lass uns gehen«, murmelte ich und betrachtete die Zerstörung. »Die Reinigungskräfte können den Rest erledigen.«

Er wandte sich von der in der Wand aufgespießten Verlängerungsstange ab und schritt durch das Chaos. Ich konnte es kaum erwarten, da rauszukommen und mir den Dreck von diesem Ort von der Haut zu schrubben, auch wenn es nichts bringen würde. Diese Scheiße war in meiner Seele eingebrannt, in mein Gedächtnis. Aber nicht so, wie *sie* ...

Diese ... *Tochter.*

Ein Zittern stieg in mir auf, als ich mich mit meinem Bruder auf den Weg zurück nach draußen machte, weil ich wusste, dass er sich in die Tochter verliebt hatte, und zwar schwer. Meine Wangen glühten, als ich an sie dachte. Niemand rührte sie an, nicht, solange wir beide lebten.

Die Scheinwerfer leuchteten am Eingang der Einfahrt. Zwei Scheinwerferpaare. Ich beobachtete, wie ein Lieferwagen und ein schwarzes Auto vorfuhren. Vier Männer stiegen aus dem Lieferwagen und ließen den Motor laufen.

»Du fährst«, sagte der Putzmann, als er um die Front des Fahrzeugs herumging, bevor er zum Heck ging.

Ich sagte nichts, sondern setzte mich hinter das Steuer und wartete darauf, dass Colt auf der Beifahrerseite einstieg. Ich hatte der Crew eine Nachricht geschickt, wo sie ihn später abholen konnten. Wenn sie mit den Leichen fertig waren.

»Ich will dabei sein, wenn sie nach Hause kommt«, murmelte Colt und schaute in meine Richtung. »Ich muss sie sehen.«

Die Verzweiflung in seinem Tonfall ließ mich zusammenzucken. Ich hätte es erwarten sollen. So wie er um sie kämpfte, hatte ich ihn noch nie erlebt. Mein Herz klopfte wie wild, als ich den Wagen auf die Straße lenkte, quer durch die Stadt zum Haus fuhr und mich in meinem Sitz hin und her bewegte.

Denn die Wahrheit war ... er war nicht der Einzige, der für sie wild geworden war. Das hatten wir *alle*, und ich wusste nicht, wie ich damit umgehen sollte. Ich griff nach meinem Handy, tippte die Nummer ein und hörte es dreimal klingeln, bevor abgenommen wurde.

»Ich bin's«, begann ich. »Ist das Team bereit?«

Ich hörte das Stampfen von schweren Stiefeln, bevor Hunter antwortete: »Bei uns ist alles in Ordnung. Ich habe ein Team von sechs Männern im Haus und vier weitere in Bereitschaft. Wenn sie angreifen wollen, dann nicht heute Nacht.«

Ich nickte. »Gut. Wir werden bald da sein.«

Der Rest der Fahrt verlief in Schweigen. Wir wussten beide, was für ein Krieg auf uns wartete. Es war ein Krieg, auf den wir uns unser ganzes Leben lang vorbereitet hatten, seit London zwei gebrochene und blutende Jungen von diesem Ort weggetragen hatte, nachdem sie selbst einen Pakt mit dem Teufel geschlossen hatten.

Zu jeder anderen Zeit hätte ich den Krieg begrüßt ... fast herbeigesehnt. Ich zuckte zusammen, schaltete einen Gang zurück und kontrollierte im Rückspiegel, ob mir jemand folgte. Aber ich spürte eine Veränderung in mir. Eine Klarheit, die vorher nicht da gewesen war. Eine, bei der mir bewusst war, dass ich alles verlieren könnte ...

Viviennes braune Augen tauchten in meinem Kopf auf und mein Puls beschleunigte sich. Ich versuchte, sie wegzuschieben, als ich den Wagen in die Einfahrt lenkte und anhielt. Colt warf einen Blick in meine Richtung. Er sagte kein einziges Wort. Ein Blick sagte alles.

»Ich komme später wieder«, murmelte ich und richtete meinen Blick auf die bewaffneten Söldner, die jetzt auf dem Gelände patrouillierten.

Er stieg aus und stieß die Tür fester zu als sonst. Er war stinksauer. Das sollte er auch sein. *Verdammt, ich war auch sauer.*

Trotzdem legte ich einen Gang ein, trat auf das Gaspedal, wendete das Auto und fuhr zum Lagerhaus. Als ich dort ankam, hatte sich meine Laune nicht gebessert. Wenn überhaupt, hatte sie sich verschlechtert. Ich parkte vor der Tür und schickte dem Reinigungsteam eine SMS mit der Adresse. Das Fahrzeug würde bei Sonnenaufgang verschwunden sein, genauso wie die Leichen und das Blut, das wir zurückgelassen hatten.

Ich bahnte mir einen Weg durch die codierten Schlösser an der Tür des Lagerhauses und ging hinein. Autos, Waffen, Wände voller Informationen und ausgerechnet ein verdammter Kühlraum. Ich starrte das Ding an, dann drehte ich mich um und machte das Deckenlicht an.

Das eisige Zittern kam aus dem Nichts, das gleiche, das ich im Waisenhaus gespürt hatte, und das gleiche, das ich heute Abend spürte. Ich drehte mich um und musterte den Raum, fand aber jede Waffe an ihrem Platz. Trotzdem war da *etwas*. Ich trat vor und versuchte mit allen Sinnen herauszufinden, was sich *falsch* anfühlte.

Ich konnte es nicht sehen. Ich konnte es nicht ausmachen. *Ich konnte es nicht ...*

Aus Reflex ließ ich meine Hand zu dem Messer an meinem Gürtel sinken. Aber als ich das tat, sah ich es … ein Messer, das tief in die Trockenbauwand gerammt war. Ich hatte es nicht dort hingestoßen. Ich könnte schwören, dass ich das nicht gewesen war. Aber sie hatten es nicht umsonst aufgespießt. Da war ein Zettel an die Wand geheftet.

Ich schnappte mir den Griff und riss es heraus. Es war nicht meine Klinge und auch nicht die von Colt. Die weiße Karte fiel von der Wand. Auf einer Seite stand der Name einer Bar. Ich musterte den Schriftzug …

Wir wollen die Tochter.

Söhne.

Wir wollen die Tochter? *Wir wollen die Tochter?* Diese kalte Wut durchfuhr mich, als ich die Visitenkarte aufhob und die Adresse betrachtete. Ich wusste jetzt, was diese Kälte war, diese stechende Wut in meiner Magengrube, als ich letzte Nacht am Rande dieser Hölle gestanden hatte.

Es war Angst.

SECHS

Vivienne

London erblasste vor mir, als er das Handy in seiner Hand sinken ließ.

»Was?«, flüsterte ich und hob meinen Blick.

»*London?*« Ich hörte seinen Namen am anderen Ende der Leitung.

Aber er antwortete nicht. Er sprach überhaupt nicht. Er drückte nur seinen Daumen auf den Bildschirm und beendete den Anruf. Seine finsteren Augen waren auf Daniels gerichtet. Ich hatte noch nie einen so ... *mörderischen* Blick gesehen. Daniels spürte die volle Wucht und machte einen langsamen Schritt rückwärts, an Jack vorbei und tiefer in die Dunkelheit.

»Du wirst ihn die ganze Zeit im Auge behalten«, sagte London langsam und ohne jede Gefühlsregung. »Ich will nicht, dass ihm auch nur ein Haar gekrümmt wird. Habe ich mich klar ausgedrückt?«

»Ja, Sir«, murmelte der Wachmann hinter ihm.

Ein langsames Nicken und London antwortete: »Gut, denn ich will derjenige sein, der diesen Wichser schreien und um sein Leben betteln lässt. Wenn mir das jemand streitig macht, werde ich ihn auf der Stelle ausnehmen.« Er warf einen Blick auf Jack. »Jack, wir bringen dich hier raus und zurück in dein eigenes Zimmer, sobald wir die Sauerei aufgeräumt und das Problem behoben haben.«

Jacks Blick war wie versteinert und er ließ mich nicht einmal aus den Augen, als er antwortete: »Lass dir Zeit.«

Ich leckte mir über die Lippe und zuckte zusammen. Mein verdammter Kopf pulsierte und heulte, aber das war nichts im Vergleich zu den Qualen in meinem Auge.

»Du solltest das von jemandem untersuchen lassen«, sagte Jack mit besorgter Stimme.

Ich hob meinen Kopf und sah ihn durch den Schlitz meines Auges an. »Ja, vielleicht«, antwortete ich, als London sich umdrehte, Jack anstarrte und dann den Blick auf mich richtete ... und zusammenzuckte.

»Lass uns gehen.« Er nickte und legte seine Hand auf die Mitte meines Rückens.

Ich warf Jack noch einen Blick zu, der eine Sekunde lang verharrte. Ein Zittern durchfuhr mich und raubte mir den Atem. War es die Tatsache, dass er mein einziger Kontakt zu Ryth war, die mich auf der Stelle festnagelte? Oder war es etwas anderes ... eine Art Schmerz, der in meiner Brust flatterte.

»Vivienne«, drängte London und legte seine Hand energisch auf meinen Rücken.

Ich hatte keine Zeit, das chaotische Durcheinander in meinem Kopf in Worte zu fassen. Ich ließ mich von London hinausführen und warf noch einen letzten Blick über die Schulter auf den Mann, der mich aufmerksam beobachtete, bis der Wachmann die Tür schloss und Jack Castlemaine wieder einsperrte.

»Gehen wir nach Hause?«, fragte ich, während meine Schritte unter Londons führender Hand schnell wurden.

»Nein.«

Ich runzelte die Stirn. *Nein?* »Wohin gehen wir dann?«, verlangte ich, als wir den Flur entlang zurück zum Foyer des Lagerhauses liefen.

»Zu einem verdammten Arzt«, knurrte er.

Er sprach nie wieder mit den Wachen, nicht einmal ein gebellter Befehl. Einfach ... *nichts.* Ich wehrte mich und riss mich mit einem Ruck los, sobald wir aus dem Gebäude waren. »Hey!«

London ging weiter und seine schweren Schritte hallten in der Nacht wider.

»*HEY!*«, bellte ich. Er blieb mit dem Rücken zu mir stehen und erstarrte. Wut brannte in mir auf, als ich den Abstand verringerte. »Das darfst du nicht ... nicht mit mir.«

Er drehte sich um und starrte mich mit seinem gefährlichen Blick an. »Was darf ich nicht, Vivienne?«

»Mich einfrieren.« Ich trat um ihn herum, bis er keine andere Wahl hatte, als mir seine ungeteilte Aufmerksamkeit zu schenken. »Das darfst du nicht tun, London. Du darfst nicht hier oben sein.« Ich tippte mit dem Finger in die Mitte seiner Stirn. Hart genug, um seinen Kopf nach hinten zu schieben.

Ich bezweifle, dass er in seinem ganzen verdammten Leben jemals von einem Finger mitten in den Kopf gestochen worden war. Aber jetzt schon ...

Seine Stirn runzelte sich und seine Lippen zuckten. Ein Anflug von Wut machte sich in ihm breit, den er aber schnell wieder herunterschluckte. Weil ich es war, oder? Trotzdem wartete ich darauf, dass er bellte, mich packte und ins Auto zerrte. Er tat nichts von alledem. Er schaute mir nur in die Augen und sagte vorsichtig: »Was willst du von mir hören?«

»Oh, ich weiß nicht«, knurrte ich und spürte das verdammte Stechen in meinen Lippen. »Wie wäre es mit: *Geht es dir gut? Wie wär's, wenn wir damit anfangen?* Ich meine ... *Herrgott*, London. Du könntest mir zeigen, dass du dich wenigstens ein *bisschen* um mich scherst, oder?«

Sein Augenwinkel zuckte. Gott, er war eiskalt.

»Glaubst du, es ist mir egal, dass du verletzt bist?«, fragte er vorsichtig, während er einen Schritt nach vorne machte, dann noch einen und mich nach hinten zwang, bis ich gegen das Heck des Wagens stieß. »Glaubst du, ich kann in dein Gesicht schauen, ohne die ganze verdammte Welt zerstören zu wollen?«

Mein Atem ging schwer, mein Puls beschleunigte sich und ich erschauderte. Das war nicht das, was ich ...

Er beugte sich hinunter und seine unergründlichen Augen starrten mir tief in die Seele. Sein Ton war tief, heiser und unbarmherzig. »Glaubst du, ich würde mich nicht gerne umdrehen, zurückgehen und diesem miesen Wichser eine Kugel verpassen?« Qualen durchzogen sein Gesicht. »Ich will es so sehr, dass ich nicht mehr klar denken kann. Ich kriege es nicht aus dem Kopf. Ich will ihn in Stücke reißen. Ich will sein Blut an meinen Händen. Ich will ihr aller Blut an meinen Händen. Ich wollte die ganze Welt in Stücke reißen, als sie dich mir weggenommen haben. Ich würde es tun, wenn ich könnte. Ich hätte alles in Brand gesteckt, bis nur noch du, ich und die Söhne übrig wären.«

Ich versuchte, den Kloß in meinem Hals hinunterzuschlucken, aber er wollte nicht untergehen.

»Wenn du mich also fragst, ob ich mir Sorgen mache, dann lautet die Antwort: *Ja*, Vivienne. Es liegt mir sehr viel an dir. Ich sorge mich ... *zu sehr*.«

Zu sehr?

Das Beben in meiner Brust ließ mich erschaudern. Hatte London St. James mir gerade gesagt, dass er mich liebte?

»Also werden wir jetzt in das Auto steigen und von hier wegfahren. Denn wenn ich noch eine Sekunde länger hier bin, werde ich genau das tun. Ich werde wieder reingehen und mein Versprechen einlösen. Ich werde Daniels töten ... ich werde ihn töten und dann werde ich anfangen, sie alle zu töten und ich werde nicht aufhören. Wir alle werden es tun. Dieses Gemetzel wird kein Ende nehmen, das verstehst du doch, oder? Du verstehst, dass es kein Halten mehr gibt, wenn wir erst einmal angefangen haben, und dass wir dann keine Chance mehr haben, sie zu finden. All die Männer, die ihre eigenen Orden führen. All die Töchter da draußen. Die, die keine Beschützer haben. Die, die nichts als Angst und Verzweiflung haben. Sie sind es, die mich davon abhalten, den ganzen Zorn zu entfesseln, der in mir brennt. Sie sind diejenigen, die mich davon abhalten, dem Ganzen jetzt ein Ende zu setzen.«

Mein Herz machte einen Sprung und schlug gegen die Begrenzung meiner Brust.

»Jetzt weißt du es also«, murmelte er und sein Blick bohrte sich in meinen.

»Jetzt weiß ich es«, wiederholte ich.

Ein Teil von mir erschrak über das Ausmaß seiner Aggression ... und seiner Besessenheit von mir. Und ein anderer Teil - der Teil, der dieses Ausmaß noch vor einer Stunde gebraucht hatte - heulte vor Zufriedenheit.

»Bist du bereit zu gehen?«, fragte er und selbst das klang für London unangenehm.

Er fragte nie jemanden. Aber er fragte *mich* ...

Meine Brust schwoll von dem berauschenden Gefühl an, als ich nickte. »Ja.«

»Gut.« Er trat um mich herum, ging zur Beifahrertür und öffnete sie. »Dann steig ein, damit wir von hier verschwinden können.«

Ich tat es, ließ mich langsam auf den Sitz gleiten und wartete darauf, dass er sich herunterbeugte und den Sicherheitsgurt zuzog. Dunkle Verführung überflutete mich. Ich atmete seinen Duft ein und ließ ihn durch jeden Zentimeter meines Körpers strömen. Was, wenn das, was Daniels getan hatte, mich veränderte? Was, wenn allein der Gedanke, dass London oder Colt oder sogar Carven mich berühren könnten, zu viel wäre? Würden sie mich dann verstoßen? Würden sie mich zum Orden zurückbringen?

Ich schloss die Augen und ließ zu, dass sich die Angst sich ausbreitete, als der Gürtelverschluss einrastete.

»Vivienne.« Londons tiefer, kehliger Ton traf mich wie ein Vorschlaghammer.

Ich öffnete die Augen, um seinem Blick zu begegnen. Ich wusste nicht, warum ich überhaupt gedacht hatte, dass ich etwas anderes fühlen würde, als der Tsunami mich so hart traf, dass er mir die Luft aus den Lungen riss. Ein Schmerz blühte in meiner Brust auf, als ich seinem Blick begegnete. »Ja?«

»Du gehörst mir, Wildkatze. Vergiss das nie.«

Dann zog er sich zurück, ließ mich mit dem Wunsch zurück, diese harten Lippen auf meinen zu spüren, und schloss die Tür. Ich beobachtete, wie er um das Auto herumging und sich hinter das Lenkrad setzte. Der Wagen sprang an, bevor wir rückwärts fuhren und uns auf den Weg nach draußen machten. London griff in seine Tasche, drückte einen Knopf und ließ ihn durch die Lautsprecher des Autos erklingen.

»Du lebst, wie enttäuschend«, sagte die Stimme am anderen Ende der Leitung. Mir stockte bei dem Knurren der Atem und ich beobachtete London, als aus dem Hintergrund ein Schmerzensschrei ertönte, der laut genug war, um durch das Auto zu dröhnen, bevor er langsam abebbte.

»Wo bist du?«, knurrte London.

»Glaub ja nicht, dass du mir noch mehr von deinem verdammten Dreck vor die Tür bringst.«

Londons Hände verkrampften sich um das Lenkrad. »Adresse, Doktor«, sagte er mit zusammengebissenen Zähnen und betrachtete die Straße vor ihm. »Lass mich nicht zweimal fragen.«

»Na schön«, schnauzte der Tote. Denn wenn er es vorher nicht gewesen war, war er es jetzt. Niemand sprach so mit London. »Ich schicke dir eine Nachricht«, murmelte er, während im Hintergrund wieder die Schmerzensschreie zu hören waren.

Ich fixierte das Heulen, als es mir bewusst wurde. Das war Guild ... *das war Guild.* Ich konzentrierte mich wieder auf London, als der Anruf verstummte. Zwei Sekunden später erschien eine Nachricht auf dem Bildschirm.

London drückte einen Knopf und verwandelte die Adresse in eine Karte auf dem Display. Ich wurde nach hinten in den Sitz gedrückt, als er auf das Gaspedal trat und wir durch die Straßen der Stadt fuhren, während wir den Anweisungen folgten.

»Bleib immer in meiner Nähe.« Ich drehte meinen Kopf und begegnete seinem Blick. »Ich traue niemandem, der nicht zu uns gehört«, fügte er hinzu. »Nicht heute Nacht.«

Ich nickte kurz, als er in die Einfahrt eines kleinen braunen Backsteinhauses am Ende einer Sackgasse fuhr. Ich konnte das verdammte Ding kaum sehen, geschweige denn die Straßen, die uns hierherführten. Von Sekunde zu Sekunde schloss sich mein Auge mehr, sodass ich ohne ein gutes Auge und mit pochenden Kopfschmerzen zurückblieb.

London fuhr den Wagen an das Haus heran und stieg aus, bevor er mir die Tür öffnete.

»Wir fahren nach hinten«, drängte er, während er die Straße beobachtete, bevor er sich wieder umdrehte. »Nimm meine Hand.«

Ich tat es und ließ meine Finger zwischen seine gleiten, als wäre es die normalste Sache der Welt, bis ein Anflug von

Eifersucht aufstieg. Wie viele andere Frauen hatte er schon auf diese Weise gehalten? Um wie viele Geliebte hatte er sich schon gekümmert?

Meine Schritte stockten und ich zog mich von ihm zurück. *Bitte sag mir nicht, dass sie es war ... diese verdammte Schlampe, Ophelia.*

Irgendjemand anders als sie.

Irgendjemand anders ...

»Was ist los?« Panik vertiefte sein Knurren, als London sich zu mir umdrehte. Mein Herz klopfte so heftig, dass meine ganze Brust schmerzte. Egal, wie sehr ich mich anstrengte, ich konnte diese verzehrende Welle nicht abschütteln. Ich konnte nicht mehr zu Atem kommen, als mir dicke Tränen aus einem Auge flossen und aus dem anderen sickerten.

Ein Schrei brach aus.

Grausam.

Stechend.

Als hätte jemand in meine Brust gegriffen und mir das Herz herausgerissen. »D–du und sie«, stotterte ich wie ein verliebter Teenager und hob meinen Kopf. »D–du und *s–sie*.«

Qualen füllten diese Augen, nur ein Vorgeschmack auf den Schmerz, den er mir zufügte.

»Das liegt alles hinter uns.« Er ließ meine Hand fallen, um mein Gesicht mit beiden Händen zu umfassen und neigte meinen Blick sanft nach oben. »Verstehst du mich? Das war erledigt, bevor es diese Nacht gab. Jetzt gibt es nur noch uns. Nur uns.«

Ich versuchte, die Worte zu verstehen.

Ich versuchte, sie herunterzuschlucken.

Aber ich konnte sie nicht loslassen, selbst als meine Knie nachgaben.

London war da und fing mich auf, bevor ich auf dem kalten Betonweg aufschlug. Starke Arme hoben mich hoch und trugen mich um den Rand des Gebäudes herum zur Hintertür. *Bumm!* Er trat gegen die Tür und das Geräusch von schweren Schritten folgte. Die Tür wurde aufgerissen. Ich konnte die dunklen, verschwommenen Umrisse durch den Schimmer meiner Tränen kaum erkennen, bevor wir ohne Aufforderung ins Haus schritten.

»Heilige Scheiße«, murmelte der Arzt. »Hier rein.«

London sagte kein Wort, sondern folgte dem Mann in einen Raum im hinteren Teil des Hauses und setzte mich sanft auf einen Tisch.

»Was zum Teufel ist mit ihr passiert?« Das Bellen ertönte mit einem leisen Klicken.

Helles Licht blendete mich. Ich stieß ein Stöhnen aus und wich zurück, um die Tränen zu verbergen, die mir über die Wangen liefen.

»Du bist wirklich ein Mistkerl, nicht wahr, St. James?«, knurrte er und schaltete das Licht aus. »Immer mit der Ruhe. Ich werde dir nicht wehtun. Ich bin ein Arzt.«

»Ich weiß«, antwortete ich, drehte mich langsam um und hob meinen Kopf, bis ich ihn durch den Schlitz in meinem Auge sah. »Und das hier war nicht London, also hör auf mit deiner Standpauke.«

Er verstummte, dann richtete er sich langsam auf, den Blick auf mich gerichtet. »Okay, willst du mir erzählen, was passiert ist?«

»Glaubst du, ich bin ausgerutscht?« Seine Lippen verzogen sich und sein Kiefer verkrampfte sich. »Ich glaube nicht«, murmelte ich. »Sagen wir einfach, dass London das nicht getan hat. Er hat mich vor den Arschlöchern gerettet, die es getan haben.«

Eine Sekunde lang glaubte ich, dass er mir glauben würde. Aber dann atmete er langsam aus und sein Ton wurde etwas leiser. »Wie wäre es dann, wenn wir dich auf den Rücken legen, damit ich dich untersuchen kann?«

Mein Körper zitterte und bebte. Trotzdem nickte ich und hielt mich an der Tischkante fest. Der Arzt half mir und drückte mich runter, bis ich flach lag. Londons Jacke rutschte hoch und enthüllte das T-Shirt von Colt, das ich trug.

Der Arzt warf einen Blick darauf und erstarrte für eine knappe Sekunde, bevor er sich umdrehte und nach seinem Stethoskop griff. »Willst du uns ein bisschen Privatsphäre geben?«, ordnete er an.

»Nein«, antwortete London und zwang den Arzt, ihm in die Augen zu sehen.

Er richtete seine finsteren Augen auf meine. Alles, was ich sah, waren Loyalität und Schmerz ... und eine gefährliche Verzweiflung, die mir ein Schaudern über den Rücken jagte.

»Das ist keine Bitte«, drängte der Arzt. »Außerdem kannst du dich um deinen Kumpel kümmern.«

»Guild?« Ich drehte mich in Richtung Flur.

»Mach dir keine Sorgen um ihn«, drängte der Arzt. »Im Moment musst du dich auf dich selbst konzentrieren. London wird nach Guild sehen. Es sieht so aus, als hättet ihr beide eine verdammt harte Nacht gehabt.«

»Das kannst du laut sagen«, murmelte ich und leckte mir die verletzte Lippe.

Londons Handy gab einen Piepton von sich. Ich wusste sofort, dass es einer der Zwillinge war. »Geh«, murmelte ich. »Ich komme schon klar.«

Er wollte nicht gehen, das wusste ich, das wusste ich an dem sturen Ausdruck, der sich auf sein Gesicht legte, bis ein leises Stöhnen aus dem Flur kam.

»*London*«, rief Guild.

»Geh«, befahl ich. »Ich komme schon klar.«

Widerwillig ging er, aber nicht, bevor er dem Arzt einen Blick zuwarf, der Bände sprach ... Bände der Gewalt.

»Sieht aus, als hättest du einen Fan«, stöhnte ich und rutschte auf die harte Oberfläche unter mir.

»Ich Glückspilz.« Der Arzt drehte sich um und machte sich an die Arbeit. Er leuchtete noch einmal in mein besseres Auge, bevor er mein anderes Auge aufdrückte und seine Finger gegen die Schmerzen stemmte, bis ich zischte. »Es scheint nichts gebrochen zu sein. Aber du hast eine ziemlich starke Blutung.«

»Ich Glückspilz«, wiederholte ich.

Er zuckte nicht zurück, hörte nicht auf. Er fing von oben an und fand jede einzelne Wunde in meiner Kopfhaut, bevor er sich nach unten vorarbeitete und bei den blauen Flecken an meinen Armen verweilte, bevor er mich fragte: »Ist es für dich in Ordnung, wenn ich dein Hemd hochziehe?«

Ich nickte langsam. Seine Finger verweilten nicht, er konzentrierte sich nur auf meine Verletzungen. Ich wartete auf die Abscheu vor seiner Berührung. Aber der Mann war so verdammt respektvoll und tastete nur so viel ab, wie er brauchte, um meine Verletzungen zu untersuchen. Ich drehte meinen Kopf, als er meinen Bauch abtastete, schrie auf und versteifte mich, als er den tiefsten Punkt meines Schmerzes fand.

»Ich muss das fragen«, hauchte er. »Wurdest du vergewaltigt?«

Mein Puls raste und unterdrückte das Geräusch der näherkommenden Schritte. Aber ich hielt seinem Blick stand und schüttelte langsam den Kopf.

Ich wusste nicht, ob er mir glaubte. Ich hatte keine Chance, es herauszufinden. Der Arzt zog das Hemd herunter und bedeckte mich so gut er konnte, als London den Raum betrat. Diese finsteren Augen entgingen nichts, sie waren auf die Hand des Arztes fixiert, die von meinem Oberschenkel zu meinem Rücken wanderte und mir half, mich aufzusetzen.

»Wann kann Guild gehen?« Londons Stimme klang bedrohlich.

»Bei einem Schuss wie diesem? In einer Woche. Er braucht medizinische Versorgung, London.«

»Er muss zurück an die Arbeit.« London fixierte mich mit seinem Blick. »Kannst du ihr etwas gegen die Schmerzen geben?«

Dem Arzt gefiel die Aufdringlichkeit kein bisschen. »Natürlich.«

Er ging zu einem Tresen auf der anderen Seite des Raumes und griff in eine Glasvitrine, um ein Fläschchen herauszuziehen. Nicht ein einziges Mal wandte London den Blick von mir ab. Sein Blick wurde nicht weich, kein Anflug von Peinlichkeit. Nur dieser wilde Blick, der sich an den Arzt wandte, als er mir ein paar weiße Pillen reichte. »Die werden gegen die Schmerzen helfen. Sie machen dich vielleicht ein bisschen schläfrig, aber du brauchst jetzt einen guten Schlaf. Vorausgesetzt, sie ist in Sicherheit ...« Den letzten Teil richtete er an London.

»Vivienne«, sagte London vorsichtig. »Wie wäre es, wenn du einen Moment draußen wartest, während der Arzt und ich uns unterhalten?«

»Wie wär's mit *Nein?*«, antwortete ich, wohl wissend, dass es nur einer lebend rausschaffen würde, wenn ich das täte, und das wäre nicht der Arzt.

»Es ist in Ordnung.« Der Arzt starrte London an, während ich von der Bank rutschte und mit den Füßen auf dem Boden aufschlug.

Ich überließ sie ihren Streitereien und ging mit den Pillen in der Hand nach draußen. Ich suchte nicht nach einem Getränk. Stattdessen ging ich langsam den Flur entlang bis zur Tür eines anderen Zimmers ... und zu dem Mann, der sein Leben riskiert hatte, um meines zu retten.

Guild warf einen Blick in meine Richtung. Seine Augen weiteten sich für eine Sekunde, als er mich ängstlich ansah. »Mein Gott, Viv.« Er stemmte sich nach oben und erhob sich mit einem Zucken und einem kehligen Knurren.

Seine Brust war bandagiert, sein Arm quer über den Körper geschnallt. Ich starrte ihn an, dann hob ich langsam meinen Blick. »Kommst du klar?«

»Besser als du, so wie es aussieht.« Er hob die Hand, riss sich die Elektroden von der Brust und warf sie beiseite, bevor er zu mir stolperte. »Scheiße, die haben dir ganz schön zugesetzt.« Er griff sanft nach meinem Kinn und kippte mein Gesicht.

»Es sieht schlimmer aus, als es ist«, murmelte ich.

»Das bezweifle ich.« Er löste seinen Griff und die Besorgnis in seinen Augen verstärkte sich. »Sind sie tot?«

»Alle, bis auf einen.«

Er runzelte die Stirn. »Wer?«

»Daniels.«

Er fluchte leise und machte einen Schritt. »Wo zum Teufel ist er?«

Ich hielt ihn fest, als er schwankte. »Warte. Er ist ... er ist in Londons Lagerraum.«

Guild blieb stehen, hielt sich am Türrahmen fest und begegnete meinem Blick. »Er hält ihn am Leben?«

Ich nickte. »Er braucht ihn.«

Er suchte meinen Blick, fixiert auf die Schwellung meines Auges. »Ich werde ihn selbst umbringen.«

»Den Teufel wirst du tun«, bellte London von der Tür aus, als er den Raum betrat.

Er warf einen Blick auf mich, bevor er sich an Guild wandte. »Gut, du bist wach. Wir können zurück zum Haus gehen.«

Gott, er war ein gefühlloser Mistkerl. So verdammt kalt, bis in sein Innerstes. Trotzdem hielt er mir die Hand hin. »Vivienne.«

Ich schüttelte den Kopf, aber es war sinnlos, sich gegen ihn zu wehren. Es war sinnlos, gegen einen von ihnen anzukämpfen. Guild folgte mir mit einem stählernen, entschlossenen Blick, als London meinen Arm nahm und mich zur Rückseite des Hauses führte.

»*Wartet!*« Der Arzt drängte sich durch die Tür hinter uns.

Sein Gesichtsausdruck war wütend und er fixierte London. »Das kannst du nicht machen.«

Ich schaute ihn über die Schulter an, während London mich hinauszerrte und nicht einmal stehen blieb.

»*Denk an die verdammten Komplikationen!*«

»Das tue ich doch«, knurrte London, als er das Auto umrundete, die Tür öffnete und mich einsteigen ließ.

Guild stieg auf den Rücksitz und stöhnte vor Schmerzen.

Aber es war der Blick des Arztes, der mich in seinen Bann zog, als London hinter das Lenkrad stieg. Denn er starrte nicht mehr London an, sondern mich.

»Was für Komplikationen?«, fragte ich, als London den Mercedes startete und rückwärts aus der Einfahrt fuhr. »*London.*« Ich drehte mich ruckartig zu ihm um. »Was für Komplikationen?«

SIEBEN

Carven

————

Ich tippte eine Nachricht:

Status-Update?

Dann drückte ich auf Senden.

Ich blickte nicht auf, konzentrierte mich auf nichts anderes als auf den Bildschirm, während ich wartete. Ich brauchte nicht lange zu warten.

Piep.

London: *Auf dem Weg nach Hause.*

Ich tippte wieder:

Ich komme später wieder. Ich muss mich noch um etwas kümmern.

Ich wartete eine Sekunde, nachdem der Bildschirm erloschen war, bevor ich mich bewegte und meinen Blick auf die dunkle Gasse im schäbigen Westteil der Stadt hob. Die Karte bog sich in meiner Faust, als ich sie zusammenpresste. Ich brauchte die Worte nicht zu lesen, denn ich hatte sie mir eingeprägt.

Wir wollen die Tochter.

Ich verkrampfte meinen Kiefer, stieß meine Tür auf und stieg aus dem Auto. Sie konnten so viel wollen, wie sie wollten. Ich war hier, um ihnen eine Antwort zu geben ... von Sohn zu Sohn. Ich schloss die Tür und schloss das Auto hinter mir ab, während ich zu der Adresse fuhr, die auf der Karte stand. Es war eine Art Konservenfabrik, die schon lange nicht mehr in Betrieb war und jetzt für illegale Rave-Partys genutzt wurde, von denen sich die Polizei fernhielt.

Ich ging die Gasse entlang bis zu einer Stahltür. Aus dem Augenwinkel bewegte sich etwas, als ein großer Kerl aus einem schwarzen Mustang ausstieg.

»Suchst du etwas?«, erkundigte er sich.

»Ja.« Ich hielt die Karte hoch. »Das hier. Kennst du sie?«

Er warf einen kurzen Blick auf meine Hand, bevor er auf die Tür zuging, den Griff drehte und an der Tür riss. Die Scharniere quietschten, als sich die Tür öffnete und der dumpfe Klang der Musik ertönte.

»Viel Glück«, murmelte er, als ich eintrat und ihm überließ, die Tür hinter mir zu schließen.

Ich brauchte kein verdammtes Glück. Ich brauchte eine verdammte Dusche und acht Stunden Schlaf. Ich musterte die dunkle Lagerhalle mit den vielen Partygästen und entdeckte einen DJ, der vorne auf einem Podium stand und wie ein Idiot mit der Hand wedelte, während er irgendeinen Heavy-Metal-Song aus den Lautsprechern schmetterte - beides würde ich hier nicht finden.

Ich konzentrierte mich auf die Leute um mich herum, während sich panische Gedanken aufdrängten. *Wie zum Teufel sollte ich hier drin irgendeinen Idioten finden?* Ein Arschloch drängte sich gegen mich. Ich warf ihm einen Blick zu. Er starrte mich wie bekifft an, bevor ich ihn zurückstieß und zusah, wie wieder zwischen den Körpern verschwand.

Denk nach ...

Mein Puls raste und trieb die Frustration noch tiefer. *Verdammt!*

Ich konnte das nicht in den Griff bekommen, nicht nach der verdammten Nacht, die ich hinter mir hatte. Meine Finger waren immer noch blutig, mein Verstand war immer noch auf die Jagd eingestellt.

Bis die zuschlagenden Körper und die markerschütternden Schreie verklungen waren.

Das war es ...

Jagen.

Der Instinkt übernahm die Oberhand und verdrängte alles andere um mich herum. Der Rave oder die Musik waren mir egal. Alles war mir egal, nur der Hunger in mir zählte. Der Hunger, der mich dazu brachte, jeden Wichser um mich herum zu erwürgen, zu zerschmettern und auszunehmen. Ich blieb stehen und starrte geradeaus, während ich in der Dunkelheit versank.

Ich war nicht wie sie. Ich war nicht wie irgendeiner von ihnen. Ich war gebrochen und wieder aufgebaut ... *anders.*

Ich war nicht nur ein Jäger ... oder ein Killer. Ich war eine verdammte Maschine. Kalt. Leer ... *losgelöst.* Mein Bruder und

London waren die einzigen beiden Menschen, die mich dazu brachten, den Schalter zum Menschen umzulegen. Im Moment brauchte ich diesen emotionslosen Teil meiner Natur mehr als alles andere. Es war diese Kälte, der ich mich zuwandte ... dieser grausame Teil meiner Natur, der die Oberhand gewann und mich die verschwommenen Gesichter der Lämmer um mich herum mustern ließ.

Ich war jetzt ein Jäger ... nur, dass ich nicht sie jagte. Es war meine eigene Art - ein Sohn. Ich wandte mich ab und ging weiter. Er war nicht hier draußen, nicht unter den unter Drogen stehenden Idioten, die schwitzten, tanzten und den Krieg um sich herum nicht bemerkten. Ich ging auf die Rückseite des alten Lagerhauses zu.

Die Finsternis rief mich.

Versteckt.

Ruhig.

Dort würde ich ihn finden.

Denn dort würde ich sein, wenn ich er wäre.

Ich drängte vorwärts und sank in die dunklen Tiefen hinab. Meine Schritte verlängerten sich. Die Schultern spannten sich. Ich musterte die Menschen um mich herum, als ich an der Seite des Podiums entlang ging. Der DJ drehte den Kopf und entdeckte mich, bevor er finster dreinschaute und den Blick abwandte.

Er sollte auch wegsehen ...

Seine Musik war scheiße.

Ein weiterer Türsteher trat aus der Menge, als ich mich dem Hintereingang näherte. Ein Blick und er ruckte mit dem Kopf.

Ich wusste inzwischen, wie es ablief. Nicht, dass ihnen das helfen würde. Ich blieb vor ihm stehen und hob meine Arme. Die Abtastung ging schnell und er fand nichts. Der Türsteher nickte, trat zur Seite und öffnete eine Tür hinter sich.

Ich trat ein, schloss die Tür hinter mir und fand düsteres Licht und eine behelfsmäßige Bar vor, die den Raum ausfüllte. Ich spürte den Sohn sofort, als ich eintrat. Kalt, geheimnisvoll. Sein Blick verengte sich auf mich.

Vorsichtige Blicke kreuzten meinen Weg. Silas Ares saß an einem kleinen runden Tisch in der Mitte des Raumes und beäugte jemanden in der Ecke, bevor er sich mir zuwandte.

Wir waren keine Freunde. Verdammt, wir waren nicht einmal Verbündete, aber er nickte langsam und vorsichtig, um meine Anwesenheit zu bestätigen. Ich erwiderte sein Nicken, bevor sich etwas in meinem Augenwinkel bewegte und, wer hätte das gedacht, Nathaniel Wolf sich zu erkennen gab.

Er warf einen Blick auf Silas und gluckste.

Silas wurde blass und Wut machte sich in seinem Gesicht breit, bevor er zusammenzuckte. Dann erhob er sich, schnappte sich die Flasche Scotch und drängte sich an Wolf vorbei, wobei er ihn schubste. Ich ging um sie herum. Ihr Streit Blut war nicht meine Angelegenheit. Das Letzte, was ich brauchte, war, mich einzumischen. Ich hatte schon genug Dreck am Stecken, nur, um meine Familie zu beschützen.

Meine Gedanken kreisten um *sie*. Der Grund für all das hier.

London hätte sie nie in unser Haus holen dürfen.

Er hätte sie niemals ...

Carven! Ihr Schrei ging mir durch den Kopf, als ich um den Tisch herumging und mich auf den Weg zur Bar machte. *CARVEN!*

Mein verdammter Puls raste, als ich mein Portemonnaie zückte, einen Zwanziger auf den Tresen legte und dem schmierigen Arschloch zunickte, das sich ein Glas schnappte und einschenkte.

Der Drink war mir scheißegal. Ich war aus einem anderen Grund hier.

Ich drehte mich um und musterte die Schatten, die sich an den Rändern des Raums festhielten, und entdeckte weitere bekannte Gesichter. Lazarus Rossi war mit einer hübschen Rothaarigen da. Er sah zu, wie ich sie musterte, ohne auch nur einen Anflug von Interesse zu verspüren. Ich erinnerte mich daran, wie sie den Körper meines Bruders mit ihrem eigenen bedeckt hatte, als ich in die Umkleidekabine gestürmt war, als wir angegriffen worden waren.

Es war immer sie ...

Nur sie.

Ich griff nach meinem Glas und leerte den Scotch, als ein Wichser aus dem hinteren Teil des Raumes auftauchte. Meine Sinne erwachten zum Leben. Ich bekam eine Gänsehaut und die Haare stellten sich in meinem Nacken auf. Ich musterte den Rest des Raumes, als der Typ langsam auf mich zukam.

Mein Herz raste und dröhnte in meinen Ohren, als er sein leeres Glas vor mir an der Theke entlang schob und dabei auf einem Zahnstocher in seinem Mundwinkel kaute.

»Carven«, sagte er vorsichtig, und die Panik wuchs, bis sie in mir aufschrie.

Ich suchte das Gesicht des Bastards ab und versuchte, irgendetwas Bekanntes zu finden. Aber da war nichts. Er war älter ... älter als wir, ein harter Kiefer, der gleiche kalte, starre Blick.

»Die Tochter«, sagte er leise und beiläufig, als der Barkeeper sein leeres Glas nahm. »Ich will sie.«

Ich verkrampfte meinen Kiefer und wartete darauf, dass er meinen Blick erwiderte. »Das wird nicht passieren«, antwortete ich.

Alles, was ich sehen konnte, war Colt, wie er sie gefickt hatte. Mein Bruder war emotional involviert. *Sehr ... emotional ... involviert.* Das war der einzige Grund, warum ich mich langsam von meinem Platz erhob und mich dem Wichser direkt gegenüberstellte.

Er lehnte sich nah zu mir und murmelte mir etwas ins Ohr: »Das wird es, wenn ich es sage. Sie gehört nicht euch.«

Mein Herz schlug gegen meine Rippen, als das unbarmherzige Verlangen nach Blut aufstieg. »Du denkst, sie gehört dir?«

»Sie ist eine Tochter, nicht wahr? Sie gehören *alle* mir.«

Er richtete sich auf und starrte mich an, als ich antwortete: »Viel Glück, wenn du versuchen willst, sie dir zu holen.«

Ein langsames Nicken und er trat einen Schritt zurück. »Es spielt keine Rolle, wenn ich dabei an euch vorbeimuss, oder durch euch hindurch.« Er zuckte mit den Schultern. »Für mich macht das absolut keinen Unterschied. So oder so - die Tochter wird mir gehören.«

Mein Atem stockte, als mich die Kälte durchfuhr. Ich wollte den Wichser abstechen. Ich wollte zustechen, bis nichts mehr übrig war, aber in dem Moment, als er sich bewegte, trat ein anderer hinter mir aus dem Schatten.

Mein Puls raste, als er dem ersten Arschloch in Richtung Tür folgte. Dann bewegte sich ein anderer an meiner Seite und stieß sich von der Wand ab. Mein Gott, ich hatte ihn noch nicht einmal gesehen. Er war nichts weiter als ein Schatten ... ein Schatten mit einem düsteren, leeren Blick. Ein Blick, der auf den meinen gerichtet war, bevor er sich umdrehte und zur Tür ging.

Diese kalte Angst durchfuhr mich.

Es war nicht nur ein Sohn, der hinter Vivienne her war, sondern *drei*.

Drei eiskalte, verdammte Killer.

Es spielt keine Rolle, wenn ich dabei an euch vorbeimuss, oder durch euch hindurch.

Wir steckten in Schwierigkeiten ... in verdammt großen Schwierigkeiten. Das wusste ich jetzt. Wenn wir unsere Tochter noch einmal verlieren würden, wären Colt und London am Boden zerstört - ich spürte einen Schmerz in meiner Brust, als ich an ihr Gesicht dachte - ja, sie würden verdammt noch mal mörderisch werden.

Ich wartete nicht, sondern schritt auf die Tür zu.

»Carven.« Jemand rief meinen Namen. »*Hey!*«

Aber ich blieb nicht stehen, ich wurde nicht einmal langsamer. Ich riss einfach die Tür auf und stürzte mich erneut in die Menge und die Musik - verzweifelt auf der Suche nach denen, die uns das nehmen wollten, was uns gehörte.

ACHT

Vivienne

DIE SEITE MEINES GESICHTS POCHTE UND JAGTE MIR HEFTIGE SCHLÄGE DURCH DEN KOPF, bis ich dachte, er würde auseinanderbrechen. Ich fasste mir an die Wange, als Guild und London stritten. Ich zuckte bei ihrem Gebrüll zusammen.

Jeden verdammten Moment würde London explodieren. Und wenn es soweit war ... dann würde es schlimm werden.

»Das kann doch nicht dein Ernst sein«, murmelte der Bodyguard, als wir in die Straße einbogen, in der wir wohnten.

Mein Herz dröhnte und machte die Schläge in meinem Kopf noch deutlicher.

»Du willst sie wirklich hierher zurückbringen? Um Himmels willen, London! *Es ist nicht sicher!«*

London warf mir einen bösen Blick zu. Ich sah die Bewegung, aber ich konnte ihn nicht ansehen. Ich war wie erstarrt, während eine Hand den Türgriff umklammerte und die andere sich um den Sitz neben mir krallte.

»Ich laufe nicht weg, verdammt.« London wandte sich wieder der Straße zu und verlangsamte den Wagen, bevor wir in die Einfahrt fuhren. »Nicht vor ihnen. Vor *niemandem*. In dem Moment, in dem du das tust, bist du tot. Das weißt du.«

Das war alles, was er sagte, als er den Motor abstellte.

»Du läufst nicht weg?« Guild stöhnte, als er die Tür aufstieß und London vorsichtig aus dem Auto folgte. »*Du. Läufst. Nicht. Weg?*«

Bumm!

Die Tür knallte hinter mir zu. Ich zuckte zusammen und hielt mir den Kopf, als London das Auto umrundete und meine Tür öffnete. »Das habe ich doch gesagt.« Er hielt mir die Hand hin und seine dunklen Augen waren auf meine gerichtet. »Ich bleibe stehen und kämpfe.«

London hielt meine Hand fest, als ich ausstieg. Ich wusste, was er damit sagen wollte. Ich sah es in seinem gefährlichen, finsteren Blick. Er wollte wegen dieser Sache in den Krieg ziehen ... er wollte *meinetwegen* in den Krieg ziehen.

Der Hunger blühte in mir auf wie eine tödliche Rose. Wenn London St. James schon vorher ein gefährlicher Mann gewesen war ... dann würde er jetzt noch viel schlimmer werden.

»Sieh dich verdammt noch mal um. *Da ist kein verdammter Ausweg!*«

Aber London sagte kein Wort. Sein Blick lastete auf mir, als ich mich auf das Haus zubewegte. In dem Moment, in dem ich mich dem Haus näherte, stürzten die Erinnerungen auf mich ein und der Schrecken folgte. Meine Schritte stotterten und mein Atem stockte. Alles, was ich sah, war die aufgebrochene Tür und das Blut, das auf den betonierten Weg zur Eingangstreppe gesickert war. Alles, was ich sah, war der Tod.

»Sie kann nicht hier bleiben, London. Das weißt du«, drängte Guild, der hinter mir auftauchte.

Trotzdem zwang ich mich, weiterzugehen. Ich hatte schon Schlimmeres erlebt, erinnerte ich mich ... *viel* Schlimmeres.

Ich schluckte schwer und zwang mich, an den purpurnen Flecken vorbeizugehen, als London ausrastete. »Der Unterschlupf wurde noch nicht überprüft. Ich kann nicht garantieren, dass es sicher ist. Was schlägst du also vor, wo wir hingehen sollen, ins *Four Seasons*?«

Meine Finger zitterten, als ich mich an der Tür festhielt und eintrat. Aber ich sah kein Foyer, das mit Guilds Blut bedeckt war, sondern Colt, der die Treppe hinunterschritt und zwei Taschen trug, die aussahen, als wären sie vollgestopft ... *mit meinen Klamotten.*

Er ließ sie mit einem dumpfen Aufprall neben zwei anderen, ebenfalls gefüllten Taschen am Eingang fallen, bevor er meinem Blick begegnete. Mein Körper zitterte bei seinem Anblick. Tränen schossen mir in die Augen.

»Was zum Teufel ist das?«, knurrte London hinter mir.

Ich konzentrierte mich auf die Taschen und dann auf die stille Resignation im Blick meines Sohnes.

»Wie es aussieht, sind das ihre Sachen«, sagte Guild. »Wenigstens kümmert sich jemand darum, sie zu beschützen.«

Aus dem Augenwinkel heraus warf London ihm einen tödlichen Blick zu. »Du hast Glück, dass du verwundet bist, sonst hätte ich dich selbst erschossen.«

Ich machte einen langsamen Schritt nach vorne und entdeckte rosa Chiffon und schwarzen Jeansstoff, der aus einem halb geschlossenen Reißverschluss ragte. »Das sind alles meine Klamotten.«

Colt nickte langsam.

Seine stechenden blauen Augen suchten mein Gesicht ab, während ich sprach. »Und nichts von dir.«

Er blickte finster drein und schüttelte dann langsam den Kopf, als wäre er nicht auf die Idee gekommen, dass er sie brauchen könnte.

»Du hast das alles für mich getan?«, krächzte ich.

Verzweiflung flatterte auf, als er einen Schritt näher kam und seine Hand hob, um mit dem Daumen über meine Wange zu streichen. Ich zuckte bei dem Pochen zusammen und hasste es, dass er sich wieder zurückzog. Aber er ergriff meine Hand, warf London einen bösen Blick zu und zog mich dann sanft mit sich.

Wir machten uns auf den Weg nach oben, während ich mich am Geländer festhielt und bei jedem Schritt zusammenzuckte. Aber ich zwang mich, mich zu bewegen, bis ich auf den Treppenabsatz trat, zur offenen Tür meines Schlafzimmers starrte und stehen blieb. Stunden. So lange war es her ... Stunden, seit ich in meinem Bett gelegen und versucht hatte, mich von der Hölle zu erholen, die wir nach dem Angriff im Einkaufszentrum durchgemacht hatten.

Dann traf mich der Schlag.

Mit einem donnernden Gebrüll.

Ein verwundetes Geräusch kam aus meiner Kehle, als meine Knie nachgaben. Aber ich schlug nicht auf dem Boden auf. Starke Hände packten mich. Ich wurde hochgehoben und gegen eine starke, warme Brust gezogen. Ich drehte mein Gesicht, um meine Qualen gegen seine Stärke zu schmiegen. Meine Arme legten sich um seinen Hals, als mein schweigsamer Retter sich bewegte und mich in mein Zimmer trug. Er hielt mich fest und wollte mich nicht loslassen ... noch nicht.

Ich klammerte mich an ihn und hielt mich an ihm fest, als wäre er meine Rettungsinsel in diesem unbarmherzigen Meer des Terrors, bis seine leise Stimme die Stille durchbrach.

»*Vivienne.*«

Ich zitterte und bebte, unfähig, etwas anderes zu tun, als in den Abgrund der Verzweiflung zu stürzen, der mich erwartete.

»Vivienne.«

Der tiefe, wohlklingende Ton ließ mich den Kopf heben. Ich öffnete mein kaum noch funktionierendes Auge und sah ihn hinter meinen brennenden Tränen verschwommen.

Diese finsteren blauen Augen hielten mich fest. »Wir machen das nicht«, murmelte er.

»W–Was?« Ich zwang mich, den Felsbrocken, der mir im Hals steckte, zu überwinden.

»Wir verlieren uns nicht.«

Ich hielt inne, mein Herz hämmerte ... und ich versuchte, seine Worte zu verarbeiten.

»Wir könnten zerbrechen ...« Sein Daumen streichelte meine Hand, als er sie anhob und umdrehte. »Wir könnten bröckeln.« Diese sanfte Berührung strich über die Wunde in der Mitte meiner Handfläche. Die Wunde, die ich mir zugezogen hatte, als ich den zerbrochenen Spiegel wie eine Waffe benutzt hatte. »Aber Scherben schneiden auch.«

Mein Körper zitterte, als sich meine Knie fest aneinander pressten.

»Sie schneiden, Baby«, drängte er. Er richtete seinen Blick auf mich. »Sie schneiden so verdammt tief, besonders wenn wir sie schärfen.«

Was wollte er mir damit sagen? Ich versuchte, zwischen den Schaudern einen Sinn zu finden. Er drehte seinen Kopf zu den Klamotten, die auf dem ordentlich gemachten Bett lagen. Die Kleidung war für mich bestimmt. *Weil wir weggehen würden ...*

Genau wie Guild gesagt hatte.

Wir würden dieses Haus verlassen und nicht mehr zurückkommen.

»W–Wohin?«, flüsterte ich. Dieses Wort brannte wie Feuer in meiner Kehle. Diese Kanten schnitten schon ... aber sie schnitten *mich*. »Wohin gehen wir?«

Colt zuckte langsam mit den Schultern und verzog seine perfekten Lippen. »Das *Four Seasons* hört sich gut an, oder?«

Ich stieß ein Lachen aus. Trotzdem war es, als würden diese Kanten mich endlich durchschneiden und mich von der schweren Last der Angst befreien. Ich stürzte an die Oberfläche, trat und krallte mich, und die Last all dessen fiel von mir ab, als ich endlich oben ankam.

Ich atmete tief ein, schluckte die Luft und atmete schwer aus, als ich endlich verstand, was Colt meinte.

Ich war die geschliffene Klinge.

Ich war die Waffe.

Ich war das, was sie zu zerstören versucht hatten.

Aber sie hatten es nicht getan, oder?

Denn ich war hier. Ich war verdammt noch mal genau hier und starrte in die endlosen dunklen Tiefen dieser wissenden Augen. Die Augen, die vor Tiefe schimmerten. Ich war nicht mehr am Ertrinken. Ich wurde getragen, mitgerissen von der Strömung seiner Liebe. Mein Puls raste, als er mich durchströmte.

Das Zittern ließ nach, als Colt sich nach vorne beugte und mich sanft, ohne mich zu berühren, küsste. Ich schloss meine Augen bei der Wärme seiner Lippen und unter dem Rausch kam das Bedürfnis, das wie Feuer in meinen Adern brannte. Ich schlang meine Arme fest um ihn und presste meinen Körper gegen seinen, bis es wehtat.

Der Schmerz war mir egal.

Stattdessen hieß ich ihn willkommen.

Er berührte mich nie, schlang nie seine starken Arme um meinen Körper und zog mich fest an sich. Er ließ mich nehmen, was ich wollte und ich schlang eine Hand um seinen Nacken. Der vertraute Hunger stieg mit ihm auf. Mein Mund öffnete sich und der Kuss vertiefte sich. Er gab mir alles, ohne auch nur einen Finger zu rühren, um mich zu berühren. Das machte mich wütend und erregte mich zugleich. Mit einem tiefen, kehligen Stöhnen löste ich mich von ihm.

Seine perfekten Lippen waren gerötet und sein gieriger Blick war auf mich gerichtet. Doch er sprach nicht. Er überließ mir den Blick auf die Klamotten, die wieder einmal auf dem Bett ausgebreitet lagen. »Das *Four Seasons*, hm?«

Ich wusste, dass ich genau das wollte. Ich war noch nie in einem schicken Hotel gewesen, war noch nie durch ein Foyer geschlendert, in dem sich die Männer umdrehten, um mich anzustarren. Ich hatte in meinem ganzen Leben nichts für mich gehabt. Alles, was ich je erlebt hatte, war in den Händen von Männern gewesen und von ihnen kontrolliert worden.

Ein Film stieg in meinem Kopf auf. Mein Lieblingsfilm. Einer, der speziell für mich gemacht worden war, auch wenn er Jahre vor meiner Geburt herausgekommen war. Als ich die Kleider auf dem Bett betrachtete, erlebte ich den Film wieder. Ich war *diese* Vivienne, die von Richard Gere umworben wurde, mit schönen Kleidern und einem ganz neuen Leben, das sich vor mir aufbaute. Ich war diese Frau, deren Leben plötzlich voller Möglichkeiten war.

Meine gebrochenen Nägel taten weh. Mein Körper zitterte und schmerzte noch immer.

Aber es musste nicht so sein.

Ich musste mich nicht dem Schmerz hingeben.

Ich zog mich aus und ließ Londons Jacke auf den Boden fallen, dann zog ich Colts Hemd aus und ließ es ebenfalls fallen. Das rosa Höschen lag sauber vor mir. Ich griff danach, hob es vom Bett und zog es an. Es folgten eine schwarze Jeans und ein dicker blauer Rollkragenpullover. Als ich meine Stiefel anzog und meine Wirbelsäule aufrichtete, fühlte ich mich *besser*.

Colt hatte genau gewusst, was ich brauchte, auch wenn ich es nicht gewusst hatte. »Danke«, flüsterte ich und hörte das Knurren von London und Guild, das von unten hinauf schallte. »Danke, dass du mich gerettet hast ... *schon wieder*.«

Er nickte langsam und lächelte.

Dieses Lächeln war *alles*. Ich konzentrierte mich auf meine innere Vivienne und ging zur Tür, um mein Schlafzimmer zu verlassen. Ich machte mich auf den Weg nach unten, wo Guild und London sich einen erbitterten Wettkampf lieferten, bei dem keiner von beiden gewinnen konnte.

In dem Moment, als ich runterkam, drehte London sich zu mir um. »Das *Four Seasons*.« Ich ignorierte das Zittern in meiner Stimme. »Ich hätte jetzt Lust, dorthin zu gehen.«

Er sprach nicht, sondern musterte mich nur und nickte dann langsam. »Guild, ich will die Männer in der Nähe haben. Damit meine ich, dass sie vor unserer verdammten Haustür kampieren.« Er richtete seinen Blick auf den Söldner.

»Sie wird beschützt werden, London. Darauf hast du mein Wort. Ich lasse den Rest deiner Sachen packen und zum Unterschlupf schicken«, bestätigte Guild.

»Danke«, antwortete London vorsichtig, während er seine Hand auf meinen Rücken legte. »Vivienne.«

Schwere Schritte erklangen in der Nacht, als wir zum Auto zurückgingen. London öffnete meine Tür und wartete, aber bevor ich wieder einstieg, blieb ich stehen, hob meinen Blick zu ihm ... und ließ meine Hand über seinen Rücken gleiten.

Er war so verdammt stur und unbeweglich.

Ich wusste, dass ihm das nicht gefiel.

Dann sank ich langsam hinunter und ließ ihn zurück, um meine Tür hinter mir zu schließen.

Colt schwieg, als er in den Wagen stieg. London folgte ihm, setzte sich hinter das Lenkrad und startete den Motor. Zusammen mit meinen beiden Beschützern fuhren wir aus der Einfahrt und ließen den einzigen Ort hinter uns, der sich auch nur annähernd wie mein Zuhause angefühlt hatte.

Es war früh und noch dunkel, als wir in die Stadt fuhren. London beobachtete den Rückspiegel. Die hellen Lichter der Nachtclubs zogen meinen Blick auf sich, als wir vorbeifuhren. Colt war immer noch hinter mir. Ich brauchte meinen Kopf nicht zu drehen, um zu wissen, dass er seine Waffe in der Hand hielt.

Denn wir konnten der Nacht immer noch nicht trauen.

Vielleicht nie wieder.

London lenkte den Mercedes in die Einfahrt des *Four Seasons*. »Bleib dicht bei mir, Vivienne«, murmelte er und öffnete seine Tür.

Ich warf einen Blick in das funkelnd helle Foyer und mir wurde flau im Magen. »Warte.«

Ich begegnete seinem Blick, schüttelte den Kopf und hob meine Hand, um mein geschwollenes, pochendes Auge zu berühren. »Ich kann nicht ... Ich kann so nicht da reingehen.«

Er ließ seinen Blick durch das fast leere Foyer des Hotels schweifen, beugte sich dann zu mir, drückte auf den Knopf im Handschuhfach und zog eine Piloten-Sonnenbrille heraus. »Hier.«

Ich starrte die Brille an. »Werden sie dich nicht anstarren?«

»Nein, wenn sie ihren Job behalten wollen, nicht.“

NEUN

Vivienne

SCHEINWERFER BELEUCHTETEN DIE AUFFAHRT DES TEUREN HOTELS, als ich ausstieg und einen Blick auf ein dunkles Auto warf, das hinter uns hielt. London rückte seine Jacke zurecht und warf einen Blick in seine Richtung, als er das Auto umrundete und seine Hand vorsichtig auf meinen Rücken legte. »Es ist okay. Sie sind unseretwegen hier.«

Mein Puls beschleunigte sich ... natürlich waren sie das.

Ich schluckte, versuchte, etwas Feuchtigkeit in meinen Mund zu bekommen, und nickte. Wir wurden beschützt ... und zwar gründlich. *Das hatte sie aber auch vorher nicht aufgehalten, oder?* Londons Hand auf meinem Rücken führte mich zu den hohen Glastüren, während er die Straße beobachtete.

Nein, das hatte sie nicht aufgehalten.

Ich hoffte nur, dass Guild recht hatte und der Orden nicht hinter uns her sein würde, nicht an einem so öffentlichen Ort wie hier. Der Kofferraum schloss sich mit einem dumpfen

Geräusch. Das Geräusch erschreckte mich, denn ich hörte noch immer den Knall des Metallsarges, der sich über mir schloss. Colt war zwei Schritte hinter uns, als wir hineingingen. Die dunkle Sonnenbrille trübte das Funkeln der Lichter im Foyer.

Ich versuchte, meine Panik unter Kontrolle zu halten, als der Empfangschef den Kopf hob, lächelte und einen Blick auf mich warf. Das Lächeln erstarb augenblicklich. Er behielt jedoch die Fassung und wandte sich stattdessen London zu, der eine Kreditkarte über den Schreibtisch schob. Ich warf einen Blick auf den Namen, der auf der Vorderseite aufgedruckt war, und es war ganz sicher nicht der von London. »Was immer Sie zur Verfügung haben.«

»Sir ...«, sagte er und nickte vorsichtig, blickte aber noch einmal in meine Richtung, bevor er anfing zu tippen. »Lassen Sie mich mal nachsehen. Es ist schon ziemlich spät.«

»Ich weiß, wie spät es ist.«

Er zuckte über die Schärfe in Londons Tonfall zusammen. »Natürlich tun Sie das, Sir. Ich bitte um Entschuldigung. Es scheint, als hätten wir nur einen Platz frei: die Chefetage.«

»Ich nehme sie.«

»Für fünftausend Dollar pro Nacht«, fuhr der Angestellte fort. London sagte nichts, sondern starrte den armen Kerl nur an, bis er blass wurde und nach der Karte griff. »Ich schicke jemanden, der Ihr Gepäck abholt.«

»Nicht nötig«, murmelte London. »Nur der Schlüssel reicht.«

Der Mann beeilte sich und gab Londons Daten in das System ein, während er sie weitergab. Ich riskierte einen Blick über die

Schulter und sah, wie Colt direkt hinter mir stand und die Glaswände und die Welt draußen beobachtete, bis er sich wieder zu mir umdrehte.

»Bitte sehr«, murmelte der Angestellte, als er mir zwei Schlüsselkarten überreichte. »Bitte genießen Sie Ihren Aufenthalt im *Four Seasons*. Wenn Sie etwas brauchen ...«

»Wir lassen es Sie wissen«, beendete London für ihn, während er seine Hand wieder auf meinen Rücken legte. »Vivienne.«

Ich ließ mich von ihm zum Aufzug führen und fühlte mich überhaupt nicht wie in *Pretty Woman*. Stattdessen fühlte ich mich eher wie in *Der Bodyguard*. Die Fahrstuhltüren schlossen sich vor mir und das Glänzen des Stahls löste die Panik wieder aus, bis Colt meinen Arm mit seinem berührte.

Die Bewegung war unauffällig. Mit Londons sicherer Hand auf meinem Rücken sprach sie Bände. Bei ihnen war ich sicher. Ich war beschützt. Nur musste ich dabei an Carven denken ... *wo war er?* Die Türen öffneten sich. Colt wich von meiner Seite und trat als Erster heraus, in der einen Hand hielt er meine Tasche mit den Klamotten, in der anderen eine Waffe, die ich nicht einmal gesehen hatte.

London wartete einen Herzschlag lang, bevor er mir folgte. Der Orden würde sicher nicht so verdammt dreist sein. Sobald der Gedanke aufkam, wusste ich, dass er eine Lüge war. Natürlich waren sie so dreist ... weil sie verzweifelt waren.

Colt drehte sich um und begegnete Londons Blick, als wir vor den weißen Doppeltüren anhielten. Mit einem Swipe der Karte in Londons Hand schob er mich durch. Ich nahm die dunkle Sonnenbrille ab, als ich eintrat und blieb in der Mitte des Eingangsbereichs stehen.

»Oh mein *Gott*.«

»Gott hat damit nichts zu tun«, murmelte London und schritt an mir vorbei in Richtung der Fensterwand. »Es geht um Geld, Vivienne, schlicht und einfach. Geld und Macht, das ist alles.«

Geld und Macht. Das war es, was ich jetzt vor Augen hatte. Die Tür schloss sich hinter mir, und ich drehte mich um, um Colt ein Grinsen zu schenken. »Es ist umwerfend.«

Er grinste zurück und nickte mir in Richtung einer weiteren geschlossenen Doppeltür am Ende des großen Wohnzimmers zu. Vor lauter Freude zuckte vor Schmerz zusammen. »Ich will das Hauptbett!«

London wandte sich von der glitzernden Stadt unter uns ab, als ich zu den Türen humpelte, den Griff drehte und hindurchging. Colt stand einfach draußen und sah mir zu, wie ich wie ein Idiot grinste, als ich das riesige Kingsize-Bett und den umliegenden Raum in Augenschein nahm.

Einen Moment lang fühlte ich mich wie *sie*.

Die andere Vivienne …

Und nicht wie ich.

Ich stolperte nach vorne, fasste mir an die Seite und sprang in die Luft, um mit einem lauten »Uff« auf der Bettdecke aufzuschlagen. Es war, als würde ich kopfüber in den Himmel springen. Ich landete auf einem weichen Kissen. Colt stellte meine Tasche auf das Fußende des Bettes und beobachtete mich, als Londons tiefes Knurren zu mir drang.

Er war stinksauer.

Fordernd.

Grausam.

Aber das ließ ich nicht an mich heran, nicht jetzt ... nicht hier. Ich rollte und streckte mich, so weit ich mich traute, bis der pochende Schmerz in mir Reißzähne bekam, dann stemmte ich mich nach oben und erstarrte, als ich das riesige, offene Bad sah. Sogar im Dunkeln konnte ich es sehen. Gewaltig, dunkel ... *großartig.*

Ich stieß mich ab, rutschte vom Bett und ging zur Tür, bevor ich hineingriff und den Schalter betätigte. Das Licht ging nicht nur an, es streichelte mich. Dunkler, bernsteinfarbener Stein, mit einer Badewanne so groß wie der Grand Canyon. Ich trat ein, blieb am Rand stehen und überlegte, ob ich jemals in etwas so Herrliches eingetaucht war.

»Ich will es«, sagte ich. Colt stand in der Tür. »Ich will *das.*«

Mit einem Nicken kam er auf mich zu, bückte sich, klappte den Abflussdeckel zu und drehte den Wasserhahn auf. Das Wasser sprudelte aus dem Wasserfall am Ende des Abflusses und dahinter leuchtete ein sanftes Licht, das es wie ein privates Felsenbecken aussehen ließ. Ich zog mir die Schuhe aus, streifte langsam meinen Pullover ab und ließ ihn neben der Wanne fallen.

Colt beobachtete mich aufmerksam, während Londons Knurren im Nebenraum weiterging. Ich versuchte, ihn zu ignorieren, schob einfach meine Jeans herunter, blieb aber stehen. »Mein BH«, seufzte ich. »Ich komme nicht ran ...«

Er trat näher heran. Sanfte Hände bearbeiteten den Verschluss meines BHs, dann schoben sie die Träger langsam über meine Schulter, bevor seine Lippen folgten. Ich schloss die Augen, als seine Lippen mich berührten und lauschte dem Rauschen des

Wassers vor mir. Das Rauschen und der Kuss waren ein Anker, an dem ich mich festhielt.

Mein BH fiel auf den Boden und der sanfte Finger streifte meine Seite, bis sich seine große Hand um meine Hüfte schloss. Er war so still. Ich hätte nie geglaubt, dass er hier war, wenn er nicht mit seinen Fingern unter den Rand meines Höschens gefahren wäre, um es herunterzuziehen.

Ich öffnete meine Augen und drehte mich um, um seinem blauen Blick zu begegnen.

»Gut, Ares. Du willst dich treffen, dann lass uns das tun«, knurrte Londons Stimme aus dem Schlafzimmer. »Du wusstest, dass es eines Tages so weit sein würde. Ich habe dir schon einmal gesagt, dass ich nicht hier bin, um Partei zu ergreifen. Gut ... Ich sagte, *gut*.«

Der Glanz wurde schwächer.

Die Wärme wurde kalt.

Trotzdem trat ich aus meinem Slip auf den Boden und hob meinen Fuß an, um die Wärme zu testen, bevor ich eintrat und mich hinuntersinken ließ. Ein Stöhnen entkam mir, tief und schmerzerfüllt, als ich meine Augen schloss und mich gegen die geformte Kopfstütze sinken ließ. »Das«, flüsterte ich. »Ich würde töten, um das zu haben.«

»Gut«, grunzte London und ließ mich die Augen öffnen, als er über mir stand. »Wenn diese Woche vorbei ist, werden wir sicher für weniger töten.«

Wäre es jemand anderes gewesen, hätte ich gedacht, dass er einen Scherz macht. Aber in Londons Tonfall lag keine Belustigung, und nach der Nacht, die wir gerade durchgemacht hatten, war es nicht ausgeschlossen, dass wir für ein Bad morden würden. Ich hielt seinem Blick stand, während ich das warme Wasser über meine Brüste lecken ließ, bis sich meine Brustwarzen verkrampften.

Er starrte mich an.

Mein Atem stockte.

Das langsame Anheben seiner Brust ließ meinen Puls in die Höhe schnellen.

»Vivienne«, murmelte er und begegnete dann meinem Blick. »Ich muss dich fragen ... haben sie, als sie dich entführt haben? Haben sie ...«

Ich wandte den Blick ab und zog die Schultern zusammen, während ich mich mit meinen Armen bedeckte. »Nein«, meine Stimme war kalt und emotionslos. Gott, ich klang genau wie er. »Sie haben es nicht getan, aber sie hatten es vor.«

Die mächtige Brust senkte sich mit einem Seufzer. »Das ist gut. Das ist ... wirklich gut.«

»Was du nicht sagst.« Ich hielt mich fester, als ich sah, wie er sich umdrehte und wegging.

Ich lag da, während das Wasser seine Wärme und das Hotelzimmer seinen Glanz verlor, und alles, was ich tun wollte - alles, wonach ich mich sehnte, war zu vergessen, dass diese Nacht jemals passiert war. Ich wollte nur, dass es vorbei war ... Ich wollte nur ...

Erneut flossen dicke Tränen.

Ich presste meine Finger gegen meine geschwollenen Augen, als Colts Worte aufstiegen ... *Wir tun das nicht. Wir lassen uns nicht unterkriegen.*

Ich gab vielleicht nicht nach, aber das hieß nicht, dass es nicht höllisch weh tat. Ich fuhr mit dem Waschlappen über meine Arme und sah zu, wie die getrockneten Blutspritzer dahinschmolzen, bis meine Haut rot war und die Kratzer nicht mehr brannten. Als ich aus dem Bad stieg, schmeckten meine Tränen wie Wasser und ich fühlte mich, als könnte ich schlafen wie eine Tote.

Ich zerrte an dem dicken Bademantel, der hinter der Tür hing und stieg ganz allein in das große Bett. Im Wohnzimmer war das Licht aus. Das Klirren eines Glases hallte wider. Ich wusste, dass er dort draußen saß, in der Lounge, Scotch trank und Pläne schmiedete.

Er schmiedete *immer* Pläne.

Meine Augen schlossen sich von selbst, als ich mich in die weichen Kissen legte.

Klirr.

Ich atmete aus, seufzte ... und ließ mich treiben.

<hr>

LASS MICH LOS! *NEEEIIIIN!*

Ich schreckte auf, mein Herz raste und ein Schrei blieb mir in der Kehle stecken. Alles, was ich sah, war die Dunkelheit. Die kalte, leere Dunkelheit. Mit pochendem Puls in den Ohren hob ich meine Hand und streckte sie mit zitternden Fingern aus, in der Erwartung, Metall zu berühren.

Aber ich berührte kein Metall ... ich berührte nichts.

Nichts ...

Ich krümmte meine Finger und meine Schultern mit ihnen. Ich war allein … mein Körper zitterte, als die Trauer mich innerlich zerfraß, bis ich ihn sah … den Schatten am Fußende meines Bettes. Breite Schultern, den Kopf schief gelegt, starrte er in Richtung des stillen Wohnzimmers.

Colt.

Ich rutschte über die Bettkante, mein Körper zitterte und die Angst war wie ein Felsbrocken in meiner Brust gefangen. Ich stolperte um das Bett herum, um mich ihm zu stellen. Der Stahl glänzte im Mondlicht und wurde von der Schrotflinte reflektiert, die auf seinem Schoß lag. Schweigend starrte er geradeaus, dann drehte er sich langsam um und hob die blauen Augen, die mir jetzt fast schwarz vorkamen.

»Colt …« Sein Name riss mich aus meinen Gedanken. »I–Ich …«

Er ließ die Waffe von seinem Schoß gleiten, stand auf und kam lautlos auf mich zu. Ich stürzte nach vorne, knallte gegen ihn und vergrub mein Gesicht an seiner Brust. Seine starken Arme legten sich um mich, doch dann beugte er sich und legte die Waffe in Reichweite auf das Bett.

Wir sagten nichts.

Denn wir brauchten keine Worte.

Ich hob meinen Kopf zu ihm und ließ meine Hand an seinem Hals entlang gleiten, bis er seinen Mund zu meinem neigte. Ich ignorierte das Stechen meiner Lippen, als wir uns küssten, bis mich die Erinnerung an den kalten Stahl erfüllte und der Knall folgte, als sie mich in der Metallbox eingesperrt hatten. Panik durchfuhr mich wie ein Güterzug, als ich mich so weit zurückzog, dass ich flüstern konnte: »Ich brauche dich ... *Colt, ich brauche dich.*«

Seine Hände fielen weg, dann bückte er sich, hob mich hoch und trug mich zurück zu den zerknitterten Laken. Er ließ mich auf den Rücken fallen. Mit einer langsamen Handbewegung öffnete er meinen Bademantel und entblößte mich vor seinem Blick.

»Sie haben nicht ...«, begann ich, bevor meine Kehle eng wurde.

Er hob den Kopf. Alles, was ich sah, waren Schatten und Kummer.

»Sie haben mich nicht ...«

Er schüttelte den Kopf. »Das spielt keine Rolle«, flüsterte er. »Du gehörst so oder so mir.« Ein Beben durchfuhr mich, als er seinen Kopf senkte, zwischen meine Brüste küsste und sich nach oben bewegte. »Ganz mir.«

Ich schlang meine Arme um ihn, schloss meine Augen und konzentrierte mich auf das Gefühl seiner Lippen und seines Körpers. Seine großen Hände glitten an meinem Körper entlang. Hier war ich sicher. Sicher bei ihm ... meinem stillen Beschützer. Als mir das klar wurde, brachen die Mauern, die ich um mich herum aufgebaut hatte, zusammen.

Es gab nur *ihn.*

Nur *das ...*

Uns.

Er hob den Kopf und erhob sich, um mich zu überragen. Ein Blick auf die Waffe am Fußende des Bettes, dann auf das ruhige Wohnzimmer, und er zog die Waffe mit einer Hand näher heran und griff mit der anderen über die Schulter, um sich das Hemd auszuziehen.

Ich starrte ihn an und fuhr dann mit meinen Händen über seine definierten Bauchmuskeln, bis ich die Narben berührte. Er versteifte sich und sah zu, als ich innehielt. Meine Fingerspitzen Spitzen streiften die Erhebungen, die in der Nacht blass schimmerten.

»Mein«, sagte ich und ließ meine Hände nach unten gleiten, um seinen Hintern durch seine Jeans zu streicheln. »Alles davon ist *mein*.«

Der Schmerz ließ uns miteinander verschmelzen.

Schmerz und der Orden.

Ich küsste seine verheilten Wunden und nahm mir Zeit, jeden Zentimeter von ihm zu spüren, während ich den Knopf seiner Jeans öffnete, bevor ich hineingriff. Er schloss die Augen und ließ den Kopf nach hinten fallen. Dieser mächtige, tödliche Mann pochte in meinem Griff. Selbst nach allem, was ich ertragen hatte, wollte ich ihn noch immer ...

Ich wollte sie *alle*, vielleicht sogar mehr als je zuvor.

Schnell stiegen Erinnerungen auf, die meinen Kopf erfüllten. Aber dieses Mal waren es nicht die grausamen, einschränkenden Schrecken, die ich in dem Stahlsarg verspürt hatte ... *sondern er*. Die Art, wie er sich über das Sofa auf mich gestürzt hatte. Die Art, wie er einen Mann mit bloßen Händen zu Tode geprügelt hatte.

Ich umfasste seinen Schwanz und hob meinen Blick, als er meinen Blick erwiderte. So still. *So vollkommen still.* Seine

Lippen öffneten sich. Das Rauschen seines Atems war laut in dem Raum zwischen uns.

»Wildkatze«, flüsterte er.

Er sprach ... dieser stille Beschützer sprach ...

Für mich.

Ich ließ los, damit er sich vom Bett zurücklehnen und seine Jeans herunterschieben konnte. Er zog seine Stiefel aus und entledigte sich der restlichen Kleidung, bis er nackt vor mir stand, mit dicken, kräftigen Schenkeln, den harten Bauchmuskeln und einer Brust, auf die man den Kopf legen und für immer schlafen konnte.

Nur war Schlaf das Letzte, woran ich dachte. Er trat näher, stieg auf das Bett und drückte mich zurück. Es schien, als wäre es auch das Letzte, woran er dachte.

Er senkte seinen Kopf und sein Mund fand die Spitze meiner Brust. Ich hob meine Hand und berührte sein Gesicht. Ich brauchte das ... berühren und berührt werden. Ich wollte mich in ihm ertränken, in *allen* von ihnen. Alles, um die Ereignisse des heutigen Abends zurück in die Dunkelheit meines Geistes zu verdrängen, wo sie hingehörten.

Er bewegte sich weiter nach oben und beugte seinen Kopf, um mich sanft zu küssen. Warme Lippen beanspruchten mich. Seine sanfte Hand schob mich nach hinten.

»Lass mich auf dich aufpassen«, murmelte er in einem heiseren Tonfall.

Mein Körper zitterte, als ich langsam nickte, und er sank tiefer. Ich hob meinen Blick zur Decke und schob Daniels hässliche Fratze gedanklich beiseite.

Und leise ... ertönte ein Brummen in der Luft.

Das Geräusch riss mich aus der Erinnerung und ließ mich nach unten schauen.

Das leise, kehlige Stöhnen kam von ihm, als er mit seiner Hand über meinen Oberschenkel fuhr und sich nah zu mir beugte, um meine Schamlippen zu küssen.

»Was machst du da?«, flüsterte ich und blickte in das abgedunkelte Wohnzimmer. »Du weckst noch London.«

Er hörte lange genug auf zu summen, um zu antworten. »Nein, das werde ich nicht. Er ist nicht hier.«

Nicht hier?

Er konzentrierte sich wieder auf mich und seine Hand spreizte meine Oberschenkel. Das Geräusch hielt an und lenkte meine Aufmerksamkeit auf ihn und weg von dem Schrecken in meinem Kopf. Ich schätze, das war es, was er wollte. Mein Puls raste, als ich in Richtung des dunklen Wohnzimmers blickte.

»Du machst dir zu viele Sorgen.« Colt strich mit einem Fingerrücken über meinen Schlitz. »Glaubst du, wir würden dich nicht beschützen?«

Das Hämmern in meiner Brust wurde lauter, als ich mich wieder zu ihm umdrehte.

»Schutz und Rache. Das ist alles, was uns jetzt antreibt, Wildkatze«, betonte er und schob meine Beine weiter auseinander, um meine Schamlippen zu küssen. »Das ist alles, was es jetzt für uns gibt.«

Meinetwegen.

Und wegen dem, was sie getan hatten.

Er hob mein Knie an und senkte seinen Kopf, um meinen Kern zu lecken. Ich stieß ein Stöhnen aus und fuhr mit meinen Fingern durch sein dichtes Haar. Er leckte, glitt mit seinen Fingern an den Außenlippen meiner Muschi entlang und rieb mich, bis die Hitze bebte.

Seine warme Zunge glitt tiefer und die Spitze tanzte um meinen Kitzler, während er rieb und rieb. Wir hatten das schon einmal gemacht, er und ich, mein jungfräulicher Beschützer, dem man zeigen musste, was er zu tun hatte. Ich fuhr mir mit den Zähnen über die Lippe und diesmal genoss ich das Stechen. Jetzt brauchte ich es ihm nicht mehr zu zeigen.

Ich hob meinen Kopf und sah zu, wie sein Finger in meine Spalte glitt, um der feuchten Spur zu folgen, die seine Zunge hinterlassen hatte. Seine Hände glitten unter meine Knie und hoben sie an, als er meine Hüften anhob, um sie seinem Mund zu nähern. Seine tiefblauen Augen waren auf die meinen gerichtet, während er an meiner Klitoris saugte.

Es gefiel ihm, mich zu beobachten. Seine ozeanblauen Augen funkelten, als ich meinen Kopf zurücksinken ließ und meine Augen schloss. Ich gab ihm nach, seinem Hunger, seinem Verlangen ... seiner Liebe. Die Dringlichkeit pulsierte in meinen Adern und steigerte sich noch, als er sich zurückzog und sich aufrichtete, wobei seine Eichel gegen meinen Eingang drückte.

Ich wollte das.

Ich wollte *ihn*.

Ich wollte alles andere vergessen.

Und als er seine dicke Eichel in mich schob, verschwand alles andere.

»Mein«, stöhnte er, als er wieder herausglitt und das Feuer schürte. »*Mein.*«

Das Wort hallte wider, als meine Kehle sich zuschnürte. Aber jetzt war nicht die Zeit für Tränen oder Liebeskummer. Dieser Moment war für uns. Nichts berührte uns hier. Weder Schmerz noch Terror, noch der verdammte Orden. Ich verlor mich in dem Rausch der Lust und antwortete: »Dein ... nur *dein.*«

Er stieß zu und drang bis zum Anschlag in mich ein. Ich bäumte mich auf und hielt mich an ihm fest. Meine Hände strichen über die harten Muskeln seiner Arme, als er sein Gewicht hielt und seine Hüften gegen meine stieß. Obwohl mein Auge furchtbar geschwollen war und die ganze Seite meines Gesichts mit blauen Flecken übersät war, sah er mich immer noch an, als wäre ich die schönste Frau der Welt.

Ich brauchte keinen Film, damit ich mich schön fühlte.

Ich brauchte ganz sicher keinen Richard Gere.

Ich hatte alles, was ich wollte, genau *hier.*

Mit ihnen.

Colt senkte seinen Kopf und küsste mich, bevor er sich zurückzog und wieder nach unten glitt. Ich hob meinen Kopf und machte mir Sorgen. »Es ist okay. Du musst nicht ...« Sein Mund traf auf meine Klitoris, als er saugte und seinen Schwanz durch seine Finger ersetzte. »Oh mein Gott.«

Meine Beine spreizten sich von selbst, mein Körper zitterte aus einem ganz anderen Grund. Wie ein trotziger Reflex stürzte das verzweifelte Bedürfnis nach Erlösung auf mich ein. Ich schrie auf und mein Körper zuckte, als ich hart gegen seinen Mund stieß.

Mit einem bedrohlich klingenden Knurren erhob Colt sich und seine Lippen glitzerten von meiner Erlösung, als er seinen Schwanz noch einmal in mich steckte. Ich stieß ein Stöhnen aus und zog ihn zu mir herunter, damit er mich küsste. Schläge auf die Haut erfüllten den Raum. Er warf seinen Kopf zurück und stieß einen kehligen Laut aus, als er kam.

Wärme breitete sich in mir aus. Ich atmete tief durch, als Colt langsam meinen Blick erwiderte und sich aus mir herausbewegte. Seine dunkelblauen Augen funkelten, als er mich mit einem Blick fixierte, der mich vor Sorge aufschrecken ließ. »Geht es dir gut?«

»Ich ...«, begann er, dann zog er sich so weit zurück, dass er sich neben mich aufs Bett setzte. »Ich glaube, ich liebe dich.«

Mein Puls hüpfte ... dann donnerte er.

»Wirklich?«

Er nickte vorsichtig und fuhr sich mit den Fingern durch die Haare. »Ja. Wird das ein Problem werden?«

Ich schluckte, als mein Herz vor Verlangen anschwoll. Ich konnte kaum sprechen, als ich antwortete: »Nein. Das wird überhaupt kein Problem werden.«

Ein nachdenkliches Nicken und mein stiller Beschützer erhob sich vom Bett, schnappte sich seine Kleidung und zog sie an. Augenblicklich verwandelte er sich vor meinen Augen von meinem Liebhaber in meinen Beschützer. Er schnappte sich die Schrotflinte vom Bett und schob seine Füße zurück in seine Stiefel, während er auf mich herab blickte.

Ich sah diese Liebe jetzt.

Vielleicht hatte ich sie schon immer gesehen.

»Schlaf, Baby«, murmelte er. »Ich werde Wache halten.«

Vielleicht hatte ich sie schon immer gesehen.

»Schlaf, Baby«, murmelte er. »Ich werde Wache halten.«

ZEHN

Vivienne

MEIN MAGEN KNURRTE, LEISE UND FORDERND, UND RISS mich aus der Dunkelheit. Ich öffnete ein Auge und sah das sanfte Sonnenlicht, das durch die Rollläden fiel. Für einen Moment war das alles, was ich sah, nichts als ein Hauch von Tageslicht. Die Hoffnung schimmerte darin. Bis ein tiefes Pochen in meiner Gesichtshälfte mich zusammenzucken ließ ... und augenblicklich kam der Schrecken der letzten vierundzwanzig Stunden zurück.

Das Einkaufszentrum.

Der Angriff in der Umkleidekabine.

Und die Entführung.

Mit einem Schaudern schloss ich meine Augen. Meine Kehle schnürte sich zu und zwang mich zu schlucken. *Peng!* Das Klirren von Stahl hallte in meinem Kopf wider. Ich zog meine Knie höher an und krümmte meinen Körper, als die Erinnerung an ihre Hände mich verfolgte. Die Hände, die mich gekratzt hatten ... *betatscht*. Bis mein Bauch wieder knurrte, diesmal lauter, und ich Essen roch.

Ich hob meinen Kopf und stemmte mich nach oben. Mit meinem besseren Auge starrte ich die offene Schlafzimmertür an und musterte den Blick ins Wohnzimmer, bevor ich einen Blick auf das Fußende des Bettes warf. Colt war letzte Nacht dort gewesen, er hatte dort gesessen und zugesehen. *Mich beschützt*. Aber jetzt war er nicht mehr da. Ich musterte das Zimmer. Er war nirgends zu sehen.

Ich schob die Decke beiseite, glitt aus dem Bett und holte den Bademantel von der Stelle, an der Colt ihn abgelegt hatte. Die Stille in dem Apartment war ohrenbetäubend. Das Pochen meines Pulses durchfuhr mich, als ich den Gürtel um meine Taille fester zusammenband. Hatten sie mich verlassen? Waren sie ... *umgebracht worden?*

Ich stolperte vorwärts, bis ich zwei Schritte in das weiße Wohnzimmer kam und London anstarrte, der auf dem Sofa saß. Seine Beine waren gekreuzt, ein Arm lag lässig auf der Rückenlehne des Sofas. Diese finsteren, unerschrockenen Augen waren auf mich gerichtet.

Langsam drehte er den Kopf und deutete auf die Einkaufstasche, der in der Küche auf dem Tresen stand. »Ich dachte mir, dass du hungrig bist, also habe ich mir die Freiheit genommen.«

»Das scheinst du oft zu tun«, brummte ich, während ich zum Essen blickte. Aus den Augenwinkeln sah ich, wie er grinste. Ich ignorierte das und schaute in das Schlafzimmer gegenüber von meinem, wo die Doppeltüren offen standen und der Raum still war. »Wo sind die anderen?«

»Beschäftigt.«

Die Art, wie er das sagte, ließ mir die Haare im Nacken zu Berge stehen.

»Das glaube ich«, murmelte ich. *Das hieß, sie waren damit beschäftigt, Blut zu vergießen.*

Ich war so hungrig, dass mich der Geruch von Speck fast überwältigte. Vorsichtig ging ich zum Tresen und hob den Deckel an, bevor ich mir einen Teller nahm und mich zu ihm umdrehte. »Isst du nichts?«

Seine Mundwinkel zuckten. »Ich habe schon vor Stunden gegessen, Vivienne. Das Essen ist für dich.«

Ich schnappte mir die letzten beiden Stücke Speck, biss in das Ende von einem und ging zurück, um mich ihm gegenüber auf das Sofa zu setzen. Mein Bademantel ging auf, als ich mich hinsetzte und damit meine Oberschenkel und Brüste entblößte. Ich bedeckte sie nicht. Er hatte das alles schon gesehen. Er hatte sie berührt und auch geküsst. Hunger blitzte in seinen Augen auf, aber nicht wegen des Essens, das sich auf meinem Teller stapelte.

Er wollte mich. Selbst wenn ich angeschlagen war, wollte er mich mit in seinen Keller nehmen und mich mit seiner Maschine ficken. Nur brauchte er das jetzt nicht mehr zu tun, oder? Denn es gab keinen Vertrag, der ihn daran hinderte, mich zu nehmen, wann und wie er wollte.

London St. James war derjenige, zu dem ich immer rennen würde.

Das waren sie alle.

Sein Blick musterte meine Brust, dann meinen nackten Oberschenkel und die Diamanten, die um meinen Knöchel funkelten. Diamanten, die er für mich gekauft hatte.

Ich riss den Speck in zwei Hälften und kaute, wobei ich seine Aufmerksamkeit genauso sehr genoss wie das Essen. »Also, wie lautet der Plan?«

»Du meinst, abgesehen davon, die Namen aller Menschen zu finden, die mich verraten haben, und sie abzuschlachten?«

Ich hörte auf zu kauen, als der Speck in meinem Mund trocken wurde. Ich schluckte immer wieder und zwang mich, ihn herunterzuschlucken. »Ja, das.«

»Dann ist mein Plan, dafür zu sorgen, dass du und die Söhne in Sicherheit seid, auf die einzige Art, die ich kenne.«

Ich brauchte nicht lange nachzudenken. »King?«

Er nickte langsam, während sich seine Aufmerksamkeit auf meine nackte Brust senkte. »*King*.«

Ich bewegte mich und öffnete meine Schenkel. »Glaubst du immer noch, dass dieser Typ der richtige Weg ist, um das alles zu beenden?«

Er schwieg, als ich einen Teil des letzten Stücks abbiss und mein Hunger kehrte mit voller Wucht zurück. Er schlug die Beine übereinander und stand langsam auf, mit einer Anmut, die mich so unbedeutend erscheinen ließ. Denn im Schatten von London St. James war ich unbedeutend ... das waren alle.

Er war der Mann, der ein Rätsel war, der mehr Dunkelheit und Macht in sich trug, als Haut und Knochen zulassen sollten. Er trat einen Schritt näher und blieb neben dem Sofa stehen, um mich zu beobachten.

Nur für einen Moment wollte ich wissen, was sich hinter diesem bodenlosen Blick verbarg. Nur ein einziges Mal wollte ich seine Seele schmecken. Er streckte seine Hand aus und strich mit seinem Finger über meinen Kiefer. »Du weißt, dass ich alles tue, um dich zu beschützen, oder?«

Mein Atem stockte und mein Puls beschleunigte sich.

Ich suchte seinen gefühllosen Blick ab, fand aber keine Spur eines Lächelns. Denn seine Worte waren nicht zum Trost oder zur Freude gedacht. Seine Worte waren bedrohlich, sie sollten seine Feinde in Angst und Schrecken versetzen ... *denn sie machten mir Angst.*

Trotzdem hielt er meinen Blick gefangen. »Willst du nicht?«, drängte er.

Ich schluckte, um meinen Mund zu befeuchten und antwortete: »Doch, Daddy.«

Ein langsames, vorsichtiges Nicken und er schaute auf meinen Teller. »Wenn du fertig bist, musst du duschen und dich fertig machen. Wir gehen.«

»*Wir gehen?*«, wiederholte ich, als er sich umdrehte, seine Jacke zurechtrückte und in den Flur ging. »Wohin?«

Er antwortete nicht, sondern ließ mich mit dem leisen Geräusch seiner Schritte allein, bis er eine Tür öffnete. Ich stand auf und folgte ihm, wobei ich meinen Teller auf den Tresen stellte. Stimmen erklangen, bevor die Tür wieder geschlossen wurde und ich nicht mitbekam, was sie vorhatten.

Der Funke der Wut stieg auf, wurde aber schnell wieder gelöscht, als ein tiefes Pochen an der Seite meines Gesichts aufkam und mich daran erinnerte, wozu das alles diente.

Du weißt, dass ich alles tue, um dich zu beschützen ... oder?

Diese Worte verfolgten mich, als ich mich vom Flur abwandte und meinen Blick auf den Teller richtete, auf dem sich noch immer das Essen stapelte. Mein Bauch verkrampfte sich vor Hunger, aber es war ein ekelerregender Hunger, bis der Schmerz tiefer in meinen Unterleib wanderte und dort aufblühte.

Ich zuckte zusammen und schnappte nach Luft, als der Schmerz zunahm. »Toll«, knurrte ich. »Als ob dieser Tag nicht noch schlimmer werden könnte. Jetzt bekomme ich auch noch meine Periode.«

In meiner Wange pochte es und es tat höllisch weh, als ich es merkte. Ich würde meine verdammte Periode bekommen ... Eingesperrt mit drei kontrollsüchtigen Männern und ich hatte nicht einmal das Nötigste. Ich musterte den Raum und entdeckte einen schönen, verschnörkelten Holzschreibtisch an der anderen Seite des Wohnzimmers. Dort stand ein Telefon.

Ich zog meinen Bademantel an, durchquerte den Raum, nahm den Hörer ab und wählte die Nummer der Rezeption. Ich sprach schnell, als der Anruf entgegengenommen wurde und gab Anweisungen, welche Dinge ich brauchte und wie ich sie verpackt haben wollte, bevor ich auflegte. Eine peinliche Konversation vorbei ... jetzt ging es in die nächste verdammte Schlacht. Ich wappnete mich und ging auf die andere Schlafzimmertür zu.

»Das ist gefährliches Terrain.« London schüttelte den Kopf, als ich die Tür aufriss. »Das Letzte, was wir brauchen, ist, Dante zu verärgern, also hören wir uns seine dämlichen Drohungen an, bevor wir ...«

Carven starrte mich mit seinem wilden Blick an und er hatte frische Blutspritzer im Gesicht. »Brauchst du etwas, Tochter?«

Ich zuckte zusammen, als ich seinen Tonfall hörte, und meine Wangen brannten. *Was zum Teufel hatte ich jetzt wieder getan?*

Sie alle starrten mich an. Colt, London ... und Carven. *Besonders Carven.*

Mein Gesicht pochte, mein Bauch tat weh und jetzt kochte auch noch die Wut hoch, als ich ihn anstarrte. Doch ich biss die Wut nieder und zwang meine Worte durch zusammengebissene Zähne: »Ich habe ein Paket, das von unten kommt. Würdest du es bitte entgegennehmen?«

»Paket?«, knurrte Carven, als er sich zu mir umdrehte. »Was für ein verdammtes Paket?«

Mein Gott, überall war Blut, auf seinem Hemd und seinem Nacken. Ich starrte diese grausame Schweinerei an, bis ich den Blick abwandte. »Das geht dich doch nichts an, oder?«

Carven stürzte sich auf mich, wurde aber von Colts Hand auf seinem Arm gestoppt, bevor dieser den Kopf schüttelte.

Als ich ihn so wütend sah, fühlte ich mich plötzlich viel besser. »Sei ein guter Sohn und lass ihn rein, ja?«

Er ließ ein Knurren los und riss seinen Arm aus Colts Griff, bevor er näher trat. Seine blauen Augen ließen mich frösteln, als er sich dicht an mich lehnte. »Ich hoffe, du bist es wert.« Er verzog das Gesicht. »Denn wenn der liebe Vater dich nicht will, sind wir so gut wie tot. Das ist dir doch klar, oder?«

Meine Welt verengte sich in dieser Sekunde. Auf die Wut in seinen Augen und den Hass in seinem Tonfall. Seine Worte enthielten keine Spur von Liebe, nicht, dass ich sie von Carven erwartet hätte. »Wovon redet er, London?«

Ich drehte mich zu dem einzigen Mann um, der wollte, dass ich ihn Daddy nannte und suchte seinen Blick.

»Nichts«, knurrte London und warf Carven einen bösen Blick zu. »Überhaupt nichts.«

Ein Schmerz durchfuhr meine Brust, als ich mich daran erinnerte, dass es Carvens Stimme gewesen war, die ich während des Kampfes gehört hatte. Seine Stimme, die mich dazu brachte, weiterzukämpfen, auch wenn ich keine Hoffnung mehr hatte. Die drohenden Tränen schimmerten, als London langsam den Kopf schüttelte.

»Carven«, warnte London. »Das reicht.«

Ich wandte den Blick nicht ab, sondern nickte nur langsam, gefesselt von der Macht seines Hasses. Meine Brust war wie eine Feuerwand, als ich krächzte: »Nein, ist schon gut. Ich weiß, wo ich stehe.«

Die stechend blauen Augen weiteten sich und registrierten jedes Zucken, bis ich mich umdrehte und zurück durch die Tür ging. In dem Moment, als ich sie hinter mir schloss, liefen mir die Tränen über die Wangen.

Ich wischte sie weg und verfluchte den Schmerz in meinem Bauch - *und nicht nur den Schmerz.* Ich hasste es, emotional zu sein. Ich hasste es jetzt noch mehr, da ich mit den gefühllosesten Arschlöchern zusammenlebte, die Gott je in die Welt gesetzt hatte. Mein Kiefer verkrampfte sich und ich machte mich auf den Weg ins Schlafzimmer, wo ich mir den Bademantel vom Leib riss, bevor ich in die offene Dusche ging und die Wasserhähne aufdrehte.

Ein Schluchzen ertönte in meiner Brust und brannte. Ich berührte meine Brust und den Schnitt darunter, aber meine

Finger waren blutig und ich wusch sie mit dem Duschstrahl ab. Es tat weh ... Mein Gott, tat das weh. Wärme überflutete meinen schmerzenden Körper und ließ mein Haar an mein Gesicht kleben. Ich hörte ein leises Geräusch, das von draußen kam. Aber ich drehte mich um und riss mich zusammen.

Als ich mich gewaschen hatte, ging es mir schon besser. Mein Gesicht pochte immer noch, aber ich konnte meine Augen ein wenig weiter öffnen, sodass ich wenigstens ein bisschen mehr sehen konnte. Ich ging hinaus und vermied den Spiegel so lange wie möglich, bis ich meine Augen zu dem Spiegelbild hob und es mir genau ansah.

Mein Atem stockte, als die Welt stillstand.

»Mein Gott«, flüsterte ich, als ich vorsichtig über den tiefvioletten Bluterguss strich, der sich über meine Gesichtshälfte erstreckte.

Mein verletztes Auge war blutunterlaufen und meine Unterlippe war ein verdammtes Chaos. Ich sah aus, als wäre ich in einem Autowrack gewesen. Das war die einzige Antwort, die ich geben wollte, denn die Wahrheit war zu schrecklich, um sie zu glauben.

Ich ließ mir Zeit, meine Haare zu trocknen, schminkte mich, so gut es ging und ging dann ins Schlafzimmer. Die Klamotten lagen ordentlich am Fußende des Bettes, so wie immer. Ich ließ meinen Blick zum Wohnzimmer schweifen, hörte aber keine Bewegung.

Ich zog mir die Kleidung an, die er wollte: eine schicke schwarze Hose und einen hochgeschlossenen bronzefarbenen Kaschmirpullover. Daneben lag eine weiche schwarze Bomberjacke. Die Stiefel waren sorgfältig ausgewählt und umwerfend. Ich zog sie an, schloss den Reißverschluss auf halber Höhe meiner Wade und erhob mich vom Bett, als ein Schmerz durch meinen Bauch schnellte.

Die Welle des Schmerzes erschütterte mich. Ich verkrampfte meinen Kiefer und beugte mich kurz vor, dann betrat ich die Wohnung, wo das in Plastik eingewickelte Paket auf dem Küchentisch auf mich wartete. Ich griff danach und stellte fest, dass das Ende aufgerissen war und der Inhalt sichtbar war. »Mistkerl.« Ich hob meinen Blick und stellte mir vor, wie Carven meine Sachen aufgerissen hatte. »Ist hier denn nichts verboten?«

Nun, ich hoffte, dass es das wert gewesen war. Ich war im Begriff, ihm seine verdammte Woche zur Hölle zu machen. Ich ging zurück ins Bad, führte ein Tampon ein und verstaute welche in meiner Handtasche, bevor ich meine Sachen zusammensuchte. Nichts war bei ihnen privat, nicht einmal mein verdammter Menstruationszyklus.

Die Wohnungstür öffnete sich und dumpfe Schritte kamen auf mich zu. London war der Erste und musterte sofort meine Kleidung, bevor er seinen Blick auf die Handtasche in meinen Händen senkte. Er warf einen Blick auf den Tresen. »Ich sehe, du hast dein Paket gefunden.«

Hitze stieg mir in die Wangen. *Toll, jetzt wussten sie es also alle.*

»Ja«, zwang ich mich durch zusammengebissene Zähne. »Du kannst Carven sagen ...«

»Es war nicht Carven.«

Ich erstarrte und meine Gedanken rasten. »Du?«

Natürlich war er es gewesen. Warum sollte er es nicht sein? Er wusste alles über mich, was es sonst noch zu wissen gab.

Warum sollte es bei meinen Körperfunktionen anders sein? *Verdammte Männer und ihre verdammten Bedürfnisse.* Sie wollten mich auseinandernehmen. Sie wollten ihre gierigen Finger und hungrigen Zungen in mein Innerstes schieben, nur um herauszufinden, was mich erzittern ließ. Ich hasste sie dafür und sehnte mich gleichzeitig nach ihnen.

Er suchte meinen Blick. »Bist du bereit?«

»Ja«, zischte ich. »Danke.«

Mit einem vorsichtigen Nicken kam Colt näher und schenkte mir ein sanftes Lächeln, bevor er sich meine Sachen schnappte und sie mit sich trug, während er sich zur Tür drehte.

»Vivienne.« London hielt mir seine Hand hin.

Ich warf einen Blick auf sein Angebot und ging mit gesenktem Kopf und hängenden Schultern an ihm vorbei auf den Flur zu. Ich stählte mich und riss die Tür auf, in der Erwartung, direkt in eine Wand aus Hass zu laufen. Aber Carven war nicht da, nur Colt, der auf den Aufzug zusteuerte und London hinter mir.

Ich folgte Colt, während mein Puls wie wild pochte.

»Kopf hoch, Vivienne.«

Ich warf einen Blick auf London. Seine langen Schritte verringerten den Abstand zwischen uns kaum. »Was?«

Er begegnete meinem Blick. »Gehe immer mit erhobenem Kopf und beobachte alle um dich herum. Begegne ihren Blicken. Das macht dich weniger zum Opfer.«

Opfer.

Das Wort traf mich wie ein Schlag. Meine Schritte stotterten und meine Schultern zogen sich noch mehr zusammen. Er blieb stehen und kam näher, um mich anzustarren. »Niemand wird je wieder versuchen, dich zu entführen«, murmelte er. *Jetzt sah ich es.* Unter der Maske hatte er Angst ... nein, er war völlig *verängstigt.* Er hob seine Hand und der gekrümmte Finger hob mein Kinn an. »Nie wieder. Verstehst du mich? *Nie ... wieder.*«

Das leise Klingeln des Fahrstuhls ertönte und wir waren allein. Ich nickte langsam.

»Du wirst also mit erhobenem Kopf gehen und dir deiner Umgebung jederzeit bewusst sein. Du wirst deine Schritte verlängern und deine Schultern gerade halten. Du wirst jedem Wichser in die Augen schauen und die Frau sein, die niemand mehr anzufassen wagt, es sei denn, du *willst* es.«

»Warum erzählst du mir das jetzt?«

Er suchte meinen Blick, dann ließ er seine Hand sinken. »Weil wir dabei sind, in eine verdammte Löwenhöhle zu gehen, Schatz. Sie sollen dich nicht nur als Warnung sehen, was mit jedem passiert, der mein Eigentum anrührt, sondern auch, dass dich das nicht gebrochen, sondern gestärkt hat.«

Ich wollte ihm sagen, dass das eine Lüge war.

Dass ich innerlich auf sehr wackligen Beinen stand.

»Weil du dadurch stärker geworden bist. Schau in dich hinein, *finde* die Wut. Nutze sie, um dich wieder aufzubauen.«

Ich atmete ein und zog seine Worte tief in die klirrenden Scherben meines zerbrochenen Geistes. Ich fand den Geschmack der Wut, den brodelnden Hunger nach Vergeltung.

»Ich werde an deiner Seite sein«, fügte er hinzu. »Bei jedem Schritt auf dem verdammten Weg.«

Ich nickte ihm langsam zu, als er auf den Aufzug deutete, und als ich diesmal einen Schritt machte, richtete ich mein verdammtes Rückgrat auf.

ELF

Vivienne

Londons Pilotenbrille war weder dunkel noch groß genug, um die Unordnung in meinem Gesicht zu verbergen. Aber sie würde mich vor den Blicken schützen, die uns bevorstanden, als sich die Fahrstuhltüren zum Foyer des *Four Seasons* öffneten und das Stimmengewirr hereinströmte.

Ich drehte automatisch meinen Kopf, um mich abzuschirmen, bis mich das sanfte Streichen gegen meinen Arm aufhielt. London rückte seine Jacke zurecht, bevor er seine Hand auf meinen Rücken legte. Augenblicklich veränderte er sich. Das Lächeln, das er mir geschenkt hatte, war verschwunden, ebenso wie das amüsierte Glitzern in seinen Augen, als ich ihn angeschnauzt hatte. Nein, das war nicht der private London, das war der kalte, unbarmherzige Mann, derjenige, den niemand zu verärgern wagte. *Zumindest nicht ohne Konsequenzen ...*

Wie diejenigen, die mich entführt hatten, bald herausfinden sollten.

Er begegnete meinem Blick.

Erhebe deinen Kopf, Vivienne. Seine Worte hallten in meinem Kopf wider. Ich hatte keine andere Wahl als zu gehorchen. Mit geradem Rücken und den Händen an den Seiten machte ich mich auf den Weg, um mit ihm Schritt zu halten. Die Köpfe drehten sich in unsere Richtung, als wir auf die Eingangstür zusteuerten. Die Männer schauten ihm neidisch hinterher. Die Frauen starrten mich eifersüchtig an. Ich schaute nicht in ihre Richtung, sondern ging durch die offenen Glastüren in die pechschwarze Nacht zu dem wartenden Mercedes und stieg ein.

Er hatte nicht gescherzt, als er gesagt hatte, wir seien geschützt. Ein schwarzer Wagen fuhr vor uns und ein weiterer wartete hinten. Ganz zu schweigen davon, dass Colt und Carven hier irgendwo jede unserer Bewegungen beobachteten.

Gedämpfte Stimmen lenkten meine Aufmerksamkeit auf sich. Ich drehte meinen Kopf und beobachtete London durch das Heckfenster, wie er das Auto umrundete und auf der anderen Seite einstieg. *Eine Löwenhöhle,* so hatte er den Ort genannt, zu dem wir fuhren. Ich konnte sehen, dass er nervös war, denn er starrte geradeaus. Das allein machte mich auch nervös.

»Wer sind diese Leute?«, fragte ich, als wir ausstiegen und nach Osten fuhren.

»Jemand, den du nicht verärgern willst«, antwortete er vorsichtig.

Dante, das war es, was er gesagt hatte. Ich fragte mich, was er mit all dem zu tun hatte.

»Was hat Carven vorhin gemeint, als er sauer war? Er hat gesagt, ich solle es besser wert sein, und damit hat er auch nicht das Geld gemeint, das du für mich bezahlt hast, oder?«

Er schaute nicht in meine Richtung. »Nichts.« Er schüttelte den Kopf und starrte aus dem Fenster. »Er hat sich daneben benommen.«

»Er hat sich vielleicht daneben benommen, aber er hat nicht gelogen. Nicht so, wie du es jetzt tust.«

Erst dann begegnete er meinem Blick. »Das ist nicht der richtige Zeitpunkt, Vivienne.«

Da stand er und schimpfte mit mir, als wäre ich fünf Jahre alt. Ich war aber nicht fünf. Es war an der Zeit, dass er mich behandelte, als würde ich zum Team gehören. »Gut.«

»*Gut*«, wiederholte er.

»Aber nur damit du es weißt, dieses Gespräch ist noch lange nicht vorbei. Ich werde die Wahrheit herausfinden.«

Seine Augenbraue hob sich. »Wirst du das?«

»Ja«, sagte ich und fand etwas mehr Trotz, als ich mir zugetraut hätte.

»Dann freue ich mich auf die Herausforderung.«

Eine Erregung erfüllte mich und die Hitze des Verlangens folgte. Was auch immer zwischen uns war, es war noch nicht vorbei, noch lange nicht.

Piep.

Das Geräusch seines Handys machte den Moment zunichte. Er hielt meinen Blick fest und griff in seine Tasche, bevor er nach unten blickte.

»Gibt es ein Problem?«, fragte ich.

»Nichts, womit ich nicht klarkomme«, antwortete er, während er tippte und auf Senden drückte. »Wenn wir zu diesem Haus kommen, möchte ich, dass du an meiner Seite bleibst, Vivienne, und versuchst, niemanden zu verärgern, okay?«

Gott, er sagte es so, als ob ich die Leute immer verärgern würde. Aber sein Ton war tief und vorsichtig, weil *er* vorsichtig war. Wer zum Teufel waren diese Leute überhaupt? Der Gedanke blieb bei mir, während wir schweigend fuhren und ich beobachten konnte, wie die Stadt den Häusern wich, bis wir um eine Kurve fuhren und langsamer wurden.

Männer lehnten an aufgemotzten Camaros und anderen Sportwagen und beobachteten uns, als wir vorbeifuhren. Ich starrte zurück und achtete auf das Glitzern der teuren Uhren an ihren Handgelenken, bevor ich mich abwandte. Ruhige Straßen und gepflegte Häuser wichen opulenteren Spielereien. Maseratis, Ferraris und Lamborghinis parkten draußen auf den Straßen.

»Mein Gott«, flüsterte ich und hob meinen Blick, als der Wagen langsamer wurde und in eine andere ruhige Straße einbog.

Am Ende der Sackgasse stand eine braune Tudor-Villa aus Backstein mit einem glänzenden schwarzen Bentley in der Einfahrt und einem Audi dahinter auf der Straße.

Unser Fahrer verlangsamte, fuhr in die Einfahrt und hielt an, als drei Männer herauskamen, die jeweils eine halbautomatische Waffe trugen. Zwei von ihnen gingen auf uns zu, aber sie öffneten nicht unsere Türen und baten uns nicht ins Haus. Nein, sie streckten eine Stange aus, an der ein Spiegel befestigt war, um unter dem Auto nachzusehen. Kaum ein paar Sekunden später trat der Verantwortliche nach vorne und nickte, damit unser Fahrer aussteigen und Londons Tür öffnen konnte.

»Bleib in der Nähe«, murmelte London leise zu ihm. »Du weißt, was zu tun ist, wenn es schiefgeht.«

Der Fahrer warf einen Blick in meine Richtung. »Ja, Sir.«

Was?, wollte ich fragen. *Was sollte er denn tun?* Aber ich brauchte die Antwort nicht, oder? Ich sah alles daran, wie London, Colt und Carven mich beschützten. Ich wusste, wenn es schiefging, würde der Fahrer mich zuerst rausholen. Eine Sekunde lang wollte ich mich nicht bewegen, erstarrt vor Angst und Besorgnis, bis ich Londons Blick begegnete und er mir seine Hand hinhielt. Vertrauen trieb mich aus dem Auto.

Vertrauen und Liebe. Das war alles, was ich noch hatte.

Alles, wofür ich kämpfte ... und alles, was für *mich* kämpfte.

Die Türen schlossen sich mit einem dumpfen Knall hinter uns. Doch schon hob ich meinen Blick auf das opulente, mit Efeu bewachsene Haus. Schwarze schmiedeeiserne Gitter bedeckten die Fenster und Türen. Ich nahm alles in mich auf, vom Betonweg bis zu den makellosen Hecken des Gartens, die mit weißen Gardenien gefüllt waren, die die Luft mit dem schönsten Duft erfüllten. Es war alles so ... schön. *Schön und tödlich.*

In einem Fenster im obersten Stockwerk war eine Bewegung zu sehen. Weiche, durchsichtige Vorhänge bewegten sich, als ich London an der Seite des Hauses entlang folgte. Auf der Rückseite warteten weitere bewaffnete Männer. Mein Puls beschleunigte sich bei dem Gedanken, dass London uns auf keinen Fall lebend da rausholen könnte, wenn die Sache schiefging.

Ich warf einen Blick in seine Richtung, doch die Maske blieb fest aufgesetzt, als die Hintertür des Hauses von einem Wachmann geöffnet wurde. »Er wartet im Wohnzimmer. Ich nehme an, du kennst den Weg?«

London nickte. »Ja, das tue ich.«

Sein Griff um meine Hand wurde fester, als er durch die Tür trat. Das Letzte, was ich wollte, war, die Sonnenbrille abzunehmen, aber als wir in einen Raum traten, der wie ein Schloss der tödlichen Art aussah, hatte ich das Bedürfnis, so viel zu sehen, wie ich nur konnte. Waffen waren an den Wänden befestigt, viele Waffen.

Mein Puls schlug bei diesem Anblick noch lauter, bevor wir den Raum hinter uns ließen und einen breiten Flur entlang gingen. Dunkelbrauner Schiefer und schwarzes Eisen waren das Thema, als wir in einen riesigen Raum mit einer mit Teppich ausgelegten Holztreppe traten, die sich nach oben schlängelte.

Ich hob meinen Blick und dachte an die Bewegung im Fenster über uns. Aber wir waren schon weiter gegangen, bevor ich mir Gedanken darüber machen konnte, wer es gewesen sein könnte. Zwei Männer in schwarzen Anzügen standen in der Mitte des Flurs und beobachteten uns, als wir uns näherten. Einer bedeutete uns, in einen Raum an der Seite zu gehen.

Das *Wohnzimmer*, wie sie es nannten? Es könnte genauso gut ein Haus in einem verdammten Haus sein. Hohe, freiliegende Balken ließen meinen Blick nach oben schweifen. Es gab so viel zu sehen, von den vielen Bücherregalen, die höher waren, als man sie je erreichen könnte, bis hin zu den riesigen, üppigen Teppichen, in die meine Absätze eintauchten, als ich London hinein folgte.

»Dante«, murmelte er neben mir.

»London«, kam das heisere Knurren von einem hochlehnigen Ledersofa in der Mitte des Raumes. »Schön, dass du gekommen bist.«

Er starrte uns an, als wir uns näherten, bevor er sich langsam erhob, einen Schritt nach vorne machte und die Hand ausstreckte. *Die Höhle des Löwen.* Wenn dies eine Höhle war, dann war dieser Mann ... *Dante der Löwe.*

Er war älter, vielleicht so alt wie London, aber während mein Entführer, der zum Beschützer geworden war, kalt, emotionslos und kultiviert war, war dieser Mann ein Barbar. Eine Seite seines Gesichts war von Kampfnarben gezeichnet, die sich durch die Augenbraue bohrten, bevor sie in einer zerklüfteten Wunde unter seinem Auge endeten. Dante sah aus wie ein Mann, der um alles gekämpft hatte, was er besaß ... Ich schaute mich im Reichtum dieses Ortes um, was bedeutete, dass er eine Menge Kämpfe gewonnen hatte.

»Ich weiß die Einladung zu schätzen«, sagte London neben mir. »Danke, dass ich deine Zeit in Anspruch nehmen darf.«

Der Löwe lächelte. »Ganz und gar nicht.« Aber das Lächeln erreichte nie seine Augen.

Stattdessen warf er mir einen Blick zu, der mich durchbohrte und den Raum hinter uns musterte. Es war, als ob er mich nicht sehen würde, als ob ich überhaupt nicht existieren würde. *Vielleicht existierte ich für einen Mann wie ihn nicht?*

»Die Söhne?«, fragte Dante und hob seine vernarbte Augenbraue.

»Direkt hinter uns«, antwortete London und hielt seinen Blick aufrecht.

Das dumpfe Geräusch von Schritten erhob sich vor dem leisen Gemurmel der Bodyguards in der Halle. Carvens Blick schweifte zuerst durch den Raum, bevor er sich zu Dante bewegte. Doch als er näher kam, richtete er seinen bedrohlichen Blick auf mich.

»Ah, da sind sie ja«, sagte Dante. »Die Jungs sagten, sie hätten euch gesehen.«

London sagte nichts und Dante lächelte über die ausbleibende Antwort, bevor er zur Tür winkte. »Silas.«

Aus der Ecke des Raumes kam ein Mann, der Dante wie aus dem Gesicht geschnitten war. Einer, der tätowiert und vernarbt war. Er trug eine schwarze Jeans, ein schwarzes T-Shirt und einen steinernen Blick, der auf Carven herabfiel.

»Ich habe gehört, dass ihr in das Haus in der Parker Street einzieht«, sagte Dante.

»Ja«, antwortete London. »Wird das ein Problem sein?«

Ich hatte keine Ahnung, warum das ein Problem sein könnte. Jemand, der in seinem eigenen Haus wohnte, verstieß doch sicher nicht gegen das Gesetz?

»Überhaupt kein Problem«, antwortete Dante und sein gefährlicher Blick wanderte in meine Richtung, bevor er zu London zurückkehrte. »Ich möchte nur wissen, was für ein Chaos vor meiner Haustür herrscht.

Jetzt verstand ich das Spiel. Londons Unterschlupf befand sich in der Nähe dieses Typen und was sollte das sein? Eine Ermahnung ... *eine Warnung?*

»Wenn du glaubst, dass deine Anwesenheit hier mein Ansehen beeinflusst oder meine Familie bedroht, dann werden wir nicht gerade nachbarschaftlich miteinander umgehen, wenn du verstehst, was ich meine?«

Also eine Drohung.

London versteifte sich und die Temperatur im Raum schien zu sinken, sodass sich die Haare in meinem Nacken aufstellten. London atmete schwer ein. Das würde schlimm werden ... Das würde–

»Dante!« Der Schrei kam von irgendwo aus dem Haus und schallte durch das Wohnzimmer, sodass der Mann vor uns hellhörig wurde. Sein Atem ging tiefer, als er seinen Kopf in Richtung des Geräusches drehte. Im Handumdrehen kam eine Frau ins Zimmer gestürmt, ihr bodenlanges gelbes Kleid wehte hinter ihr und ihre Augen leuchteten vor Zufriedenheit. *»Wir haben ihn! Wir haben den VAN GO–«*

Ihre Augen weiteten sich, als sie uns sah. Ihre Schritte verlangsamten sich, als sie von London und den Söhnen zurück zu dem Mann blickte, der offensichtlich ihr Ehemann war. »Es tut mir leid.« Sie schüttelte den Kopf und ihre Wangen wurden rot. »Ich wusste nicht, dass wir Besuch haben.«

Aber Dante war nicht wütend über die Unterbrechung. Stattdessen verzogen sich seine Lippen zu einem stolzen Grinsen, als er gluckste und ihr seinen Arm entgegenstreckte. »Es ist in Ordnung, Schatz. Ein informelles Gespräch, das ist alles.«

Eine weitere Frau kam aus der gleichen Richtung. Nur war diese leise, vorsichtig und schlich sich hinter der Frau, die immer noch strahlte, in den Raum. Aber sie sah der Frau, der sie folgte, überhaupt nicht ähnlich. Vielleicht war sie eine Assistentin oder eine Nichte? Jemand, der ihr nahe stand ... aber nicht blutsverwandt war.

Je näher sie kam, desto deutlicher sah ich sie. Sie war so alt wie ich, vielleicht ein oder zwei Jahre jünger. Ihr langes, karamellfarbenes Haar fiel in weichen Wellen herab. Sie war wunderschön ... *atemberaubend*. Aber sie war auch verängstigt.

Sie richtete ihren Blick auf mich. Je länger sie mich anstarrte, desto stärker wurde der Anflug von Panik.

Mein Puls schlug heftig.

Meine Welt verengte sich auf diese blassen grünen Augen und den vorsichtigen Blick.

Ich kannte sie ...

»Ich entschuldige mich trotzdem. Ich war nur so aufgeregt«, sagte sie überschwänglich. »Ich war die letzten fünf Jahre in einem verdammten Bieterkrieg um das Bild mit dem Totenkopf und der Zigarette und wir haben *endlich* gewonnen.«

»Glückwunsch, Meredith«, murmelte London und schenkte ihr sein bestes Grinsen. »Das ist eine tolle Leistung. Nicht einmal ich würde so etwas versuchen.«

Aber es war nicht echt. Es war alles vorgetäuscht, nicht wahr? Alles außer den Drohungen. Nein, die waren *sehr* echt.

»Danke.« Sie strich ihr gelbes Kleid glatt, während ihr Blick zu mir wanderte.

Aber ich konnte den Blick nicht von der Frau an ihrer Seite abwenden, denn Meredith trat vor und schnitt mir die Sicht ab. »Ich glaube, wir kennen uns noch nicht.«

»Entschuldige bitte.« Dante legte einen schützenden Arm um ihre Taille. »Meredith, Baby, das ist London St. James.«

Ihre Augen weiteten sich, bevor sie sich wieder fing und in meine Richtung blickte. »Freut mich, dich kennenzulernen«, sagte sie vorsichtig, während sie hinter sich schützend nach der Hand der jungen Frau griff. »Meine Tochter Angelika.«

Erst dann wurde es mir klar.

Ich kannte sie ... ich kannte sie *verdammt gut.*

Ich drehte meinen Kopf, als London nach vorne trat und ihre Hand nahm. Mein Puls raste, mein Verstand schrie. Hier stimmte etwas nicht. *Etwas stimmte ganz und gar nicht.*

Er wusste es. Ich wusste nicht, woher er es wusste, aber er drehte sich um und winkte Carven nach vorne. »Meine Söhne, Carven und Colt.«

In dem Moment, in dem Merediths Aufmerksamkeit woanders lag, schaute London in meine Richtung. Er sah alles, meinen stockenden Atem und dass ich wie gebannt war. Carven spielte das Spiel mit, als er näher kam, um vor London zu treten und ihr die Hand zu schütteln, während Colt noch näher an der Tür verweilte. Falls sie sein Zögern bemerkten, sagten sie kein Wort.

»Schön, dich kennenzulernen«, murmelte Carven. »Ich hätte dich ja meinem Bruder vorgestellt, aber er spricht nicht.«

»Oh.« Merediths Augen weiteten sich. »Überhaupt nicht?«

Carven zuckte mit den Schultern. »Manchmal ist er einfach sehr wählerisch.«

Sie schaute zu London und dann zu mir. »Das ist seltsam.«

»Angelika.« Carven streckte seine Hand aus. »Ich wusste nicht, dass du eine Schwester hast, Silas.«

»Habe ich auch nicht«, antwortete der schmallippige Sohn und richtete seine Aufmerksamkeit auf etwas anderes.

In seinen Augen stand Wut und in seinem Tonfall war Hass. Er sah sie nicht einmal an, weder ihn noch Dante.

»Angelica ist adoptiert«, fügte Meredith hinzu und ihre Wangen liefen rot an.

Es traf mich ... *adoptiert ... adoptiert ... genau wie Ryth.*

London rückte näher und ließ seine Finger über meinen Arm gleiten, seine Berührung flüsterte mir zu ...

Aber mein Verstand raste und spielte jede Sekunde in der Hölle des Ordens ab. Ich wusste, dass ich sie gesehen hatte ... *Ich war mir sicher.*

Meredith wusste es auch. Ihr Gesicht wurde blass, als sie sah, wie London mich berührte, bevor sie sich ihrem Mann zuwandte und strahlte. »Schatz, ich glaube, ich lasse euch jetzt allein. Angel und ich haben eine Menge vorzubereiten.«

Dante hatte keine Ahnung, was gerade passiert war. Er hatte kaum gesprochen, seit seine »Tochter« den Raum betreten hatte. Was auch immer zwischen den beiden vorging, sie waren auf jeden Fall nicht verwandt, und plötzlich wollte ich mich daran erinnern, woher ich sie kannte.

Aber ich hatte keine Zeit, eine der beiden zu fragen, bevor Meredith sich reckte und ihren Mann auf die Wange küsste, dann nach der Hand ihrer Tochter griff und zur Tür ging.

Während London näher an Dante herantrat, beobachtete ich sie. Bevor sie durch die Tür verschwanden, drehte Angelica ihren Kopf und ihr Blick fand den meinen. Und mit einem vorsichtigen Kopfschütteln murmelte sie das Wort »*Bitte*«.

Londons leises Glucksen wurde laut. »Mit der hast du ja alle Hände voll zu tun.«

Dante grinste und schüttelte den Kopf, während er sich den Gemälden zuwandte, die die Wände des Wohnzimmers schmückten. Mit einer Handbewegung murmelte er: »Ein verdammter Van Gogh, London? Die Frau wird mich pleitegehen lassen, wenn ich vierzig bin.«

»Das bezweifle ich sehr.« London warf mir einen warnenden Blick zu, diesem intensiven Blick war nichts entgangen. »Es wird ein bisschen schmerzen, aber für so ein Lächeln wird es sich lohnen.«

Ich löste mich von dem Geplänkel und schaute zur Tür, wo die beiden Frauen verschwunden waren. Carven schritt vorwärts und ließ Colt zurück. Es war, als ob ich nicht existieren würde, als ob nichts von dem, was gerade passiert war, existiert hätte. Ich warf einen Blick auf Colt. Aber er war nicht da.

Er war weg ...

Verschwunden, ohne einen einzigen Laut.

Ein eisiger Schauer lief mir über den Rücken, als ich mich wieder den Männern zuwandte und meine Gedanken rasten. Warum sollte London sich freiwillig in die Höhle des Löwen begeben und uns mitnehmen?

Welches Spiel spielten wir hier?

Und *was* stand auf dem Spiel?

Ich drehte mich zu der leeren Tür um, während sich mein Magen zusammenzog.

Was auch immer es war ... *es war nicht gut.*

ZWÖLF

Colt

DIE WACHEN WARFEN MIR EINEN BLICK ZU, DANN wandten sie sich ab, als ich auf den Gang zuging. Sie konzentrierten sich wieder auf die, auf die es ankam, auf die, die sie sahen und hörten. Ich war nichts, still, unsichtbar und keine Bedrohung.

Ich hielt meinen Kopf gesenkt und ging langsam weiter, bis ich eine Bewegung vor mir wahrnahm. Theo Ares schritt den Flur entlang, sein schwarzes Smokingjackett um den Finger gewickelt und über eine Schulter gehängt. Nicht einmal er sah mich. *Aber ich sah ihn ganz sicher.*

Blutunterlaufene Augen.

Ein leichter Hauch von weißem Puder auf seiner Oberlippe.

Er hob seinen Blick in dem Moment, in dem er mich wahrnahm, und seine Augen verengten sich immer mehr. »Was zum Teufel machst du hier?«

Ich sagte nichts, sondern ging einfach zur Seite, bis das Arschloch mein Hemd packte, es mit der Faust umklammerte und mich gegen die Wand drückte. »Ich sagte, *was zum Teufel machst du hier?*«

Sein Blick verengte sich, als er meine Augen musterte, und wanderte dann zu meinen Haaren. Ich sagte nichts, stand einfach nur da. *Das war keine Bedrohung.*

»Du«, zischte er und beugte sich näher heran.

Ich unterdrückte den Drang, zusammenzuzucken und mich abzuwenden. Er stank nach Schweiß und Sex und wer weiß, was er letzte Nacht noch getrieben hatte.

»Du bist doch der Stumme, oder?«

Ich sah ihn finster an.

»Ja, der verdammte, stumme Sohn.« Er schubste mich und löste seinen Griff, während er zurück auf den Flur schaute.

Die schwachen Geräusche von London und Dante drangen aus dem Wohnzimmer herein.

»War ja klar«, murmelte er und verzog die Lippen. »Es ist sowieso alles Schwachsinn. Verdammter Schwachsinn, *alles davon.*«

Seine Augen wurden für eine Sekunde glasig, bevor er mich plötzlich wieder ansah. »Willst du einen Drink? Natürlich willst du das, wir alle wollen das, verdammt. Komm schon.«

Er ruckte mit dem Kopf und ging auf die andere Seite des riesigen Hauses zu. Ich folgte ihm, denn das ist es, was Geister tun. *Wir landeten in dunklen Höhlen.* Bernsteinfarbenes Licht leuchtete, als er hineinging und es einschaltete.

»Ich werde ein Feuer machen.«

Ich sagte nichts, sondern blieb in der Nähe der Armlehne des schwarzen Ledersofas und betrachtete die Tür am anderen Ende des Raumes. Hinter uns stand ein Schreibtisch. Ich warf einen Blick auf Theo, der sich über den Kamin beugte, bevor ich mich dem Schreibtisch und den darauf ausgebreiteten Papieren zuwandte und versuchte, die darauf gedruckten Worte zu erkennen.

»Als ob wir nicht schon genug Ärger hätten. Der verdammte Wolf sitzt uns im Nacken. Sie werden in den Krieg ziehen, das ist dir doch klar, oder? Verdammte Wölfe. *Verdammte Bastarde.*«

Ich drehte mich um, als er umkippte und mit dem Gesicht voran in den verdammten Kamin fiel, als er ihn anzünden wollte. Aber der Papierkram rief. Der verdammte Papierkram, der uns die Informationen geben könnte, die wir …

Theo stieß ein Stöhnen aus und versuchte, sich nach oben zu stemmen.

Verdammte Scheiße …

Ich riss meinen Blick vom Schreibtisch los, stürmte los, packte das bekiffte, betrunkene Arschloch und zerrte ihn auf die Beine. Wut flammte in seinen Augen auf, bevor ich mich bückte, nach dem Feuerzeug griff und die Scheiße anzündete. Die schwachen Flammen wurden kühner, als sie an dem Anzünder leckten, bevor die Wärme zunahm.

»Scheiße, ist das kalt«, murmelte Theo, als ich aufstand. »Ich glaube nicht, dass ich es jemals zuvor als so kalt empfunden habe.«

Er starrte mich an und seine braunen Augen bohrten sich in meine. »Du sprichst nicht, stimmt's? Du sprichst verdammt noch mal nicht, also kannst du es nicht sagen.«

Er leckte sich über die Lippen, das schien ihm zu gefallen.

Es gefiel ihnen immer.

Die Leute sagten Scheiße. Scheiße, die sie normalerweise nicht sagen sollten.

Ich starrte ihn nur an.

»Es wird einen Krieg geben. Das ist dir doch klar, oder? Es wird einen verdammten Krieg geben und ich will nichts damit zu tun haben. Ich will nichts damit zu tun haben ...« Er fuchtelte mit der Hand in der Luft herum. »Ich will nichts damit zu tun haben. Silas kann alles haben. Er kann *jedes verdammte Stück* haben.«

Schritte kamen von der Tür am Ende des Raumes. Weicher. Heller. Er schwenkte seinen Blick und verengte ihn, als seine Schwester den Raum betrat. Augenblicklich verwandelte er sich in den Löwen ... nein, nicht in den Löwen ... *in die verdammte Hyäne.*

»Du?«, knurrte er, als sie weiterging und den Raum durchquerte.

Aber das ließ er nicht zu. Betrunken und high stolperte er auf sie zu und versperrte ihr den Weg. »Da ist sie ja ... Moms kleiner Engel.«

Sie warf einen Blick in seine goldenen, glühenden Augen. Die Wut wurde von Sekunde zu Sekunde kühner und heißer und spiegelte das Feuer wider. Sie war hübsch ... *wirklich verdammt hübsch.* Teuer war sie auch. Mann musste sie nur ansehen, um zu wissen, dass sie nicht in derselben Liga wie ein normaler Mensch spielte. Sie hatte diesen *Blick*. Trotzig, aber nicht wie unsere Wildkatze. Nein, sie war eine Kämpferin, wie wir, während diese eine die Frau war, der du nie den Rücken zudrehen solltest. Sie war Gift, *wunderschönes Gift*. Ihr goldenes Haar schimmerte, als sie sich bewegte. Ich war mir sicher, dass es nach Honig riechen würde, wenn man sich ihr näherte. Instinktiv machte ich einen langsamen Schritt zurück, als sie versuchte, um ihn herumzugehen, wobei ihr schwarzes, oberschenkelhohes Kleid schwang, als sie sich bewegte.

»Du hast Koks unter der Nase, Theo«, flüsterte sie. Aber sie war nicht nur leise. Sie trat näher heran, bis sie seinem Blick begegnete. »Gut gemacht, du kannst stolz sein. Ich weiß, dass Mom und Dad es sind.«

Seine Lippen verzogen sich zu einem Grinsen. Das war keine Geschwisterrivalität ... das war *Hass*. Er drängte sich vor, um sie zu überragen. »Aber sie sind nicht deine Mom und dein Dad, oder?« Er stach mit seinem Finger so fest in ihre Schulter, dass sie mit jedem harten Stoß nach hinten stolperte. *»Vergiss das nie.«*

Sie reckte ihr Kinn in die Höhe. »Wie könnte ich das? Wenn du mich die ganze Zeit daran erinnerst?«

Sie blickte in meine Richtung und für eine Sekunde durchfuhr mich eine Welle von ... Verständnis, fast schon *Vertrautheit*. Ich wandte den Blick ab, meine Wangen brannten. Theo bewegte sich nicht, als sie um ihn herumging und den Raum verließ.

Ich stand nur da, während er seinen Blick auf den Boden senkte und dem Geräusch ihrer Absätze lauschte, als sie ging.

»Verdammt«, murmelte er, bevor er sich umdrehte und durch die Tür ging, durch die sie gekommen war ... und mich zurückließ, als wäre ich nie da gewesen.

Ich drehte mich zum Schreibtisch um, als das Feuer knisterte und knackte. Deshalb war ich doch hier, oder? Derjenige, über den sie gesprochen hatten. Derjenige, den sie ignoriert hatten. *Der verdammte Geist.* Ich ging näher heran und schob die Papiere zur Seite. Erschließungsverträge. Bauunternehmer, Lagerhäuser. Ich machte Schnappschüsse von dem, was ich brauchte, bevor eine gedämpfte Stimme meine Aufmerksamkeit erregte.

»Du weißt, was hier passiert, oder? Was meinst du damit? Sie sind nicht unser Problem und wir können da nicht mit hineingezogen werden.« Die sanfte weibliche Stimme drang durch den Türrahmen.

Ich konzentrierte mich auf das einseitige Gespräch. Es war nicht die junge Frau. Nein ... es war die *Ehefrau.*

Meine Schritte waren leise, als ich in der Tür verweilte.

»Ophelia wird nicht nachgehen. Warte nur ab. Sie wird nicht aufhören, bis sie die Tochter von London entführt hat. Es wird keine Rolle spielen, von wie vielen Männern er sie beobachten lässt. Es wird keinen Unterschied machen. Sie wird nicht aufhören, nicht, bevor sie ihn ruiniert hat. Wir können nicht in ihrer Nähe sein, wenn sie zuschlägt. Ja, danke. Ja, jetzt fühle ich mich etwas besser. Ich mache mir nur Sorgen. Ich weiß, dass du das verstehst.«

Mein Magen verkrampfte sich. Mein Puls pochte.

Wer war sie ... wer zum Teufel war sie und was wusste sie?

»Ich muss gehen«, murmelte die Frau. »Ich möchte, dass wir uns so weit wie möglich von ihnen entfernen. Sie sind auf sich allein gestellt. Dante wird dafür sorgen, dass ... Nein, er weiß nicht, was wir hier tun. Wenn er es herausfindet ...« Ihre Worte wurden kehlig. »Wenn er es herausfindet, wird er mich töten. *Er würde uns alle töten.*«

DREIZEHN

London

Die Autotüren schlossen sich mit einem dumpfen Knall hinter uns, bevor wir vom Wohnhaus der Ares' wegfuhren und ich es wagte, den in meinen Lungen brennenden Atem loszulassen. Vivienne starrte aus dem Fenster und war in ihre Gedanken versunken. Es waren diese Gedanken, die mich in ihren Bann zogen. Die Gedanken, die meinen Puls in die Höhe getrieben hatten, als sie auf Dantes Frau und Tochter reagiert hatte.

Vivienne kannte sie.

Und sie kannten sie.

Das konnte nur eines bedeuten. Sie waren mit dem Orden verbunden. Wie oder warum, war immer noch ein Rätsel. Eines, das ich herauszufinden gedachte. Sobald wir hier weg waren. Ich warf einen Blick auf Gus und sah, wie er in den Rückspiegel blickte. Selbst mit den Söhnen im Auto hinter uns traute ich Dante zu, dass er seine Drohung noch vor dem Ende seiner verdammten Einfahrt auf die nächste Stufe bringen würde.

Ich drückte meine Wirbelsäule gegen den Sitz, mein Verstand raste und ich überlegte, was zum Teufel gerade passiert war. Von wegen, keine Partei ergreifen. In dem Moment, als Dante sich entschloss, auszusteigen, hatte er sich zur Zielscheibe gemacht. Das wusste er. Wenn er es also wusste und es trotzdem tat, dann ging hier etwas anderes vor.

Vivienne rückte nervös die Sonnenbrille zurecht, als das Auto wendete und uns einen Block weiterbrachte. Der lila Bluterguss sah im Tageslicht noch schlimmer aus. Je länger ich sie anstarrte, desto wilder fühlte ich mich. Ich würde sie vergessen lassen, was diese Mistkerle ihr angetan hatten. *Ich würde sie vergessen lassen ...* bevor ich sie mit bloßen Händen in Stücke riss.

Mein Kiefer verkrampfte sich und ich atmete tief ein und aus.

Daniels hatte es nicht verdient, auch nur eine Sekunde länger als nötig zu leben, nicht nach dem, was er getan hatte. In meinen Augenwinkeln zuckte ein Nerv, als ich Hales Anruf in meinem Kopf noch einmal durchspielte. *Wie geht es Londons kleiner Schlampe? Ich habe vor, mir morgen nach unserer kleinen Feier viel Zeit mit ihr zu lassen. Gott, ich wette, sie kann schreien ...*

Vivienne schaute in meine Richtung und lächelte mich nervös an.

Gott, ich wette, sie kann schreien.

Ich zwang mich zu einem unbeholfenen Lächeln und tat mein Bestes, um ihre Sorgen zu lindern.

Das brauchte sie nicht mehr. Ich hatte dafür gesorgt, dass sie in Sicherheit war. Ich senkte meinen Blick, nahm ihren Körper in Augenschein und starrte auf ihren Bauch. Ich hatte dafür gesorgt, dass sie in Sicherheit war ... und ich.

Das bedrohliche viktorianische Herrenhaus am Ende der Straße zog meine Aufmerksamkeit auf sich und auch die von Vivienne.

Draußen waren Trucks geparkt. Einer fuhr rückwärts in die Einfahrt, während wir abbremsten und in die Haupteinfahrt bogen, die an der Seite des Hauses entlangführte. Sie drehte den Kopf und betrachtete die hoch aufragenden Giebel des gotischen Herrenhauses, während Gus den Wagen vor die Garage fuhr, die vom Haus getrennt war.

»Das ... gehört dir?«, flüsterte sie und drehte sich überrascht zu mir um. Dann korrigierte sie sich: »Natürlich gehört es dir. Was für eine dumme Frage. Dir gehört doch alles.«

In dem Moment, als Gus meine Tür öffnete, lachte ich sie an, aber das Lachen erstarb. »Ich hätte gerne, dass du vorerst in das Fahrerhaus ziehst«, murmelte ich.

Sein Nicken kam augenblicklich. »Was immer Sie brauchen.«

Ich zog meine Jacke zurecht und ging zum hinteren Teil des Wagens. Es ging nicht darum, dass ich einen Fahrer brauchte, sondern darum, dass ich überleben musste. Je mehr Männer ich zu ihrem Schutz hatte, desto sicherer war sie. Die Landschaft veränderte sich um uns herum und warf Schatten, wo vorher keine waren. Ich musste die Sache in den Griff bekommen ... mehr als je zuvor.

Ich umrundete das Auto, öffnete ihre Tür und hielt ihr meine Hand hin. Sie stieg langsam aus und zuckte zusammen, als sie sich aufrichtete. Es gefiel mir nicht, sie mit Schmerzen zu sehen. Ich fühlte mich dadurch ... *gewalttätig*.

Der gute Doktor war im Begriff, Hausbesuche zu machen ... wenn er am Leben bleiben wollte.

Als Carven und Colt aus dem Wagen stiegen, führte ich sie zum Seiteneingang des Hauses. Ich hatte das Haus gekauft, nachdem ich es nur auf Fotos gesehen hatte. Das Haus war mir egal. Was zählte, war die Lage.

Es wäre selbstmörderisch, in einer Mafia-Hochburg einen offenen Krieg zu führen. Wenn Hale also nicht mit mir in den Krieg ziehen konnte, blieb nur ein heimlicher Angriff, auf den wir vorbereitet sein würden. Doch als Vivienne die Sonnenbrille absetzte und die Pracht des alten Gebäudes mit seinen kathedralenartigen Decken betrachtete, wurde mir bewusst, welche Wirkung dieser Ort hatte.

»Wow«, flüsterte sie und starrte. »Dieser Ort ist wunderschön.«

Die Umzugshelfer grunzten, als sie die Kisten durch die riesige, verzierte Eingangstür hievten und Guild hinterher humpelte. »Da durch, in die Küche«, befahl er und zog unsere Blicke auf sich.

Ich beobachtete, wie sich Viviennes Augen weiteten und kämpfte gegen einen Anflug von Eifersucht an, als sie ihn anlächelte. *Ganz ruhig* ... der wilde Teil meines Wesens war zu nah an der Oberfläche, wenn es um sie ging. Guild blickte in unsere Richtung und begegnete erst ihrem und dann meinem Blick, bevor er nickte und mit dem Arm an der Seite davon humpelte.

Ich wusste, dass zwischen den beiden nichts Romantisches war. Er hatte sein Leben riskiert, um sie zu retten, und das war das Ausmaß ihrer Wertschätzung. Trotzdem tat es weh, zu sehen, wie er humpelte.

»Komm, ich zeige dir den Ostflügel und unsere Schlafzimmer«, drängte ich.

Wir gingen durch den Eingang und an der Treppe vorbei, die zu den zwei Stockwerken mit den herrschaftlichen Schlafzimmern darüber führte. Aber diesen Fehler würde ich auf keinen Fall zweimal machen. Von nun an schliefen wir dort, wo wir entkommen konnten.

Hinter uns ertönte das Kreischen eines Bohrers. Die meisten Außentüren waren zugeschweißt und ich hatte an allen Türen und Fenstern Gitter angebracht. Als wir gestern Abend im Hotel gebucht hatten, hatte ich sofort angefangen zu telefonieren. Von nun an würde das Haus rund um die Uhr bewacht werden.

Vivienne warf einen Blick auf das Wohnzimmer mit seiner dunklen Holzmaserung und dem beeindruckenden Fischgräten-Holzboden. Der Ort wurde noch geheimnisvoller und verzehrender, als er in das elegante Esszimmer überging, an dem wir vorbeikamen.

Der riesige schwarze Tisch mit fünfzehn Plätzen fiel in dem Speisesaal kaum auf. Dieses Haus war noch größer als die Stadtresidenz und nur halb so teuer, wenn man bedachte, in welcher Gegend es lag.

»Das ist etwas anderes.« Sie starrte den Tisch an.

»Der war bei dem Haus dabei«, antwortete ich.

Sie lächelte mich an und dieses Mal war es echt, denn ihre schönen Lippen kräuselten sich.

Ich lehnte mich dicht an ihr Ohr. »Du solltest dein Schlafzimmer sehen.«

Ihre Augen weiteten sich, bevor sie vorsichtig mit den Zähnen über ihre Unterlippe strich. Ich musste mich beherrschen, um sie nicht zu küssen.

»Komm schon.« Ich zog sie an der Hand und führte sie weiter durch den Flur zum Ostflügel des Hauses. »Ich zeige dir unseren Flügel.«

»Ein *Flügel*, was?« Sie warf einen Blick über ihre Schulter auf die Treppe. »Nicht nach oben?«

»Nein. Nicht oben.«

Ein hörbares Ausatmen ertönte. »Gut.«

Ich legte ihren Arm um meinen und führte sie an der offenen Doppeltür vorbei. Der Flur war in düstere Grautöne getaucht, als wir von den Hartholzböden zu einem neuen, dunklen Plüschteppich wechselten. »Mein Schlafzimmer ist das erste auf der linken Seite. Ich nickte zu der geschlossenen schwarzen Tür, dann zu Carvens auf der rechten Seite. »Deins ist die nächste schwarze Tür auf der linken Seite und Colts ist rechts, direkt gegenüber von deinem.«

Angesichts der Worte schlug mein Puls hoch, aber statt Eifersucht machte sich Erleichterung breit, weil sie zwischen uns dreien eingekeilt war. Wir würden sie in Sicherheit wissen *... und beschäftigen.*

»Colts Schlafzimmer?«, flüsterte sie. »Er teilt sich keins mit Carven?«

Ich schaute sie überrascht an. »Anscheinend nicht.«

Ihre Wangen röteten sich unter dem blauen Fleck, was mich zum Lächeln brachte, bis sie ihren Blick auf die letzte Tür hinter der ihren lenkte. »Und das? Wessen Schlafzimmer ist das?«

Mein Puls dröhnte noch lauter. »Das ist kein Schlafzimmer.«

»Oh, was ist es dann?«

Ich schritt an unseren Schlafzimmern vorbei, blieb vor der schwarz gestrichenen Tür stehen und drehte mich zu ihr um. Die Sicherheitsgitter und die Auslöser an den Fenstern waren nicht die einzigen Dinge, die ich über Nacht im Haus gesichert hatte. Sie starrte die Tür an und ich konnte fast sehen, wie ihr perfekter, eigensinniger Verstand Überstunden machte.

Ich griff nach der Klinke, aber ich drehte sie nicht, noch nicht. Stattdessen begegnete ich der Erregung in ihren Augen. »Du weißt ja, was man über Neugierde sagt, Wildkatze.«

Es gab ein kurzes Aufflackern von Besorgnis, bevor der trotzige Funke aufflammte. Wir waren wieder da, das Hin- und Hergeschiebe, keiner von uns wollte dem verdammten Inferno, das zwischen uns loderte, erliegen. Sie reckte ihr bezauberndes Kinn in die Höhe. »Nein, was sagen sie denn, London?«

Meine Lippen kräuselten sich noch mehr, als ich den Griff drehte und die Tür aufstieß. Ich brauchte mir den Raum nicht anzusehen. Ich sah es an ihren geweiteten Augen und ihrem stockenden Atem. Sie drückte sich gegen den Türrahmen, als ich näher kam. »Sie wird von der Maschine gefickt.«

Ihr Atem ging schnell, als sie mir ihre schönen braunen Augen zuwandte.

Ich senkte meinen Kopf und flüsterte ihr ins Ohr. »Was, keine geistreiche Erwiderung? Sag mir nicht, dass ich dich endlich zum Schweigen gebracht habe.«

Ich hob meine Hand und fuhr mit der Rückseite eines Fingers über ihren Arm. Sie drehte langsam ihren Kopf, unsere Lippen waren *so … verdammt … nah …*

»Brauchst du etwas, Schatz?«

Ihre Lippen öffneten sich. Ihr Atem wurde zu meinem. »Vielleicht.«

Ich beugte mich vor und küsste ihre Mundwinkel. Begierde und Wut wirbelten in mir herum. Die Gewalt fühlte sich … beruhigend an.

»Sind wir hier sicher?«, flüsterte sie gegen meinen Mund.

Ich löste mich von ihr und starrte ihr in die Augen. »Die Wahrheit?«

Sie nickte.

»Dann nicht. Wir sind nirgendwo sicher, nicht bis das hier vorbei ist. Aber du kannst mir verdammt nochmal glauben, dass wir kein weiteres Risiko eingehen. Nicht mit dir. Du wirst rund um die Uhr bewacht.« Ich bewegte meinen Finger zur Außenseite ihrer Brust. »Glaubst du, du kommst damit klar, Kleines?«

Sie leckte sich über die Lippen. »Ich bin sicher, ich schaffe das.«

Ich lächelte, bis mein Handy in meiner Tasche vibrierte und mich in die Realität zurückholte. Meine Freude schlug in Wut um, als ich auf den Bildschirm schaute. Ich nahm alles an ihr wahr, auch die Art, wie ihre Augen zu meinen Händen wanderten, als ich den Anruf entgegennahm, bevor sie zu mir wechselten.

»Ist er tot?«

Ich verkrampfte meinen Kiefer so sehr, dass mir fast die Zähne ausfielen.

»Sag mir wenigstens das, *verdammt noch mal.«*

»Nein«, antwortete ich Hale.

Ich konzentrierte mich auf die Stille am anderen Ende der Leitung und wartete auf ein langsames Ausatmen. Aber es kam nicht, sodass ich mich von ihr abwandte. Die Haare in meinem Nacken sträubten sich, als Hale noch einmal sprach. »Wenn das so ist, würde ich gerne einen Tausch vorschlagen: sein Leben gegen den Vertrag.«

Mein Magen verkrampfte sich.

»Fick dich«, knurrte ich. »Was hältst du davon?«

»Sie sind meine lukrativsten Besitztümer. Aber ich wollte deine Hure für mich.« Der Bastard redete weiter und grub sich noch tiefer ein. »In dem Moment, in dem Daniels deinen Geruch aus ihr herausgefickt hätte, hätte sie mir gehören sollen.«

Ich ballte die Faust um das Handy, bis es knackte. Schwere, vereinnahmende Atemzüge erfüllten den Lautsprecher und ich konnte nichts tun, um sie zu unterdrücken.

»Fünfzehn Minuten und ich hätte sie ruiniert.«

»Ich werde dich umbringen«, murmelte ich emotionslos. »Ich hoffe, das ist dir bewusst. Eines Tages wirst du deine Augen öffnen und ich werde dir eine Waffe an den Kopf halten. Ich will dir in die Augen schauen, wenn ich abdrücke.«

Die Antwort war langsam und vorsichtig. »Bis dahin ...«, antwortete Hale. »Daniels für den Vertrag und wir lassen sie in Ruhe.«

Ich hob meinen Blick zu der Einzigen, für die ich einen Pakt mit dem Teufel eingehen würde. »Gut«, antwortete ich, senkte das Handy und beendete das Gespräch ... mit dem Herzen im Hals.

Die einzige Frage war ...

Warum zum Teufel wollte er Daniels so sehr?

Ich schob die Frage in den Hintergrund, als ich den Abstand verringerte, sie gegen die Tür drückte und sie küsste.

VIERZEHN

Vivienne

ICH WERDE DICH UMBRINGEN. ICH HOFFE, DAS IST DIR bewusst ...

Ein Stöhnen grollte in meiner Kehle und entrang sich mir wie ein Wimmern.

Londons Drohung hallte in meinem Kopf wider, als er mich küsste. Mein Puls raste angesichts dieser Worte und des Gefühls seines Hungers, der uns beide verzehrte, als wir in der Tür zum Schlafzimmer standen.

Meine Wirbelsäule wurde gegen den Türpfosten gepresst. Seine Finger glitten durch mein Haar, griffen in meinen Nacken und hielten mich fest, während er meinen Mund mit einer solchen Heftigkeit eroberte, dass es mir den Atem raubte.

Unsere Zähne knirschten und brannten auf meinen Lippen, als er meinen Mund eroberte, bevor er sich zurückzog. Seine Augen waren gefährlich, ganz dunkel. In diesem Moment gab es nichts als Gewalt in ihm, nichts als *Zorn*. Trotzdem klammerte er sich an mich, als wäre ich das Band zu seiner Seele, um die er verzweifelt kämpfte.

Ich war sein Halteseil und er war meines.

Eine Leine für mein Überleben und mein Herz.

Wir waren alle drei miteinander verbunden, *ob wir es wollten oder nicht.*

Sein Atem rauschte an meinem Ohr und seine Hände zerrten wild an meinem Hemd, damit seine große Hand meine Brust umfassen konnte.

»*London*«, flüsterte ich atemlos, während ich zu den Doppeltüren am Ende des Flurs blickte.

Er hörte nicht auf, sondern zerrte die Träger meines BHs nach unten. »Dieser Flügel ist tabu«, flüsterte er, während er über meine Brustwarze leckte. »Keiner wird uns sehen.«

Trotzdem ließ die Angst nicht nach, bis seine Zähne die empfindliche Haut streiften und mich wegzogen. »Oh, Gott.« Ich schloss meine Augen und erschauderte.

Seine Hand schob sich zwischen meine Beine und seine starken Finger strichen über meinen Schlitz. »Mein«, murmelte er. »Du gehörst mir, verstehst du das? Wenn ich fertig bin, werden es alle wissen ... *sie werden es alle wissen* ...«

Angesichts dieser besitzergreifenden Worte durchfuhr mich Hitze. Meine Hüften stießen nach vorne, als ich seinen Hunger mit meinem eigenen beantwortete. Ich fuhr mit meinen Fingern durch sein Haar und krallte mich fest, um seinen Mund noch einmal zu meinem zu ziehen. Ich hatte mich noch nie so sehr danach gesehnt, jemandem zu gehören, wie in diesem Moment, ihm und den Zwillingen.

Eines Tages wirst du deine Augen öffnen und ich werde dir eine Waffe an den Kopf halten. Ich will dir in die Augen schauen, wenn ich abdrücke.

Er brach den Kuss ab und zog sich gerade weit genug zurück, um mir in die Augen zu sehen. Alles, was ich sah, war Verzweiflung und das schreckliche Bedürfnis nach Rache. »Ich werde dich nicht verlieren, verdammt. Hörst du mich? Ich werde dich nicht verlieren.«

Er senkte seinen Kopf und fasste mir sanft an die Brust. »Der Tracker ...«

Ich schüttelte den Kopf. »Nein. Keine verdammten Tracker mehr. Wenn du mich beschützen willst, dann behandelst du mich wie die Söhne. Gib mir ein Handy ... aber keine verdammten Peilsender mehr. Keine Dinger mehr, die gegen meinen Willen in mich eingeführt werden. Hast du mich verstanden, London? *Nie. Mehr.*«

Er wurde still. Ich wartete darauf, dass das Monster wieder auftauchte, um mich zu kontrollieren und mich seinem Willen zu unterwerfen, bis ich keine andere Wahl mehr hatte, als mich ihm zu fügen. *London St. James war ein Monster.*

Das musste er auch sein.

Denn es brauchte ein Monster, um eines zu zerstören.

Aber während ich darauf wartete, dass diese dominante Kraft mich verschlang, flackerte etwas anderes in seinen Augen auf. Etwas, das mir den Atem raubte. Sein Griff um meinen Nacken wurde fester und er zog mich näher zu sich, sodass sich unsere Lippen berührten. *»Ich. Kann. Dich. Nicht. Noch einmal. Verlieren ... Es wird es mich zerstören. Es wird uns alle zerstören.«*

Näher war ich seinen wahren Gefühlen noch nie gekommen.

Näher hatte er es mir nicht erlaubt.

Ich sah es jetzt.

London liebte mich nicht nur.

Er war von mir *besessen*.

Genauso wie ich von ihm besessen war.

Ich küsste ihn und nahm diese harten, wunderschönen Lippen, bis er mir nachgab. Er streichelte meine Brust und ließ dann seine Hände auf den Knopf meiner Hose sinken, als ein Krampf durch meinen Bauch fuhr. Ein Schmerz stieg auf, bis ich nach vorne wippte und stöhnte.

Es war, als ob ein Schalter in ihm umgelegt worden wäre. Seine Hände fielen, als er sich zurückzog. Ich öffnete meine Augen und sah, dass er mich musterte. »Es ist okay.« Ich zwang mich zu einem Lächeln, das eher ein Zucken war. »Nur ein Krampf.«

Die Faust tief unten in meinem Bauch krampfte sich zusammen und würgte etwas in mir, bevor sie sich langsam entspannte. *Mein Gott* ... Ich versuchte, wieder zu Atem zu kommen, als der dunkle Gang wieder heller wurde. London sagte nichts, sondern beobachtete nur, wie sich meine Atemzüge vertieften und ich mich wieder aufrichtete.

»Hast du viele davon?«, fragte er.

Überrascht nickte ich. »Ja, einige. Aber normalerweise nicht so schlimm wie jetzt.«

Mit einem vorsichtigen Nicken rückte er meinen BH zurecht und schob ihn sanft nach oben, um mein Hemd nach unten zu ziehen. Er war zärtlich und nervös. Machte er sich Sorgen, dass das, was sie mir angetan hatten, mir irgendwie geschadet hatte? Wenn ja, hat er seine Sorge nicht geäußert, sondern nur einen Blick hinter mich geworfen und sich dann wieder umgedreht. »Ich meinte das, was ich vorhin gesagt habe: Keiner der Wächter oder des Personals darf hierher. Nur wir ... wir können tun, was wir wollen.«

Was wir wollen ...

»Nachdem ich aufgehört habe zu bluten.« Das war sowohl eine Frage als auch eine Aussage.

Er zuckte mit den Schultern. »Ich hatte schon mehr als genug Blut an meinen Händen, Vivienne. Ein bisschen von deinem wird mich nicht erschüttern, solange es diese Art von Blut ist.«

»Oh?« Meine Augen weiteten sich vor Überraschung.

Seine Reaktion unterschied sich deutlich von dem Ekel, den mein Pflegevater gezeigt hatte. Er hatte mich immer ignoriert, wenn ich meine Periode bekommen hatte, als wäre dieser monatliche Fluch irgendwie ansteckend.

Aber London zuckte mit den Schultern und seine finsteren Augen verengten sich auf mich. »Nichts, was von dir kommt, ekelt mich, Kleines. Alles ist wunderschön. *Vergiss das nicht.*«

Er lächelte knapp, bevor er zur offenen Zimmertür blickte. »Aber vielleicht verschieben wir die Erkundung dieses Zimmers auf einen anderen Tag?«

Ich lächelte, richtete meine Kleidung und stieß mich vom Türpfosten ab. »Ja, das wäre vielleicht besser.«

»Das heißt aber nicht, dass ich dich nicht ficken will, Schatz.« Er biss sich auf die Lippe. »Man sagt, ein oder zwei Orgasmen helfen gegen die Krämpfe.«

Mein Kitzler pulsierte. Gott, sogar seine Stimme ließ mich pochen und machte mich mutiger als ich mich fühlte. »Das wäre schön.«

Sein tiefes Glucksen ertönte, als er mir seine Hand hinhielt. »Wie wäre es, wenn ich dir dein Schlafzimmer zeige?«

Ich erwiderte sein Grinsen mit meinem eigenen, als ich meine Finger mit seinen verschränkte. Er führte mich zurück zu der Tür neben dieser.

»Ich werde mal telefonieren.« Er drückte die Messingklinke, öffnete die verschnörkelte schwarze Schlafzimmertür und schob sie weit auf. »Und lass den Arzt kommen, nur um sicherzugehen, dass es dir gut geht.«

»Es gibt wirklich keine ...« Ich wollte ihm sagen, dass alles in Ordnung war, aber die Pracht des großen Schlafzimmers hielt mich davon ab. »*Oh mein Gott, London*«, flüsterte ich und trat ein.

Die Größe des Zimmers stellte das riesige Bett in den Schatten. Schwarze Wände und blutfarbenes Mobiliar füllten den Raum. Ich trat vor, ging zuerst zum Bett und beugte mich vor. Samt und Kunstpelz schmückten den Boden.

»Es ist nicht rot«, flüsterte er. »Ich habe dafür gesorgt, dass sie das wissen, aber ich wollte im Einklang mit dem ...« Ich drehte mich um und stürzte mich auf ihn, um meine Arme um seinen Hals zu schlingen.

Mir war nicht bewusst gewesen, wie viel Angst ich davor hatte, wieder in dieses Haus zu gehen und dieselben Wände zu sehen, die ich angestarrt hatte, bevor ich ...

Kurz bevor ich ...

Ich drückte mein Gesicht an seine Brust, als meine Kehle sich verengte. Mein Körper zitterte und ich wusste, dass die Tränen gekommen waren. Mein Körper zuckte und bebte, als Schluchzer sich losrissen. Ich klammerte mich an ihn und spürte, wie er langsam seine Hände um mich legte, als wüsste er nicht, was er tun sollte.

Ich werde dich töten ...

Diese Worte gingen mir nicht mehr aus dem Kopf. Ich hatte unrecht. Er wusste genau, was zu tun war.

Trotzdem hielt er mich fest, während sich mein Brustkorb hob und meine Atemzüge sich vertieften. Meine Tränen flossen auf seine Brust, während er mich festhielt. Er sprach nicht, bewegte sich nicht. Er war einfach nur da und zog mich an seinen starken Körper, bis meine Brust von der Gewalt brannte *... und das war alles, was ich spürte.*

Als ich mich langsam aufrichtete und den Kopf hob, gab es nur ein Gesicht, das sich in mein Gedächtnis eingebrannt hatte, und das war nicht das von Daniels. Es war *sie*, diese verdammte Schlampe, *Ophelia.*

»Sie müssen sterben, London.« Ich hob meinen Blick, um ihn durch die Unschärfe zu entdecken. »Sie müssen verdammt noch mal sterben. Wenn nicht für mich, dann für all die anderen Töchter.«

Er blickte herab, dann strich er mir langsam die Haare hinters Ohr. »Ich weiß, Kleines. Glaub mir ... *ich weiß.*«

Ich schluckte schwer, als er sich tiefer beugte und mir die Tränen von den Wangen küsste. Ich hatte mich noch nie in meinem Leben sicher gefühlt, nie gewollt oder beschützt … nicht so wie jetzt. Sie möchten mich entführt und das mit meinem Gesicht und meinem Körper gemacht haben, aber es gab keinen Zweifel, dass Vergeltung kommen würde … *in der Gestalt dieses Mannes.*

Piep.

Sein Handy zerstörte den Moment. Ich sah das Aufflackern von Wut, bevor er sich langsam von mir entfernte und ich mich wieder der gruseligen Pracht des Raumes zuwandte.

Sein undeutliches Gemurmel kam hinter mir, als ich zurück zum Bett ging und mich tief bückte, um mit den Fingern über die Bettwäsche zu fahren. Der Schmerz stach mir tief in den Bauch, bevor ich meinen Kopf zu der Tür hob.

»Das Leck ist sicher?«, murmelte London. »Gut. Ich bin so schnell wie möglich da. Behalte ein Auge auf Daniels. Ich brauche ihn lebend und redend … zumindest für eine Weile.«

Während London von dem Zorn sprach, der ihn vereinnahmte, fuhr ich mit den Fingern über die kalten Fliesen, fand den Lichtschalter und schaltete ihn ein.

Blutrot, Schwarz und Gold nahmen mich gefangen, als ich wie festgenagelt auf der Stelle stand. Meine Sachen waren hier. Die gleichen teuren Parfüm- und Make-up-Fläschchen standen auf dem schwarzen Steinschrank, aber da hörte die Vergangenheit auch schon auf. Ich warf einen Blick auf die riesige schwarze Klauenfußbadewanne zu meiner Linken und dann auf die offene, weitläufige Dusche, die den Großteil des Raumes zu meiner Rechten einnahm. Schwarze Fliesen wurden durch etwas akzentuiert, das wie eine Schlange aussah.

Ich trat näher und streckte die Hand aus, um die kühle Oberfläche zu berühren und fuhr mit dem Finger über das Muster.

»Wenn du es hasst ...«, begann London hinter mir.

Ich drehte mich um, als ich ihn in der Tür stehen sah und schüttelte den Kopf. »Nein.« Mein Puls raste. »Nein, ich hasse es nicht.«

Er atmete erleichtert aus. »Man sagt, Schlangen seien ein Symbol für Wiedergeburt, Verwandlung und Heilung. Als ich diesen Raum sah, wusste ich sofort, dass er für dich ist.«

»Die anderen haben so etwas nicht?«

Er lächelte. »Nein, mein Schatz. Dieses hier ist etwas Besonderes.«

Ich drehte mich wieder zu dem Symbol der Wiedergeburt um und berührte es noch einmal. »Ich liebe es.«

Piep.

Sein Handy läutete noch einmal. »Ich muss los«, sagte er. »Aber die Söhne sind hier und ich bin so schnell wie möglich zurück. Wir beide müssen darüber reden, was bei dem Ares-Treffen passiert ist.«

Ich versuchte zu nicken, aber mein Bauch zog sich zusammen, als ein Krampf mir den Atem raubte. Ich stützte mich mit der Hand an der Wand ab und drehte mich um.

Das dumpfe Geräusch seiner Schritte war hinter mir zu hören. Er strich mit seinem Finger über meinen Rücken, als ich vor Schmerz die Augen schloss. »Der Arzt wird kommen, um dir etwas gegen die Schmerzen zu geben, und Colt ist unruhig.

Benutze ihn, Liebling. Gib ihm eine Aufgabe und nimm dir, was du brauchst.«

Mein Schmerz mischte sich mit Verzweiflung, als seine Hand wegfiel und ich seine Schritte hörte, die sich wieder zurückzogen. Meine Gedanken kreisten um Carven und die feindselige Art, mit der er mich ansah.

Ich hoffe, du bist es wert. Diese Worte fielen mir wieder ein, als ich mich umdrehte, um London aus der Badezimmertür gehen zu sehen. *Denn wenn der Vater dich nicht will, sind wir so gut wie tot. Das verstehst du doch, oder?*

Er hatte doch nicht von London gesprochen, oder? Mein Puls dröhnte. Meinte er etwa ... »Wer ist King für mich?«

London blieb am Fuß des majestätischen Bettes stehen. Aber er drehte sich nicht um.

Ich machte einen Schritt vor die Badezimmertür. »Antworte mir, London. *Wer ist er?*«

Seine Schultern sanken mit einem Seufzer. »Er ist dein Vater«, antwortete er, bevor er zur Tür hinausging.

Er ließ mich zurück ...

Mit brennenden Wangen.

Er ist dein Vater.

Angst erfüllte meine Brust. Tief im Inneren hatte ich es geahnt. Warum sonst sollte ein Mann wie London St. James jemanden wie mich wollen, wenn nicht, um mich wegen meiner Blutlinie zu benutzen? Es tat weh, die Worte zu hören. Dann kamen mir wieder die Tränen.

Aber ich war völlig verzweifelt. Ich war leer, so verdammt leer, nicht mehr als eine leere Hülle der Person, die ich einmal gewesen war. Ich wollte ihn hassen. Ich wollte sie *alle* hassen. Aber dieser Hass hatte kein Ende, denn er hatte schon lange vor London begonnen.

Er hatte mit meinem Vater begonnen.

King.

Ich stolperte zum Bett und kletterte hinauf. Aber ich spürte es kaum, nur das Dröhnen in meiner Brust. Ich blieb so liegen, die Beine unter mir zusammengerollt, und starrte ins Leere, während mein Bauch verkrampfte und schmerzte.

Stunden vergingen, bis endlich ein leises Klopfen an meiner Tür ertönte.

War es London? »Ja.«

Die Klinke kippte und Colt trat ein. Seine dunkelblauen Augen musterten den Raum, bevor sie sich auf mir niederließen, während ich meine Hand auf meinen Bauch presste. Als er mit einem Teller Sandwiches in der einen und einer Saftflasche in der anderen Hand eintrat, wurde ich hellhörig.

»Hast du Hunger?«, fragte er.

Mir kamen die Tränen, als ich den Kopf schüttelte. Ich wandte mich ab, als er näher kam und sich am Fußende des Bettes niederließ.

»Hat er dir wehgetan?« Die Frage war ein Knurren.

Ich zuckte zurück und stellte fest, dass er mich mit einem Ausdruck purer Wut im Gesicht anstarrte. Was sollte ich sagen? *Ja, nein … vielleicht?* Vielleicht hatten sie es alle getan, oder vielleicht hatte ich mich nur selbst verletzt?

Schließlich schüttelte ich langsam den Kopf. »Nein, das ist nur meine Periode. Die macht mich verdammt emotional, bis ich aufhöre zu bluten.«

Colt versteifte sich. Sein Gesicht wurde blass, als er auf die Faust starrte, die gegen meinen Unterleib gepresst war. »Er hat dir verdammt wehgetan. Dieser Wichser.«

Ehe ich mich versah, drehte er sich um und stellte den Teller mit den Sandwiches auf das Fußende des Bettes. Die Flasche mit dem Saft entglitt ihm und fiel auf den Boden, während er zur Tür ging. Ich stürzte aus dem Bett und rannte zu ihm, bevor er zur Tür ging. »Nein, Colt … warte!« Ich zerrte an seinem Arm und zwang ihn, mir in die Augen zu sehen. »Er hat mir nicht wehgetan.«

Er sah mich finster an und suchte meinen Blick. »Du hast gesagt, du blutest.«

Hitze stieg mir in die Wangen und ich machte mich auf Abscheu gefasst. »Ich habe meine Periode, das ist alles.«

»Periode?«

Ich zuckte zusammen und starrte ihn verwirrt an. »Ja, meine Periode. Du weißt schon, dass ich jeden Monat blute?«

Er trat näher heran, bis er mich überragte. »Du blutest … jeden Monat?«

Gott, er war so nah … er überragte mich, verwirrt, *wütend* … ein Pulverfass, bereit, zu explodieren. »Ja, das tue ich.«

»Zeig es mir.«

Meine Augen weiteten sich. »*Was?*«

Sein Kinn verkrampfte sich vor Wut und er suchte meinen Blick. »Ich sagte, zeig es mir.«

Ich schüttelte den Kopf und wich einen Schritt zurück. »Das kann nicht dein Ernst sein?«

Oh doch, er meinte es ernst ... *todernst* sogar. Die Wut kochte unter der Oberfläche. »Du willst mir erzählen, dass du blutest und London nichts damit zu tun hatte. Also will ich sehen ... Ich will sehen, was er dir nicht angetan hat.«

Mein Magen sank.

Der dunkle, stimmungsvolle Raum schien zu schwanken. »Du kannst es nicht sehen.«

Er verstummte und drehte sich zur Tür. »Dann bringe ich den Bastard jetzt um.«

»Warte!«, brüllte ich, als er nach der Klinke griff. »Warte, okay!«

Er hielt inne, seine Hand auf dem Griff, aber er drehte sich nicht um. »*Zeig. Es. Mir.*«

»Du verstehst nicht«, flüsterte ich. »Das Blut kommt aus meinem Inneren.«

Sein Kopf drehte sich zu mir. Die Wut färbte seine blauen Augen fast schwarz. »Aus deinem Inneren?«

Gott, ich konnte nicht glauben, dass ich ihm das erklären musste. Er wusste doch sicher, wie der Körper einer Frau funktionierte? Ich zuckte zusammen und erinnerte mich daran, wie erschrocken er nach unserem ersten Mal gewesen war, als er nicht die einzige Jungfrau gewesen war. Er hatte schlecht reagiert, die Augen weit aufgerissen und geschrien, als er mir die blutbefleckten Laken entgegengehalten hatte. *Ich habe dich gebrochen!*

Aber mich hatte er nicht gebrochen.

Ich leckte mir über die Lippen und atmete tief ein, denn ich wusste, dass es keinen anderen Ausweg gab. »Gut.« Sein Blick bohrte sich in meinen. »Ich sagte *gut*.« Ich wandte den Blick ab und meine Wangen brannten. »Du willst es sehen? Dann werde ich es dir zeigen.«

Ich ergriff seine Hand und zog ihn mit mir.

Gott, ich konnte nicht glauben, dass ich das tat. Mein Herz raste, als ich ihn mit mir in Richtung Badezimmer zog. »Ich schwöre bei Gott, Colt. Wenn du kotzt, zuckst oder ausflippst, werde ich dir so etwas nie wieder erzählen.« Ich drehte mich um und sah ihn an. *»Verstanden?«*

Er sagte nichts, seine großen Augen waren immer noch auf mich gerichtet und er nickte langsam.

Mein Herz hämmerte, als ich zur Tür blickte. London hatte gesagt, dass niemand in diesen Flügel kommen würde. Trotzdem konnte ich das Risiko nicht eingehen. Wenn jemand reinkäme, während ich das hier tat, würde ich mich noch mehr schämen, als ich es jetzt schon tat. Ich ließ ihn dort stehen, ging zu der gewölbten schwarzen Tür des Badezimmers und schloss sie vorsichtshalber.

Er hatte Blut gesehen. Daran bestand kein Zweifel.

Aber dieses Blut hatte er nicht gesehen.

Mein Atem ging schnell, als ich mich wieder vor den Waschtisch stellte. Den Blick auf ihn gerichtet, knöpfte ich meine Hose auf und schob sie nach unten, bevor ich hinausstieg und nur meinen Slip trug. Er sah mich finster an.

»Du wolltest es wissen«, zwang ich die Worte durch zusammengebissene Zähne. Mit klopfendem Herzen schob ich meine Finger unter den Bund meines Höschens und zog es nach unten, bis es auf den Fliesenboden fiel. Ich erstarrte, als ich von der Taille abwärts nackt dastand. Ich wusste, was ich jetzt tun musste ... aber ich konnte mich nicht bewegen.

Colt starrte mir nur zwischen die Beine und begegnete dann meinem panischen Blick. Er flippte nicht aus ... jedenfalls noch nicht.

Mit all dem Mut, den ich hatte, spreizte ich meine Beine und griff nach unten. Ich packte den Faden des Tampons und zerrte es vorsichtig heraus. Das helle Blut leuchtete neonfarben im weißen Licht des Badezimmers. Ich beobachtete jede seiner Reaktionen und sah, wie sich seine Augen weiteten, dann die Panik, als er den Blick hob.

Dann ... *bewegte* er sich.

Er trat vor und ergriff sanft meine Hand mit der Schnur.

»Du wolltest es wissen«, flüsterte ich heiser. »Jetzt weißt du es also.«

»Bist du verletzt?« Er hob meine Hand und nahm mir sanft die Schnur aus dem Griff.

Ich schüttelte den Kopf. »Nein. Ich meine, *ja*, aber nicht so, wie du denkst. Ich bin nicht verletzt, Colt. Das passiert einer Frau, wenn sie ... wenn sie schwanger werden kann.«

»Schwanger?« In seinem Blick lag Panik.

Gott, ich wusste nicht, dass jemand in seinem Alter so ... *behütet* sein konnte.

»Ja«, antwortete ich. »Ich hätte jedes Mal schwanger werden können, wenn wir gefickt haben.«

Angesichts der Worte durchfuhr mich Hitze. Er griff nach dem Tampon, das an der Spitze mit Blut getränkt war, und starrte es an. Es erschreckte ihn nicht so, wie ich es erwartet hatte. Es gab kein Würgen, kein Stöhnen des Ekels. Es gab nicht einmal ein Aufflackern von Abscheu in seinen blauen Augen.

Stattdessen herrschte ... *Neugierde.*

»Du blutest da, wo ich sein will.« Er kam näher. Ich zuckte zusammen, als er seine Finger zwischen meine Beine schob und meinen Schlitz berührte. »Tut es weh, wo du blutest?«

»Nicht ganz«, flüsterte ich, unfähig mich zu bewegen, als seine Finger in den oberen Teil meines Schlitzes eindrangen und nach unten zu meiner Klitoris wanderten.

»Wo tut es weh?«

»Meine Gebärmutter verkrampft, um das Blut loszuwerden.«

»Verkrampft?«

Ich nickte langsam, als seine Finger um das empfindliche Nervenbündel tanzten.

»Das tut also nicht weh?«

Ich grub meine Zähne in meine Lippe und schüttelte den Kopf. »Nein, manchmal ... berühre ich mich selbst. Das hilft gegen die Krämpfe.«

Seine Augenbrauen schossen hoch. »Es hilft?«

Es war, als hätte ich ihm grünes Licht gegeben. Seine Finger fuhren tiefer, bis sie meinen Eingang erreichten.

Ich holte Luft und griff nach seinem großen Handgelenk, um ihn aufzuhalten. »Du verstehst das nicht«, flüsterte ich. »Ich blute da drin.«

Er kam näher, so nah, dass sich unsere Körper aneinander pressten. Mein Herz dröhnte und trieb die ganze Hitze direkt in mein Inneres, als er seine Finger in mich gleiten ließ. Meine Hand war immer noch um sein Handgelenk gewickelt und ich spürte, wie sich seine Sehnen anspannten, als er tiefer eindrang.

»Du bist ... *anders*«, flüsterte er und seine Brust hob und senkte sich heftig.

»Ich schwelle an«, antwortete ich. »Das ganze Blut macht mich ...«

»Empfindlich«, beendete er, während er seine Finger langsam in mich hineinschob.

Ich streckte die Hand aus, stützte mich auf den Waschtisch und stöhnte.

»So empfindlich, Wildkatze.« Er schob einen weiteren Finger hinein.

Ich konnte nicht anders, als mich festzuhalten. Lange, träge Streicheleinheiten brachten mich dazu, meine Hüften zu wiegen, bis das pochende Verlangen mich mitriss.

»Ich helfe dir«, murmelte er.

Ich keuchte, stemmte mich gegen seine blutigen Finger und starrte in seine großen blauen Augen, die uralt und naiv zugleich wirkten. Er kannte sein ganzes Leben lang Gewalt ... und jetzt kannte er Vergnügen ... und jetzt kannte er *mich*.

Ich wimmerte, hielt sein Handgelenk fest umklammert und trieb diese großen Finger ganz hinein, bis sie aufhörten. Mein Körper pulsierte und öffnete sich, dann tanzten Funken hinter meinen Augenlidern, als ich mich um diese Finger verkrampfte. *Und kam.*

»Colt ... *oh, Gott*«, stöhnte ich, als ich meinen Kopf gegen seine Brust sinken ließ.

Diese harte Brust hob sich mit einem schweren Atemzug. Langsam kam ich in die Realität zurück und hob meinen Blick zu ihm ... um ein Lächeln zu entdecken. Ich hätte es wissen müssen ... Ich hätte ...

»Ich will das nochmal machen.« Er suchte meine Augen. »Das nächste Mal will ich meinen Schwanz hier haben.« Er schob seine Finger noch ein bisschen tiefer hinein.

Ich zitterte, mein Körper war befriedigt ... *für den Moment.* »Okay«, antwortete ich sanft. »Was immer du willst.«

Sein Lächeln wurde noch breiter, als er seine Finger herauszog und auf das Chaos herabblickte, das sie bedeckte. Ich hatte erwartet, dass er sich bei diesem Anblick ein wenig unwohl fühlen würde. Aber die Söhne waren eine eigene Rasse.

Stattdessen ballte er seine Faust und schmierte sich das Blut in die Handfläche, während ich seine Hand nach oben und zum Waschbecken zog. »Komm, wir machen dich sauber.«

Das wollte er nicht. Das sah ich, aber er wehrte sich auch nicht. Eigentlich hatte Colt sich nie gegen mich gewehrt. Er schien der Einzige zu sein. Ich betätigte den Wasserhahn und wusch ihm die Hand, bevor ich mir ein Bündel Toilettenpapier schnappte, es anfeuchtete und mich selbst reinigte.

Colt beobachtete jede Sekunde und wandte nicht ein einziges Mal den Blick ab, als ich alles die Toilette hinunterspülte und meine Kleidung wieder anzog.

»Du musst etwas essen«, drängte er. »Und trinken.«

Jetzt war er an der Reihe, meine Hand zu ergreifen und mich zurück zum Bett zu führen. Mein Körper war erschöpft und meine Füße pochten, weil sie noch immer von den Steinchen wehtaten, die sich in meine Haut gegraben hatten, als ich versucht hatte zu fliehen. Also ließ ich mich von ihm zurück aufs Bett heben und beugte mich um das Fußende herum, um die Flasche mit dem Saft auf dem Boden zu finden und den Teller mit den Sandwiches zu nehmen.

»Komm schon«, drängte er, als er mir den Teller entgegenschob. »Ich kümmere mich um dich.«

FÜNFZEHN

Carven

Der Doc trat durch die Seitentür des neuen Hauses und schaute sich um, bevor er mich mit verschränkten Armen an der Wand stehen sah. Seine Augen weiteten sich für eine Sekunde, bevor er leicht nickte. Aber ich erwiderte den Gruß nicht, sondern starrte ihn nur an, bis er zusammenzuckte und meinem Bruder in den Ostflügel und zur Tochter folgte.

Ich warf einen Blick auf Colt und dann wieder auf den Arzt.

Scheiß auf ihn.

Scheiß auf sie alle.

Ich stieß mich von der Wand ab. Ich musste jagen. Kämpfen, irgendetwas anderes tun, als in diesem verdammten Gefängnis zuzusehen, wie der Tag zur Nacht wurde. Die verdammten Mauern kamen selbst in diesem monströsen Haus immer näher. Was für ein verdammter Ort war das überhaupt? Alles war schwarz ... und grotesk. Alles war so ... beengend.

Ich ging durch die leeren Flure, in denen es still war, nachdem die letzten Handwerker fertig waren. Londons Knurren hallte von der Tür am Ende des Flurs wider, also wurde ich langsamer.

»Such genauer«, forderte er. »Ich will, dass jeder verdammte Stein umgedreht wird. Ich will alles wissen, was es über dieses Arschloch Daniels zu wissen gibt, und zwar noch in dieser Stunde.«

Mein Magen verkrampfte sich bei dem Namen.

Vielleicht war ich deshalb so verdammt brutal.

Daniels hatte es nicht verdient, zu leben. Und doch war er da ... *und lebte.* Mein Kiefer verkrampfte sich, als ich meine Schritte verlangsamte und das kahle Arbeitszimmer in Augenschein nahm. Londons Sachen waren immer noch in Kisten verpackt, die riesigen schwarzen Regale waren leer. Aber er arbeitete, ging auf und ab, während ich vorbeiging, und sein gebieterisches Knurren verfolgte mich.

Ich spürte einen Schmerz in meinem Nacken. Ich drehte meinen Kopf hin und her, massierte die Muskeln und versuchte, den Knoten zu lösen. Aber er rührte sich nicht. Wenn überhaupt, dann sank er noch tiefer und löste Paranoia aus. Ich bahnte mir einen Weg durch die riesige Küche. Guild war dort und lud Vorräte in den Kühlschrank. Er drehte sich um, als ich hindurchging, aber er grüßte nicht mehr. Er starrte mich nur starr an, als hätte er nach all den Jahren endlich erkannt, was ich war.

Gut ...

Ich war es leid, mich zu verstellen.

Mein Atem ging tiefer, als ich mich wieder auf die endlosen verdammten Flure konzentrierte und zur Rückseite des Hauses ging, wo das Stahlgitter die Hintertür verdeckte. Ich tippte den Code ein und sah zu, wie sie sich automatisch öffnete. Etwas bewegte sich von den Hecken zu meiner Linken. Zwei der zusätzlichen Wachen, die London angeheuert hatte, kamen auf mich zu und musterten den hinteren Teil des Grundstücks. Nur waren ihre Waffen im Halfter.

Ich blickte finster auf ihre leeren Hände. »Waffen raus, wir bezahlen euch nicht für einen gemütlichen Spaziergang.«

Eines der Arschlöcher öffnete den Mund, als wollte es etwas sagen. Sein Kumpel hingegen war schlau und beobachtete mich, als ich auf sie zuging, wobei der Hass in meinen Adern brodelte.

Ich konnte nicht anders. Die Wut lebte nicht nur in mir.

Sie wurde dort erschaffen.

Sie wurde dort erzeugt, wie eine Fäulnis.

Und er spürte es irgendwie.

Das Arschloch bewegte seine Hand zu seinem Halfter und zog seine Waffe. Ich drehte mich nicht weg, sondern starrte ihn an, als ich vorbeiging. Diese verdammten Idioten würden uns alle umbringen, ich wusste es einfach. Ich ging zu den Außentüren und den neuen Gittern, die eingebaut worden waren, riss an den Metallstäben, um die Schlösser zu testen, und machte mich dann auf den Weg durchs Haus, um jedes verdammte Fenster zu überprüfen.

Ihr Gesicht drängte sich in meinen Kopf, sommersprossig und verdammt schön.

Die Tochter.

Wildkatze.

Mein Puls beschleunigte sich bei dem Gedanken.

Ich hasste sie, selbst nachdem sie Colt mit ihrem eigenen Leben beschützt hatte. Das spielte jetzt keine Rolle mehr. Sie war eine verdammte Belastung, und ich hatte es satt, sie zu verteidigen. *Sie gehören alle mir.* Ich verkrampfte meinen Kiefer und der Muskel in meinem Nacken pochte, als sich die Haare aufstellten.

Ich hielt inne und ... *musterte ...*

Diese Worte hallten in meinem Kopf wider.

Als ich mich umdrehte, musterte ich die Dunkelheit an der Seite des Hauses und der Garage. Die Wagen waren da, ebenso wie der Range Rover des Arztes, aber da war noch etwas anderes. Etwas, das mich an die Worte des Sohnes erinnerte. Ich musterte das Gelände weiter draußen, bevor ich meinen Blick auf die Vorderseite des Hauses richtete, und das Gefühl, beobachtet zu werden, wurde stärker.

Augenblicklich hob ich meine Sig an und bewegte mich. Meine Stiefel waren leise, meine Atemzüge flach, wenn sich nur mein verdammter Puls beruhigen würde, aber er war ohrenbetäubend, als von irgendwo vor mir ein leises Stöhnen kam. Ich hielt inne, legte den Kopf schief und lauschte.

Das verletzte Stöhnen kam noch einmal, nur diesmal war es lauter.

Was zum Teufel?

Ich ging um die Hausecke, musterte die Vorderseite und sah eine Bewegung am Rande des Gebüschs. Eine Hand streckte sich aus und krallte sich in das Gras, als ein Wächter darunter hervorkroch.

Die Seite seines Kopfes war eine dunkle, blutige Sauerei. Ich starrte ihn an und ließ dann meinen Blick zur dunklen Straße und zu den Straßenlaternen weiter hinten am Block schweifen.

Unter ihrem Schein lag ein Mann. Mein Magen krampfte sich warnend zusammen, als er seinen Kopf hob. Meine Sinne waren eine verdammte Sirene in meinem Kopf. Ich brauchte nicht zu verweilen, um zu wissen, wer es war ...

Er war es.

Der Sohn.

»Steh auf, verdammt noch mal!«, schrie ich den Wachmann an, der auf Händen und Knien kroch.

Aber ich hatte keine Zeit, mich um ihn zu kümmern. Ich drehte mich wieder um, aber das Arschloch war schon unter der Straßenlaterne verschwunden. Der Motor eines Autos sprang an und die Bremslichter flackerten neonrot in der Nacht, als ich mich umdrehte und mich auf die Hauswand stürzte. Ihr Gesicht war alles, was ich sah. Ihre Schreie heulten in meinem Kopf. Ich trieb meinen Körper fester an und stürmte auf die Seitentür zu, als der Arzt herauskam und seinen Blick auf mich richtete.

Panik flackerte in seinen Augen auf, als er hinter mich blickte. »Alles in Ordnung?«

»Geh mir verdammt noch mal aus dem Weg.« Ich packte ihn am Hemd und zerrte ihn nach vorne.

Der Kerl war stark und wehrte sich eine Sekunde lang, bis ich ihn aus dem Weg riss.

Die Tochter gehört mir ...

Die Tochter. Gehört. Mir.

Ich verlängerte meine Schritte und rannte auf den Ostflügel zu. Die schwarzen Türen waren wie ein Fleck. Ich hielt nicht an, wurde nicht langsamer. Ich drückte einfach die Klinke ihrer Schlafzimmertür herunter und riss sie auf, als ich das Geräusch der Dusche im Badezimmer hörte.

Und ein Grunzen meines Bruders.

Ich trat vor, angezogen von den Geräuschen und dem Bedürfnis, etwas zu sehen. Durch den Dampf und die Tropfen auf dem Glas konnte ich sie sehen. Ihr Arsch war gegen das Glas gepresst, während mein Bruder tief in ihre Möse stieß. Mein Herz klopfte wie wild, als ich sie beobachtete.

Ich ließ meinen Blick zu ihm schweifen und trat in den Türrahmen, meine Waffe in der Hand. Das *Klatsch ... Klatsch ... Klatsch ...* von Haut auf Haut ertönte und ließ meinen Schwanz zucken. Ich wollte sie und hasste sie gleichzeitig.

»Oh, Gott ... *Colt*«, stöhnte sie.

Aber mein Bruder hielt mitten im Stoß inne und drehte seinen Kopf. Durch das verschwommene Glas fanden seine blauen Augen die meinen. »Bruder?«

Ihr Blick wanderte zu mir, als er sich von ihrem Körper löste und ihre Füße auf den Boden der Dusche fallen ließ. Das Wasser tropfte von seinem Körper, als er aus der Dusche trat und seine blauen Augen sagten mehr, als Worte es je könnten. Ich musterte die vertrauten Narben auf seiner Brust und an seinem harten Bauch, bevor mein Blick an seinem Schwanz hängen blieb.

Da war Blut.

Blut an seinem Schwanz.

Ich riss meinen Blick zu ihr herum, als Vivienne aus der Dusche trat und sich ein Handtuch schnappte. »Ist alles in Ordnung?«

Nein. Ich wollte es ihr sagen. *Nein, es war noch lange nicht alles in Ordnung.*

Aber dieses *Bumm ... Bumm ... Bumm* war wie ein Güterzug in meinem Kopf.

»Carven?«, murmelte sie.

»Was?« Ich zischte sie an, als sie sich ein schwarzes Handtuch um den Körper wickelte und näher trat.

»Ist alles in Ordnung?«

Ich konnte nicht antworten. Ich war gefesselt von den Haarsträhnen in ihrem Nacken und mein Schwanz war härter als je zuvor, so verdammt hart, dass es wehtat.

»Brauchst du mich?«, fragte sie sanft und mit langsamen Bewegungen, während sie sich mir vorsichtig näherte.

Ich trat einen Schritt zurück und starrte sie an, als das Licht von ihren nackten Schultern reflektiert wurde.

»Wenn du mich brauchst, Carven, bin ich hier.« Langsam ließ sie das Handtuch von ihrem Körper fallen.

Ich erstarrte, betrachtete ihren Körper und mein Schwanz pochte vor Verlangen und Wut. Sie schaute zu der Waffe in meiner Hand, ihre Stimme war angestrengt und verzweifelt. »Glaubst du, ich weiß nicht, dass du mein Leben in deinen Händen hältst?«

Ich verkrampfte meinen Kiefer, unfähig, den Blick abzuwenden.

»Glaubst du, ich sehe nicht, wie du dich selbst bekämpfst?« Sie kam langsam um das Fußende des Bettes herum und stand tropfend auf dem Plüschteppich im Schlafzimmer. »Wie du mich willst.« Sie hob ihre Hand und legte ihre Handfläche auf das Donnern in meiner Brust.

Ich war mir sicher, dass sie Blitze fangen könnte, denn das war es, was durch meine Adern schoss. Eine Wasserperle tropfte von ihrer Nasenspitze und blieb an ihrer Lippe hängen. Gott, ich hatte noch nie etwas so verdammt Schönes gesehen. Sie breitete ihre Hand über meiner Brust aus und verwandelte das Donnern in meinem Kopf in ein ohrenbetäubendes Brüllen.

»Wovor hast du solche Angst?« Sie presste ihren Körper gegen mich.

Ich holte aus und griff nach ihrem Handgelenk. »Du hast doch keine Ahnung, Tochter.«

»Nein?« Ihre Augen weiteten sich. »Dann küss mich.«

Sie küssen?

Verzweiflung prallte auf Wut. Ich packte ihre andere Hand trotz der Waffe in meiner Hand und schubste sie nach hinten, während ich ihr die Füße wegtrat. Sie hatte keine andere Wahl, als auf das Bett zu fallen. Der wilde Teil meiner Natur kam wieder zum Vorschein.

Alles, was ich sah, war *grau*.

Grau, wo ihr Gesicht hätte sein sollen.

Grau, wo eigentlich grelles Licht sein sollte.

Ich riss sie hoch, hörte, wie sie mit den Zähnen knirschte und drehte sie um, sodass sie mit dem Gesicht voran in die Matratze stürzte. »Du willst, dass ich dich küsse, verdammt?«

Sie wehrte sich nicht, bäumte sich nicht auf, lag einfach nur da, während ich meinen Blick über den vergilbten Bluterguss auf ihrer verdammten Seite schweifen ließ und wusste, dass ich nicht besser war als die verdammten Tiere, die das getan hatten.

Nicht besser als ein ...

Sohn.

Ich drückte meinen Körper gegen sie und meine Hüften stießen gegen ihren Hintern. »Das ist es, was du willst? Denn das ist alles, was du von mir bekommen wirst.«

Mein Bruder war nur noch ein verschwommener Fleck, der seine Faust gegen meine Schulter schlug und seine dunkelblauen Augen vor Wut glühen ließ, als er knurrte: »*Lass sie verdammt noch mal los!*«

Ich starrte ihn an.

Den Mann, der ein Teil von mir war.

Den Mann, der mich besser kannte als jeder andere.

Den Mann, der für mich *sterben* würde.

Aber als er mich in diesem Moment ansah, war das weder Liebe noch Traurigkeit.

Nein, dieser Mann sah aus wie jemand, der mich umbringen würde, wenn ich ihr wehtun würde.

Ich lockerte meinen Griff und ließ zu, dass sie ihr Gesicht aus der weichen Bettdecke riss und nach Luft schnappte. Ich richtete meinen Blick von meinem Bruder zu ihr, als sie sich drehte und wendete.

Ich atmete scharf ein und blickte auf sie hinab. »Sei vorsichtig, was du dir wünschst, Wildkatze, und tu dir selbst einen Gefallen. Halte dich an meinen Bruder. Er ist ein viel besserer Mann, als ich es je sein könnte. Das willst du nicht.«

Ihr Brustkorb hob sich, aber ihr Blick blieb unverändert, als ich mich zurückzog, die Waffe immer noch in der Hand.

»Doch«, sagte sie und leckte sich über die Lippen, als sie antwortete. »Ich will das. *Ich will dich.* Carven, ich werde alles nehmen, was du mir gibst. Wenn du denkst, dass ich den Schmerz nicht ertragen kann, dann irrst du dich. Ich weiß, wie diese Dunkelheit aussieht. Ich habe sie gesehen, als sie mich geholt haben.« Ihre Augen funkelten, als sie die meinen trafen. »Wenn das alles ist, was du mir geben kannst, dann nehme ich es.«

Ich zuckte zusammen, trat einen Schritt zurück und starrte sie an, als sie sich nackt auf dem Bett umdrehte.

Eine Welle der Abscheu durchfuhr mich.

Sie dachte, ich wäre ... wie *sie*, wie diese Scheißkerle, die sie entführt hatten. Ich wich einen weiteren Schritt vom Bett zurück, als ich die kranke Verzweiflung in ihrem Blick sah. Sie würde mich das mit ihr machen lassen. Das wusste ich jetzt. Sie würde sich von mir so kalt und gefühllos ficken lassen und ich wettete, sie würde auch nicht wimmern. Nein, sie würde jeden verdammten Schrei zusammen mit meinem Sperma schlucken. Dann drehte ich mich um und ging auf die offene Tür zu.

Die Tochter gehört mir.

Die Tochter gehört mir.

Die Tochter ... gehört ... mir.

Meine Schritte unterstrichen die Worte, als ich mich zum Laufen zwang und den Flur des Ostflügels entlang rannte.

Piep.

Mein Handy piepte, als ich gegen die Seitentür des Hauses stieß und hinaus in die Nacht stolperte. Ich blieb stehen, griff nach meinem Handy und starrte die Nachricht aus London an.

Ich bin weg und komme so schnell wie möglich nach Hause. Beschütze sie.

Sie beschützen?

Sie beschützen?

Ich ballte meine Fäuste, eine um das Handy, die andere um die Waffe, während diese verdammte Nachricht in meinem Kopf aufloderte. *Beschütze sie ...* Ich sog tiefe Atemzüge ein, während ich die Waffe in meiner Hand anstarrte. Wären wir nicht mitten in einem verdammten Krieg, würde ich ihn hier und jetzt beenden. Denn in dieser Sekunde war das Einzige, wovor ich sie schützen musste, ich selbst.

Aber ohne mich waren sie tot und das wusste ich.

Das war keine Ego-Sache. Es war eine kalte, harte Tatsache. Sie brauchten eine Maschine. Sie brauchten einen Sohn. Einen zum Jagen. Einen, der tötet. *Einen, der sie beschützt.* Wenn das alles war, was ich für sie sein konnte, dann würde ich das auch sein.

Meine Eier krampften sich zusammen und mein Schwanz tat weh. Aber ich ignorierte den Hunger, schluckte ihn hinunter und warf einen Blick in die Garage, um zu sehen, dass der Range Rover des Arztes und Londons Auto weg waren. Ich musste von hier verschwinden. Ich musste jagen ... Ich drehte meinen Kopf zu der Stelle, wo das Stück Scheiße unter der Straßenlaterne gestanden hatte. Die Wache war kein Angriff gewesen, sondern eine Warnung. Eine, die ich laut und verflucht deutlich hörte.

Die Tochter gehört mir.

Seine Worte hallten wider.

Fast so ohrenbetäubend wie der Klang meines Herzens.

Sie war alles, was ich sah. Alles, wonach ich mich sehnte.

»Das glaube ich nicht, du Arschloch«, flüsterte ich. »Dieses Mal hole ich dich.“

SECHZEHN

Vivienne

Ich starrte die Vitaminfläschchen an, die der Arzt mir gegeben hatte, dann hob ich meinen Blick zum Spiegel. Das Licht des Badezimmers reflektierte die blauen Flecken an der Seite meines Gesichts und ließ sie fahl und hässlich aussehen. Aber diese blauen Flecken waren mir eigentlich egal. Ich tastete nach den frischen roten Flecken an den Seiten meines Halses und zuckte zusammen.

Ein Daumenabdruck auf der einen Seite und eine Form seiner Finger auf der anderen. Ich zog eine Grimasse und drehte meinen Kopf, um zu sehen, was Carven letzte Nacht getan hatte. Jedes andere Mal hätte ich gewollt, dass sie dunkler wurden, nur damit ich sie ihm unter die Nase reiben konnte. Aber nicht dieses Mal.

Stattdessen nahm ich meinen Abdeckstift in die Hand und drückte ihn mit dem Finger auf die Flecken, um sie zu verdecken. Das Letzte, was er brauchte, war eine Erinnerung an das, was er getan hatte. Ich wollte das so weit wie möglich aus seinem Gedächtnis streichen.

Ich verteilte die Schminke in der Mitte und glättete die Ränder, bevor ich einen Pinsel nahm und mich ans Verblenden machte. Die letzte Nacht hatte mir gezeigt, dass der Sohn viel zu nah an der Kante war. Eine falsche Bewegung und ich hätte ihn zu weit von mir gestoßen. Aber ich wusste, dass in ihm immer noch ein gütiger Mensch steckte.

Ich musste mich nur an die Hoffnung klammern, dass ich zu ihm durchdringen würde. *Wenn ich das nicht konnte, was dann?*

Meine Hand stoppte, bevor ich die Bürste auf den Tresen fallen ließ. Ich wusste es nicht. Denn ihn zu verlieren war keine Option, das wusste ich jetzt. Ich konnte immer noch den Schmerz in Colts Augen sehen, nachdem Carven aus dem Schlafzimmer gestürmt war.

Ich neigte den Kopf, um den verblendeten Concealer zu überprüfen, bevor ich mir die Vitamine schnappte und mich auf den Weg aus dem Schlafzimmer und dem Ostflügel dieses stimmungsvollen, gotischen Herrenhauses machte, um in die Küche zu gehen. Mein Bauch grummelte mit Dringlichkeit, nur dieses Mal vor Hunger. Meine Krämpfe waren weg und ich hatte fast keine Blutung mehr. *Gott sei Dank.*

Eine verdammte Periode zu haben war eine echte Qual, vor allem jetzt, wo ich mit drei erwachsenen Männern zusammenlebte ... *mit großem Appetit.* Zumindest zwei von ihnen, der andere ... nun, darüber ließ sich streiten. Diese blauen Augen gingen mir nicht mehr aus dem Kopf. Er war so verdammt brutal. So rücksichtslos ... so wütend, wenn es um mich ging. Das musste ich ändern. Nein, ich wollte das ändern.

Das Klappern einer Schublade kam aus der Küche, als ich eintrat. Guild hob seinen Blick, als ich eintrat und schenkte mir ein kleines Lächeln, bevor er die Flaschen in meiner Hand sah.

Dann drehte sich der Butler, der in Wirklichkeit ein Bodyguard war, finster um.

»Wie ich sehe, hältst du dich an die Regeln«, murmelte er, als er sich abwandte.

Ich warf einen Blick auf die Waffe neben dem Messerblock. »Und wie ich sehe, gehst du kein Risiko ein.«

Er folgte meinem Blick und zuckte mit den Schultern. »Nicht nach dem letzten Mal.«

Ich stellte die Flaschen auf den Tresen und ging zur Reihe der oberen Schränke, bevor ich stehen blieb.

»Die zweite auf der rechten Seite«, erinnerte er mich zum vierten Mal.

Ich zog den Schrank auf und nahm mir ein Glas, bevor ich mich auf den Weg zum Kühlschrank machte. »Immer noch kein Chefkoch?«

»Immer noch kein Koch«, antwortete er, während er eine Liste auf ein Stück Papier kritzelte.

Ich goss mir ein Glas Saft ein und stellte den Behälter ab. »Vielleicht ist das besser so, dann gibt es weniger Leichen zu beseitigen.«

Er begegnete meinem Blick, als er seine Augenbrauen hob. »Wir waren fast diese Leichen.«

Ich hob mein Glas zum Gruß. »Auf dass wir nie eine werden.«

Er klirrte mit seinem Stift gegen das Glas. »Amen.« Dann stellte er es ab, bevor er sich wieder dem Kühlschrank zuwandte. »Ich wollte mir gerade Pfannkuchen machen. Hast du Hunger?« Mein Bauch heulte auf, was ihn stoppte und ein kleines Glucksen auslöste. »Das nehme ich als ein Ja.«

Ich lehnte mich gegen den Tresen und beobachtete, wie er sich an die Arbeit machte, die Zutaten zusammensuchte und eine Pfanne auf den Herd stellte. Er warf einen Blick in meine Richtung und beobachtete, wie ich eine Tablette nach der anderen schluckte, bevor er sich wieder umdrehte. Ich erinnerte mich an den ersten richtigen Moment, in dem ich Guild gesehen hatte, als London ihm die Faust in die Wange geschlagen hatte, weil er mich hatte entkommen lassen. Bis heute trug ich die Schuldgefühle von dieser Begegnung mit mir herum. Trotzdem hielt es mich nicht davon ab, alles und jeden infrage zu stellen ... *besonders jetzt.*

Die schwarz-weißen Fliesen in der Küche schienen sich zu neigen und zu verschieben, als ich mich daran erinnerte, was London mir erzählt hatte. Mein Puls raste und pochte in meinen Ohren. Aber ich brauchte mehr Informationen und im Moment gab es nur eine Person, von der ich wusste, dass ich ihr vertrauen konnte, mir die Wahrheit zu sagen ... und die stand direkt vor mir.

»Wusstest du, dass King mein Vater ist?«

Er stand mit dem Rücken zu mir und drückte mit der Hand auf die Zündung des Herdes, als der Gasbrenner zum Leben erwachte. Es herrschte einen Herzschlag lang Stille, gefolgt von einem weiteren, bis sich die Leere zuspitzte.

»Ich nehme das als ein Ja«, sagte ich langsam und wiederholte seine eigenen Worte.

Er drehte sich um, wandte aber den Blick ab. In diesem Moment erkannte ich die Wahrheit. Was für ein verdammter Idiot ich gewesen war. Natürlich wusste er es, sie *alle* wussten es. *Alle außer mir.* Tief im Inneren war ich immer eine Gefangene. Ich nickte langsam, als ich die Pillen zusammen mit einer gesunden Dosis Schmerz schluckte, bevor ich beides mit dem O-Saft herunterspülte.

»Es tut mir leid.«

Mein Lächeln war eher ein Zusammenzucken. »Warum? Du kannst ihn doch nicht verraten, oder? Wir wissen doch beide, wie er reagiert.«

»Er ist kein schlechter Mensch, Vivienne.«

»Aber er ist auch kein guter Mensch, oder?«

Guild starrte mich nur an. »Ist das irgendjemand von uns?«

Ich schüttelte langsam den Kopf. »Ich glaube nicht.« Aber ich hatte hier eine Gelegenheit, vielleicht die beste, die ich je gehabt hatte, um so viele Informationen wie möglich herauszufinden. »Ich war also immer der Köder?«

Panik füllte seine Augen, als er den Kopf schüttelte. »Das war eine Sache, die du für London nie warst.«

Ich lehnte mich ein wenig über den Tresen. »Was war ich dann?«

Er schlug ein Ei in das Mehl und fügte eine Prise Vanille hinzu. Der süße Geruch durchdrang die Luft und erinnerte mich an Ryth, als ich ein Stechen in der Brust verspürte. Mein Gott, ich vermisste sie. Vielleicht jetzt mehr denn je. Ich hoffte, dass sie dort, wo sie war, sicher war ... und glücklich. *Gott, wie ich hoffte, dass sie glücklich war.*

»Zuerst war es eine Gelegenheit«, antwortete Guild, während er die Zutaten verquirlte und einen Würfel Butter in die Pfanne warf. »Aber das war nur von kurzer Dauer.«

Mein Puls beschleunigte sich, als er über Londons Gefühle sprach.

»Dann wurdest du zur Besessenheit«, fügte er hinzu. »Und seine Rettung.«

Der Schmerz in meiner Brust wuchs angesichts der Worte. »Das war ich?«

Er warf einen Blick über seine Schulter und nickte. »Du bist es.«

Hitze durchströmte mich, als er sich umdrehte und die Mischung in die Pfanne schöpfte. Ein Zischen ertönte, als sie auf die Butter traf und die Ränder anbrannte. Der köstliche Duft erfüllte die Küche und ich konzentrierte mich wieder auf die Fragen, während ich den Saft zurück in den Kühlschrank trug.

»Also, Hale leitet den Orden, eine Art kranke Zucht- und Menschenhandelseinrichtung. Die Mädchen ... ich meine *Töchter*. Sie werden von den Frauen geboren, die sie dort haben, aber wissen sie auch alle, wer ihre Väter sind?«

Er drehte sich für einen Moment um. »Du solltest London diese Fragen stellen.«

Ich schnaubte und holte Erdbeeren, Blaubeeren und eine Sprühdose mit Sahne aus dem Kühlschrank. »Meinst du, er würde es mir ehrlich sagen?«

Er musste einen Moment nachdenken, bevor er sich wieder umdrehte und die Pfannkuchen wendete. »Wahrscheinlich nicht.«

Ich schloss den Kühlschrank und machte mich daran, alle Schränke zu öffnen, bis ich die Teller fand. »Also, wen kann ich noch fragen?«

»Niemanden.«

»Genau.«

Ein schwerer Seufzer ertönte, bevor er antwortete: »Ich weiß nicht, was mit den Vätern ist. Ich schätze, das weiß niemand. Soweit ich weiß, hat sich jeder der Gründer mit den Frauen gepaart, die er anfangs dort behalten hat.«

»Gott.« Bei dem Gedanken Daniels und die anderen überkam mich Abscheu ... bis ich mich daran erinnerte, dass London zu dieser kranken Einrichtung gehörte, und sei es nur, um sich einzuschleichen. Er war immer noch dort. *Hatte er mit einer von ihnen Sex gehabt?*

Meine Wangen brannten bei dem Gedanken. »Wie Ryths Mom?«

Er schluckte schwer. »Ja, wie Ryths Mom.«

Ich versuchte, das Bild zu verdrängen und zwang mich, mich wieder auf die Informationen zu konzentrieren. »Und ihr Dad, hat Jack etwas damit zu tun?«

»Er ist nicht ihr Dad, Vivienne«, sagte er vorsichtig und drehte sich um, um mich anzusehen. Er warf einen panischen Blick auf die Tür hinter mir, was mich nervös genug machte, um seinem Blick zu folgen, aber ich sah nichts.

Ich drehte mich wieder um. »Wer ist es dann?«

Die Spannung knisterte in der Luft. *Herrgott, bitte lass es nicht Daniels oder London sein ... bitte lass es nicht–*

»Derselbe Mann, der deiner ist.«

Ich zuckte zusammen und meine Augen weiteten sich. »King?«

Er nickte langsam, als die Erinnerungen an Ryth wieder hochkamen. In jeder Sekunde, in der wir zusammen gewesen waren, hatte ich eine Verbindung gespürt, von dem ersten Moment an, als ich mich in ihr Zimmer geschlichen und meine Hand auf ihren Mund gelegt hatte. Irgendwie hatte ich es gewusst ... Ich hatte es *gespürt*.

King war ihr Vater ... *und meiner*. Ich war noch nie so glücklich darüber gewesen, eine beschissene Blutlinie zu haben. Tränen traten mir in die Augen, als meine Kehle sich zuschnürte. Meine Stimme war heiser, als ich das Wort gegen den schmerzhaften Kloß in meinem Hals durchsetzte: »Sie ist meine ... sie ist meine ...«

»Schwester«, beendete er für mich, während er den Teller mit den Pfannkuchen vor mir abstellte. »Ryth ist deine Schwester. Deine Mutter, nun ja, wir haben sie aus den Augen verloren. Wir haben den Orden verdächtigt.«

Der Gedanke an die Frau, die meine Mutter war, bereitete mir Qualen. Ich kannte sie nicht. Aber ich kannte Ryth. Ich kannte meine ... *Schwester* ...

Ich schritt vorwärts und umrundete den Tresen, um mich auf die Zehenspitzen zu stellen und Guild einen Kuss auf die Wange zu drücken. Er zuckte zusammen und seine Augen weiteten sich vor Überraschung. Doch bevor er etwas sagen konnte, griff ich nach einem Pfannkuchen vom obersten Stapel. »Oh, heiß«, sagte ich und zuckte zusammen, als ich den brennenden Kuchen zwischen meinen Händen jonglierte. »Ich ... stehe in deiner Schuld, Guild. Danke.«

Ich ging um den Tresen herum, riss dabei Stücke des Pfannkuchens ab, kaute und schluckte, dann wurde mir bewusst, dass ich nicht wusste, wo zum Teufel ich war. Ich musterte die Gänge und machte mich auf den Weg in den nächsten, nur um anzuhalten und umzukehren.

Jeder Schritt fühlte sich verwirrt an, als ich den Rest des Pfannkuchens aß und an einer offenen Tür vorbeikam. Stapel von Kisten zogen meinen Blick auf sich, sodass ich stehenblieb und in Londons neues Arbeitszimmer starrte.

Das war es also ...

Ich warf einen Blick auf den Mac, als ich um den Schreibtisch herumging und mir einen Stuhl heranzog. Aufgeregt setzte ich mich hin und drückte den Einschaltknopf. *Schwester,* das Wort erhob sich, als ich mit der Maus wackelte und den Bildschirm zum Leben erweckte. Dann loggte ich mich in den Account ein, den London für mich eingerichtet hatte.

Denk nach, ermahnte ich mich, während ich versuchte, mich daran zu erinnern, was ich beim letzten Mal getan hatte, um die Verbindung herzustellen. Dann drückte ich auf das Symbol, um das Programm zu laden, das er benutzt hatte und begann zu tippen.

RYTH, *bist du da?*

....

ICH WARTETE MIT DEM HERZEN IM HALS. Der Cursor blinkte und blinkte, während meine Knie wippten und mein Atem flach wurde. Sekunden fühlten sich wie Stunden an ...

Ich leckte mir vor Nervosität über die Lippen. »Weißt du was? Scheiß drauf.«

Ich fing an, zu tippen.

ICH WEISS NICHT, *ob du da bist, oder ob es dir gut geht. Aber ich hoffe es sehr, denn ich habe gerade die besten Neuigkeiten erfahren und muss sie unbedingt mit dir teilen.*

ICH HIELT INNE UND MEINE FINGER RUHTEN AUF DER TASTATUR. Jetzt oder nie ... *jetzt oder ich hatte als Einzige dieses Geheimnis.* Die Einzige, die wusste, wie wichtig wir uns wirklich waren. Wichtig genug, um dafür zu kämpfen. Wichtig genug, um ...

Zurückzukommen.

Mein Herz raste in meiner Brust. Würde sie das tun? Würde sie zurückkommen, wenn sie es wüsste? Ich erinnerte mich daran, wie sie gekämpft hatte, als wir von diesem Ort geflohen waren. Wie sie alles gegeben und neben ihren Stiefbrüdern gekämpft hatte. Sie liebte hart und intensiv. Sie würde in Versuchung geraten, wenn sie von uns wüsste. Daran gab es keinen Zweifel. *Sie würde in Versuchung kommen ...*

Und das war alles, was zählte.

Ich schloss die Augen, atmete ein und zog die Qualen tief in mich hinein, bevor ich die Augen öffnete und meine Finger von der Tastatur zurückzog. Das konnte ich nicht zulassen, nicht einmal im Geringsten. Wenn sie auch nur in Erwägung zog, in diesen Krieg zurückzukehren, war sie in Gefahr.

Ich starrte auf den Cursor, während meine Kehle schmerzte und bevor ich es mir anders überlegen konnte, tippte ich.

ICH WEISS, *was Liebe ist. Echte Liebe. Die Art, die ein Leben lang hält.*

TRÄNEN FLOSSEN MIR AUS DEN AUGEN, als ich die Taste drückte und mich aus dem Programm ausloggte. Das schwere Pochen meines Herzens wurde lauter, bis mir bewusst wurde, dass es nicht mein Puls war. Schnell wischte ich mir mit dem Handrücken die Tränen von den Wangen, als London ins Arbeitszimmer schritt, den Blick auf das Handy in seiner Hand gerichtet und finster dreinblickend.

Er blieb stehen und schaute in meine Richtung, dann weiteten sich seine Augen für eine Sekunde, bevor sie auf den abgedunkelten Bildschirm des Macs vor mir fielen.

»Alles in Ordnung?«

Ich lehnte mich nach hinten und verschränkte die Arme. »Ich habe nach dir gesucht.«

»Wirklich?« Er warf seine Jacke über die gestapelten Kisten und etwas schlug mit einem dumpfen Knall auf. Aber er blieb nicht stehen, sondern drehte sich um, während er die Ärmel seines Hemdes an seinen muskulösen Unterarmen aufrollte. »Und was verschafft mir die Ehre?«

Er war misstrauisch, testete mich. Vielleicht dachte er, ich sei wütend, weil ich wusste, dass King mein Vater war? Vielleicht war ich das schon gewesen, bevor Guild mit mir gesprochen hatte. Aber jetzt nicht mehr. Jetzt war es anders.

Du bist seine Rettung ...

Ich stieß mich vom Stuhl ab, stand auf und ging um den Schreibtisch herum auf ihn zu. »Drei Millionen Dollar, hm?«, flüsterte ich, als ich vor ihm stehen blieb.

Seine dunklen Augen funkelten und er schürzte seine perfekten Lippen. Mein Gott, er war sexy und gefährlich. *Gefährlich sexy*, genau das war er. Mein Puls flatterte, als ich vor ihm stand. Ich hob die Hand und strich mit meinem Daumen über seine Lippen. »Hast du Kings Tochter gekauft oder hast du mich gekauft?«

Er starrte mich an und seine Lippen bewegten sich unter meiner Berührung. »Dich.«

Mein Puls beschleunigte sich, als ich näher kam und meinen Körper an seinen drückte. Er machte keine Anstalten, mich zu berühren, sondern stand einfach nur da, stoisch und ruhig. So verdammt ruhig, dass ich zu ihm aufblickte und langsam mit dem Daumen über seine weiche Haut strich. »Drei Millionen Dollar sind eine Menge Geld, London, selbst für dich. Aber es ging nicht nur um Geld, oder? Wie viele Tote gab es? Wie viele Männer hast du getötet, um an mich heranzukommen?«

Er öffnete seinen Mund und ließ meinen Daumen hinein, bevor ich ihn wieder herauszog. Sterne funkelten in seinen Augen. Aber er antwortete nicht, sondern starrte mich nur an. Er war auf meine Bewegung fixiert, als ich meinen Daumen wieder in ihn hineinschob, nur damit er ihn noch tiefer saugte. Das Verlangen stürmte in mich hinein. Ich wollte ihn so sehr, dass es wehtat.

Langsam zog ich meinen Daumen heraus und ließ meine Hände sinken. Die Schnalle klapperte, als ich seinen Ledergürtel aufmachte. Er sagte kein einziges Wort. Aber das brauchte er auch nicht. Ich sah London St. James jetzt. Ich sah ihn deutlicher, als ich jemals einen anderen Menschen in meinem Leben gesehen hatte.

Er *liebte*. Er liebte so sehr, dass es mich fast erstickte.

Du bist seine Rettung.

Ich mochte seine Rettung sein, aber er war mein feuchter, erotischer Traum.

»Kätzchen«, warnte er, als ich den Knopf seiner Hose öffnete. Er war hart und drückte gegen seinen Hosenschlitz. Ich konnte mich nicht zurückhalten, als ich meine Hand über die Ausbeulung gleiten ließ und zupackte.

Seine Augenbrauen zogen sich gequält zusammen. Ich sehnte mich nach dieser Reaktion und massierte ihn weiter durch seine Hose, bis er ein lautes Stöhnen von sich gab und mir in den Nacken griff. Seine Finger glitten durch mein Haar, bis sie sich verkrampften.

»Ich gebe Daddy nur, wofür er bezahlt hat«, flüsterte ich, während ich langsam auf die Knie sank.

Ich knöpfte seine Hose auf und zog langsam seinen Reißverschluss herunter. Sein Schwanz schob sich bereits durch die Lücke in seinen schwarzen Boxershorts. Der dicke, geäderte Schaft zuckte, als ich meine Faust um ihn schloss und ihn ganz herauszog.

Scheiße, war der schön.

Dick, glatt und ganz *mein*.

Sein gieriger Blick traf mich, als ich meinen Mund öffnete und die Spitze seines Schwanzes hineinschob. Meine Lippen trafen auf glatte Haut, während meine Zunge am Rand entlangfuhr und dem Puls nachspürte, der noch stärker pochte.

»Heilige Scheiße!«

»Vivienne«, murmelte ich, als ich ihn wieder herauszog, um die Eichel zu lecken. »Mein Name ist *Vivienne.*«

»*Vivienne*«, murmelte er und der Klang meines Namens war wie eine Droge, die durch meine Adern schoss.

Ich öffnete meinen Mund weiter, als sein Griff in meinem Nacken fester wurde. Zuerst stieß er langsam zu, aber dann sah ich, wie der Funke dem Monster wich. London war kein guter Mann ... und er war auch nicht nett. Er war brutal und gefährlich und nahm sich genau das, was er wollte ... *und das war ich.*

»Du bist mein kleiner, braver Liebling, nicht wahr?«, murmelte er und stieß tief zu.

So tief, dass mir der Atem stockte und sich der Druck in meiner Brust verstärkte. Aber es war, als ob ein Schalter in ihm umgelegt worden wäre.

Nein, es war eher so, als würde das Monster darum kämpfen, an die Oberfläche zu kommen.

Die Art von Monster, die ohne Frage tötete, die kontrollierte, die *einsperrte.*

Die Anspruch erhebt.

Seine Lippen kräuselten sich und entblößten seine Zähne, als er sich zurückzog, mich keuchen ließ und wieder in mich eindrang. »Mein perfektes kleines Haustier. Ich werde dich auf die schönste und tragischste Art und Weise zerstören, die möglich ist, und du wirst dich nach jedem Moment sehnen, nicht wahr?«

Mein Innerstes verkrampfte sich, als ich seinen Schaft mit einer Hand bearbeitete und mich mit der anderen an seiner Hüfte festhielt.

»Ich bringe sie alle um«, stöhnte er, während er in meinen Mund eindrang. »*Ich werde sie töten. Alle.*«

Das würde er auch tun.

Ich wusste es.

Denn es war keine Drohung.

Sondern ein Versprechen ...

»Weiter«, befahl er.

Ich öffnete meinen Mund, bis meine Mundwinkel brannten.

»Weiter, Kleines.«

Diese seelenlosen Augen fixierten mich. Ich stieß ein Wimmern aus.

Er drang langsam in mich ein, so verdammt langsam, bis seine Eichel an der Innenseite meines Halses rieb.

»Braves Mädchen ...«, seine Stimme war heiser und rau. »Jetzt komme ich in deiner schönen Kehle und du schluckst wie ein braves Mädchen, nicht wahr, *Vivienne?*«

Meine Schenkel krampften sich zusammen und der Puls pochte noch heftiger zwischen meinen Beinen, als ich langsam nickte. Diese grausamen Lippen kräuselten sich. »Ich werde dich benutzen.« Er lenkte seinen Blick auf meinen Mund. »Später nehme ich dich dann mit in unser Zimmer«, er leckte sich über die Lippen. »Und ficke dich mit meiner Maschine, bis du nur noch ein zitterndes, nasses Chaos bist.« Er stieß erneut zu, hart. »Ich kümmere mich um dich, mein Schatz. Ich kümmere mich um das, was mir gehört.«

Ich versuchte, mich festzuhalten, auch als er einen Schritt nach vorne machte und mich hart auf meinen Hintern fallen ließ. Seine Hand in meinem Haar war das Einzige, was mich festhielt.

»Mein braves ... *kleines Spielzeug*.« Er stieß hart zu, während er auf mich herabstarrte. Er beschleunigte sein Tempo, bis mein Atem durch die Stöße erstickt wurde. In meiner Panik fielen mir diese Worte wieder ein.

Ich weiß, was wahre Liebe ist ...

Ich wusste es. Sie sah aus wie dieser Mann ... *dieser Mann und seine Söhne.*

»Scheiße«, stöhnte er, als er ein letztes Mal hart in mich eindrang.

Als er stöhnte, spritzte Wärme in meine Kehle. Ich sog tiefe Atemzüge durch meine Nase ein. Seine Brust hob und senkte sich, als er sich langsam zurückzog und eine Speichelspur hinterließ. Ich schluckte und klappte meinen schmerzenden Kiefer zu.

»Warte«, murmelte er, während er mit seinem Daumen über meine Lippen strich. »Jeder Tropfen, Schatz.«

Ich hielt seinem Blick stand, öffnete meinen Mund und saugte an seinem Daumen. Sein Griff um mein Haar lockerte sich.

»Ich bin so stolz auf dich.« Er ließ seinen Daumen herausgleiten und streifte meine Lippe. »*So stolz.*«

Meine Muschi bebte bei diesem Lob. Ich könnte allein mit diesen Worten kommen.

Aber ich tat es nicht, sondern sah nur zu, wie er sich von mir entfernte und seine Hand nach meiner ausstreckte. Ich nahm sie und ließ zu, dass er mir beim Aufstehen half. Augenblicklich wurde ich nach vorne gezogen, seine Hand legte sich um meine Taille und drückte mich an ihn, während er mir ins Ohr knurrte: »Du verzehrst mich, weißt du das?«

Ich antwortete nicht, sondern ließ meinen Kopf nach vorne fallen, während seine Hand meine Haare streichelte. »Du hast mich gefragt, wie viele Männer ich getötet habe, um dich zu bekommen? Die Antwort ist nicht genug, Vivienne. Denn sie haben immer noch versucht, dich zu entführen. Aber ich habe vor, das zu ändern ... Ich habe vor, ihnen eine sehr wertvolle Lektion zu erteilen. Wenn ich fertig bin, wird kein Mann mehr stehen. Das kann ich dir versprechen. Nur wir ... *für immer*.«

Für immer ...

Ich wich zurück und entdeckte die erschreckende Wahrheit in seinen Augen. Die Dunkelheit leuchtete, als er meine Augen musterte und meinen Hinterkopf sanft berührte, dann beugte er sich vor und küsste mich.

Dieser Mann würde sie alle zerstören.

Und sich selbst auch.

Ich schloss meine Augen, gab mich ihm hin und öffnete meinen Mund noch einmal, als er mich küsste, bis er sich sanft zurückzog. Der Hunger tobte zwischen uns. Verzehrend. Furchtbar. *Vereinnahmend.* Er durchsuchte meinen Blick, bevor er langsam seine Hand senkte und seine Hose zurechtrückte. »Ich habe ein Geschenk für dich.«

»Wirklich?«

Er nickte, schnallte seinen Gürtel zu, ging zu seiner Jacke, hob sie aus den Kisten und griff in die Tasche. »Roségold«, murmelte er und reichte mir eine weiße Schachtel mit dem Bild eines Handys auf der Oberseite.

»Auf keinen Fall«, flüsterte ich, als ich sie öffnete.

»Es ist bereits mit meiner, Carvens und Colts Nummer programmiert. Du musst es heute Abend vollständig aufladen, aber der Akku sollte bis dahin reichen.«

Mein eigenes Handy.

Ich starrte das Ding einen Moment lang an, bevor ich mich auf ihn stürzte und meine Arme um seine Taille schlang.

Er grunzte. »Ich vertraue darauf, dass du nirgendwo hingehst, wenn nicht einer von uns dabei ist«, mahnte er. »Wenn du in Schwierigkeiten gerätst oder einen von uns brauchst, erwarte ich, dass du anrufst.«

»Oder schreibst«, fügte ich hinzu.

»Oder schreibst«, stimmte er zu.

Ich lächelte, wischte mit dem Daumen über den Bildschirm und wählte die App für die Kontakte. Sie waren alle da, alle ... sogar Guild. Aber es war nicht die Nummer von Guild, die mich interessierte. Ich hob meinen Blick zu der von Carven.

Es war seine.

So konnte ich zu ihm durchdringen.

Und den Sohn endlich fangen.

SIEBZEHN

London

Mein Handy vibrierte auf dem Schreibtisch vor mir und lenkte meinen Blick auf sich. Ich hob den Kopf, griff nach dem Ding, als es zitterte, und warf einen Blick auf den Bildschirm.

Hale ...

Ich verkrampfte meinen Kiefer und beobachtete, wie die Nummer immer wieder aufblinkte, bis die Mailbox anging. Er würde keine Nachricht hinterlassen, das wusste ich. Nein, er würde bis morgen warten, dann würde er wieder anrufen und auf den Moment warten, in dem ich nachgab. Ich schob meinen Stuhl zurück und erhob mich vom Schreibtisch, während ich mir die Verspannungen im Nacken rieb.

Unlesbare Akten.

Die Worte waren mir ein verdammter Dorn im Auge. Die Hacker hatten Tage gebraucht, um das Computersystem, das wir in Kings Wohnung gefunden hatten, zu zerlegen und jetzt kamen sie mit dieser Nachricht zurück. Ich knirschte mit den

Zähnen und riss meinen Blick von den Worten los, als mein Handy erneut auf dem Schreibtisch vibrierte.

»Verdammt noch–«, knurrte ich, bereit, den Knopf zu drücken und den Anruf des Bastards entgegenzunehmen. Aber das Ergebnis würde ihm nicht gefallen, da war ich mir sicher.

Aber als ich mein Handy in die Hand nahm und die Nummer auf dem Display sah, hielt ich inne. Denn es war nicht die von Hale. Ich hob es an mein Ohr und nahm den Anruf entgegen.

»Wir haben ihn. Wir haben den Bastard!«, bellte Harper in mein Ohr.

»King?«

»Nein, Daniels. Wir haben Daniels.«

Ich zuckte zusammen und stützte meine Hand auf die Schreibtischkante. Das war nicht gerade die Information, die ich mir erhofft hatte. »Gib mir alles.«

»Schon mal was vom *Vault* gehört?«

»Die Schwarzmarktorganisation für Informationen.«

»Ja, die benutzen wir ab und zu. Männer, die wir für den Zugang zu bestimmten Informationen bezahlen. Nun, Mr. Daniels ist einer der Hauptakteure.«

Ich ruckte mit dem Kopf nach oben. »Wirklich?«

Meine Gedanken überschlugen sich, als ich versuchte, mir vorzustellen, wie das zusammenpassen könnte.

»Und laut meiner Quelle hat er nicht nur Informationen über Hale, sondern auch über die anderen.«

Angesichts der Worte hämmerte mein Herz. »Daniels? Macoy Daniels?«

»Macoy Daniels«, wiederholte Harper. »Hale hat ihn nicht nur aus dem Grund in seiner Nähe behalten, um dich zu vernichten, sondern auch wegen seiner Fähigkeit, Informationen zu verbergen.«

Vielleicht brauche ich King gar nicht?

Der Gedanke erfüllte mich. »Scheiße.«

»Scheiße, in der Tat. Ich schicke dir, was wir gefunden haben. Der Rest liegt bei dir.«

Ich nickte. »Danke dafür.«

»Versprich mir nur eines. Wenn du die Informationen gefunden hast, die du brauchst, zerstöre diesen Bastard.«

In meinem Kopf sah ich das Stück Scheiße zwischen ihren Beinen stehen, mit den Händen auf ihren Schenkeln und dem geöffneten Hosenschlitz. »Oh, glaub mir ... wenn ich fertig bin, wird *nichts mehr* von ihm übrig sein.«

»Gut«, antwortete Harper, bevor das Gespräch beendet wurde.

Das verblüffte mich für eine Sekunde. Ich hatte Daniels schon immer für ein schleimiges Stück Scheiße gehalten, aber ich hatte nicht gedacht, dass er tatsächlich ein Ziel hatte, geschweige denn ein Ziel, das mir verheimlicht worden war. Dieser Nerv zuckte in meinem Augenwinkel, als ich mich aufrichtete. Als ich um den Schreibtisch herumkam, schnappte ich mir meine Schlüssel von der Ecke und griff nach meiner Jacke.

Carven ...

Ich hob mein Handy und tippte eine Nachricht ein, doch bevor ich auf Senden drückte, hielt ich inne. Ich brauchte ihn hier, um sie zu beschützen. Selbst wenn ich einen anderen Weg hätte, um an die Informationen zu kommen, die ich wollte, war sie immer noch das Einzige, was es wert war, beschützt zu werden. Stattdessen machte ich einen Schritt zurück und tippte dann:

Ich bin weg. Ich komme später wieder.

Dann ließ ich das Handy in meine Tasche gleiten. Was auch immer Daniels für Informationen hatte, ich musste es allein herausfinden. Ich verließ das Arbeitszimmer und das Haus und stieg dann in meinen Audi, der jetzt repariert war. Nach Viviennes kleiner Spritztour hatte die gesamte Front ersetzt werden müssen. Trotzdem liebte ich ihr verdammtes Durchsetzungsvermögen.

Ich ließ den Motor an, fuhr rückwärts raus, ließ das Haus hinter mir und ging den langen Weg zum Lagerplatz. Als ich dort ankam, war ich völlig verwirrt, weil ich versuchte, alles zusammenzufügen. Ich beobachtete meinen Rückspiegel, als ich langsam umdrehte und auf die Straße einbog.

Beim Anblick des Lagerhauses zog sich meine Brust zusammen. Ich riskierte zu viel, spielte zu leichtfertig. Ich hatte nicht nur Castlemaine hier, sondern auch Daniels. Und das auch noch im selben verdammten Raum. Das zufällige Wasserleck zermürbte mich, als ich in die Einfahrt fuhr, den Code eingab und darauf wartete, dass sich die riesigen Tore öffneten.

Der Stacheldraht zog meinen Blick auf sich. Er erinnerte mich an jene Nacht, in der Vivienne mein verdammtes Auto vor mir in das Tor geknallt hatte. Ich lenkte meinen Blick auf die leichte Beule, die in dem verdammten Ding verblieben war. Die Frau hatte einen bleibenden Eindruck hinterlassen …

Ich gebe Daddy nur das, wofür er bezahlt hat

Meine Hände verkrampften sich um das Lenkrad. Ich warf einen Blick auf mein Handy, aber ich hatte die Kameras noch nicht in ihrem neuen Zimmer installiert. Nein, jetzt hatte ich etwas Neues zu verfolgen. Ich hob meinen Blick zum Tor, als es sich öffnete und lenkte den Wagen in die Parklücke, bevor ich den Motor abstellte und mein Handy aus der Konsole nahm.

Ein Swipe mit dem Daumen entsperrte es und ich öffnete die App.

13 Tage.

Dreizehn Tage, bis ich mein Versprechen einlöste und sie mit Körper, Geist und Seele in Besitz nahm. Ich warf einen Blick auf die App, die ihren Zyklus verfolgte.

Denk an die Folgen!

Das Gebrüll des Arztes hallte in meinem Kopf wider, als ich zum Eingang schritt und die Tür mit meinem Code aufschloss. Im Foyer standen zwei bewaffnete Männer, von denen einer offensichtlich auf mich wartete.

»Status?«, fragte ich.

»Das Leck wurde behoben. Es war ein Problem mit der Sprinkleranlage, irgendwie wurde sie außer Kraft gesetzt. Aber wir haben es behoben und alle Räume wurden überprüft. Wir waren gerade dabei, Mr. Castlemaine zurück in sein Zimmer zu bringen.«

Ich folgte ihm den Korridor entlang zu dem Zimmer, das Jack mit dem widerlichen Mistkerl teilte, der mir jetzt viel nützlicher war, als mir bewusst gewesen war. *Ohne Vivienne hätte ich nie erfahren, wie verdammt wichtig dieses Stück Scheiße wirklich war.*

Wir hielten vor der Tür und während ich darauf wartete, dass der Wachmann sie aufschloss, durchfuhr mich ein Schaudern, das mir die Nackenhaare aufstellte. Die Zimmertür schwang auf und drinnen bewegte sich etwas. Aber am Rande meines Blickfelds sah ich nur einen verschwommenen Fleck. Einen, der mein Herz zum Klopfen brachte, als ich langsam hineinging.

Jack Castlemaine stand an einem Ende des Raumes und starrte Daniels an.

»*Nein ... nein ...*« Daniels schüttelte in dem Moment, in dem er mich sah, den Kopf und trat zurück, während sich seine Augen weiteten.

Der Wachmann folgte mir hinein und schloss die Tür hinter uns.

»Das *Vault*«, sagte ich vorsichtig. »Ich möchte, dass du mir davon erzählst.«

Daniels erstarrte, was bedeutsamer als alles andere war, und während ich ihn beobachtete, veränderte er sich vor meinen Augen. Er war nicht mehr das wimmernde Wrack, für das er sich gehalten hatte. Seine Wirbelsäule richtete sich auf. Ich hielt seinem Blick stand und beobachtete, wie er sich entspannte und seine blassen Lippen sich kaum noch kräuselten.

»Willst du mir drohen?«, murmelte er, während er mit einem Achselzucken einen Blick auf die Wache hinter mir warf. »Nur zu. Du wirst nichts herausfinden.«

Ich sagte nichts, sondern konzentrierte mich auf jedes Zucken, das er zu verbergen versuchte, während ich näher kam. Jack bewegte sich nicht, sondern beobachtete nur, wie ich vor dem … erbärmlichen Vorwand für einen Menschen stehen blieb.

Nein … NEIN!

Viviennes Schreie hallten in meinem Kopf wider, während ich in die Tiefen seiner verkommenen Seele starrte. »Von mir kommen keine Drohungen, Daniels. Das solltest du wissen. Das war eine harte Lektion, die Killion gelernt hat.«

Sein Kiefer zuckte.

Seine Atemzüge wurden tiefer.

»Aber er hat es gelernt«, fuhr ich fort. »Kurz bevor Ryth ihm ein Messer in die Leiste stieß und seine Schlagader durchtrennte.«

Dann hörte man keine Atemzüge mehr von Daniels.

Und sein Gesicht hatte auch keine Farbe mehr.

Sie wich aus seinem Gesicht und ließ ihn aschfahl und leer zurück.

»Ich könnte es für dich wiederholen«, bot ich an. »Oder ich könnte dir haarklein erzählen, wie er um sein Leben bettelte. Schließlich habe ich die ganze Sache nicht nur eingefädelt, sondern auch aufgezeichnet. *Jeden. Perfekten. Moment.*«

»Du …«, keuchte er. »Du Mistkerl.«

Da sah er mich, sah mich als das, was ich wirklich war.

Ich war ein Ergebnis.

Und das Ende für all ihre abscheulichen Spielchen.

»Aber dieses Ende wirst du nicht bekommen«, fuhr ich leise fort. »Nein. Ich habe etwas Besonderes für dich geplant, es sei denn, du änderst meine Meinung. *Jetzt.*« Ich trat näher, so nah, dass ich ihn fast berührte. »Ich hätte gerne, dass du mir von dem *Vault* erzählst.«

Daniels schüttelte den Kopf, seine Brust hob und senkte sich schnell.

»Nein«, lehnte er ab. *»Nein ...«*

»Es gibt aber immer noch Pen, nicht wahr, Daniels?« Jack Castlemaine brach sein Schweigen.

Ich schaute langsam über meine Schulter. »Was hast du gesagt?«

Sein Blick war unerschrocken. »Seine Schwester, Penelope Brooks, er nennt sie Pen.« Er richtete seinen Blick auf Daniels.

»Nein ...«, zischte Daniels. *»Nein, verdammt noch mal, das tust du nicht.«*

Aber Jack hörte nicht auf. »Sie lebt derzeit in einem betreuten Wohnheim in Green Acres.«

Daniels gab ein Stöhnen von sich.

»Dort besucht Daniels sie jeden zweiten Donnerstag«, fuhr Jack fort. »Und er bezahlt ihre Rechnungen. Er liebt sie, so sehr, wie jemand wie Daniels nur lieben kann.« Er schob den eisigen Blick in meine Richtung. »Du könntest jederzeit damit anfangen.«

Adrenalin raste durch meine Adern.

Das war das, was ich gebraucht hatte.

Ein Weg, ihn zu brechen.

Ich nickte langsam und trat einen Schritt zurück, während ich nach meinem Handy griff.

»Nein«, presste Daniels durch zusammengebissene Zähne hervor, während ich meine Kontakte auf meinem Handy auswählte. »*NEIN!*«

Ich drückte auf die Nummer und hob das Handy an mein Ohr. Schon nach dem zweiten Klingeln ging er ran. »Ich habe einen Job für dich«, sagte ich.

»*NEIN! NEIN, DU HURENSOHN!*«, brüllte Daniels.

»Penelope Brooks, die in einer Einrichtung für betreutes Wohnen in Green Acres lebt.«

»*OKAY!*«, brach er ab und sackte langsam zu Boden. »Ich sag's dir ... ich sag's dir ja, verdammt!«

Ich blieb stehen und drehte meinen Kopf.

»*Ich sag's dir, verdammt!*«

Er klang gebrochen. Wie schade. Ich hätte zu gerne gesehen, wie der Bastard wirklich litt. Daniels schüttelte den Kopf. »Ich sage dir, was du willst.«

»Der Tresor«, drängte ich.

»Gut.« Er blickte zu mir auf. Waren da etwa Tränen in seinen Augen? »Ich werde es dir sagen.«

»Nein«, antwortete ich kalt. »Du wirst etwas Besseres tun. Du wirst mich mitnehmen.«

Er nickte nur, während ihm die Tränen über die Wangen liefen. »Gut, wie du willst.«

Mein Magen verkrampfte sich, als ich sah, wie er heulte. Hale vertraute diesem Stück Scheiße seine verdammten Informationen an? Ich wusste nicht, wer von beiden mich mehr anekelte. Ich nahm mein Handy in die Hand. »Halte dich vorerst zurück. Ich sage dir Bescheid, wenn ich dich brauche.«

»Mache ich«, sagte die Stimme am anderen Ende, als ich den Anruf beendete.

Ich warf einen Blick auf den Wachmann hinter mir, dem ich den Lagerplatz anvertraut hatte. Aber ich konnte weder Carven noch Colt anrufen. Ich brauchte sie genau dort, wo sie waren, um das Einzige in meinem Leben zu bewachen, das es wert war, beschützt zu werden.

»Nimm mich mit«, sagte Jack. »Lass mich mitkommen. Du hast mir schon einmal vertraut, also vertrau mir auch jetzt.«

Ich wandte mich wieder dem Mann zu, der mir bis zu einem gewissen Punkt nützlich gewesen war. Ich hatte ihn benutzt und manipuliert und wie einen Gefangenen an diesem Ort gehalten, wo er auf den Moment wartete, in dem ich ihn wieder benutzen konnte.

Vertrauen.

Es war eine so zerbrechliche Sache.

»Woher wusstest du von der Schwester?«

Jack zuckte nur mit den Schultern. »Du hast deine Quellen und ich habe meine.«

Ich kämpfte gegen das Zucken meiner Lippen an.

»Wenn du das tust, fängst du einen Krieg an, aus dem du dich nicht herausbluffen kannst«, warnte Daniels.

Aber ich wandte den Blick nicht von Jack ab. »Wer sagt, dass ich bluffe?« Augenblicklich wusste ich es. Genau das hatte ich gefühlt, bevor ich hier reingekommen war. *Das* war es, was ich finden sollte. »Kann ich dir vertrauen, Castlemaine?«

»So sehr, wie ich dir vertrauen kann«, antwortete er.

Verdammt, wenn das nicht die Wahrheit war.

»Dafür werdet ihr alle sterben«, bellte Daniels, als ich mich an den Wachmann hinter mir wandte. »Hol deine Waffen, wir machen einen Ausflug.«

Das *Vault* war genau das, was es versprach. Als ich im Fahrzeug saß, starrte ich die schwarze, verspiegelte Fassade des Gebäudes. Soweit ich sehen konnte, gab es nur einen Weg hinein und hinaus, und der war mit elektronischen Schlössern und Kameras ausgestattet. Zweifellos würde es eine schnelle und tödliche Reaktion geben, sobald wir uns Zugang verschafften. Zumindest mit einer Sache hatte Daniels recht ... *das war Selbstmord.*

»Bist du sicher, dass du dafür bereit bist?«, fragte Jack neben mir, während er dasselbe verdammte Problem anstarrte.

Ich wartete darauf, dass sich meine rasenden Gedanken verlangsamten, während ich versuchte, jedes verdammte Szenario zu durchdenken, wie das Ganze ablaufen könnte.

Aber es gab keine Gedanken. Es gab keine Planung ...

Da war nur ein Gesicht.

Und diese gebieterischen braunen Augen, mit denen sie mich von ihren Knien aus anschaute. »Nein, aber ich werde es trotzdem tun.«

Er folgte mir, als ich ausstieg. Die Fahrertür wurde geöffnet und der Wachmann stieg ebenfalls aus.

»Pass auf uns auf, Seb.« Ich öffnete den Kofferraum des Fahrzeugs und schnappte mir den Bolzenschneider. »Das könnte schnell hässlich werden.«

»Wird gemacht.« Er zog seine Waffe, während ich den Kofferraum schloss und zur Hintertür des Fahrzeugs ging.

»Raus!«, befahl ich, als ich die Tür öffnete und die Straße musterte.

Green Acres war der perfekte Ort, eine Autostunde von der Stadt entfernt, in einer ruhigen, aber exklusiven Gegend. Hier gab es Geld, das sah man an den Bentleys und Range Rovers, die die Straßen säumten, und an den Anzügen der Männer, die zur Mittagszeit vorbeikamen. Sie hielten ihre Köpfe gesenkt und konzentrierten sich nicht auf uns, während sie vorbeigingen. Und das war auch gut so. *Denn heute ging es um Gewalt.*

Daniels stieg aus und starrte mich immer noch an. Ich ignorierte die Hitze seines Blicks, packte seinen Arm und schob ihn vorwärts. »Beweg dich.«

Er stolperte, als wir über die Straße zum Gebäude liefen. Jack war hinter mir, er rannte nicht, er machte sich keine Sorgen. Er wollte das genauso sehr wie ich. Ich spürte es in ihm, den gleichen Hunger, der mich antrieb. Nicht zum ersten Mal stieg eine Welle der Verwirrung auf, wenn es um ihn ging. Aber ich schob das beiseite und ging mit Daniels vor mir über die Straße.

Ein Schmerz durchfuhr meine Brust, als ich meinen Blick auf die Kameras richtete. »Bring uns rein.«

»Er beobachtet uns«, sagte der Bastard, als er meinem Blick folgte. »Er wird dich holen kommen.«

»Nicht, wenn ich zuerst zu ihm komme«, antwortete ich. »Rein mit dir, sofort.«

Er trat an das Zugangspad und tippte eine Folge von acht Ziffern ein. Ich beobachtete ihn nicht, aber das war auch egal. Ich hatte nicht vor, hierher zurückzukehren, nachdem ich mir genommen hatte, weswegen ich gekommen war.

Die Schlösser schnappten und Daniels schob die Spiegeltür nach innen. Kaum war ich drinnen, wurde mir bewusst, dass sie nicht nur aus verspiegeltem Glas bestand, sondern auch verstärkt war. Kugelsicher. Feuerfest. *Aber nicht London-fest.* Das war im Moment das Einzige, was zählte.

Ich schob ihn vorwärts, als die Innenbeleuchtung automatisch anging. Jacks Schritte wirkten hinter mir seltsam beruhigend, auch wenn ich die Rücksichtslosigkeit der Söhne vermisste.

Der Schmerz in meiner Brust wurde immer heftiger. Als das Licht anging und den Gang zu einer Stahltür im hinteren Teil des Gebäudes erhellte, erkannte ich den Schmerz als das, was er war: *Angst.*

Piep.

Mein Handy läutete. Ich zog es aus meiner Tasche.

Hale:

Was zum Teufel machst du da, London?

Ich starrte die Nachricht an, während mein Puls pochte. »Bring uns rein, Daniels.«

Seine Augen wurden groß, als er meinen Blick erwiderte. Er wusste es. *Er wusste es, verdammt.*

Es gab nichts, was ich nicht tun würde, um meine Familie in Sicherheit zu bringen. Ich umklammerte den Bolzenschneider. Verzweiflung erfüllte mich, als Daniels an eine Tastatur herantrat und seinen Daumen auf den Bildschirm drückte.

Eine Sekunde später leuchtete der Sensor grün auf und die schwere Tresortür öffnete sich mit einem Klicken. Vor mir schwang die drei Zentimeter dicke Stahltür auf. Niemand rührte sich, keine Sekunde lang, bis Daniels mich anschaute. »Ich habe versucht, dich zu warnen.«

Mit klopfendem Herzen trat ich vor und stieß die schwere Tür weiter auf. Der Raum war ein riesiger Tresor. Nummerierte Stahlkisten säumten die Wände. Mir stockte der Atem bei der schieren Anzahl der Kisten und ich musterte den Rest des Raumes, als die Lichter über mir heller wurden.

»Mein Gott«, flüsterte ich, als ich weiter in den Tresorraum trat.

»Du wolltest die Informationen, hier sind sie«, murmelte Daniels. »Aber es wird dir nicht helfen.«

Ich warf ihm einen ruckartigen Blick zu.

»Es ist alles verschlüsselt«, sagte er, aber als er das sagte, veränderte sich sein Blick.

»Was meinst du mit verschlüsselt?«

Daniels starrte mich nur mit einem kalten Blick an. »Du hast doch nicht geglaubt, dass er alles einfach so rausrückt, oder?«

Dieselbe Panik stieg in mir auf. Aber ich schluckte sie herunter, als ich sah, wie seine Augen zu einer Schublade auf der rechten

Seite wanderten.

»Hale ist die andere Person, die du brauchen wirst«, fügte Daniels grinsend hinzu. »Er ist der Schlüssel zu all dem hier.«

Ich lenkte meinen Blick auf Jack, der nichts sagte, sondern nur starrte.

»Das war der Grund, warum er dich wollte«, sagte ich, als sich das Puzzle zusammensetzte. »Weil du die eine Hälfte des Schlüssels warst.«

Natürlich war er das. Hale tat nichts, wenn es ihm nicht nützte. Ich brauchte mich nur umzusehen, um das zu wissen. Wut durchfuhr mich, als ich diesen abscheulichen ... *kranken* Bastard ins Visier nahm. »Also, lass uns unseren Deal einlösen und dich zu ihm schicken.«

Ich griff den Bolzenschneider und trat vor.

»London ...«, begann Jack.

Aber es war zu spät.

Viel zu spät.

Nein ... NEIN!

Viviennes Schreie hallten in meinem Kopf wieder, als ich den Bastard am Hemd packte und ihn nach hinten stieß. Ich war der Jäger, der Killer ... *die rücksichtslose leere Hülle eines Mannes.* Daniels stolperte unter der schieren Kraft meines Stoßes. Er fuchtelte mit den Armen, als er mit dem Rücken gegen die Stahlkisten an der Wand knallte.

»Wenn er dich zurückhaben will«, knurrte ich, während ich nach unten griff und seine Hand packte. »Dann werde ich ihm das geben.«

»*NEIN!*«, schrie der Bastard. »*NEIN!!*«

Ich hob seine Hand und schloss die Zangen des Bolzenschneiders um seinen Daumen. Die Leere verzehrte mich, als ich mein Gewicht auf den Stahl presste.

Daniels schrie und heulte, seine Augen waren weit aufgerissen.

In meinem Kopf übertönte das Strampeln der Frau, die ich liebte, die Geräusche seiner Qualen.

Knirsch.

Blut floss und glitt das Werkzeug hinunter, bis es gleichzeitig mit dem Daumen auf dem Boden aufschlug. Er umklammerte sein Handgelenk, als ich ihn losließ und er zu Boden fiel. Ich war so ruhig, so verdammt leer, als ich mich bückte und den Daumen vom Boden aufhob. Ich ließ den Schneider fallen und griff mit der anderen Hand in meine Tasche.

Ich wickelte den Daumen in mein Taschentuch und schaute mich in den Stahlschubladen um. »Verschlüsselt, hm?«, murmelte ich, als ich einen Schritt nach vorne trat und auf die Schublade drückte, damit sie sich öffnete. Der kleine Chip im Inneren schimmerte im Licht der Deckenbeleuchtung. »Ich wette, die hier ist es nicht.«

»Fick dich!«, schrie Daniels, bis das Glitzern des Chips seine Aufmerksamkeit erregte.

Vor Angst zuckte er zusammen und weitete seinen Blick, als ich den Daumen auf den winzigen Chip hob. »Wem gehört der, Daniels?« Ich änderte meinen Blick und bohrte ihn in seinen. »Beantworte die Frage ... *wem ... gehört ... der?*«

ACHTZEHN

Colt

Angesichts der Worte der Stimme in meinem Kopf schreckte ich auf.

Schatten …

Schatten und das leise Stöhnen einer Stimme.

Augenblicklich drehte ich meinen Kopf und blickte zum Bett. Die zerknitterten Laken lagen noch immer dort, wo ich sie hingelegt hatte, aber sie war da, atmete tief und gleichmäßig und schlief immer noch. *Gut so.* Ich ließ meine Hand auf die Waffe an meiner Seite sinken und lehnte meinen Kopf zurück, bis er mit einem leisen Knall gegen die Wand schlug. *Lass sie sich ausruhen. Sie hatte es nötig. Gott, hatte sie es nötig.*

Sie wälzte sich hin und her und ein nacktes Bein löste sich aus der Bettdecke. Sie war nackt unter den Laken. Schön, warm, erschöpft und nackt. Ihre blauen Flecken waren schon fast verblasst.

»Nein«, wimmerte sie.

Die blauen Flecken würden verblassen, aber die Wunden der Erinnerungen blieben zurück. Ich kannte diese Wunden. Ich *trug* diese Wunden. Ich hatte noch mehr für sie zu tragen.

Ophelia wird hinter ihr her sein, warte nur ab.

Bei diesen worten schlug mein Herz höher. Ich griff nach der Waffe und stieß mich vom Boden ab, bevor ich einen Schritt auf sie zuging. Strähnen ihres Haares waren auf dem Kissen verstreut. Ihr Arm war ausgestreckt, ihre Finger waren verschränkt. Wollte sie nach mir greifen? Suchte sie in den dunkelsten Tiefen ihres Geistes nach jemandem, der sie beschützt?

Das dumpfe Pochen in meiner Brust wurde lauter, als ich auf sie hinunterblickte. Das Bedürfnis brodelte in mir wie ein aufkommender Sturm. Ich wandte mich ab und meine Schritte waren lautlos, bis ich vor ihrem Zimmer stand. Dunkelheit begrüßte mich. Ich blinzelte und rieb mir mit dem Handrücken über die trüben Augen, während ich mich auf den Weg zu dem Lichtschein machte, der aus der Küche kam. Aber es war niemand zu sehen.

Ich zuckte angesichts des grellen Lichts zusammen und ging zum Kühlschrank, um mir eine Flasche Wasser zu holen, bevor ich mich umdrehte. Ich schluckte und ließ die kalte Flüssigkeit meine Kehle hinuntergleiten, während ich mich mit dem Rücken gegen den Tresen lehnte. Im Geiste sank ich an den Ort, an dem Carven wartete und spürte die Verbindung, die wie ein Stromdraht zwischen uns pulsierte.

Er war nicht hier.

Er war die ganze Nacht nicht hier gewesen.

Ich hatte den Moment gespürt, in dem er gegangen war, ich hatte irgendwie die Distanz zwischen uns gespürt. Nur dieses Mal fühlte sich die Distanz anders an, schwerer, *hohler*. Sie war nicht so wie sonst, als ob er etwas vor mir verbergen würde. Nein, als ob er etwas vor *uns* verbergen würde.

Du willst, dass ich dich küsse, verdammt?

Ich sah sie in meinem Kopf, Vivienne immer noch tropfnass von der Dusche.

Die Wut meines Bruders hallte immer noch in meinem Kopf nach. Ich hatte gewusst, dass er sie hasste, aber ich hatte mir nicht bewusst gemacht, wie sehr. Nach der letzten Nacht wusste ich es und der Gedanke nagte an mir. Aber nicht so sehr, wie er an ihr nagte. Ich verließ die Küche und ging den Flur entlang zu den Lichtern in Londons Arbeitszimmer.

Aber ich brauchte den Raum nicht zu betreten, um zu wissen, dass er weg war. Auch London entfernte sich von uns, verzehrt von seinem eigenen Bedürfnis nach Rache. Jetzt gab es nur noch mich. Ich war derjenige, der ihr dabei zusah, wie sie im Schlaf mit Dämonen kämpfte. Ich war derjenige, der das *wahre* Bild sah.

Das alte Haus knarrte und ächzte, als ich in der offenen Tür seines Arbeitszimmers stehenblieb und sie öffnete. Er musste mir nicht sagen, dass das, was heute passiert war, schlimm war. Ich sah es an seinem unerschrockenen Blick, als er mit Blut am Hemd hereingekommen war und die Tür hinter sich geschlossen hatte.

Er war den ganzen Tag hier eingeschlossen gewesen. Mehr als einmal war ich vorbeigekommen und hatte gehört, wie er jemanden am anderen Ende des Handys angebrüllt hatte. Der alte London war zurück und es sah so aus, als würde er dieses

Mal bleiben. Ich schaute den Flur entlang zur Rückseite des Hauses, dann wandte ich mich wieder den ausgedruckten Blättern zu, die auf seinem Schreibtisch ausgebreitet lagen.

Mein Instinkt rief mich und zwang mich, einzutreten.

Ich ging zum Schreibtisch und nahm die erste Seite in die Hand. Dort fand ich ein ausgedrucktes Gespräch zwischen Hale und dem Bastard, der Vivienne entführt hatte. Die Wut stach in meine Augen und ließ mich Sterne sehen. Ich warf einen Blick auf den winzigen Chip, der in das Lesegerät vor mir eingesetzt war. Aber ich wandte mich dem Bildschirm des Macs zu und stellte fest, dass er nicht gesperrt war. Ich stützte mich mit den Händen auf dem Schreibtisch ab und beugte mich vor.

Hale: Daniels hat jetzt den Vertrag. Was auch immer danach passiert, ist entscheidend. Wenn er in den Krieg ziehen will, dann wird er ihn bekommen.

Ophelia: Die Schlampe. Ich will sie.

Hale: Wir brauchen sie vielleicht lebend, um ihn zu bestechen, also übertreibe es nicht.

Ophelia: Ich muss sie nicht töten, um ihr zu schaden. Aber man weiß ja nie, was passiert, wenn die Muse zuschlägt. Ich frage mich, ob London eine spezielle Leinwand aus der Haut der Hure haben möchte?

Hale: Wenn du auf eine Reaktion aus bist, dann könnte das genau das Richtige sein. Der Mann ist im besten Fall unberechenbar. Schade, dass du ihn nicht kontrollieren kannst.

Ophelia: Keiner kann ihn kontrollieren.

Hale: Außer ihr.

Ophelia: Ja, außer ihr.

AUSSER IHR.

Ich konnte fast die Verachtung in ihrem Tonfall hören. Hass stieg tief in mir auf. Ich starrte nicht wegen der Worte von Hale, sondern wegen ihren. Die Frau, die uns gequält hatte, die Frau, die mich gefoltert hatte. Londons Schritte folgten dem Geräusch eines dumpfen Aufschlags von draußen. Ich richtete mich auf und ging einen Schritt zurück, bevor ich mich um den Schreibtisch herum zur Tür bewegte.

»Colt, alles in Ordnung?«

Ich drehte mich in Richtung des dunklen Flurs und sah, wie er aus dem Schatten auftauchte ... als wäre er einer von ihnen. Ich nickte und wartete darauf, dass er den Raum betrat.

»Ist sie ...«, begann er und begegnete dann meinem Blick.

Ich zuckte zusammen und hielt den Atem an, ohne den Blick abwenden zu können.

»Geht es ihr gut?«, murmelte er.

Aber der Mann vor mir war nicht der London, den ich kannte. Er war ... eine Hülle, ein *Rohbau*. Der Mann, den ich kannte, war weg, irgendwo unter seiner Wut begraben. Ich warf einen Blick auf den Schreibtisch und die darauf ausgebreiteten Papiere. Was auch immer er dort gelesen hatte, es hatte ihn verändert, und zwar nicht zum Besseren. Ich warf noch einmal einen Blick auf den Schreibtisch und machte einen Schritt zur Seite.

Mein Herz klopfte wie wild, als die Wände näher kamen.

Und alles, was ich sehen konnte, waren diese Bilder. Gezeichnete Körper mit blauen Augen, die in Flammen aufgingen.

»Colt ...« London trat näher heran.

Ich wandte meinen Blick zu ihm und wich zurück.

Ophelia wird hinter ihr her sein, warte nur ab ...

Diese Worte verfolgten mich, als ich mich umdrehte und London da stehen ließ, der mich anstarrte. *Sie wird ... sie wird ... sie wird ... sie wird.* Ich machte mich auf den Weg zum Ostflügel und meine Schritte wurden automatisch langsamer, als ich mich ihrem Zimmer näherte. Aber ich zwang mich, weiterzugehen, ging zu meinem Schlafzimmer und schaltete das Licht an, als ich eintrat.

Schnell schlüpfte ich in einen dunklen Kapuzenpulli und schwarze Stiefel, bevor ich mir meine Waffe auf den Rücken schnallte und hinausging. Mit einem Blick auf ihre Tür wandte ich mich ab, ließ den Flur hinter mir und ging in Richtung der Rückseite des Hauses. Ich verweilte lange genug, um mir die Autoschlüssel vom Haken zu schnappen und schob mich durch die Hintertür.

Die beiden patrouillierenden Wachen warfen mir einen kurzen Blick zu. Ihre Augen weiteten sich, als einer von ihnen die Waffe in seiner Hand zeigte, bevor der andere ihm einen sanften Schlag auf die Schulter gab und den Kopf schüttelte. »Das ist er nicht. Es ist der Gehörlose.«

Der Gehörlose ...

Ich ging weiter, ohne sie eines Blickes zu würdigen und drückte die Fernbedienung für das Auto, bevor ich einstieg. Die Verbindung zwischen mir und Carven brannte. Ich konnte sie jetzt spüren, denn sie brannte heller. Ich ließ den Motor an und legte den Gang ein.

Die Scheinwerfer leuchteten an der Seite des Hauses und an der Vorderseite der Einfahrt entlang, als ich losfuhr. Ich drehte das Lenkrad, als der helle Schein des vertrauten, entgegenkommenden Autos auf mich zusteuerte. Mein Bruder warf mir einen Blick zu und sah mich finster an, als ich vorbeifuhr.

Es dauerte nur eine Sekunde, bis mein Handy klingelte.

Aber ich ging nicht ran, sondern fuhr einfach weiter, bog am Ende der Straße ab und fuhr in Richtung Stadt. Mein Bruder war in diesem Moment auf seinem eigenen Weg, der ihn von der einzigen Sache, die wichtig war, wegführte.

Sie in Sicherheit zu bringen.

Ich umklammerte das Lenkrad, meine Hände waren schweißnass, als ich meinen Blick auf den Kreisverkehr im Rückspiegel hob und wieder auf die rechte Straßenseite abbog.

»Sag bloß kein verdammtes Wort, Carven«, murmelte ich, aber ich hörte immer noch sein verdammtes Lachen in meinem Kopf widerhallen. Ich war nicht gut in Kreisverkehren. Sie waren einfach nur ... *verdammt verwirrend.*

Ich konzentrierte mich auf die verdunkelten Straßen, als der Regen gegen die Windschutzscheibe prasselte. Mein Puls raste bei diesem Anblick, während ich mich nach vorne lehnte und in den Himmel schaute, um auf den weißen Blitz und den Donner zu warten. Aber sie kamen nicht und nur das gleichmäßige Klatschen der Regentropfen auf das Auto füllte die Stille.

Ich ließ mich zurückfallen, konzentrierte mich auf die Straße und machte mich langsam auf den Weg zu dem Haus, in dem sie wohnte. Ich wusste, dass sie dort war, denn Teile des weitläufigen Hauses waren abgesperrt und wurden noch immer nach dem Feuer untersucht, das wir gelegt hatten.

Ich wünschte nur, ich hätte alles niedergebrannt ... *und sie gleich mit.*

Wenn ich das getan hätte, wäre Vivienne vielleicht nicht entführt worden.

Vielleicht wären wir dann alle in Sicherheit.

Ich lenkte den Ford in die Straße gegenüber dem zweistöckigen Haus, drehte um und parkte im Schatten. Sanftes Licht schien in den zweiten Stock, der hinter den Vorhängen verborgen war. Ich konnte keine Bewegung sehen, aber ich wusste, dass *sie* da war.

Eine Bewegung lenkte meinen Blick auf das Garagentor, als es sich öffnete und ein schnittiger schwarzer Mercedes herausfuhr. Ich wartete, bevor ich ihr folgte. Die Scheibenwischer bewegten sich hin und her, eine verdammte Ablenkung, als wir in die Stadt fuhren. Der Mercedes hielt vor dem Hungerford's, einem exklusiven Restaurant im belebten Nachtleben, und parkte, bevor der Fahrer ausstieg.

Aber da war nicht nur der Fahrer. Als ich zusah, hielt ein anderes Auto an und drei weitere bewaffnete Männer in Anzügen stiegen aus und umschwärmten den Mercedes, als Ophelia ausstieg. Ich lenkte mein Auto in eine Gasse zwei Straßen weiter und parkte, während mein Herz in meiner Brust dröhnte und ich ausstieg.

Die Waffe trug ich auf dem Rücken, als ich den Kapuzenpulli herunterzog, aus der dunklen Gasse trat und auf das Restaurant auf der anderen Straßenseite zuging. Autos fuhren vorbei, während ich die Bodyguards musterte, die sie umgaben, als Ophelia die Treppe hinaufstieg und darin verschwand.

Ophelia wird hinter ihr her sein, warte nur ab ...

Ich hob meinen Blick auf die beiden Bodyguards, die mit ihr hineingingen und schaute dann zu den beiden draußen, denn ich wusste, dass es für mich kein Entrinnen geben würde. Ich wartete auf die Panik und die Angst, aber nichts davon kam.

Stattdessen war es ihr Gesicht.

Ihre Augen waren in Ekstase geschlossen.

Mein Name auf diesen perfekten Lippen.

Tu es ...

Tu es ...

Tu ... es.

Ich griff mir an den Rücken, als ich von der Straße auf den Bürgersteig trat. Die beiden Bodyguards drehten sich um und gingen die Treppe wieder hinunter. In meinem Kopf konnte ich es schon sehen.

Das Restaurant im Chaos.

Überall schreiende Menschen.

Ich, wie ich dastand, angeschossen und blutend. Die Waffe zitterte in meiner Hand, als ich sie zu ihrem Kopf hob.

Piep.

Mein Handy piepte.

Piep.

Das verdammte Ding summte und vibrierte und zog die Blicke des Türstehers auf sich, als ich näher kam.

Ich wusste, dass es mein Bruder war, der anrief, aber ich sah nicht sein Gesicht.

Es war die Frau, die mein Herz in ihrer zarten Handfläche hielt.

Die Frau, für deren Schutz ich sterben würde. Die Frau, für deren Sicherheit ich sorgen würde.

Ophelia wird hinter ihr her sein, warte nur ab ...

Sie wird hinter ihr her sein.

Nein, das würde sie nicht. Nicht, wenn ich sie aufhalten könnte.

Nicht, wenn ich die Einzige retten könnte, die mir wichtig war.

NEUNZEHN

Carven

Wo zum Teufel bist du? Ich beschleunigte das Auto und raste durch die Straßen der Stadt, während der Regen einen Sturzbach auslöste und ich nach dem verdammten … *sturen* Arschloch suchte.

Ich verkrampfte mich und hielt mich am Lenkrad fest. »Es sollte doch einfach sein, oder? Irgendeine Richtung, die keinen gottverdammten Kreisverkehr hat?«

Aber es war nicht einfach, egal wie viele Straßen ohne Kreisverkehr ich ansteuerte, um zu überlegen, was ihn auf die Palme gebracht haben könnte. Ich hatte das Lagerhaus überprüft. Ich hatte sogar unser anderes Haus überprüft, das nach dem Angriff immer noch beschädigt war. Aber die Wachen, die immer noch bei uns patrouillierten, hatten den launischen Wichser nicht gesehen.

Jetzt fühlte ich mich einfach … *verloren.*

Verloren und stinksauer.

Piep.

»Das wurde aber auch Zeit!«, knurrte ich, als ich das Handy von der Konsole nahm und auf den Bildschirm starrte.

Vivienne: Carven, ich kann Colt nicht finden.

Ich starrte auf die Nachricht, dann hob ich meinen Blick auf den Verkehr, während ich mich durch die belebten Straßen der Innenstadt schlängelte. Sie hatte jetzt ein Handy, das wusste ich. Aber ich hätte nicht gedacht, dass sie …

Was? Dachtest du, sie würde sich nicht an dich wenden? Du hast es nicht verdient. Du verdienst es nicht …

Piep.

Ich zuckte zusammen und blickte wieder nach unten.

London ist auch nicht in seinem Arbeitszimmer. Ich fange an, mir Sorgen zu machen.

Von wegen.

Die Tochter würde mir auf keinen Fall eine Nachricht schicken, wenn sie besorgt wäre.

Sie war verängstigt.

Richtig verdammt verängstigt.

»Scheiße!« Ich riss das Lenkrad herum.

Die Reifen heulten auf und schleuderten über die Straße, als ich den Weg zurückfuhr, den ich gekommen war. Der Motor heulte auf, als ich das Gaspedal durchdrückte und an der Gasse vorbeifuhr, in der ich die anderen Söhne getroffen hatte. Es war eine Sache, nach der einen verdammten Person zu jagen, die immer an meiner Seite war, aber es war eine ganz andere Sache ...

Piep.

Ich riss meinen Blick von der Straße los.

Bekommst du die überhaupt? Ich weiß nicht, ob ich das richtig mache.

Gott. »Ja, ja, ich kriege sie«, knurrte ich.

Aber ich schrieb nicht zurück. Ich beruhigte sie nicht im Geringsten. Das war auch besser so.

Es war besser, wenn sie sich wegen nichts an mich wenden musste ... *außer dem hier.* Ein Muskel zuckte in meinem Hals, als ich um den Kreisverkehr fuhr und beschleunigte. *Ja, außer dem hier.* Ich brauchte weniger Zeit für den Rückweg, da ich die Kurven seitlich nahm und die Arschlöcher musterte, die die Straßen von Ares beobachteten, während ich vorbeifuhr.

Ich fuhr weiter, dann ruckte ich am Lenkrad und bog in unsere neue Straße ein.

Piep.

»Was ist denn jetzt schon wieder?« Ich schnappte mir das Handy und las ihre letzte Nachricht.

Er ist jetzt zu Hause und Carven ... er ... verhält sich seltsam.

»Seltsam?« Panik erfüllte mich. »Was zum Teufel soll das bedeuten?«

Die anderen Söhne drängten sich in meinen Kopf. Wenn sie mich jagten, dann könnten sie ...

»Einen Scheiß könnten sie getan haben.« Ich bremste stark und fuhr in die Einfahrt.

Meine Scheinwerfer leuchteten den Ford an, in dem mein Bruder weggefahren war. Ich suchte nach Einschusslöchern, als ich neben ihn fuhr und ausstieg. Ich war schon auf dem Weg zum Hintereingang des Hauses, als ein dumpfer Schlag von der Fahrertür kam.

»Waffe ist draußen«, murmelte das Arschloch, das das Haus bewachte, als ich näher kam.

Ich warf ihm einen vernichtenden Blick zu und ballte meine Fäuste. Ich hatte mir noch nie so sehr gewünscht, jemanden zu verletzen, wie in diesem Moment. Der Mistkerl forderte also sein Schicksal heraus. Aber ich konzentrierte mich auf das Haus und riss die Tür auf. Mein Puls war außer Kontrolle, unregelmäßig und donnernd, als ich meine Schritte verlängerte und fast rannte.

Die Tür von Londons Arbeitszimmer stand offen. Das Licht war angeschaltet, aber der Raum war leer. Ich warf einen Blick hinein und lief weiter, in Richtung Ostflügel und unseres Zimmers.

»Colt, bitte sprich mit mir«, ertönte Viviennes Stimme auf dem Flur. »Du machst mir Angst.«

Aber das Geräusch kam nicht aus ihrem Schlafzimmer, wo er jetzt die meiste Zeit verbrachte. Stattdessen kam es aus seinem Zimmer. Ich schritt hinein und musterte den Raum, um ihn in der Ecke kauernd zu finden. Seine Augen waren weit aufgerissen, seine Haut blass. Er hatte eine Blutspur auf der Wange und hielt eine Waffe in der Hand.

Ich kannte diesen Blick. Ich kannte ihn *gut*.

»Baby ...« Vivienne kniete vor ihm und berührte sanft sein Knie.

»Er hört nicht zu«, sagte ich, als ich um das Bett herum trat. »Weil er dich nicht hören kann.«

Sie richtete ihren Blick auf mich. Frische Tränen glitzerten in ihren Augen, die im Licht schimmerten. »Ich weiß nicht, was passiert ist. Ich dachte, er würde schlafen, aber als ich aufwachte, war er weg.«

Ich wandte meine Aufmerksamkeit wieder meinem Bruder zu, während sie weiterredete.

»Als ich ihn nicht finden konnte, habe ich mir Sorgen gemacht.«

»Jetzt bin ich hier«, antwortete ich, während ich in die angsterfüllten Augen meines Bruders blickte.

Aber die Worte galten genauso ihr wie ihm. Ich konnte es ihr nur nicht sagen. Stattdessen konzentrierte ich mich auf die einzige Person, die jetzt wichtig war. »Was zum Teufel hast du getan?«, fragte ich, während ich ihm sanft die Waffe aus der Hand nahm.

Ich hatte ihn nur einmal so gesehen, wie er sich abkapselte und fast komatös war. Das war in dem Moment, als wir Hale zum ersten Mal begegnet waren. Es ging ihm schlecht ... aber ich war in der Lage gewesen, ihn umzustimmen.

Nur wusste ich von heute Abend nichts.

Dieses Mal fühlte es sich anders an.

»Hey, willst du mich ignorieren?« Ich schob die Waffe hinter mich, musterte sein Gesicht nach Wunden und entdeckte die tiefe Furche an der Seite seines Gesichts. Es sah aus wie ein

Streifschuss, oder als hätte jemand seinen Kopf gegen eine Wand geschleudert. Mein Magen verkrampfte sich, als ich schnell in der Wut versank. »Willst du mir sagen, wo du heute Nacht warst?«

Mein Tonfall war eindringlich und gefährlich, während ich auf den nassen Kapuzenpullover blickte, den er trug. »Draußen im Regen, was?«

»Ich habe etwas getan, nicht wahr?« Ihre Stimme war kaum zu verstehen.

Es lag Schmerz in ihrer Stimme, echter Schmerz, und er hörte ihn. Sein Atem stockte bei dem Geräusch und das nutzte ich aus, um ihn zurückzuholen. »Willst du da sitzen und ihr zuhören, Bruder?«

Die großen blauen Augen zuckten.

»Sie hatte so eine Scheißangst, dass sie mir eine Nachricht geschrieben hat.«

Daraufhin drehte er seinen Kopf und starrte sie an.

»Ja, das habe ich auch gedacht. Die Frau war ganz schön verzweifelt, oder? Also, wenn du das nächste Mal mitten in der Nacht verschwinden willst, sag mir Bescheid, ja?«

Damit ich dich verdammt noch mal aufhalten kann. Doch ich sagte die Worte nicht. Die Wut zerriss mich innerlich. Ich würde die verdammte Welt zerstören, nur um ihn zu beschützen ... so wie er es all die Jahre für mich getan hatte.

Durch all die Schläge.

Und all die Narben.

Ich senkte meinen Blick auf die dicken Narben, die sich über seinen Körper zogen. Sie erinnerten mich an das, was sie getan hatten. Ich musste sie aufhalten. Ich musste sie alle aufhalten.

»Es tut mir leid«, krächzte Colt und sah sie an.

Aber die Tochter wich nicht zurück, sondern fiel einfach nach vorne, direkt in ihn hinein. »Es ist okay. Es wird alles wieder gut.«

Es spielte keine Rolle, dass er durchnässt war. Sie zog ihn an sich und umfasste seinen Kiefer, um ihn zu küssen. Seine harten Lippen trafen auf ihre und ich konnte den Blick nicht abwenden. Er packte ihren Arm und zog sie fest an sich, doch dann löste er sich von ihr.

Er schien wieder zu sich zu kommen und schaute sich im Raum um, bevor er sich langsam aufrichtete. Ich folgte ihm und musterte seine Kleidung. »Wo bist du heute Abend hingegangen?«

Seine finsteren Pupillen musterten mich, aber er antwortete nicht.

»Du bist ja ganz nass«, sagte Vivienne, als sie ihm den Pullover über den Kopf zog.

Der Moment fühlte sich ungewohnt und doch so klar an. Er war hier und sie war bei ihm, half ihm, war sein Anker, so wie *ich* es immer gewesen war. Doch da stand er und hob seine verdammten Arme wie ein Kind, damit sie ihm den Pullover ausziehen und auf den Boden fallen lassen konnte.

Eine Gänsehaut lief mir über die Arme, als sie ihm auch noch das T-Shirt auszog, sodass er nur noch mit einer nassen Jeans und nackter Brust dastand. Ihre Hände fuhren über die harten Muskeln seiner Arme und ich konnte die Verbindung spüren.

Ich zuckte zurück und mein Herz hämmerte. Irgendwie bemerkte sie das und warf einen Blick in meine Richtung, bevor sie sich wieder meinem Bruder zuwandte und näher an ihn herantrat.

Das dünne Nachthemd schmiegte sich an ihren Körper, als sie sich an ihn presste. Colt hielt meinen Blick fest, als die festen Spitzen ihrer Brustwarzen seinen Arm streiften. Er erregte sie. Nein, es war mehr als erregt. Ich sah es an der Art, wie sie ihn ansah ... es war die gleiche Art, wie sie London ansah.

»Erschreck mich nie wieder so, verstanden?«, murmelte sie, als sie ihre Hand in seinen Nacken legte und seinen Mund auf ihren zog.

Mein Atem stockte und meine Lippen öffneten sich, als sie den meines Bruders nahm.

Mein ...

Mein Schwanz zuckte als Antwort. Sie brach den Kuss ab und drehte sich zu mir hin. Das gleiche Gefühl entflammte und erwachte unter den federleichten Berührungen ihrer Finger zum Leben. *So vorsichtig* ... so unglaublich vorsichtig, als sich ihre Hand um meinen Nacken schlängelte.

»Wir sind unter uns«, flüsterte sie, als sie mich nach unten zog.

In diesem Moment konnte ich mich nicht wehren und ließ sie gewähren. Ihr Duft drang in meine Lunge und zwang mich, die Augen zu schließen. Ich hob die Hand und legte sie um ihren Hals. Aber sie zuckte nicht zurück, auch nicht, als mein Griff fester wurde und unsere Münder aufeinander trafen. *Nein, die Tochter gab sich mir hin.*

Bumm ... bumm ... bumm ... bummbummbum ...

Der panische Schlag flatterte unter meinem Daumen. Ich öffnete meinen Mund, als ich sie schmeckte und leckte, dann streifte ich meine Zähne über ihre prallen Lippen. Mein Schwanz drückte gegen meine verdammte Jeans und wollte sie unbedingt mit aufs Bett nehmen. Ich hatte vor, sie nach vorne zu beugen und ihren Kopf gegen das Kissen zu drücken. Ich würde sie nehmen ... *hart.*

Würde sie schreien?

Sie schrien alle ... *irgendwann.*

Dieser Moment war alles, was ich sah. Sie, wie sie um sich schlug und ihre Nägel an den Laken zerrten, während ich ihr das Nachthemd vom Leib riss und ihr zeigte, was für ein Sohn ich war. Ich beendete den Kuss, meine Atemzüge waren tief und verzehrend. Doch das Pochen unter meinem Daumen wuchs zu einem Crescendo an. »Hast du Angst vor mir?«, fragte ich und suchte in ihren braunen Augen nach der Wahrheit.

Sie schluckte und schüttelte langsam den Kopf. Ihre Unterlippe war rot und gezeichnet von meinen Zähnen.

»Nein?« Ich beugte mich herunter, bis ich ihr heiser ins Ohr flüsterte: »Dein Körper sagt mir etwas anderes.«

»Ich bin ... ich bin einfach nur erregt«, antwortete sie und ihre Stimme war ein Flüstern.

Ich schloss meine Augen. Sie würde sich nicht gegen mich wehren.

Nicht dieses Mal.

Ich verkrampfte meinen Kiefer und hasste es, wie sich dieser Hunger in mir aufbaute, dieses wilde Bedürfnis, etwas zu zerstören.

»Du glaubst, du willst, was ich zu geben habe, Wildkatze, aber du weißt nicht, was du da verlangst. Halt dich an den Sohn, der dich liebt.«

Ich spürte einen Schmerz in meinem Hals. Ich versuchte zu schlucken, um den Schmerz in die leere Grube in meiner Brust zu verdrängen. Aber ich konnte es nicht tun. Ich konnte ihn nicht verdrängen oder so tun, als gäbe es ihn nicht. Ich konnte nicht gemein sein und hoffen, dass ich sie dazu brachte, mich zu hassen.

Am Ende gab es nur eine Sache, die ich tun konnte. Ich ließ meine Hand sinken und trat einen Schritt zurück.

Die Tochter gehört zu mir. Sie gehört zu mir. Sie gehört, sie gehört, sie gehört ...

Diese Worte waren alles, was ich jetzt hörte, alles, was in meinem Kopf raste.

»Carven?«, flüsterte sie.

Aber ich konnte ihr nicht helfen, nicht so, wie sie es von mir wollte. Stattdessen hob ich meinen Blick zu meinem Bruder und sah die Narben und die Verzweiflung in seinen Augen. Ich hatte ihn im Stich gelassen. Ich wusste das, ich ließ ihn im Stich, als er mich am meisten brauchte. Seine Stirn runzelte sich und der Schmerz flammte für eine Sekunde auf, bevor er wütend wurde.

Die Verbindung zwischen uns erwachte zum Leben. Nur war es nicht mit Loyalität oder Liebe, sondern mit Wut ...

Und ich hatte es verdient.

Der helle Blutfleck auf seiner Wange leuchtete im Licht. Der Anblick verwandelte meinen Schmerz in weiße, feurige Wut. Er war heute Nacht irgendwo gewesen und hatte Dinge getan, die er mir nicht sagen wollte ... *weil er mir nicht vertraute.*

Er ... vertraute ... mir ... nicht.

Das konnte ich nicht ändern. Jedenfalls noch nicht. Also wandte ich meine Aufmerksamkeit der einen Sache zu, die ich in Ordnung bringen konnte, der Sache, die mich antreiben würde, die mir mehr als nur ein Ziel geben würde. Es würde mir die Möglichkeit geben, meinem Bruder das zu geben, was er am meisten auf dieser Welt verdient hatte.

Ich würde ihm sie geben.

Ja.

Ich würde *sie* ihm schenken.

Ich drehte mich um und ging auf die offene Tür zu. Meine Stiefel dröhnten und spiegelten das panische Pochen meines Herzens wider. Aber diesmal rannte ich nicht weg, nicht so wie ich es zuvor getan hatte.

Die Klarheit durchbohrte mich wie ein Messer und ließ das tote Ding in meiner Brust zusammenkrampfen. Mein Bruder brauchte mich nicht mehr, um ihn aus der Dunkelheit zu ziehen. Er brauchte mich nicht mehr, um seine Hände festzubinden oder Wache zu halten, während er schlief. Er hatte, was ich nie haben konnte. Ich war zu kaputt, *brutal*. Aber ich konnte dafür sorgen, dass er die Einzige behielt, die ihm wichtig war.

Die anderen Söhne dachten, sie gehöre ihnen, sie könnten sie mitnehmen.

Ich würde ihnen zeigen, wie falsch sie lagen.

Ich ging durch die Hintertür und machte mich auf den Weg zurück zum Auto, dessen Motor noch warm war. Das Arschloch war wieder da und kam aus der Hausecke geschlendert. Er präsentierte seine Waffe. Er machte nicht einmal einen abfälligen Kommentar. Aber das brauchte er auch nicht. Die Tatsache, dass er mir direkt gegenüberstand, reichte aus.

Ich richtete meinen Blick auf ihn und das Verlangen nach Gewalt durchfuhr mich. Er zuckte zusammen, als unsere Blicke aufeinander trafen und blieb stehen, während sein Kumpel ihn nicht beachtete.

»Was ist los?«, fragte der zweite Wachmann, während er das Gelände musterte.

Ich riss meinen Blick von ihm los, umrundete das Heck des Wagens und riss die Tür auf.

»Nichts«, murmelte das Arschloch, als ich wieder einstieg.

Doch der Hunger war immer noch da und trieb mich an, als ich den Motor startete und den Wagen in den Rückwärtsgang brachte. Etwas bewegte sich aus meinem Augenwinkel, als ich die Garage hinter mir ließ.

Vivienne rannte vorwärts, immer noch in dem knappen Nachthemd, das mir den Atem raubte. Meine Scheinwerfer leuchteten über ihren Körper und zeichneten jede verdammte Kurve nach. Ich starrte einen Herzschlag zu lange, dann wandte ich meinen Blick zu dem Gesicht, das mich verfolgte.

»Carven!«, rief sie.

Ihre Lippen bewegten sich mit meinem Namen und mein Fuß ging vom Gaspedal. Der Wagen wurde langsamer, die Verzweiflung war wie ein Tier in mir, bis ich mich in die Realität zurückholte.

Sie war nicht für mich bestimmt, egal, was ich wollte. Ich musste klug vorgehen. Ich musste sie an die erste Stelle setzen, wenn es um mich ging. *Vor allem, wenn es um mich ging.*

Die Tochter hatte etwas Besseres verdient.

Und Freundlicheres.

Und das konnte ich ihr ganz sicher nicht geben.

Es kostete mich all meine Kraft, mich von ihr abzuwenden, aber ich tat es.

Ich sah sie nicht, als ich wegfuhr, mein Blick wanderte die Auffahrt entlang, bevor ich sie alle hinter mir ließ.

Ich fuhr zurück in die Stadt, zu der dunklen Gasse, in der der Rave gerade zu Ende ging. Ich parkte das Auto und beobachtete das Geschehen.

Die Partygänger kamen heraus, einige stolperten und wirkten sowohl betrunken als auch high. *Aber sie waren es nicht, die mich interessierten ...*

Der Motor des Autos war kalt geworden, als die schwache Röte der aufgehenden Sonne den verdunkelten Himmel küsste. Trotzdem wartete ich ... bis das Summen in mir aufflammte und meine Aufmerksamkeit auf zwei Männer in schwarzen Jeans und Lederjacken lenkte, die aus der Menge traten und nach links abbogen.

Ich hatte sie vorher nicht bemerkt, aber das war auch nicht nötig.

Ich wusste sofort, wer sie waren.

Es waren Söhne ...

Ein Ares-Bruder folgte ihnen. Ich sah, wie er einen Blick in ihre Richtung warf, bevor er nach rechts abbog. Mit finsterer Miene konzentrierte ich mich auf die beiden. Falls er wusste, wer sie waren, dann war es ihm egal. Die Mafia hatte nichts mit den Söhnen zu tun, genauso wenig wie sie etwas mit London zu tun hatte. Aber das würde sie nicht davon abhalten, uns zu benutzen, wenn es nötig war.

Nicht heute Nacht.

Ich stieß die Tür auf und stieg aus.

Heute war meine Nacht.

Es war Zeit, auf die Jagd zu gehen.

Diesmal auf die Söhne.

Ich hatte lange genug gewartet und mich vergewissert, dass das Arschloch Ares schon lange weg war, bevor ich ihm folgte und mich an den gegenüberliegenden Straßenseiten hielt. Das schwache Sonnenlicht streifte die Dächer der Gebäude. Es kam mir vor, als würde ich ihnen stundenlang folgen, bis meine Augen glasig wurden und meine Geduld fast am Ende war. Bis sie in einer dunklen Gasse verschwanden, die in Richtung der Obdachlosenunterkünfte zu führen schien.

Vor dem Eingang standen beladene Karren, neben denen ein älterer Mann schlief, der seinen Arm um ein kaputtes Rad gelegt hatte. Ich warf einen Blick in die Dunkelheit und folgte ihnen dann.

Ich hielt den Kopf gesenkt, die Hände in den Taschen, als ich die Straße überquerte und in die Dunkelheit eintauchte. Der Geruch schlug mir entgegen, faulig und abgestanden, und je näher ich dem Ende der Gasse kam, desto widerlicher wurde er. Ich konzentrierte mich auf die Bewegung und beobachtete die Söhne, als sie durch die zerrissenen Lücken eines Zauns schlüpften, wo die Seitenstraße in einen scheinbar vergessenen Teil der Stadt mündete.

Ich musterte die Zelte und zerrissenen Planen, bevor ich geduckt durch einen Spalt im Maschendrahtzaun schlüpfte. Die Söhne waren weg, verschwunden in der Dunkelheit. Also stimmte ich mich auf den Hunger und die Verbindung ein, die wir teilten.

Sohn ...

Das Wort war ein Schimpfwort und ein Brandzeichen. Eines, von dem ich wusste, dass ich es nie wieder loswerden würde und als ich eine Bewegung am Eingang eines verlassenen Lagerhauses wahrnahm, wusste ich, dass dies mein Schicksal war. Aber es musste nicht das meines Bruders sein.

Er könnte von dem Namen loskommen.

Er könnte etwas Echtes haben.

Ich würde es ihm geben.

Ich wurde langsamer, beobachtete die Dunkelheit und die angelehnte Tür, dann griff ich um mich herum und holte meine Waffe hervor. Meine Stiefel knirschten auf Schmutz und Steinen. Ich blieb vor der offenen Tür stehen, spähte hinein und musterte die Schatten. Der Ort war voller Obdachloser. Ich ging hinein, als mein Handy an meinem Oberschenkel vibrierte.

Mein Puls raste und irgendwie wusste ich, dass sie es war.

Ich antwortete nicht, sondern schlüpfte weiter hinein und bewegte mich vorsichtig zwischen schlafenden Körpern hindurch. Grunzen und Schnarchen ertönten. Die Augen derer, die mich beobachteten, waren aufmerksam. Aber sie waren nicht die, die ich wollte. Ich bewegte mich weiter in Richtung des hinteren Teils des Lagers, bis ich an die hintere Wand kam.

Mit finsterer Miene drehte ich mich um und musterte das Durcheinander der Körper. Meine Sinne schrien, aber sie riefen mich nicht hierher. Ich drehte mich wieder zur hinteren Wand um und entdeckte eine offene Tür. Es lag niemand in der Nähe des Ausgangs, sodass eine Art Pfad frei war. Ich folgte meinem angeborenen Kompass und griff nach der Klinke, bevor ich in die Dunkelheit spähte.

Aber als ich eintrat, traf mich etwas ... *hart*.

Ich stolperte rückwärts und prallte mit einem Knall gegen die Tür.

»Wurde auch Zeit, dass du auftauchst«, knurrte es von rechts. *»Ich habe auf dich gewartet, du Arschloch.«*

Ich brüllte los, als ich meine Waffe nach oben richtete und mit einem Grunzen auf etwas traf. Tiefe Atemzüge durchzuckten meine Brust. Das war es, was ich gewollt hatte ... *das war es, wonach ich mich gesehnt hatte.*

Ich holte erneut aus, als sich etwas um mich herum bewegte. Der Instinkt meldete sich, aber es war nicht der Überlebenswille, der in mir aufheulte. *Es war das Verlangen zu zerstören.* Ich holte aus, schlug wieder zu und stürmte vorwärts, wobei ich die Schläge in einem wilden Ansturm entfesselte.

Knirsch.

Das Geräusch war Musik in meinen verdammten Ohren, als ich mich dem nächsten Arschloch zuwandte und zustieß.

Knack! Der Schlag traf mich seitlich am Kopf und schleuderte mich zur Seite.

Ich stolperte und mein Knie streifte den schmutzigen Boden, aber ich nutzte den Schwung, um mich auf den dunklen Fleck zu stürzen.

Hände umklammerten mich. Mein Herz raste, als ich mich bewegte, meinen Kopf zur Seite riss und meine Faust hoch in die Luft schwang. Ein tiefes, kehliges Grunzen ertönte, das nicht nur wütend, sondern auch überrascht klang.

Gut so.

Das sollte er auch sein.

Die Tochter gehört zu mir ...

Sie gehört.

Sie gehört.

Sie ... gehört ... zu ... mir.

Diese Worte trieben mich an und drängten mich noch mehr in eine Ecke, die selbst mir Angst machte.

Mit einem wilden Knurren trieb ich meinen Kopf nach vorne und ließ ihn mit einem ekelerregenden Geräusch gegen den Knochen knallen. Mein Lächeln wurde breiter, als ich meinen Fuß ausholte und den Bastard zu Boden brachte. Er schlug hart auf, mit einem Grunzen. Ich war augenblicklich auf ihm und rammte ihm die Mündung meiner Waffe unter den Kiefer.

Das Blut sammelte sich in meinem Mund, es schmeckte bitter und metallisch. Zum Glück genoss ich den Geschmack.

»Du wolltest mich ...«, knurrte ich, während ich die Mündung fester gegen seine Haut drückte. »Hier bin ich, du Arschloch.«

Das Rauschen seines Atems war brutal, als er gegen mich stieß, während er auf dem Boden lag. Etwas bewegte sich überall um mich herum. Ich brauchte das Klicken nicht zu hören, um zu wissen, dass sie mindestens drei Waffen auf mich richteten.

Mein Finger krümmte sich um den Abzug meiner Waffe.

Es sah so aus, als wären wir in einer Sackgasse.

»Übergib sie mir, Carven. Zwing mich nicht, deine gemütliche kleine Familie auszulöschen, nur um an sie heranzukommen.«

Angesichts der Worte bohrte sich der Schmerz tief in meine Brust. »Wenn du in die Nähe meiner Familie kommst, du Wichser, werde ich derjenige sein, der dich ausschaltet ... dich und deine Girlband.«

»Glaubst du, ich weiß nichts von dir?«, grunzte der unter mir. »Das selbstzerstörerische Arschloch mit einem stummen Bruder. Ich weiß alles, was es zu wissen gibt.«

»Gut«, antwortete ich und konzentrierte mich auf die Bewegung um mich herum. »Dann wird es dich nicht überraschen, wenn ich dir deinen verdammten Kopf wegblase.«

Er lachte nur. Dieses leise Glucksen, das gegen meinen Oberschenkel vibrierte, war mir verdammt unangenehm. »Habe ich etwas Lustiges gesagt?«

»Lustig? Nein. Wenn das hier anders wäre, würde ich dich vielleicht einladen, unserer ›Girlband‹ beizutreten.«

Mich einladen? Angesichts der Worte stockte mir der Atem.

Ich zuckte zusammen, als derjenige, der über uns stand, seine Hand senkte und das Lagerhaus sich langsam aufhellte.

»Sie ist es nicht wert«, drängte das Arschloch unter mir. »Warum solltest du das Leben deines Bruders riskieren ... und dein eigenes? Irgendwann werden sie sie holen kommen. Wenn nicht wir, dann sind da draußen noch andere.«

Sie werden hinter ihr her sein.

Einen. Scheiß. Werden. Sie.

Angesichts der Worte packte mich das Grauen. Ich kannte das Gefühl nicht ... und ich mochte es nicht. Doch es kam von dem gnadenlosen Bedürfnis in mir, dem kranken, blutrünstigen Wunsch, die ganze Welt zu zerreißen, um sie zu beschützen.

Ich richtete meine Aufmerksamkeit auf den Sohn unter mir. »Du krümmst ihnen kein einziges Haar, hast du mich verstanden? Nicht London, nicht meinem Bruder ...« Ich beugte mich hinunter, um in diese leeren, seelenlosen Augen zu schauen und sah meine eigenen. *Und vor allem nicht ihr. Sie gehört nicht dir, du Arschloch ... sie gehört mir.*«

Die Worte trafen mich.

Aber es war zu spät, sie zurückzunehmen.

Zu spät, um den Bann rückgängig zu machen.

Denn genau das war es ...

Nein, kein Zauber ... *sondern ein Zwang.*

Sie gehörte *mir*.

Die Aussicht darauf war erschreckend.

Ich stand auf und starrte auf ihn hinunter. Sie richteten ihre Waffen auf mich, auch als ich meine senkte. Sie würden nicht schießen ... nicht jetzt. Ich trat einen Schritt zurück und hielt dem Blick des Sohnes immer noch stand.

»Wo zum Teufel willst du hin?«, fragte er.

Meine Lippen kräuselten sich bei dieser Frage. Er erwartete von mir, dass ich antwortete, dass ich mich fügte wie der Rest der Spice Girls hier. Aber ich war ihm nichts schuldig, verdammt noch mal. Die Erinnerung an sie, wie sie dort mitten in der Einfahrt stand, ging mir nicht mehr aus dem Kopf. Ich wusste, wohin ich gehen würde.

Der einzige Ort, an den ich konnte ... *nach Hause.*

ZWANZIG

Vivienne

———

»CARVEN!«, SCHRIE ICH UND ZUCKTE ANGESICHTS DER blendenden Scheinwerfer des Autos zusammen.

Trotzdem starrte ich in das grelle Licht und betete, dass er irgendwie aufhören würde, wegzulaufen ... und zu mir zurückkommen würde. Aber das tat er nicht. Funken tanzten in meinen Augen, als die Dunkelheit wich und mich zitternd in der Mitte der Einfahrt stehen ließ.

Das Scharren von Stiefeln ertönte und ich warf einen Blick auf die beiden Wachen, die auf dem Gelände patrouillierten. Einer von ihnen wandte sich sofort ab, als ich ihn ansah. Der andere aber nicht. Plötzlich wurde mir bewusst, wie wenig ich anhatte und wie verletzlich ich in diesem Moment war.

So verletzlich, wie ich es nie wieder sein wollte. Ich zwang mich zu atmen und seinem Blick standzuhalten. »Was zum Teufel glotzt du so?«

Ich war nicht verängstigt, nicht wirklich.

Aber ich mochte den Schauer der Angst nicht, der sich seinen Weg über meine Wirbelsäule bahnte. Der Wachmann antwortete nicht, während sein Blick jede Kurve meines Körpers erfasste, bis ich meine Arme vor der Brust verschränkte. Aus dem Augenwinkel bewegte sich etwas und ein leises, vertrautes Knurren erklang.

»Vivienne«, rief Guild, als er aus der Hintertür trat und sie aufhielt.

Ich drehte mich zu ihm um und war dankbar für seine Anwesenheit. Die Wachen drehten sich zu ihm um, als ich auf die Tür zuging. Er nickte dem Arschloch von Wächter langsam zu und starrte mich weiter an, während ich unter seinem Arm hindurchschlüpfte und wieder hineinging. Ich blieb nicht stehen, sondern ging einfach die endlosen Gänge zurück. Meine Fußsohlen stachen von der Kälte, als ich mich zum Laufen zwang.

Als ich den Ostflügel erreichte, keuchte ich. Ich rannte an der offenen Tür meines Schlafzimmers vorbei zu seinem. Colt stand immer noch da und betrachtete eine Stelle in der Mitte des Doppelbetts.

»Colt«, murmelte ich, als ich näher heranging. »Baby?«

Er antwortete nicht, gab kein Zeichen, dass er mich gehört hatte. Ich betrachtete die Blutspritzer auf seinem Hemd und hob meine Hand sanft an, um mit dem Daumen über die Schürfwunde auf seiner Wange zu streichen. »Sprich mit mir. Verdammt, stoß mich weg, wenn du willst. Aber *bitte* komm zurück zu mir.«

Seine Stirn runzelte sich. In seinen blauen Augen flackerte es. Trotzdem antwortete er nicht. Ich rückte näher und fuhr mit meinen Händen an seinen Armen entlang. Was sollte ich tun? *Was zum Teufel sollte ich tun?*

Carven würde es wissen …

Aber er war nicht hier.

Ich leckte mir über die Lippen und spürte noch immer die Wärme von Carvens Kuss.

Wärme. Ich richtete meinen Blick wieder auf Colt und sah, wie sein Körper zitterte. Das war es, was er brauchte. Eine Erinnerung daran, dass ich hier war. Ich nahm seine Hand. »Komm schon, Großer«, murmelte ich und zog ihn nach vorne.

Sein Blick begegnete meinem, aber er wehrte sich nicht, sondern ließ sich von mir zum Bett führen.

»Komm, wir wärmen dich auf.« Ich zog ihn zum Bett, ließ mich auf die Knie fallen, zog den Reißverschluss seiner Stiefel auf und streifte sie ab.

Seine Muskeln zitterten, seine Nippel waren feste Spitzen. Ich ließ seine Stiefel fallen und kraulte seine Schulter, bis er sich wieder in die Kissen legte. Ich zog die Bettdecke hoch und hasste es, dass die Laken kalt waren.

»Ich bin hier.« Ich schmiegte mich an ihn und legte meinen Arm um seine Mitte. »Dir wird bald warm sein.«

Das erinnerte mich an die erste Nacht, in der wir zusammen gewesen waren, als draußen der Sturm tobte und seine Handgelenke ans Bett gefesselt waren, damit er sich und mir nicht wehtun konnte. Ich schob seine Hände sanft um meine Taille. Ich konnte ihn nicht fesseln, aber ich hatte etwas, an dem er sich festhalten konnte.

Das konnte ich tun.

Er rückte näher, sein großer Körper umschloss mich. Mein Puls beschleunigte sich bei der Berührung. Ich war fasziniert von der Bewegung meiner Hände, als ich mit meinen Fingern über seine kräftigen Arme strich. Er sprach nicht, aber ich wusste, dass er hier war. Eine Gänsehaut breitete sich unter meiner Berührung auf seinen Armen aus. Sein Atem wurde ruhiger und tiefer.

Er war so müde.

So erschöpft.

Innerhalb weniger Minuten wurden seine Atemzüge noch tiefer. Jetzt war es an mir, über ihn zu wachen. »Schlaf, Baby«, flüsterte ich und spiegelte sein Echo in meinem Kopf wider. »Ich werde über dich wachen.«

Ich war diejenige, die jetzt nicht schlafen konnte. Ich wollte meine Augen schließen und mich dem Vergessen hingeben, aber ich konnte es nicht. Meine Gedanken hielten mich an die wache Welt gefesselt, während ich das Gefühl von Carvens Mund auf meinem wiedererlebte. Ich hatte ihn fast gehabt ... *ich hatte fast gespürt, wie der schreckliche Sohn nachgab.*

Hast du Angst vor mir?

Mein Pulsschlag beschleunigte sich, genau wie er es in diesem Moment getan hatte. Ich verlor mich in der Fantasie, dann sah ich Colt an und stellte fest, dass seine Atmung gleichmäßig war. Er schlief noch immer ... während ich über seinen Bruder fantasierte. Ich streifte mit den Zähnen über meine Lippe.

Nein.

Meine eigene Stimme hallte als Antwort wider.

Nein? Dein Körper sagt mir etwas anderes.

Mein Innerstes verkrampfte sich und meine Oberschenkel spannten sich an. Ich schaute Colt noch einmal an und ließ dann meine Hand zwischen meine Schenkel gleiten. Mein Gott, war ich nass. Ich schloss die Augen und erlebte den Moment noch einmal. Seine harten Lippen, die Art, wie er sich geweigert hatte, mich zu berühren. Er war so ... *verdammt grausam.*

Seine Hände.

Seine Worte.

Sein *Hunger*.

Mein Körper erbebte und erwärmte sich unter meiner Berührung, bis irgendwo im Flügel ein leiser Schlag ertönte. Ich erstarrte und meine Finger glitten aus meinem Inneren, als ein eisiger Schauer durch meinen Körper fuhr. Irgendwo unter dem schweren Pochen meines Herzens stieg Panik auf und ich hob meinen Kopf.

Colts Augen rissen auf und sahen mich an. Aber er griff nicht nach seiner Waffe, auch nicht, als die schweren Schläge lauter wurden ... und näher kamen. Nein, er starrte mich wie gebannt an, als würde er unter einer Art Zauber stehen. Ich stemmte mich nach oben, als ein Schatten die Türöffnung füllte.

Carven trug eine Maske der Bedrohung. Seine Augen funkelten und seine Lippen waren so gekräuselt, dass er seine Zähne entblößte. Panisch blickte ich zu Colts Pistole, die auf dem Nachttisch neben dem Bett lag. Carven machte einen Schritt hinein, aber sein Blick bewegte sich nicht einmal zu seinem Bruder.

Er kam näher, lautlos wie die Nacht. »Du gibst einfach nicht auf, was, Tochter?«

Ich schüttelte den Kopf und schlug die Bettdecke beiseite. Kalte Luft strömte um mich herum, als ich aufstand, und raubte mir augenblicklich die Wärme. »Ich habe es nicht …«

»Du hast es nicht so gemeint«, knurrte er und kam immer näher, um das Fußende des Bettes zu erreichen.

Mein Herz schlug mir bis zum Hals, als ich einen Schritt zurücktrat.

»Du denkst, das ist … *Liebe?*«

Er spuckte das Wort aus, als er weiterging. Ich hatte ihn noch nie so … *aus dem Gleichgewicht gebracht* gesehen. Colt sah sich das alles an, rührte aber keinen Finger. Mein Körper zitterte vor Angst und bebte vor Verlangen. »Nein.«

»Nein?« Er trat näher und drückte mich gegen die Wand. »Was glaubst du denn dann, was das hier ist?«

Ich schüttelte den Kopf. »Ich–«

Ich war nicht mehr in der Lage zu sprechen oder mich zu bewegen. Aber es war nicht der Schrecken, der mich erfasste. Es war er. *Dieser* … Sohn, dessen Stimme mich auch in meinen dunkelsten Momenten nicht verlassen hatte. War das Liebe? Ich wusste nicht … Ich wusste nicht, wie sich das anfühlte.

Aber ich wusste, wonach mein Herz schrie … *und das war er.*

»Was immer du willst«, flüsterte ich.

Er erstarrte und seine Stirn runzelte sich. Mit so etwas hatte er nicht gerechnet. Ich sah es jetzt. Ich wusste nicht, was er dachte, was ich wollte, aber es waren ganz sicher keine Worte der Hingabe.

Er verengte seinen Blick und hob seine Hand, um meine Kehle zu umschließen. »Was hast du gesagt?«

»Ich ... ich sagte, *was immer du willst.*« Ich keuchte unter dem Druck seines Griffs.

Aber er war nicht grausam, nur so stark, dass ich wusste, wer hier das Sagen hatte. Panik flackerte in seinen Augen auf. Er war verwirrt und unfähig, das, was zwischen uns war, in eine ordentliche Schublade stecken.

»Wenn du mich hassen willst, dann hasse mich«, flüsterte ich und leckte mir langsam über die Lippen. »Du willst mich ficken? Dann können wir das auch tun.«

Sein Griff lockerte sich, dann ließ er nach. Er machte einen Schritt rückwärts und schüttelte den Kopf. »Das willst du nicht, Tochter.«

Tochter.

Da war wieder dieses Wort.

Als ob er mich nicht um meiner selbst willen sehen wollte.

Ich war doch sein Ding, oder? *Nur ein Problem. Ein Ziel. Eine Nervensäge für ihn.*

»Vivienne.«

Er schaute finster drein. »Was?«

Dieses Mal war ich diejenige, die näher kam. »Mein Name ist *Vivienne.*«

Seine Lippen kräuselten sich. »Ich weiß, wie du heißt, verdammt.«

»Dann benutze ihn«, forderte ich. »Benutze *mich*.« Ich streckte die Hand aus, nahm langsam seine Hand und hob sie an. »Wenn du deine Hände um meine Kehle legen willst, dann betrachte das als meine ausdrückliche Zustimmung. Wenn du meinen Kopf in das Kissen drücken willst, damit du mich nicht ansehen musst, während du mich fickst, dann können wir das auch tun. Solange du mir nicht weh tust, solange wir ein bestimmtes Maß an Schmerz nicht erreichen.«

Er erblasste vor mir. Wut und Abscheu trafen aufeinander, als er seine Hand von mir wegzog, als hätte ich ihn verbrannt. »Nein.« Er trat einen Schritt zurück. »*Nein.*«

Aber ich würde ihn in diesem Moment nicht verlieren. Ich wollte ihn nicht verlieren. »Ich bin hier, Carven.« Ich ging vorwärts. »Ich werde nirgendwo hingehen. Du kannst entweder zusehen, wie dein Bruder und London mich ficken, oder du kannst dir von meinem Körper nehmen, was du brauchst ... und von meinem Herzen. Hier biete ich dir alles an, was ich zu bieten habe.«

»Und was, wenn du mir das, was ich brauche, nicht geben kannst?«, schnauzte er. »Was, wenn ...« Er fuhr sich mit den Fingern durch sein blondes Haar. »Was, wenn ich das nicht will?«

»Was willst du dann?«, flüsterte ich, während ich den dünnen Träger meines Nachthemdes von der Schulter schob. »Du brauchst es mir nur zu sagen. Willst du mich auf Knien haben? Willst du mich vor dir auf dem Tisch ausbreiten? Willst du die Maschine kontrollieren?« Ich bewegte mich zum anderen Riemen und ließ mein Nachthemd auf den Boden fallen. »Alles, worum ich dich bitte, ist, dass du mich benutzt ... *und nur mich*. Wenn du Erlösung willst, komm zu *mir*. Wenn du aber auch andere Dinge willst, dann bin ich dein Mädchen.«

Er schüttelte den Kopf. »Das willst du doch gar nicht.«

»Will ich nicht?« Ich rückte näher und nahm seine Hand, nur diesmal schloss ich sie um meine Brust und drückte fest zu. »Lass mich dir zeigen, was ich kann.«

Diesmal war es nicht ich, der bei seinem Bruder nach Erlösung suchte, sondern er selbst ...

Mein gequälter, gebrochener ... Sohn.

»Ich bin eine Tochter. Du bist ein Sohn. Ich wurde für dich geschaffen. Ich bin nur für dich gemacht.«

Er bewegte sich augenblicklich, stürmte nach vorne, packte mich an der Taille und stieß mich nach hinten. Meine Haare flogen mir ins Gesicht, bevor ich hart in der Mitte von Colts Bett aufschlug.

Ich prallte ab und meine Zähne knirschten beim Aufprall. Der Fleck vor mir wurde schärfer, als Colt vom Bett rutschte und uns beobachtete, bevor er einen Schritt rückwärts machte.

»*Du. Bleib.*« Carven hielt ihn augenblicklich auf.

Die Stille war ohrenbetäubend.

Auf das langsame Ziehen eines Reißverschlusses folgte das dumpfe Geräusch von Carvens Stiefeln. »Letzte Chance zu fliehen, *Vivienne*. Letzte Chance.«

Ich stützte mich auf meine Ellbogen und hatte das Herz in der Kehle. Schritte ertönten auf dem Flur. Mir wurde heiß, als London an der Tür zu Colts Zimmer stehen blieb, sein Blick auf Carven gerichtet, bevor er ihn auf mich lenkte und beobachtete, wie sich alles abspielte.

Angst durchfuhr mich, als Carvens Jeans den Boden berührte und er näher kam. »Willst du mit mir kämpfen, Wildkatze?«

Fasziniert schüttelte ich den Kopf.

Er pirschte sich vom Fußende des Bettes heran und stieß mich nach hinten. »Willst du treten und kratzen?«

»Nein.«

»Nein?«

»*Nein*«, flüsterte ich und legte mich hin.

Ich zitterte unter seinem Blick, aber er berührte mich nicht ein einziges Mal, nicht bis seine Lippen zuckten. Erst dann packte er mich an der Taille und drehte mich auf dem Bett um. Ich landete mit dem Gesicht voran, mein schwerer Atem wurde von der weichen Bettdecke verschluckt. Er war augenblicklich auf mir, riss meine Hüften in die Luft und dann hart zurück, um mich gegen sich zu pressen.

Sein harter Schwanz drückte gegen mein Inneres. Angst durchfuhr mich. Alles, was ich spürte, waren die Hände all dieser Männer, die nach mir griffen und verzweifelt versuchten, mich zu verletzen. Alles, was ich fühlte, war *Daniels*. Ich schloss meine Augen, krallte mich in die Laken und versuchte, nicht zu kämpfen.

Das war es doch, was ich wollte, oder?

Das war der einzige Weg, wie ich ihn haben konnte ...

Nur so hatte ich sie *alle*.

Ich wappnete mich gegen das Eindringen, aber das war egal.

Er stieß in mich hinein und füllte mich aus, bis ich mich aufbäumte und stöhnte.

»Noch nicht, Wildkatze«, stöhnte er. »Noch nicht ... *verdammt ... noch nicht.*«

Er zog sich zurück, nur um dann noch härter zuzustoßen. Schmerz flammte zwischen meinen Beinen auf. Ich biss mir auf die Innenseite meiner Wange, um nicht aufzuschreien.

»Du wolltest mich. Du wolltest *das*?« Er zog sich schnell zurück und ließ mich keuchend und zitternd zurück.

Auch er zitterte ... Ich hörte es an seinem Tonfall.

»Sag es«, zwang er mich durch zusammengebissene Zähne. *»Sag es.«*

»Was?«, flüsterte ich und öffnete meine Augen, um die zerknitterten Laken anzustarren.

»Sag nein, sag *stopp*. Sag, dass ich mich verdammt noch mal von dir fernhalten soll.«

Mein Körper verkrampfte sich und zitterte. Meine Zähne pressten sich zusammen.

»Sag es, *Vivienne*«, forderte er.

Ich schüttelte langsam den Kopf.

Mit einem Knurren stürzte er sich auf mich und seine grausame Hand griff in meinen Nacken. »Ich sagte, *du sollst es sagen!*«

»Nein«, stöhnte ich, als der Schmerz in seinen Fingern aufflackerte. »Das werde ich nicht.«

Seine tiefen Atemzüge waren wild. Ich wusste, dass die anderen da waren. Sie würden nicht zulassen, dass er mir wehtat. Ich wusste auch etwas, was sie nicht wussten ... Ich wusste, dass Carven Angst hatte.

Nicht nur das. Er war *entsetzt*.

Das war nicht nur ein Akt der Dominanz. Er drängte mich weg und wollte, dass ich ihn für den seelenlosen Bastard erklärte, für den er sich hielt. Er *war* dieser Bastard. Das wusste ich besser als jeder andere ... aber das war nicht *alles*, was er war. Tief in seinem Inneren steckte ein Mann. Ein Mann, der seinen Kopf an meine Schulter gelegt hatte, während ich seinen Bruder gefickt hatte, und der dankbar war, dass ich Colt auf eine Art und Weise liebte, die ihm nicht möglich war. Und ein Mann, der gesehen hatte, wie ich mein eigenes Leben für die riskiert hatte, die mir wichtig waren.

Sein Griff löste sich von meinem Hals, glitt meine Wirbelsäule hinunter und endete in der Mitte meines Rückens. Bei diesem Gefühl schloss ich die Augen, zu ängstlich, um mich zu bewegen, damit ich ihn nicht erschreckte.

»Du wirst es nicht sagen, oder?« Seine Worte waren leise ...

»Nein.«

»Du würdest zulassen, dass ich dir so wehtue?

»Wenn es nötig ist, um dich zu haben, dann ja.«

Ich versteifte mich, als er seinen Kopf senkte und seine Stirn zwischen meine Schulterblätter legte. Die Wärme seines Atems wehte mir in den Rücken. »Das würdest du tun ... *für mich?*«

Ich schluckte. »Ich würde das für dich tun.«

»Heilige Scheiße.«

»Er wird uns nicht helfen«, flüsterte ich. »Ich glaube sowieso nicht, dass ich mit einem weiteren Mann umgehen könnte.«

Sein Atem stockte, bevor ein leises Lachen ertönte. Seine Hand bewegte sich und glitt langsam zur Seite, um meine Taille zu umfassen. Nur war die Berührung nicht grausam. Sie war sanft, sein Daumen strich über meine Haut.

Ich wurde von der Hitze seines Atems angezogen, war auf das Rauschen fixiert, und dann passierte es ...

Er küsste mich.

Er küsste mich nicht wie ein Roboter, wie er es zuvor getan hatte. Er küsste sanft meinen Rücken und wanderte dann weiter nach unten, wo er meinen Hinteren mit seinen Lippen nachzeichnete.

»Ich weiß nicht, was ich hier tun soll«, murmelte er.

Ich war zu verängstigt, um etwas zu sagen.

»Tu, was sich richtig anfühlt ... für euch beide«, drängte London in der Nähe.

»Für uns beide«, wiederholte Carven und seine Hände wanderten zu meiner Taille.

Er packte mich und wollte mich noch einmal umwerfen, hielt aber inne. »Warte ... gefällt dir das? Gefällt es dir, wenn ich dich ... anfasse?«

»Ja«, antwortete ich wahrheitsgemäß. »Aber da wir uns gerade erst aneinander gewöhnen, könnten wir es ein bisschen langsamer angehen. Wenn das für dich in Ordnung ist?«

Ich wartete nicht auf seine Antwort, sondern ließ mich auf die Seite fallen und legte ein Bein um ihn. Er blickte auf mich herab, als würde er mich zum ersten Mal sehen. Vielleicht tat er das auch. Ich warf einen Blick auf Colt. Ich hatte gedacht, er wäre der Kaputte ... *aber er war nichts im Vergleich zu seinem Bruder.*

Carven ließ seine Hand an meiner Taille entlang gleiten, dann hob er seinen Blick, als er meine Brust umfasste. »Wie ist das?«

Sein schwieliger Daumen strich über die härter werdende Spitze meiner Brust.

Mein Körper bebte.

Er sah das Zittern und fuhr erneut mit dem Daumen darüber. »Fühlt sich das gut an, Wildkatze?«

Seine Stimme war heiser und rau, und mein Körper erhitzte sich bei diesem Klang. Ich nickte. »Ja, aber dein Ton gefällt mir besser.«

Er beugte sich herunter. »So?«

Ich schloss meine Augen und nickte. »Ja. Genau so.«

»Dann lass mich dir sagen, was ich hier vorhabe«, begann er und ich erschauderte bei diesem Klang. Da war etwas in seiner Stimme, seinem Tonfall, seiner Zärtlichkeit im Angesicht des Bedürfnisses, grausam zu sein. »Ich werde tiefer gehen, diese perfekten Schenkel spreizen und küssen, was ich später verletze. Wie klingt das, Wildkatze?«

Oh, Gott ... ich war kurz davor, zu kommen.

Ich konnte nur nicken.

Das gleiche Glucksen kam wieder. »Wenigstens weiß ich jetzt, wie ich dich zum Schweigen bringen kann.«

Er bewegte sich nicht nur an meinem Körper hinunter ... er küsste sich dorthin und ließ sich Zeit mit meinem Bauch, bis er aufhörte und nach unten blickte. Meine Sinne brummten,

Verzweiflung und Angst erdrückten mich. *Was*, wollte ich fragen ... *warum hörst du auf?*

Dann ließ er seinen Finger in meinen Schlitz gleiten und stieß hinein. Meine Hüften bäumten sich auf und mein Rücken wölbte sich.

»Ich habe dir schon einmal wehgetan.« Er hob seinen Blick zu mir. »Du bist anders ... *trockener*.«

Die Muskeln in seiner Kehle arbeiteten, als er meine Schenkel auseinander drückte und sich nach unten beugte ... um zu spucken.

Meine Muschi verkrampfte sich bei dem Spritzer.

Der Speichel tropfte über seine Lippen, bevor er ihn mit seinem Finger wegwischte und ihn dann in mich hineinschob.

»Hmm ... *fast*«, sagte er, als er seinen Kopf wieder senkte.

Ich konnte nicht anders, als mich festzuhalten, während ich sein weißblondes Haar zwischen meinen Schenkeln beobachtete. Er ließ sich Zeit mit dem Lecken. »Mein Bruder mag das ...« Er spreizte seine Finger auf beiden Seiten meiner Klitoris. »Ich war immer eifersüchtig auf ihn.«

Colt zuckte zusammen und warf seinem Bruder einen Blick zu, aber Carven sagte nichts mehr. Eine köstliche Hitze durchströmte meinen Körper, als er an meinem Kitzler saugte. Ich ballte meine Fäuste in den Laken und hob meinen Kopf, um zu sehen, wie er nach unten wanderte, mein Inneres leckte und seine Finger dort hinführte, um meine Muschi weit zu spreizen.

»Immer noch trocken, Wildkatze«, murmelte er.

Ich stieß ein Stöhnen aus und ließ meinen Kopf nach hinten fallen. Seine Finger stießen in mich hinein. Ich wusste genau, dass ich nicht trocken war, *nicht mehr*. Trotzdem krächzte ich: »Noch mal.«

»Du bist so eine bedürftige Hure«, knurrte er.

Mein Atem stockte und meine Muschi bebte.

»Das gefällt dir, nicht wahr? Es gefällt dir, meine verdammte Hure zu sein. Mein Gott, ich werde dich auch wie eine behandeln. Ich werde meinen Frust an dieser Fotze auslassen.« Er schob seine Finger hinein und fickte mich, bevor er sich zurücklehnte.

Ich hob meinen Kopf und sah zu, wie er seinen harten Schwanz in die Hand nahm und ihn zu mir führte. Ein harter Stoß und er war ganz in mir drin. Seine blauen Augen trafen meine. Es waren keine Worte nötig. Er stemmte seine Hüften in die Höhe und stieß tief zu. Ich hob mein Bein und schlang es um seine Taille.

Ich erwartete, dass er sich zurückziehen würde. Stattdessen griff er nach meinem Knöchel und hielt ihn fest. Die Diamanten, die London mir geschenkt hatte, stachen gegen meine Haut, während Carven mich an sich drückte.

»Jetzt gibt es kein Zurück mehr, Wildkatze.« Carven schloss seine Augen und stöhnte. »Du gehörst mir.«

Sterne prallten hinter meinen Augen aufeinander. »Wird auch Zeit«, keuchte ich und mein Körper pochte als Antwort. »Wird auch Zeit.«

Er beugte sich vor und sein Schwanz stieß in mich hinein, bis er seinen Kopf senkte, ein Stöhnen ausstieß und mich mit Wärme erfüllte.

Die Luft war erfüllt von den rauen Geräuschen unserer Atemzüge. Mein Puls war unregelmäßig und dröhnend.

Ich konnte nicht denken ...

Und konnte mich nicht bewegen.

Trotzdem spürte ich eine Bewegung, als London näher kam. Seine finsteren, hungrigen Augen wanderten über mich. Er legte seine Hand sanft auf Carvens Schulter. »Du hättest wissen müssen, dass es eine aussichtslose Schlacht ist, wenn es um sie geht. Ganz ruhig, Kleine. Der hier wird dich fertig machen.«

Dann nickte er Colt zu und verließ uns.

EINUNDZWANZIG

Vivienne

Carven blickte auf mich herab, als ich nackt auf dem Bett lag.

»Geht es dir gut?«, fragte er mit ruhiger und vorsichtiger Stimme … aber die Frage war nicht an mich gerichtet, sondern an seinen Bruder, Colt.

Ich warf einen Blick auf meinen stummen Beschützer und stemmte mich nach oben. »Colt?«, rief ich, als ich unter seinem Zwilling hervorglitt und mich auf ihn zubewegte. Sein Schweigen löste Angst in mir aus. Aber in seinen tiefblauen Augen war kein Funken Eifersucht oder Wut zu sehen. Da war nur Erleichterung.

»Er wird dich jetzt beschützen.« Langsam wandte er seinen Blick von mir zu seinem Bruder. »Er wird dich beschützen.«

Ich merkte, wie Carven angesichts der Worte zusammenzuckte, als hätte er nicht verstanden, was wir gerade getan hatten, aber jetzt wusste er es. Doch bevor einer von uns etwas sagen konnte, ging Colt auf die offene Tür zu. Ich stand auf, um ihm zu folgen.

»Lass das.« Carven hielt mich auf, als er langsam zur leeren Tür blickte. »Lass ihn gehen. Er wird zu uns kommen, wenn er bereit ist.«

Ich hasste die Angst, die zwischen uns herrschte. Ich hatte gedacht, dass unsere Verbindung stark genug sein würde, um uns vor allem zu schützen, solange wir nur zusammen waren. Ich hatte nur nicht mit dem Schmerz in unserem Inneren gerechnet. Aber das Grauen da draußen wartete immer noch, sogar noch gefräßiger als zuvor.

Jetzt war es auf mein Herz aus ... *und es wetzte seine Zähne.*

Carven trat zurück und richtete seine Aufmerksamkeit auf mich. Er beugte sich langsam vor, hob mein Nachthemd vom Boden auf und hielt es hoch. »Das wirst du nicht brauchen.«

Er packte das Kleidungsstück mit der Faust, aber sein unbeirrbarer Blick wich nicht von meinem, als er mich um die Taille packte und hochhob. Meine Beine legten sich um ihn und meine Hände glitten über seine starken Schultern. Er sagte kein Wort, sondern trug mich einfach aus dem Zimmer seines Bruders.

Das trübe Badezimmerlicht fiel auf den Flur und das leise Zischen der Dusche erregte meine Aufmerksamkeit. Ich wollte zu ihm gehen, aber Carven hatte recht. Er musste zu uns kommen. Uns vertrauen. *Uns hereinlassen ...*

Trotzdem blieb Colts verfolgter Blick an mir haften, als Carven zu seinem Schlafzimmer schritt, eintrat und die Tür zuschlug. Ich wollte wissen, was heute Abend mit Colt passiert war, denn was auch immer es war, es war schlimm gewesen.

Der leere Blick blieb an mir haften, als ich Carvens abgedunkeltes Zimmer betrat. Ich war noch nie hier drin gewesen, nicht weil ich nicht wollte, sondern weil ich nicht *willkommen* war. Alles an diesem Bruder war tabu gewesen. Das hatte er mir unmissverständlich klargemacht ... *bis jetzt.*

Er wird dich jetzt beschützen.

Diese Worte hallten in mir nach, als ich mir die Pistolen und Messer ansah, die auf seinem Bett und in den Schränken verstreut lagen. Aber er war sanft, als er die Pistolen und eine Machete beiseite schob und mich in die Mitte des Bettes legte. Er sprach nicht, sondern blickte nur auf mich herab, als er zurücktrat.

Aus einem kleinen Kühlschrank in der Ecke seines Zimmers drang helles Licht, als er die Tür aufmachte und hineingriff. Er holte zwei Flaschen Wasser, kam zurück und reichte mir eine. Ich nahm sie und beobachtete ihn genau, als er den Deckel von seiner Flasche abnahm und trank.

Seine stechend blauen Augen blieben auf meine gerichtet.

Ich fühlte mich unbehaglich, öffnete mein Wasser und trank einen Schluck. Als ich aufhörte, nickte er und forderte mich auf, weiter zu trinken. Das tat ich, bis sich das kalte Wasser in meinem Bauch ausbreitete und schwappte. Erst dann nahm er es mir aus der Hand und stellte beide auf die Kommode, bevor er sich langsam wieder umdrehte.

Beute ...

So fühlte ich mich.

Und er war das Raubtier, als er sich anschlich und vor mir stehen blieb.

Eines, das mich an der Taille packte und mich umdrehte. *Nur war er diesmal sanft.* Ich ließ zu, dass er mich bewegte, während ich die glänzende Schneide der Klinge vor mir anstarrte. Eine zärtliche Berührung an meinem Hintern ließ mir den Atem stocken.

»Hast du jetzt Angst vor mir, Wildkatze?«

Seine Hand wanderte über meine Wange und glitt dann zwischen meine Schenkel.

»Nein«, sagte ich gezwungen.

»Nein?«, wiederholte er leise, als wolle er sich vergewissern.

Ich schloss die Augen, als er zwischen meine Schenkel griff und die feuchten Überreste des Spermas in meiner Poritze verteilte. »Nein«, wiederholte ich. »Ich habe keine Angst vor dir, Carven.«

Diese Berührung drückte gegen den Muskelring und trieb die feuchte Flüssigkeit in mich hinein. »Vielleicht solltest du das aber haben. London hat recht, Wildkatze. Ich werde dich ohne Kondom ficken ... und du wirst jeden verdammten Moment davon genießen, nicht wahr?«

Ich krallte mich in die Laken und hielt sie fest. »Ja. *Verdammt, ja.*«

»Ich werde deine Hand nicht halten.« Er stieß zu und ließ dann nach, bevor er langsam zwei Finger hineinschob, bis der Muskel durch die Dehnung brannte, dann ließ er wieder los. »Ich werde dir keine Blumen kaufen. Aber was ich tun werde ...« Er drehte sich um, drückte sein Gesicht gegen meine Muschi und leckte. »Ich bringe dir die Hände jedes Wichsers, der dich verletzt hat.«

Ich schloss meine Augen, als er wieder in mich eindrang und mein Körper sich unter dem Eindringen dehnte.

»Das ist das Einzige, worin ich gut bin. Heute Abend, Wildkatze, geht es also darum. Und morgen früh will ich Namen und Gesichter. Meinst du, du schaffst das?«

Ich spreizte meine Knie weiter und ließ mich von der Sanftheit seiner Zunge und der tödlichen Tragweite seines Versprechens mitreißen. »*Ja.*«

»Gut.« Er schob seine Finger ganz hinein und spreizte sie dann. »Das ist wirklich *gut.*«

Er spuckte und verteilte es mit seinen Fingern. Ich stemmte mich gegen ihn. Das war es, was es bedeutete, von diesem Sohn umsorgt zu werden. Ich wurde nicht nur beschützt.

Ich wurde gerächt.

»Töte sie.« Die Erinnerung an ihre grausamen Hände überkam mich. »*Töte sie alle.*«

»Oh, das habe ich vor, Wildkatze.« Er ließ seine Finger aus meinem Arsch gleiten und verpasste mir einen heftigen Klaps.

Ich wand mich, als ich in Panik geriet.

Erinnerungen an Londons Schläge kamen mir in den Sinn.

Aber dieser Angriff war weder aus Wut, noch war er eine Überraschung. Ich zitterte und meine Muschi flatterte, als sein fordernder Griff sich um meinen Hintern verkrampfte und dann nachließ.

Die feuchte Spur seines Speichels kam wieder und tropfte gegen die sengende Hitze meines Körpers. Ich krallte mich in die Laken, als die dicke Spitze seines Schwanzes gegen den Muskelring drückte und zog mich zurück, als er eindrang. Aber er schlang einen starken Arm um meine Taille und hielt mich fest.

»Sag es«, forderte er, während er stieß ... stieß ... *und stieß*. »Sag *Stopp*.«

Ich schüttelte den Kopf und drückte die Laken fester zusammen. »Härter«, stöhnte ich.

Er war so verdammt groß ... *zu groß*. Ich war nicht in der Lage, ihn zu nehmen, nicht so ... *nicht so* ...

»Oh fuck«, stöhnte er. »Ich werde dich ausnutzen, deine Muschi bei jeder Gelegenheit ficken und deinen Arsch dehnen, bis du mich anflehst, ihn zu füllen. Dann werde ich meine Hand um deine Kehle legen und zusehen, wie du an meinem Schwanz erstickst.«

Dann zog er sich wieder zurück. Ich keuchte und konzentrierte mich auf das Brennen, als er langsam wieder eindrang. Sein Arm legte sich fester um mich. »Nur so lange, bis du dich daran gewöhnt hast«, stöhnte er, während er mich festhielt und seinen Schwanz langsam bis zum Anschlag hineinschob.

Ich wimmerte und mein Atem ging stoßweise.

»Meine brave, kleine Hure«, stöhnte er und zog mich wieder an sich. »So eine brave Hure.«

Panik dröhnte in mir auf und kämpfte mit ihm. Ich wollte das Ding aus meinem Arsch heraus und gleichzeitig noch tiefer hinein. »Oh, Gott.« Ich ließ das Bettzeug los und griff stattdessen nach seiner Taille.

»So ist es richtig«, grunzte er, während er so hart stieß, dass ich zusammenzuckte. »Halt dich an mir fest.«

Ich krallte meine Nägel hinein, was ihn nur noch mehr zum Knurren brachte. Seine Stöße wurden stärker, bis meine Muschi pochte. Doch bevor ich zum Höhepunkt kommen konnte, stieß er ein Grunzen aus und blieb dann tief in mir stecken.

»Oh ... fuck ... *fuck!*«

Sein Schwanz pulsierte, während er Wärme tief in mich schickte.

»Wildkatze ...«, begann er.

Ich ließ meine Hände von seiner Taille gleiten. »Es ist okay.«

Er löste sich von mir. »Was meinst du?«

»Es macht nichts, dass ich nicht zum Höhepunkt gekommen bin.«

Seine Brust drückte gegen meinen Rücken. »*Noch* nicht.«

Ich schaute über meine Schulter und fand diesen eisigen Blick.

»Auf den Rücken«, befahl er. »Wir sind erst fertig, wenn ich sage, dass wir fertig sind ...«

Ich konnte nicht denken, gehorchte nur, ließ mich hinunter und drehte mich um.

»So ist es richtig«, lobte er. »Sieh mal, wie zuvorkommend du bist. Spreize deine Beine, Wildkatze. Ich will mir genau ansehen, was ich gleich essen werde.«

Ich konnte meine Beine kaum anheben. Als ich es doch tat, erhob er sich wie ein gefräßiger, blutrünstiger Gott über mich und hielt mein zitterndes Bein mit einer Hand fest, bevor er sich herabsinken ließ.

»Ich werde dich benutzen, Wildkatze«, murmelte er kehlig, während er mich weit spreizte und mit den Zähnen über meine Klitoris fuhr.

Ich zuckte und wand mich bei diesem Gefühl. Es kostete mich all meine Kraft, den Kopf zu heben und zuzusehen, wie er meine geschwollene Klitoris kniff und dann meine Muschi mit diesen schwieligen Händen spreizte.

Hände, von denen ich wusste, dass sie morgen in dem Blut meiner Feinde baden würden.

Der Gedanke daran erregte mich.

»Du wirst sie alle töten, nicht wahr?«

Er hob den Kopf, bis sein eisiger Blick den meinen traf. »Ich werde mehr tun, als sie zu töten, Wildkatze. *Ich werde ihre verdammten Existenzen von der Erde tilgen.*«

Mein Arm war schwer, aber ich schaffte es, seinen Hinterkopf zu umfassen und ihn sanft nach unten zu drücken. »Ja«, flüsterte ich. »Ja, das wirst du.«

Sein Mund bedeckte meine Muschi und er saugte langsam, dann fuhr er mit seiner Zunge tief hinein.

Meine Hüften rollten, ich sehnte mich nach der Reibung.

Ja, er benutzte mich …

Aber ich benutzte ihn auch.

Ich drückte sein Gesicht dorthin, wo ich es am meisten brauchte.

Und er gehorchte gierig.

Bis die tiefen, betäubenden Wellen brutal in mich eindrangen. Ich kam hart, meine Hand krallte sich in das weißblonde Haar, bis der Sohn langsam den Kopf hob und sein Mund glitzerte.

Meine Hände fielen zurück auf die Laken, meine Beine immer noch weit gespreizt. Ich hätte mich nicht wehren können, selbst wenn ich es gewollt hätte. »Wenn du wieder ficken willst, bediene dich«, flüsterte ich und schloss die Augen. »Ich muss schlafen.«

Ich schwebte, hob und senkte mich, tauchte aber wieder auf, als er mich in seinem Bett hochhob und meinen Kopf gegen die Kissen drückte. Das Klappern von Gewehren und Messern erklang, bis die Dunkelheit mich mit sich riss und mich ganz nach unten zog.

»Ich bin bald wieder da«, flüsterte er, als er vom Bett rutschte. »Ich gehe nur duschen.«

Ich wachte einige Zeit später auf, als Hände mich sanft auf den Rücken rollten und meine Beine spreizten, sodass ich meine Augen öffnen musste.

In der Dunkelheit entdeckte ich ihn.

»Ich werde dir nicht wehtun«, versicherte er mir und seine Stimme war schlaftrunken. »Ich muss dich nur noch einmal spüren.«

Ich sagte nichts, als er in mich eindrang und langsam zustieß. Tropfen aus seinem nassen Haar trafen meinen Rücken. Ich spürte das Kitzeln an meiner Seite, als sein Schwanz mich ausfüllte.

»Du bist wirklich für mich gemacht«, murmelte er.

Mein Körper bebte bei seinen Stößen, sodass ich meine Beine weiter öffnete. »Ja«, flüsterte ich. »Genauso wie du für mich gemacht bist.“

ZWEIUNDZWANZIG

Vivienne

»Bɪsᴛ ᴅᴜ sɪᴄʜᴇʀ, ᴅᴀ&ss ᴅᴀs ᴀʟʟᴇ ᴡᴀʀᴇɴ?«, ᴋɴᴜʀʀᴛᴇ Carven hinter mir.

Mein Puls pochte und meine Hände waren schweißnass, als sie die Armlehnen des Stuhls umklammerten, während ich auf den Bildschirm in Londons Arbeitszimmer starrte, so wie ich es in den letzten drei Stunden getan hatte. »Ich glaube schon.«

»Du ... *glaubst* es«, wiederholte er kalt.

Ich zuckte zusammen, dann richtete ich meinen Blick auf ihn. »Es war etwas schwierig, einen mentalen Schnappschuss zu machen, als ich um mein Leben gekämpft habe.«

Meine Worte ließen ihn kalt. Er richtete sich langsam auf, dann lenkte er seinen Blick auf den Bildschirm und speicherte jeden Namen und jedes Gesicht, das ich aus dem Orden herausgesucht hatte. Aber ich sah mir die Gesichter meiner Angreifer nicht mehr an. Nicht, weil ich mich vor dem Anblick ekelte, sondern weil etwas anderes meine Aufmerksamkeit erregt hatte. Etwas, das ich auf dem Ende von Londons Schreibtisch sah ... *Blut.*

Ich zuckte zusammen, als Carven sich hinüberbeugte und die Taste zum Ausschalten des Bildschirms drückte. Meine Reaktion war ihm nicht entgangen, aber er sagte nichts.

»Sieh zu, dass du hier bleibst.« Er bewegte sein Schulterholster. »Schick mir eine Nachricht, wenn du was brauchst, sonst komme ich später nach Hause.«

Nach Hause.

Wir waren kaum zwei Wochen hier und schon nannte er es sein *Zuhause.* War das jetzt unser Leben? Wir zogen von Unterschlupf zu Unterschlupf und versuchten verzweifelt zu überleben? »Das werde ich«, antwortete ich, als vertraute, schwere Schritte auf dem Flur zu hören waren.

Aber es war nicht Colt.

Er war schon lange weg gewesen, als ich aufgewacht war.

Ich hatte sein Zimmer durchsucht, aber die Laken so vorgefunden, wie ich sie gestern Abend zurückgelassen hatte.

Er hatte nicht in seinem Bett geschlafen und er hatte nicht in meinem geschlafen.

Wo hatte er also geschlafen? *Und was zum Teufel war letzte Nacht passiert?*

Carven ging um das Ende des Schreibtisches herum und beachtete das blutverschmierte Paket nicht einmal. Ehe ich mich versah, war er verschwunden und hatte den eisigen Stich der Vergeltung zurückgelassen. Ich machte mir keine Illusionen, dass es bei uns anders sein würde.

Wir würden ficken.

Vielleicht würden wir sogar ein paar Worte miteinander wechseln.

Aber er hatte nicht vor, sich mit mir auf einer tiefen Ebene zu verbinden.

So war er einfach nicht.

Dann starrte ich die Schachtel an, schluckte schwer und griff langsam danach.

Das braune Geschenkpapier war so ... *schlicht.* Ich strich über die zugeklebte Klappe und kippte es.

»Vivienne.« London betrat den Raum.

Ich zuckte zusammen und ließ die Schachtel fallen, als er um den Schreibtisch herumkam, die oberste Schublade öffnete und sie hineinlegte.

»London.« Ich stemmte mich hoch. »Tut mir leid, ich bin dir im Weg.«

»Kein Problem.« Er trat zurück und warf seine Jacke über die Lehne des schwarzen Ledersofas, das sie aus dem anderen Haus mitgebracht hatten.

Es sah so aus, als wäre Colt nicht der Einzige, der die ganze Nacht wach gewesen war. Er wirkte so schwerfällig, wie ich es noch nie zuvor gesehen hatte. Er war nicht mehr der stoische, unerschrockene Mann. Seine Schultern waren gekrümmt, seine Atemzüge tiefer.

Ich ging um den Schreibtisch herum und riskierte einen Blick auf die Schachtel, bevor ich zu ihm ging. »London.«

Er blickte in meine Richtung und ich sah Angst ... *Angst und Sorge.*

Die dunklen Ringe unter seinen Augen ließen mein Herz weh tun. Ich hob die Hand und berührte die tiefen Falten an der Seite seines Gesichts. »Was hast du gemacht, London?«

Er antwortete nicht ... *aber das war auch nicht nötig.*

Ich sah es an der Müdigkeit in seinen Augen und an dem Blut, das aus der Schachtel sickerte.

Er war bereit, alles zu tun, was nötig war.

»Hat Carven ... dir wehgetan?«

Hatte er mir wehgetan? Ja, ein bisschen. Aber das konnte ich ihm nicht sagen, nicht so, wie er mich ansah. London war auf seinem eigenen Rachefeldzug und der forderte seinen Tribut. »Sagen wir einfach, wir haben eine Abmachung.«

Seine Mundwinkel zuckten leicht. »Gut.«

Doch seine finsteren Augen fixierten mich. Die Hitze stieg augenblicklich auf und vertrieb den Schmerz zwischen meinen Schenkeln. Er machte einen Schritt und fuhr mit seinen Fingern an meiner Schläfe entlang und durch mein Haar. »Hast du deine Vitamine genommen?«

Ich nickte.

»Gut.« Er bewegte sich, bis sich sein kräftiger Körper gegen mich presste. Langsam beugte er sich herunter und murmelte in mein Ohr: »Carven hat dich die ganze Nacht gefickt, aber du willst mich immer noch, Schatz?«

Das war eine Frage, die eine Antwort verdiente. »Ja.«

Wie gebannt stand ich vor dem Mann und zitterte.

»Es gibt niemanden, der so ist wie Daddy, hm?«

Mein Innerstes verkrampfte sich, als ich mir über die Lippen leckte, fasziniert von seinem Mund, der so nah an meinem war. Vorsichtig drehte ich meinen Kopf und antwortete: »Nein.«

Sein Griff um meinen Kopf wurde fester. »Braves Mädchen.«

Er hob mich hoch und ließ mich meine Beine um seine kräftige Taille schlingen. Carven und Colt waren jung, hungrig und entschlossen, mich bei jeder Gelegenheit rücksichtslos zu ficken. *Aber London* ... was ihm an Eifer fehlte, machte er mit Tiefe wett.

Ich schlang meine Arme um seine Schultern und senkte meinen Mund auf seinen. Seine harten Lippen waren zuerst sanft, bis er mich augenblicklich verschlang und mich nach hinten trieb, bis wir am Schreibtisch ankamen.

Ich hatte die Schachtel mit dem Blut vergessen.

Ich vergaß alles über Colt und Carven.

Alles, was ich kannte, war er.

Er hob den Kopf und begegnete meinem Blick, dann blickte er nach unten, wo meine Hände in seinem Hemd gefangen waren und meine Beine weit gespreizt waren – verzweifelt nach ihm.

»Du bist ein richtiges Daddy's Girl, nicht wahr, Schatz?« Er griff nach unten und seine starken Finger fuhren über meine pochende Stelle.

Ich verkrampfte meinen Hintern und stieß gegen seine Berührung an. »Ja«, flüsterte ich atemlos. »So ein Daddy's Girl.«

Er gluckste und dieses tiefe, grollende Geräusch bewirkte etwas in mir, was kein anderer Körperteil tun konnte. Meine Brustwarzen zogen sich zusammen und mein Innerstes verkrampfte sich. Ich wusste ohne Zweifel, dass ich feucht war.

»Bring mich in den Raum mit der Maschine, London«, flüsterte ich und starrte ihm in die Augen. »Bring mich in den Raum und fick mich.«

Seine Brust hob sich mit einem tiefen Atemzug ... aber dann richtete er seinen Blick auf den Schreibtisch hinter mir.

»Was zum Teufel ...«, rief er aus und trat vor, um mich auf den Schreibtisch zu setzen. »Der Chip, der hier war, wo ist er?«

»Chip?« Ich rutschte vom Schreibtisch und betrachtete die ungeöffnete blutige Schachtel und den Papierkram, der noch immer neben dem Monitor verstreut lag. »Ich habe keinen Chip gesehen.«

Er warf mir einen wütenden Blick zu und zeigte auf das Chaos. »Er war genau hier.«

Ich schüttelte den Kopf. »Als ich reinkam, war kein Chip da.«

Mit einem wilden Knurren schob er den Papierkram beiseite und hob die Tastatur an, dann durchsuchte er jeden Zentimeter des Schreibtischs, bevor er die oberste Schublade aufriss. »Es war gestern Abend noch hier.«

Ich sah, wie er verzweifelt wurde. »Was war es?«

Er warf mir diesen panischen Blick zu. »Alles, was da drauf ist, ist über Ophelia.«

»Ophelia?«, flüsterte ich.

Mein Magen sank bei dem Namen. Aber unter der Angst war Wut. Ich verkrampfte mich, als er die Schublade herausriss und den Inhalt auf den Schreibtisch kippte.

»Was war auf dem Chip, London?«

Er blieb stehen, den Kopf gesenkt. Nur dieses Mal sah er mich nicht an, als er antwortete. »Nichts.«

Ich zuckte zusammen. London St. James war grausam gewesen, als er in mein Leben eingedrungen war, mich aus diesem Ort gerissen und gefangen gehalten hatte. Er war brutal, fordernd und obsessiv gewesen. Aber eines war er nie gewesen: *ein Lügner.*

Bis jetzt ...

Mit seinen finsteren Augen griff er nach seinem Handy. Er sah mich nicht einmal an, sondern machte auf dem Absatz kehrt und verließ den Raum.

Ich betrachtete die Unordnung, dann die blutige Schachtel auf seinem Schreibtisch. »Verdammt noch mal«, flüsterte ich.

DREIUNDZWANZIG

Carven

Die Reifen des Autos quietschten, als ich auf den Parkplatz des exklusiven Hale Clubs fuhr. Schnittige, dunkle Autos füllten einige der sonst leeren Plätze und die Fahrer kauerten im Inneren, um dem brutalen Januarwind zu entgehen. Ich stellte den Wagen in die Nähe des hinteren Eingangs, bevor ich den Motor abstellte und ausstieg.

Ich zog den dunklen Kapuzenpullover tief hinunter, um mein Gesicht zu schützen. Aber der Wind peitschte mir immer noch die Haare in die Augen, also senkte ich meinen Kopf weiter, als ich zur Hintertür schritt.

Ich kannte diesen Ort wahrscheinlich besser als jeder andere, kannte die Männer, die hierherkamen, ihre Namen und wusste, wo sie wohnten. Ich wusste, wer ihre Familien waren, ob sie verheiratet waren, Kinder hatten ... und sogar, wo diese Kinder zur Schule gingen. Nicht, dass ich dieses Wissen brauchen würde. Aber bei diesen schleimigen Wichsern konnte man nie wissen. Jeder war ein verdammtes Risiko.

Ich warf einen Blick über die Schulter auf den grauen Bentley und musterte den Fahrer, bevor ich mich umdrehte, den Code in das Schloss eintippte und die Tür aufriss. Der heulende Wind wurde schnell durch das Zuschlagen der Tür zum Schweigen gebracht. Dann herrschte nur noch Stille, bis ich tiefer in den verfluchten Club eindrang.

Gelächter ertönte. Tief, dröhnend ... *männlich*. Ich musterte den großen Raum und suchte die besetzten Tische in den schummrigen, diskreten Bereichen, die für die Geheimnisse dieser Männer gedacht waren. Eine Bewegung zog meinen Blick auf sich, als einer der Männer aufstand und seine Jacke zuknöpfte. Sein Lachen war ansteckend und verbreitete sich über den Tisch. Er deutete mit der Hand an, dass er gleich wieder da sein würde.

Ich musterte ihn eingehend und analysierte sein Gesicht ... *er war einer von ihnen.*

Einer von denen, die sie entführt hatten.

Einer von denen, die ihr wehgetan hatten.

Aber er war gegangen, bevor die anderen ihren Spaß begonnen hatten.

Ich stieg aus, hielt meinen Kopf gesenkt und folgte ihm in den dunklen Gang auf der anderen Seite des Clubs. Meine Schritte waren leise und mein Puls war gleichmäßig und langsam, als ich mich umdrehte und meine Klinge herauszog.

Die Scharniere der Tür zur Männertoilette quietschten. Das helle Licht, das hineinfiel, ließ mich langsam werden. Er verschwand drinnen und eine Sekunde später schloss sich eine Kabinentür mit einem Knall.

Ich folgte ihm, stieß die Tür leise auf und musterte die Reihe der Kabinen nach Typen, bevor ich mich zum Waschbecken drehte und den Wasserhahn aufdrehte. Er lächelte immer noch, als er die Kabine mit dem Geräusch der Spülung hinter sich ließ. Er warf einen Blick in meine Richtung, blieb aber nicht stehen, sondern ging zum Waschbecken ... bis ich meinen Kopf hob und mich zu ihm umdrehte.

Er erstarrte, dann schaute er vorsichtig und langsam in meine Richtung.

Ich sagte nichts, hob nur meinen Arm hoch in die Luft und stürzte mich auf ihn, um ihm die Klinge in den Hals zu rammen. *Stich ... Stich. Stichstichstich* ... dann holte ich tief Luft, als ich in seine großen Augen blickte. Er hatte nie eine Chance gehabt ... *nicht bei mir.* Keiner von ihnen hatte eine.

Sein Blut spritzte in die Luft und auf die weißen Badezimmerfliesen.

»D–Du?«, stotterte er, während er sich verzweifelt an den Hals klammerte und versuchte, den Blutfluss zu stoppen.

Aber es war unmöglich. Die Flüssigkeit floss in Strömen und ergoss sich durch seine Finger und über sein perfektes weißes Hemd.

»Du hast etwas angefasst, das du nicht anfassen darfst.« Ich senkte meinen Blick auf seine Hand, die seinen Hals umschloss. »Ich werde dafür sorgen, dass du nie wieder etwas anfasst.«

Er versuchte zu schreien, als ich einen Schritt nach vorne machte, aber seine Knie gaben nach und er sackte auf den Boden. Er wehrte sich nicht, auch nicht, als ich seine Hand von seiner Kehle zog und sein Handgelenk packte. Erst dann stieg der Hass in mir auf.

Ich benutzte ihn, als ich das Messer durch Haut und Sehnen schnitt, als ich hackte und sägte, bis die Hand fiel ... und mit einem *Plopp* auf den Boden schlug.

Ein Wimmern kam von dem Bastard, als ich mich bückte und sie aufhob. »Ein Souvenir«, sagte ich, während ich mein Messer an seinem Hemd abwischte, und dann dem stumpfen Blick begegnete.

Er war inzwischen aschfahl geworden und entfernte sich mit einem leisen Ausatmen von diesem Leben. Ich steckte die Hand in die Tasche meines Kapuzenpullis, als ich aufstand, und verließ das Bad.

Ich blieb im Schatten und hatte den halben Raum durchquert, als hinter mir ein Brüllen des Entsetzens zu hören war. Wenn ich durch die Hintertür verschwunden war, würden sie es wissen ...

Sie würden es alle wissen ...

Man rührt nicht an, was uns gehört.

Kaum hatte ich die Tür durchschritten, war ich auch schon wieder draußen. Ich ging zurück zum Auto, warf das Messer in den Fußraum der Beifahrerseite und stieg ein. Bis sie die Kameras überprüft hatten, würde es zu spät sein.

Harrison Bolune würde tot sein ...

Und seine Kumpels waren die nächsten.

Als ich den Parkplatz verließ, spürte ich ein kribbelndes Gefühl in meinem Nacken. Ich brauchte nicht hinzusehen, ich wusste, dass sie da waren ... *und mich beobachteten.* Ich wendete den Wagen, fuhr zwei Blocks weiter zu den Büros von *Burton and Bourke Family Lawyers* und lenkte den Wagen auf den Parkplatz.

An meinem Kapuzenpullover klebte Blut. Ich zog ihn aus, warf ihn beiseite und stieg aus. Dann ging ich durch die Eingangstür der angesehen Kanzlei und durch das Foyer. Es würde nichts nützen, wenn die Bullen auf mich aufmerksam würden, bevor ich fertig war ... Ich wollte sie nicht auch noch umbringen müssen.

Aber ich würde es tun.

Und ich würde auch nicht zurückschrecken.

Eine hübsche Empfangsdame schaute von ihrem Platz hinter dem Schreibtisch auf. Sie hatte rotes Haar, das in dichten Locken auf runde Wangen fiel, zusammen mit einem frechen Lächeln. »Kann ich Ihnen helfen?«, fragte sie.

Ich antwortete nicht, sondern wandte meinen Blick von ihr ab und ging weiter. Ich steuerte auf einen Aufzug zu und drückte den Knopf für den dritten Stock. Kalte, unerschrockene, blaue Augen starrten mich durch die Stahltüren an. Ich zuckte nicht zurück, wandte den Blick nicht ab, sondern starrte einfach vor mich hin, bis sich die Türen öffneten und ich in einen belebten Empfangsbereich trat.

Die Handys läuteten.

Die Empfangsdamen waren beschäftigt.

Ich schritt an ihnen vorbei, in Richtung der Hauptbüros.

»Entschuldigen Sie«, rief eine der Empfangsdamen. »Sie können da nicht rein!«

Ich griff nach der Waffe auf meinem Rücken und bemerkte eine Bewegung hinter den Bürotüren, als ich mich dem großen Eckbüro von Martin Bourke zuwandte. Ich betätigte den Türgriff und drehte mich um, während mein Puls sich beschleunigte. Ich musterte die Umgebung und trat ein.

Aber er war nicht da und auch nicht im angrenzenden Badezimmer. Schritte ertönten hinter mir.

»Sie können nicht hier drin sein. Ich rufe gleich den Sicherheitsdienst!«

Ich ging zurück zu seinem Schreibtisch und fand ein einzelnes Golf-Tee in der Mitte der schwarzen Lederunterlage. Der Schreibtisch erinnerte mich an den, den ich in diesem verdammten Haus in die Luft gejagt hatte. »Machen Sie sich keine Mühe.« Ich warf einen Blick zurück auf das Tee. »Ich gehe jetzt.«

Ich ließ meine Hand von der Waffe auf meinem Rücken sinken und ging an ihr vorbei. Ich verließ das Büro, bevor sie mich aufhalten konnte und ging zurück in den Aufzug, während die Wut in mir brodelte.

Ich wollte ihn umbringen.

Ich wollte *sie alle* umbringen.

Ich ging davon aus, dass der Sicherheitsdienst auf mich warten würde, als sich die Fahrstuhltüren öffneten. Aber es war niemand da, als ich zurück zum Auto ging und einstieg. Das Golf-Tee blieb mir im Gedächtnis, als ich aus der Stadt fuhr, wo die exklusiven Golfsiedlungen von allem anderen abgeschirmt waren.

Bäume säumten die Straße, aber sie gaben mir einen Blick auf die sanften Wiesen frei, die sich hinter den üppigen Kiefern verbargen. Ich lenkte den Wagen in die Einfahrt und fuhr die Steinsäulen des Ashdale Country Club zu.

Dieser Club war für reiche, alte Arschlöcher gemacht. Wasserdichte Westen und hochmütige Blicke begegneten mir, als ich das Auto auf die Rückseite des Gebäudes lenkte. Der Club war *groß* ... groß genug, um sich darin zu verlaufen.

Ich steckte meine Waffe in den Rücken und warf einen Blick auf den Kapuzenpullover. Er war zu blutig, um ihn hier zu tragen ... aber ich hatte ja sonst nichts dabei. Ich verkrampfte mich und stieg in den stürmischen Wind hinaus, dann ging ich auf den Weg zu den Grünflächen zu.

Meine Augen tränten, als ich die Idioten musterte, die bei diesem Wetter immer noch unterwegs waren. Der Raum, in dem wir sie gefunden hatten, hatte sich in mein Gedächtnis eingebrannt. Ich hielt an diesem Bild fest, als ich Martin Bourke in der Nähe eines Golf-Lochs entdeckte. Drei der anderen Mistkerle auf meiner Liste waren bei ihm. *Natürlich* waren sie zusammen hier.

Gleiches zieht Gleiches an.

Ich griff nach der Pistole, als Martin einen plötzlichen Windstoß ausglich, einen Schlag ausführte und den Ball durch die Luft schoss. Meine Pistole war bereit. Ich hob die Mündung, zielte und schoss.

Peng!

Martin hin und ein sauberes Einschussloch durchbohrte seinen Hinterkopf. Ich hatte die Vorderseite weggesprengt. Die drei anderen drehten sich, als ich die Waffe schwenkte.

»*Nein!*«, schrie einer, seine Augen weit aufgerissen.

Peng!

Er fiel zu Boden, als Dale Landers brüllend auf mich zustürmte und einen Golfschläger wie eine Waffe durch die Luft schwang. Etwas in mir zerbrach und brachte etwas Wildes hervor. Ich streckte meine Hand aus, nahm den Schlag des Schlägers auf meine Handfläche und riss ihn aus seinem Griff.

»*Du Mistkerl*«, brüllte ich, als ich ausholte und ihn auf den Arm schlug. »Du hast sie verdammt noch mal angerührt? *Du hast sie verdammt noch mal ANGEFÜHRT?*«

Ich holte erneut aus und erwischte ihn diesmal seitlich am Kopf. Er stolperte rückwärts und fiel hin. Das war alles, was ich brauchte. Ich hob mir den Schläger über den Kopf und meine Muskeln heulten auf, als ich ihn durch die Luft sausen ließ.

Knirsch.

Ich schlug erneut zu, als Blut spritzte und sein Auge aufplatzen ließ … *und ich konnte nicht aufhören.*

Ich holte tief Luft und wurde von der Wucht des Schlags verzehrt, als ich wieder und wieder zuschlug … *und wieder.*

Bis ich mich in dem Blut und der Bewegung verlor. Ich konnte nicht genug bekommen.

Ich wollte töten und immer weiter töten. Aber das blutige, kaputte Chaos unter mir hatte aufgehört zu schreien und zu kämpfen. Ich hörte auf zu schwingen, ließ den Schläger sinken und betrachtete den Körper … und spürte langsam dieses nagende Gefühl in meinem Nacken, das mich dazu drängte, den Blick zu heben.

Er war da … *der Sohn*, der mit verschränkten Armen am Stamm der Esche lehnte und das Geschehen beobachtete. Er ruckte langsam mit dem Kopf in Richtung der Baumreihe, die zurück zum Club führte. »Einen verpasst.«

Ich verstand die Worte kaum, aber sie ließen mich hellhörig werden.

Es waren drei Leichen, aber es waren vier von diesen Wichsern gewesen. Der Sohn griff an seine Hüfte, zog ein langes Springmesser heraus und warf es mir zu. »Ich will es zurück.«

Bevor das Messer landete, drehte er sich um und schlenderte davon, in die entgegengesetzte Richtung. Ich blickte auf das stählerne Messer hinunter, das auf dem hellgrünen Gras schimmerte und beugte mich vor, um es aufzuheben.

Ich verstand ihn nicht.

Aber in diesem Moment war es mir auch egal. Ich ergriff das Messer und warf den blutigen, verbogenen Schläger in die Bäume, während ich loslief. Meine Muskeln waren kalt und brannten von der Anstrengung, als ich mich zum Laufen zwang. Als ich Peter Sidcome entdeckte, der mit den Armen fuchtelte und um Hilfe schrie, sprintete ich schon los.

Flack.

Die Klinge schoss mit dem Druck meines Fingers hervor.

Ich hatte ihr die Hände ihrer Angreifer versprochen und ich wollte dieses Versprechen nicht brechen.

Nein ... stattdessen würde ich *sie* brechen.

Er schien mich zu spüren, als ich mich auf ihn stürzte. Er drehte sich im letzten Moment um, um seine Hände in die Luft zu heben. »*NEIN!*«, schrie er.

Ich trieb die Spitze der Klinge durch seine Handfläche. Seine Schreie ertönten noch, als er auf dem Boden aufschlug.

Aber sie hielten nicht lange an.

Ich war der Mann, vor dem sie sich fürchteten.

Der Mann, der einmal ein kleiner Junge gewesen war.

Bis sie mich zu dem gemacht hatten, was ich jetzt war.

Eine kaltblütige Killermaschine.

Ein ... Sohn.

Als ich mit ihm fertig war, war er kein Mann mehr. Diesmal waren es nicht nur seine Hände, die ich wollte. Ich senkte meinen Blick auf die blutige Sauerei an der Vorderseite seiner Hose. Ich hatte gesehen, was die Banks-Brüder getan hatten, um Ryth Castlemaine zu rächen. Damals hatte ich nicht verstanden, wie tief ihre Wut war ... *und wie sehr sie nach ihr gehungert hatten.*

Große, perfekte braune Augen erfüllten meinen Geist.

Ich habe keine Angst vor dir, Carven, flüsterte sie in meinem Kopf.

Ich hatte es vorher nicht verstanden. Aber *jetzt* verstand ich es.

Ein Schmerz erfüllte meine Brust und drang tiefer ein als jede Klinge es könnte.

Ja ... jetzt verstand ich es.

Ich drehte mich um, ging dorthin zurück, wo die Leichen auf der Wiese verblutet waren und setzte das Messer noch einmal ein. Hände ... Schwänze. Ich ritzte jedem Drecksack das Wort Vergewaltiger in die Brust, bevor ich die Leichenteile in eine dieser Wind-resistenten Jacken wickelte und mich erhob, um auf das Massaker vor mir herabzublicken.

Sie würden die Puzzleteile sofort zusammensetzen. Zumindest würde Hale das tun. Ich drehte mich um, als der Hass bei seinem Namen in mir hochkochte. Ich wollte sein Blut auf meiner Klinge. Mehr als das von jedem anderen. Aber ich konnte es nicht haben ... *noch nicht.*

Ophelias Gesicht tauchte in meinem Hinterkopf auf, als ich zum Wagen ging und einstieg. Ich war gefühllos und meine Finger zitterten, als ich den Motor startete, die Heizung einschaltete und die warme Luft auf mich richtete.

Blut sickerte von überall her. Meine Handfläche stach von dem Hieb mit dem Schläger und es war fast unmöglich, mein Handy aus der Tasche zu holen. Aber der Bildschirm war leer, nicht einmal eine Nachricht von meinem Zwilling.

Ich tippte die zehnte Nachricht ein, die ich heute verschickt hatte und drückte auf Senden:

Sag mir, was ich tun soll und ich werde es tun.

Dann schloss ich meine Augen und atmete den Gestank von Blut ein. »Sag mir nur bitte nicht, dass ich aufhören soll, sie zu wollen.«

Ich glaubte nicht, dass ich das tun konnte, nicht jetzt, wo sie mir unter die Haut gegangen war.

Aber ich würde es versuchen ... *für ihn* würde ich es versuchen.

Ich würde sie herausschneiden ... wenn es sein musste.

VIERUNDZWANZIG

London

Der tote Mann vor mir zuckte, zitterte und starrte mich mit großen, glasigen Augen an. Seine Brust war entblößt, das ehemals weiße Hemd war blutig und um den Stumpf, der einmal eine Hand gewesen war, gewickelt. Ich senkte meinen Blick auf die SMS auf meinem Handy, die ich vor wenigen Sekunden erhalten hatte.

Hale:

Wenn du das tust, werde ich dich ruinieren.

Ruinieren.

Ich hob meinen Blick zu Daniels. Es war ein so subjektives Wort. Wie viel konnte man außer Gefecht ziehen, bis man als *ruiniert* galt? Spielte es eine Rolle, welchen Teil man nahm? Eine Hand ... ein Herz ... *vielleicht eine Zunge?* Ich nahm das Messer in die Hand und trat vor – ich würde es wohl gleich herausfinden.

»Ich habe dir alles gegeben, was du wolltest!«, schrie Daniels.

Ich stellte mich breitbeinig hin, vor den Stuhl, an den er gefesselt war und packte ihn am Kiefer. Ich war nicht mehr zu erlösen, meine Wut war entwürdigend und grausam, angeheizt durch das Bild ihres zerschlagenen Gesichts, als ich knurrte: »Das ist nicht annähernd das, was ich wollte. Jetzt mach auf.«

Ich trieb meine Finger in die Seiten seines Kiefers und ließ Haut gegen Zähne reiben, bis er keine andere Wahl hatte, als nachzugeben. In dem Moment, in dem er den Mund öffnete, trieb ich die Klinge hinein und nahm mir das verdammte Ding.

Das *Ding,* das ihm Befehle gegeben hatte.

Das *Ding,* das er nicht verdient hatte, nicht nach allem, was er getan hatte.

Ich hackte und riss die Klinge herunter. Daniels wand sich wie wild und seine Schreie wurden zu einem dumpfen, nassen Gurgeln, bis ich nach dem Muskel griff und ihn herauszog.

Die rosafarbene Haut wurde fast sofort aschfahl. Er zuckte in meiner Hand, als ich meinen Griff um seinen Kiefer löste und einen Schritt zurücktrat. Daniels heulte auf, aber jetzt war es nicht mehr als ein ekelhaftes Zischen der Luft.

»Ich habe ihr versprochen, dass du schreiend sterben wirst«, informierte ich ihn, während ich in meine Tasche griff, mein perfektes, weiß besticktes Taschentuch herausholte und die Zunge darin einwickelte. »Mal sehen, wie du ohne Zunge schreien wirst.«

Daniels' Kopf rollte zurück und sein Mund klaffte auf, als er keuchte und ums Überleben kämpfte. Aber er sah mich nicht an, sondern schloss nur die Augen und ließ sich auf den Stuhl mit der harten Rückenlehne sinken.

Es war seltsam, wie der Körper immer noch ums Überleben kämpfte ... *bis der Geist zerbrach.*

Wir waren nah dran.

Wirklich *verdammt* nah.

Aber jetzt noch nicht.

Ich drehte mich um und entdeckte Marcus, der an der Wand lehnte und die ganze Sache beobachtete. Aber in seinen Augen lag kein Ekel, nur das gleiche harte Glitzern, das ich in meinen eigenen Augen sah.

»Schick sie.« Ich streckte ihm die Zunge hin. »Sorg dafür, dass der Bastard auch unterschreiben muss.«

Ein Nicken und der ehemalige Navy Seal eilte herbei, um das eingepackte Paket entgegenzunehmen. »Wird gemacht.«

Er ließ mich stehen, während ich den Mann beobachtete, der kurz davor gewesen war, die einzige Frau zu vergewaltigen, die ich je geliebt hatte. Ich ging zu dem verriegelten Tisch in der Nähe der kleinen Küche, in der es kein Wasser und kein Essen gab – zumindest nicht für ihn –, nahm einen Lappen und wischte mir die Hände und das Messer ab, bevor ich die Klinge wieder in Position brachte.

Du könntest mir zeigen, dass du dich wenigstens ein bisschen um mich scherst, weißt du?

Diese Worte tauchten aus dem Nichts auf.

Es waren die Worte, die sie mir in der Nacht, als sie sie entführt hatten, entgegengeschrien hatte.

Mein Gott, war ich ein gefühlloses Arschloch.

Ich drehte mich um und sah, dass Daniels die Augen aufgerissen hatte und seine Brust hob sich, als er nach Luft schnappte. »Du wirst sie nie wieder anfassen.« Ich verringerte den Abstand und starrte ihm in die Augen. »Hörst du mich? Sie gehört nicht dir ... sie gehört *mir* und wird *immer* mir gehören.«

Es war keine Panik in seinem Blick, keine Angst. Vielleicht hatte ich ihn schon gebrochen? Ich hoffte es nicht ... er hatte noch viele Körperteile, die ich verschicken konnte. Und ich konnte es verdammt noch mal nicht erwarten, dass Hale sie bekam. Ich trat zur Seite und blickte auf den Mistkerl hinunter. »Ich habe noch Pläne für dich. Wir sehen uns bald wieder, Daniels.«

Ich verließ den Raum, schloss die Tür zum Lagerraum hinter mir ab und ging den Flur entlang zurück, bis ich in der Nähe des Raumes, in dem Jack wartete, stehen blieb. Ich runzelte die Stirn. Ich wollte ihn nicht sehen, schon gar nicht nach all dem.

Er ... machte mich nervös.

Aber ich fand mich vor der Tür wieder und tippte den Code ein, bevor ich hineinging. Er stand an der Wand, die Arme an der Seite und starrte mich an, als ich durch die Tür trat. Sein Blick wanderte zu dem Messer in meiner Hand, als ich es in meine Tasche steckte.

»Ich nehme an, er lebt noch?«

Ich antwortete nicht, noch nicht. Stattdessen schloss ich die Tür und schritt durch den Raum, wobei ich das Bett und den ordentlichen Stapel sauberer Kleidung betrachtete. »Vorerst.« Aber leeres Geschwätz war nicht das, was ich wollte. »Bist du bereit, mir alles zu sagen, was du über King weißt?«

»Ich habe dir schon alles gesagt, was ich weiß«, antwortete er. »Das habe ich jedes Mal gesagt, wenn du gefragt hast.«

»Ryth–«

»Sie ist in Sicherheit«, unterbrach er mich, ohne sich zu rühren. »Du wirst ihr nicht wehtun. Das weiß ich jetzt.«

»Ach, nein?«

Er nickte, als sein Blick auf das Blut fiel, das noch immer an meinen Händen zu sehen war. »Kein Mann, der eine Tochter so liebt wie du, würde so etwas zulassen.«

Ein Schmerz blühte in meiner Brust auf, als ich den Raum durchquerte, um mich vor ihn zu stellen. »Glaube nicht, dass ich dir irgendetwas schulde«, warnte ich. »Du solltest auch nicht an deine vorgefassten Meinungen glauben, vor allem nicht darüber, wie es um mein Herz steht.«

Seine Mundwinkel zuckten. »Das werde ich nicht.«

»Gut.«

»Gut«, wiederholte er, während er meinem Blick begegnete. »Ich frage mich, ob du die Dritte schon gefunden hast?«

»Die Dritte?«, fragte ich, während ich meinen Blick auf ihn verengte.

»Es gab eine dritte Tochter, älter, wenn ich mich richtig erinnere.«

Ich schüttelte den Kopf und ging in Gedanken alle DNA-Tests durch, die ich im Laufe der Jahre bei allen Gründungsmitgliedern durchgeführt hatte. »Nein, die gibt es nicht.«

»Hmm«, murmelte der selbstgefällige Bastard. »Vielleicht war sie keine Tochter des Ordens?«

Keine Tochter?

Ich richtete meinen Blick auf die Wand. Keine Tochter, keine ... *Tochter.* Wenn das der Fall war, dann ...

Ich drehte mich um und ließ Jack Castlemaine zurück. *Verdammter Mistkerl.* Wenn King noch eine Tochter hatte, dann konnte sie der Schlüssel zu allem sein. Es musste jemand da sein, der ihn beschützte. Jemand, der den Orden betreten und verlassen konnte ... jemand, der mit Vivienne und Ryth dort gewesen war.

Ich schloss und verriegelte die Zimmertür hinter mir und machte mich auf den Weg nach draußen. Als ich in mein Auto stieg, war ich wütend über die vielen Möglichkeiten. War das die Person, die in der Nacht des Mordes in Killions Haus gewesen war? *Sie könnte es gewesen sein* ... und ich fragte mich, ob King überhaupt noch lebte?

Ich biss die Zähne zusammen und zückte mein Handy. Es war egal, welche Bombe ich gerade abgeworfen hatte, es gab viel wichtigere Dinge, um die ich mich kümmern musste.

Eines davon war mein Sohn, der auf keine meiner Nachrichten antwortete ...

Und ein fehlender verdammter Chip.

Ich strich mit dem Daumen über den Bildschirm und tippte eine Nachricht, während ich zu Gott betete, dass er dieses Mal antwortete:

Ich muss wissen, dass es dir gut geht, Colt. Alles andere ist für mich unwichtig. Bitte ruf an.

Dann drückte ich auf Senden.

Es war keine Lüge. Ich musste wissen, dass es meinem Sohn gut ging und noch wichtiger, ich musste wissen, ob er sich den Chip angesehen hatte. Meine Hände verkrampften sich um das Lenkrad und lenkten meine Aufmerksamkeit auf meine Finger. *Bitte, Gott, lass es ihn nicht wissen.*

Ich legte den Rückwärtsgang ein, fuhr rückwärts aus der Parklücke und machte mich auf den Weg nach Hause.

Die Straßen der Stadt verschwammen, als ich auf das Vibrieren meines Handys wartete. Aber es blieb auf dem ganzen Weg nach Hause stumm ...

Das war nicht typisch für ihn.

Das war für keinen von uns typisch.

Eingesperrt. Getrennt. Entblößt.

So waren wir im Moment und ich konnte nichts dagegen tun.

Die Verzweiflung blieb in mir, als ich nach Hause fuhr, in die Einfahrt des gotischen Herrenhauses einbog und in der Nähe der Garage anhielt.

Bewaffnete Wachen patrouillierten auf dem Gelände und nickten mir respektvoll zu, als ich ausstieg und an ihnen vorbeikam. Ich antwortete, aber mein Blick war auf Vivienne gerichtet, als ich den Code eintippte und eintrat, wobei mir meine Worte noch in den Ohren klangen.

Du wirst sie nie wieder anfassen. Hörst du mich? Sie gehört dir nicht ... sie ist und bleibt mein.

Der Hunger brannte in mir, als ich an meinem Arbeitszimmer und der Küche vorbei in den Flur des Ostflügels ging. Als ich am Eingang des Flügels ankam, war ich schon dabei, mein Hemd aufzuknöpfen. Ich konnte gar nicht schnell genug in mein Badezimmer kommen und wollte unbedingt sein widerliches Blut von meiner Haut waschen.

»London?«, rief Vivienne, als ich die Tür zu meinem Schlafzimmer öffnete.

Ich trat ein und riss mir das blutverschmierte Hemd vom Leib. »Nicht jetzt, Schatz.«

»Nicht jetzt?«, wiederholte sie vorsichtig, als sie den Flur herunterkam.

Ich hätte wissen müssen, dass sie nicht auf mich hören würde. Die Frau war eine Nervensäge ... und das Objekt meiner Begierde. Ich zog meine Schuhe aus, als sie die Schlafzimmertür hinter mir aufstieß. Aber ich hatte schon den Reißverschluss meiner Hose heruntergezogen und war auf dem Weg zur Dusche. Sie würde mich nicht anfassen und auch nicht ansehen wollen, nicht in diesem Zustand.

»Was ist denn los?«, fragte sie, als ich in die Dusche trat.

»Nichts«, presste ich unter dem eiskalten Wasserstrahl hervor.

Aber sie ließ es nicht auf sich beruhen, sondern stieg mit mir ins Wasser, immer noch vollständig angezogen. »Du lügst. Du lügst mich *verdammt noch mal* an, London, und das gefällt mir nicht. Nein, es gefällt mir *ganz und gar nicht*. Ich will es nicht und ich werde es nicht zulassen.«

Sie würde es nicht zulassen?

Ihr Blick wich von meinen Augen und wanderte an meinem Körper hinunter. Ich sah ihre Zweifel, als würde sie Stücke aus mir herausschneiden ... *angefangen bei meinem Herzen.*

Sie dachte, ich wäre mit Ophelia zusammen gewesen ...

Der Gedanke erschütterte mich. Ich sah die Anspannung in ihrem Kiefer und den Schmerz in ihren großen braunen Augen. Schmerz *meinetwegen*.

»Ich habe nicht ...«, fing ich an und hielt dann inne.

Das Wasser erwärmte sich und lief mir über den Rücken und die Brust. Sie hob ihre Hand und strich mit ihren Fingern über meine Muskeln.

»Du willst mich nicht mehr, oder?«, fragte sie mit gerunzelter Stirn. »Nach dem Angriff.«

Ich versteifte mich. »Was?«

»Du berührst mich kaum. Du hast mich nicht ... *gefickt*.« Sie leckte sich eine Wasserperle von den Lippen. »Du bist immer abgelenkt, wenn ich in der Nähe bin. Ich glaube nicht, dass du dich mit dieser Nacht abgefunden hast. Du meidest sie, genauso wie du mich meidest.«

Ich hielt ihrem wunderschönen, verzehrenden Blick stand. »Glaubst du das wirklich?«

»Ja«, antwortete sie. »Das glaube ich *wirklich*.«

Wasser rann an meinen Armen herunter und wusch das Blut weg. Es war nicht genug, aber das musste es sein ... *für den Moment*. Ich drehte mich um und drehte den Wasserhahn zu. »Dann erlaube mir, dir das Gegenteil zu beweisen.«

Ihre Augen weiteten sich, als ich nach vorne stürmte, sie hochhob und ihren Hintern an mich drückte. »Du willst gefickt werden, Kleine? Dann werde ich dich ficken, bis du alles andere vergisst, außer dem Gefühl meines Schwanzes und der Stärke meines verdammten Verlangens. Was sagst du dazu?«

Ich wartete nicht auf ihre Antwort, sondern trug sie einfach aus dem Bad hinaus auf den Flur. Es war zu früh, zwei, vielleicht drei Tage zu früh. Aber dieser Moment war nicht dazu da, das wilde Verlangen in mir zu zähmen. Er war für *sie*. So wie alles für sie war.

Wasser tropfte von unseren Körpern, als ich zu dem Raum schritt und die Tür aufstieß.

Es war nicht der Keller ... *es war besser.*

Die schwarze Nietenbank hatte die perfekte Höhe für die Maschine, an deren Ende zwei Stahlarme standen. Ich trug sie hinein und schloss die Tür.

»London?«, murmelte sie.

Ihre braunen Augen weiteten sich, als sie ihren Kopf drehte und den Raum in Augenschein nahm.

Ich trug sie zu der Bank und legte sie hin. »Weißt du noch, was du tun musst?« Meine Stimme war rau und hart.

Ihr nasses Haar tropfte und das Wasser rann in Rinnsalen das Leder hinunter, um sich auf dem Boden zu sammeln.

Aber sie nickte nur, als ich mich hinunterbeugte, mit meinen Fingern durch ihr nasses Haar fuhr und die Strähnen sanft knetete. »Ich bin jetzt nicht sanft, Schatz. Ich werde dir nicht wehtun, ich würde ... dir nie wehtun. Deshalb musst du mir sagen, wenn du das nicht willst.«

Ich brauchte nicht zu fragen, ich sah es in ihren Augen, als sie flüsterte: »Ich will alles.«

Das tat sie ... *besonders von mir.*

Meine ganze Verzweiflung ... meine aufgestaute Wut.

Meinen ganzen *Hunger*. Ich senkte meinen Blick und legte meine Hand auf ihren Bauch. *Mein* ... die Verzweiflung stieg auf. Sie würden alle wissen, zu wem sie gehörte. Ich schloss meine Faust um ihr Hemd und riss an den Knöpfen, um sie zu befreien.

Ihr Körper zuckte bei dem Angriff. Ein Schrei entfuhr ihr. Nein ... *nein, das geht nicht ...*

»Grün«, flüsterte sie. »Grün ... grün ... *grün.*«

Diese Worte brachten die Dunkelheit in mir zum Vorschein. Ich richtete mich auf und blickte auf sie herab. In meinem Kopf lag sie ausgestreckt auf dem Esstisch, Trotz und brodelnde Wut in ihren Augen. Ich wollte sie verdammt noch mal genauso sehr wie damals ... *vielleicht sogar noch mehr.*

Nein, nicht wollen.

Ich *brauchte* sie.

Ich riss ihr Hemd nach oben, woraufhin sie ihre Arme hob, bis das durchnässte Kleidungsstück frei lag. Die rosafarbenen Spitzenkörbchen ihres BHs waren fast durchsichtig und ermöglichten einen Blick auf die rosafarbenen Brustwarzen. *Oh Gott ...*

»Es ist okay«, murmelte sie. »Ich will das.«

Ich ließ meinen Blick zu ihr wandern, packte dann die Träger ihres BHs und riss ihn herunter, als ich sah, wie ihre Brüste frei wurden. Ich senkte meinen Kopf, um ihre kalte, spitze Brustwarze in meinen Mund zu nehmen.

»Ja«, flüsterte sie. »*Ja.*«

Mein Schwanz wurde augenblicklich hart, als ich meine Hand auf den Knopf ihrer Hose sinken ließ und sie öffnete. Ich schob sie nach unten, während ich ihre Brustwarze leckte und aufstand. In ihren Augen brannte dasselbe schmerzhafte Verlangen. Mein Gott, als müsste ich verführt werden. Ich zerrte ihre Hose nach unten, während ich ihrem Blick begegnete.

Denk an die verdammten Komplikationen! Die nörgelnde Stimme des verdammten Arztes wurde lauter, als ich ihre nasse Hose beiseite schob und zu ihrem Höschen überging.

Hier ging es um mehr als um Komplikationen. Trotzdem war der Arzt zu dreist. Ich packte den rosa String an den Seiten und zog ihn über ihre Oberschenkel. Er hatte keinen blassen Schimmer, wenn es um mich oder sie ging.

Ich wandte mich der Maschine zu, hob den Stahlkolben an und beugte mich vor, um ein schwarzes Stahlgehäuse darunter hervorzuziehen.

Schnapp.

Sie zuckte bei den Schlössern zusammen, als ich einen dicken, hautfarbenen Dildo herauszog und ihn einrastete. Ich hatte ihr nie wehgetan. Vielleicht würde ich sie ficken, bis sie besinnungslos war, aber ich würde nie ein Risiko mit ihrem Körper oder ihrem verdammten Herzen eingehen.

Ich hätte bis zum Tod gekämpft, um sie zu schützen.

»Willst du die Handschellen, Kleine? Oder denkst du, du kannst dich selbst zurückhalten?«

Sie leckte sich über die Lippen und spreizte ihre Schenkel. »Versuch es.«

Meine Lippen kräuselten sich, als ich die Fernbedienung in die Hand nahm. »Oh, das werde ich ... glaub mir.«

Ich drückte auf den Knopf, beugte mich vor, griff den dicken Schwanz und richtete ihn auf ihren Eingang, dann hielt ich inne, als Plastik ihre Haut küsste. »Weiter«, befahl ich.

Sie gehorchte ... ihre Schenkel spreizten sich.

»Weiter. Ich will das ganze Innere sehen.«

Ihre Brust hob sich mit einem tiefen Atemzug, bevor sie langsam nach unten griff und sich weit spreizte.

»Das ist mein braves Mädchen, schau, wie feucht du bist.« Ich leckte mir über die Lippen und blickte herab. Dieser perfekte Schlitz brannte darauf, gefüllt zu werden. Ich streckte die Hand aus, fuhr mit den Fingern an ihrer Öffnung entlang und drückte auf den Knopf, um den dicken Plastikschwanz langsam bis zum Anschlag hineinzuschieben. »Beweg dich nicht, Vivienne, nicht einmal ein Zucken. Hast du verstanden?«

Ich begegnete ihrem Blick und beobachtete ihr kleines Nicken.

»Braves Mädchen.«

Mein Liebling lernte.

Sie schloss die Augen und ihr Atem entwich, als der Dildo herausglitt und dieses Mal tiefer eindrang.

»Denkst du, ich will dich nicht ficken?«, murmelte ich, während ich meine Hand über ihren Bauch gleiten ließ und sanft nach unten drückte. »Ich denke nur daran, dich zu ficken. Dich zu besitzen. Dich zu meinem Eigentum zu machen.«

Ihre Finger spreizten immer noch ihre Fotze, aber ich spürte den Druck, als sie nach unten drückte und sich an dem Dildo rieb, während dieser in sie hineingeschoben wurde.

»So ist es gut, Schatz. Sieh nur, wie gut du ihn aufnimmst.«

»Oh Gott«, wimmerte sie und biss sich auf die Unterlippe.

Mein Schwanz wurde dicker. Der Puls pochte, als ich sie beobachtete, bevor ich mich tief herunterbeugte und den Knopf drückte, um den Dildo ganz herauszuziehen.

»Hast du jetzt verstanden?«, murmelte ich und leckte ihre Finger ab, bevor ich meine Zunge tief in ihr Inneres trieb. »Verstehst du jetzt, dass ich nicht genug von dir bekommen kann?«

Sie stieß einen primitiven Laut aus und hob ihr Bein an, damit ich besser rankam. Ich schob meine Hand darunter und griff nach ihrem Schenkel, während ich mein Gesicht gegen ihren bebenden Kern drückte.

Ich werde dich bekommen, hallten die Worte in meinem Kopf wider. Ich werde dich ausfüllen.

Ich leckte sie und saugte an ihrer Klitoris, bis sie aufschrie. »*London, bitte.*«

Mein Schwanz zuckte bei ihrem Flehen. »Fuck, ich liebe es, wenn du bettelst.«

Sie hob ihren Kopf, als ich meinen Kopf hob, mit dem Handrücken über meinen Mund strich und auf die Bank stieg, die groß genug für zwei war. »Nächstes Mal, Liebling.« Ich packte ihren Schenkel, positionierte meinen Schwanz an ihrem Eingang und knurrte. »Ich werde dich ficken und den Dildo benutzen, um deinen Arsch zu dehnen.«

Mit einem wilden Stoß trieb ich meinen Schwanz in sie hinein.

Ich schwöre bei Gott, es war, als würde ich nach Hause kommen.

Ihre Wärme.

Ihr Duft.

Die Art, wie sie stöhnte. »Ich liebe dich.«

Ich liebe dich.

Ich stieß meine Hüften vor, die Worte blieben mir im Hals stecken, während ich meinen Kopf senkte und mich in ihrem Gefühl verlor.

»Ich ...«, stöhnte ich und stieß zu, bevor ich meinen Kopf hob und ihren Blick auf mich richtete. »Ich liebe ... *dich* ...«

Sie griff nach mir und krallte sich in meine Arme, bis ich mich nach vorne gegen sie legte. Noch immer stießen meine Hüften in sie hinein, bis ich ihr mit einem Stöhnen nachgab.

Mein Körper ergoss sich und füllte ihre Muschi. »Du siehst so gut aus unter mir.« Ich hob meine Hände und umschloss sie. *»So verdammt gut.«*

Ich schloss meine Augen.

Du wirst noch besser aussehen, wenn du ein Baby von mir bekommst.

FÜNFUNDZWANZIG

Colt

NEIN ...

NEIN!

Nicht mehr!

VERDAMMT, NICHT MEHR!

Ich riss mich los und setzte mich wieder auf den Fahrersitz des Autos. Die vorbeifahrenden Autos hupten, ihre Scheinwerfer blendeten mich. In den weißen Funken sah ich sie. Die dunklen, raubtierhaften Augen. Ein grausamer Schlitz im Mund. *Bedrohlich*, das war der Fleck, den sie hinterlassen hatte. Einer, der jetzt wuchs, eitrig und *krankhaft* war.

Die Schlampe. Ich will sie.

Diese verdammten Worte kamen mir wieder in den Sinn.

Die, die ich aus dem Gespräch zwischen Ophelia und Hale hatte.

Die, die ich auf Londons Schreibtisch gefunden hatte.

Die Angst war wie eine geballte Faust um meine Kehle, während der Rest der Welt verblasste. Sie würde es tun. Ich wusste es. Sie würde sich Vivienne holen, so wie sie versucht hatte, sich alles andere zu holen. Ophelia wollte uns nicht nur verletzen ... *sie wollte uns zerstören.*

Meine Kehle schmerzte, der Schrei in meiner Brust war wie eine eingesperrte Qual. Ich zuckte zusammen, als ich langsam in die Realität zurückkehrte. Alle meine Schreie waren da, jedes Brüllen, das ich unterdrückt hatte, jede Träne, die ich nicht vergossen hatte.

Gewalttätig und rachsüchtig.

Wie eine Bombe, die gleich explodieren würde.

Die Lichter der Cocktail-Lounge auf der anderen Straßenseite funkelten. Ich starrte vor mich hin, als mein pochender Puls zur Ruhe kam, und beobachtete, wie die Leute aus der Bar auf den Bürgersteig strömten, immer noch mit ihren teuren Champagnergläsern in den Händen.

Aber ich verweilte nicht bei ihnen, sondern richtete meinen Blick auf das dunkle Auto, das vor der Bar geparkt war. *Ihr Auto.*

Sie saß immer noch darin, lächelte und schmiedete Pläne.

Ich zuckte zusammen. Das war es, was sie tat. Sie schmiedete gerade Intrigen, verbreitete Lügen und gab Befehle, um mir das Einzige zu nehmen, was ich wollte.

Die Schlampe. Ich will sie.

Ein Schmerz schnitt durch meine Handfläche. Ich blickte herab und sah, dass meine weißen Fingerknöchel fest zusammengepresst waren. Eine Blutspur glitt an meiner Faust entlang, fiel auf meine schwarze Jeans und verschwand. Ich lockerte meinen Griff und entfaltete langsam meine Finger.

Der kleine Chip glitzerte vor Blut.

Ein Chip, der jede noch so kleine Information über sie enthielt.

Ich wollte alles wissen und doch ... war ich wie erstarrt vor Angst, unfähig, mich vorwärtszubewegen und zu verängstigt, um zurückzugehen. Ich starrte den Chip an. Starrte so lange, bis mein Verstand Fragmente meiner Vergangenheit heraufbeschwor und sie in eine Fantasie von der Zukunft verwandelte.

Eine Zukunft, in der Vivienne wieder dort war ... mit den Männern, die sie benutzen wollten ... *und ihr wehtaten*. Sie würden sie so sehr verletzen, dass sie Narben davontragen würde, so wie ich Narben hatte.

Ein Schrei der Belustigung ließ mich zusammenzucken. Schwere Atemzüge verschlangen mich, als ich meinen Kopf drehte. Ich blinzelte, um den Schmerz zu lindern und schloss die Augen, nur für eine Sekunde. Gott, ich war so müde ... *so verdammt müde*.

Trotzdem schleppte ich mich aus dem Auto und in das Restaurant.

Das Restaurant, in dem ich fast alles beendet hätte.

Ich spürte immer noch den Aufprall meiner Stiefel, spürte die Bewegung, als ich nach der Waffe an meinem Rücken griff. Ihre beiden Bodyguards standen draußen. Einer drehte sich um und sein Blick verengte sich auf mich, als ich auf den Bürgersteig trat. Die breiten Glastüren zum Restaurant waren direkt vor mir.

In diesem Moment sah ich …

Vorbei an den Wachen, hin zu der wahren Gefahr.

Zu ihr.

In diesem Moment drehte sie sich um, während sie mit jemandem am Eingang sprach. Für eine Sekunde verrutschte die Maske, die sie trug und das Raubtier war zu sehen. Dieser eisige Blick. Dieser Blick des *Ekels.* Ihre Lippen kräuselten sich, bevor jemand ihren Namen rief und sie die Maske wieder zurechtrückte.

Aber dieser eine Blick war genug.

Genug, um meine Schritte ins Stocken zu bringen … *und meinen Puls zum Rasen zu bringen.*

Der Regen prasselte auf mich nieder, als ich nach vorne stolperte und meine Hand rutschte aus dem Bund meiner durchnässten Jeans.

»Bist du besoffen?«, murmelte einer der Bodyguards.

Ich ging weiter, während mich die Panik in meinem Inneren aufschreckte. Das dumpfe Geräusch meiner Stiefel wurde leiser. Das furchtbare Rauschen meines Pulses war nur noch ein Hintergrundgeräusch, das von den Schreien meines zehnjährigen Bruders übertönt wurde. Schrille Schreie. *Schreckliche Schreie.* Die, die mir entkommen waren, als ihre Männer mich mit Tritten und Schlägen beregnet hatten, als sie ihre Grausamkeit und Wut an meinem Körper ausgelassen hatten.

Das war alles, was ich hörte, als ich vorwärts stolperte, bis ich die dunkle Gasse erreichte.

Die Säure brannte in meiner Kehle.

Die Bodyguards stöhnten angewidert auf, als ich vorwärts taumelte, mich an einer Gebäudekante festhielt und den Inhalt meines Magens ausstieß. Ich würgte, während ich verzweifelt versuchte, das Grauen der Vergangenheit zusammen mit ihnen zu verdrängen.

Doch es blieb in mir, selbst als mir der Speichel von den Lippen auf den Boden tropfte.

»Das ist verdammt eklig.«

Ich schloss meine Augen.

»*Gottverdammter Penner.*«

Die Wut flackerte auf und meine Hand rutschte ab. Ich fiel nach vorne und schlug mit der Wange gegen die Ziegelsteine. Schmerz strahlte durch mein Gesicht. Ein Schmerz, der mich jetzt nicht mehr losließ. Ich blickte auf das Ding hinunter, das ich hasste und gleichzeitig brauchte.

Ich konnte es gebrauchen.

Ich musste es benutzen, um uns zu *beschützen.*

Meine Finger waren taub und rutschten ab, als ich am Türgriff zog. Ich musterte die Gesichter und entdeckte dieselben zwei Bodyguards wie in der letzten Nacht.

Ich musste vorsichtig sein.

Nach allem, was passiert war, würden sie mich sicher bemerken.

Ich musterte den überfüllten Fußweg, entdeckte den Dienstbotengang, der an der Seite des Gebäudes entlangführte, und schritt voran. Die Verzweiflung trieb mich vorwärts. Ich umklammerte den Chip in meiner Hand und senkte meinen

Kopf, als ich auf den Bürgersteig trat. Aus den Augenwinkeln beobachtete ich, wie ihre Männer alle musterten.

Sie sahen mich nicht, als ich an ihnen vorbei in den Schatten schlüpfte.

Meine Stiefel knirschten auf dem Kies, aber es war nicht zu hören, als ich mich auf den Weg zum hinteren Teil der Bar und zum Serviceeingang machte. Der Laden war so voll, dass mich niemand sah, als ich die Sicherheitstür öffnete und hineinging. Das Gebrüll verschluckte mich augenblicklich, das Lachen war so laut, dass es fast ohrenbetäubend war.

Ich bewegte mich wie ein Geist unter ihnen.

Ich hatte keine Ahnung, was es bedeutete, so glücklich zu sein.

Nicht so wie sie es waren.

Aber ich war *sicher*.

Und wurde geliebt.

Und ich hatte Vivienne ...

Ich würde sie nicht verlieren, nicht jetzt. Ich hob meinen Blick und entdeckte Ophelia sofort, als sie mit dem Rücken zu mir inmitten einer Gruppe stand. Ich griff nach dem Chip, den ich für Viviennes Sicherheit ausgehandelt hatte. Aber als ich sie sah, erstarrte ich. Sie hob ihr Glas und nippte an ihrem Champagner. Diamanten glitzerten auf ihren Fingern, die den Stiel umklammerten.

Tu es ...

Tu ... es.

Das Blut schoss mir aus dem Gesicht, als sie ihren Kopf zurückwarf und ein kehliges Lachen über ihre Lippen kam. Ich sah ihr Lächeln und es war ein Lächeln, das ich schon einmal gesehen hatte, eines, das sagte, dass sie immer bekam, was sie wollte. Sie drehte sich zu ihrem Ersatz-London hin und ihre Augen funkelten grausam. Sie hatte noch nie ein Opfer gebracht, das nicht zu ihren Gunsten ausgefallen war. Sie feilschte nie. Sie machte nie einen Zug. Wenn sie es wollte, nahm sie es sich, ohne Rücksicht auf die Konsequenzen.

Mein Puls schlug schneller, als mir das klar wurde. Mit ihr konnte es keinen »Deal« geben, oder doch? Es gab nur ihre kranke Gier und ihren Durst nach verdammter Brutalität.

Bitte, nicht Carven! Die Schreie des Kindes, das ich einmal gewesen war, hallten in mir. *Tu mir weh! Nimm MICH!*

Meine Kehle schnürte sich zu und ein Schmerz pochte. Ich erinnerte mich daran, wie ich sie angefleht hatte, ihm nicht wehzutun, aber es war nie wirklich Carven gewesen, den sie gewollt hatte, oder?

Die Kohlegemälde tauchten in meinem Kopf auf. Die großen, blauen Augen des Kindes, dem sie am liebsten wehgetan hatte, hielten sich hartnäckig in meiner Erinnerung.

Ich war es ... ich war es immer gewesen.

Mein Schmerz war süßer und sie hatte damit gedroht, meinem Bruder wehzutun, um ihn auszukosten. Damals hatte sie Carven benutzt ... *genau wie sie jetzt Vivienne benutzte.*

Und ich hätte ihr fast in die Hände gespielt ... *schon wieder.*

Das Adrenalin raste durch meine Adern wie eine Droge. Meine Atemzüge rasten ...

Die Schlampe. Ich will sie.

Sie biss wieder zu, versenkte ihre verdammten Reißzähne in meinen Adern, um meine Qualen zu kosten. Sie drehte sich wieder zu ihrer Party um, lachte und grinste, während ich zusah.

»Nein ...« Die Worte sprudelten nur so aus mir heraus, als ich sie anstarrte. »Du kannst sie nicht haben. *Sie gehört mir.*«

Die Welt verblasste, als ich meine Hand senkte und den Chip in meine Tasche steckte. Es gab kein Feilschen mehr, das wusste ich jetzt. Es würde keine Deals geben, keine Bitten. Ich wusste nicht, warum ich jemals geglaubt hatte, dass es so etwas geben könnte. Ich blickte finster drein, als sie den Arm des Mannes neben ihr ergriff, einen Mann mit dunklen Haaren und einem kräftigen Körperbau. Ein Mann, der London verblüffend ähnlich sah.

Der Mann ist im besten Fall unberechenbar. Hales Worte aus der Abschrift stiegen auf. *Schade, dass du ihn nicht kontrollieren kannst.*

Keiner kann ihn kontrollieren, hatte Ophelia geantwortet.

Außer ihr.

Ja, außer ihr.

Ich nahm meine Hand aus der Tasche und griff herum, um die Waffe herauszuziehen, während ich einen Schritt nach vorne machte.

Im Augenwinkel deutete sich eine Bewegung an, als jemand rückwärts direkt in meinen Weg trat. Ich stieß mit ihm zusammen, als ich begann, meine Waffe zu heben. Die Wut flammte auf.

»Pass auf, wo du hinläufst!«, begann er und hielt dann inne.

Aber ich schaute ihn nicht einmal an. Ich beobachtete, wie sie sich umdrehte und wegging, wobei sie den Arm des Mannes noch immer festhielt.

»Colt?«

Ich zuckte bei meinem Namen zusammen und drehte meinen Kopf, um einen vertrauten Blick zu sehen, als Theo Ares mich angrinste. Er schwankte ein wenig, so betrunken wie er zuvor gewesen war, nur dass diesmal nicht der Kokainrand unter seiner Nase zu sehen war.

»Ich habe dich gar nicht gesehen«, murmelte er mit finsterer Miene.

Dann leuchteten seine Augen besorgt auf und er wurde aufmerksamer, als einige Freunde lachten und ihm zuriefen. Aber er antwortete nicht. Stattdessen senkte er vorsichtig seinen Blick auf die Waffe in meiner Hand. »Bist du meinetwegen hier, Sohn?«

Niemand sonst wusste, was ich war ...

Weder seine Freunde, noch die anderen, die um mich herum feierten.

Aber er wusste es.

Und es machte ihm Angst.

Ich starrte ihm in die Augen und meine Brust hob sich mit schweren Atemzügen. »Nein.«

Erleichterung durchströmte ihn sichtlich, als er mir ein nervöses Lächeln schenkte. »Wenn du nicht meinetwegen hier bist, für wen bist du dann hier?«

Ich schaute an ihm vorbei zu der Frau, die aus der Bar schritt und auf ihr wartendes Auto zusteuerte. Theo folgte meinem Blick und zuckte in dem Moment zusammen, als er es bemerkte.

»Wenn du sie verfolgst, bist du tot, das ist dir doch klar, oder?« Er drehte sich um und sein Blick war steinern. »Dann gibt es kein Zurück mehr.«

»Es gab nie eins«, antwortete ich. »Nicht seit dem Moment, als sie versucht haben, sie zu entführen.«

Ich drehte mich um, steckte die Waffe zurück in meinen Hosenbund und ging davon.

»Colt«, rief Theo hinter mir.

Aber ich blieb nicht stehen, sondern ging einfach weiter und ging den Weg zurück, den ich gekommen war, bis ich durch die Hintertür in die Gasse kam. Meine Atemzüge waren wild. Doch die Säure kam nicht, als ich meine Schritte verlängerte und dann in einen langsamen Lauf überging. Als ich aus der Gasse herauskam, war das dunkle Auto verschwunden ... *und Ophelia auch.*

Wut durchfuhr mich.

Eine Wut, die von all dem Schrecken herrührte, den ich mein ganzes Leben lang geschluckt hatte. Jetzt gab es keine Angst mehr, sondern nur noch das bestialische Bedürfnis, die Welt in Stücke zu reißen. Ich sah sie ... *ihr Lächeln und ihre Masken.* Sie alle trugen sie, trugen sie, bis sie sich selbst verloren. Ich schloss meine Augen und ballte zitternd die Fäuste.

Ich konnte nicht verhindern, dass sich die Wut in mir entlud und ein furchterregendes Gebrüll entfachte. Das Geräusch erfüllte die Gasse und breitete sich aus. Das Lachen verstummte. Alle blieben stehen, drehten sich um und starrten. Die Musik war alles, was es jetzt noch gab, denn das Lachen verwandelte sich in Angst.

Das dumpfe Geräusch von Schritten kam hinter mir.

»Colt?«, fragte Theo hinter mir.

Ich drehte mich um und begegnete diesem gequälten Blick. Aber er war auf der anderen Straßenseite. »Carven ... ist er hier?«

Die Wut wurde gefährlich. Ich verkrampfte meinen Kiefer und meine Fäuste folgten. Carven war derjenige, vor dem sie Angst hatten, der gefährlich war ... der, der *außer Kontrolle* war. Ich war der Stumme, richtig? Der Vergessene, derjenige, den sie überhaupt nicht *beachteten*.

Ich drehte mich um und schritt über die Straße, während sie mich alle anstarrten. Die Hitze stieg mir in die Wangen, als ich die Tür aufriss und mich hinter das Lenkrad warf. Ein Druck auf den Knopf und der Motor erwachte zum Leben. Ich legte den Gang ein, trat auf das Gaspedal und raste von der Bar weg ... und von der *einzigen* Chance, die ich gehabt hatte, sie in Sicherheit zu bringen.

SECHSUNDZWANZIG

Vivienne

Londons große Hand glitt über mein Knie, als wir im Arbeitszimmer saßen und wanderte dann höher, um meinen Oberschenkel zu massieren, während er in sein Handy knurrte. »Ich brauche *sofort* seinen Standort, Jacob. Es ist mir egal, wie viele Männer du brauchst, mach es einfach möglich. Finde meinen verdammten Sohn und finde ihn *heute Abend*.«

Er war nervös, ich dachte, Sex würde ihn beruhigen, aber das machte ihn nur noch besitzergreifender.

Er wartete nicht auf eine Antwort, sondern ließ das Handy sinken, den Blick auf die Rückwand des Arbeitszimmers gerichtet. Trotzdem hörte seine Hand nicht auf, sich zu bewegen, sie glitt nur höher und schob die Öffnung meines Kleides weit auf. Sein Daumen strich über meine nackte Haut, eine Bewegung, die dem Bedürfnis entsprang, etwas zu kontrollieren. In diesem Moment war ich dieses *Etwas*.

Ich hob meine Hand und ließ meine Finger an seinem Arm entlang gleiten, während ich mich im Schneidersitz auf das Ende seines Schreibtisches setzte. »Sie werden ihn finden.«

»Werden sie das?«, fragte er, als er seinen Kopf drehte und mich ansah.

Er war jetzt panisch und gefährlich. Seine Nachrichten und Anrufe bei Colt waren unbeantwortet geblieben. Zuerst hatte er gedacht, Colt sei sauer wegen Carven. Aber im Laufe der Stunden war ihm klar geworden, dass es um mehr ging.

Ich hatte ihn noch nie so kalt gesehen ... so *tödlich*, nicht einmal, als er mitten in das Feuergefecht zwischen Ryth, ihren Brüdern und dem Orden hineingestürmt war.

Sein Griff krallte sich um meinen Oberschenkel und glitt dann nach unten.

Nein, so ... außer Kontrolle war er noch nie gewesen.

Er hielt meinen Blick fest, während seine fordernden Finger tiefer in mich eindrangen, bis sie schwarze Spitze berührten und sein Blick langsam raubtierhaft wurde. »Sieh dich an, so bedürftig. Öffne deine Beine, Vivienne.«

Mein Atem stockte, denn ich war immer noch empfindlich von der Maschine ... und von seinem Körper. Aber ich konnte mich nicht gegen ihn wehren, nicht jetzt ... *vielleicht nie wieder.* Meine Schenkel öffneten sich von selbst.

»Weiter«, befahl er.

Ich atmete tief ein, als sich meine Sehnen anspannten und meine Knie sich spreizten, um ihm zu geben, was er wollte. Ein Schmerz flammte auf, als er im Schritt meines Höschens auf und ab strich ... auf und ab, jedes Mal ein bisschen tiefer, um die Zärtlichkeit mit dem Lecken der Hitze zu verdrängen.

Sein Kiefer spannte sich an und die Muskeln wurden hart, als er seinen Finger unter den Gummizug schob. »Du bist so bereit, mir zu gefallen, nur um zu bekommen, was du brauchst. Was für eine herrliche Form der Folter, wenn du deine Kontrolle an mich abgibst. Und ich kontrolliere dich doch, oder, Vivienne?«

Sein Finger kreiste um meine Klitoris. Ich schluckte ein Stöhnen herunter. »Ja.«

Er kniff sanft in meine Klitoris, was mich erschaudern ließ. Mein Verstand war ein einziges Durcheinander. Doch unter der Panik und dem Verlangen schwang ein Gefühl der Angst mit.

Ich stützte mich mit den Händen auf der Schreibtischkante ab, als er in mich eindrang.

»Für eine weitere Streicheleinheit mit meinen Fingern würdest du alles tun, nicht wahr?«

Ich biss mir auf die Innenseite meiner Wange und nickte.

»Benutze deine Worte, Vivienne.«

»Ja. Gott, ja.«

»Dann erzähl mir doch mal, woher du das Ares-Mädchen kennst?«

Ares ...

Ares?

Meine Gedanken rasten, während ich verzweifelt versuchte, mich von dem Gefühl seiner Finger loszureißen und nachzudenken.

»Ich will, dass du mir alles erzählst, was du über sie weißt«, forderte er. »Lass nichts aus.«

»Ich ... ich *kenne* sie«, keuchte ich.

»Woher?«

»Ich habe sie dort gesehen ... im Orden.« Ich drückte meine Augen zu. »Oh, Gott, *London*.«

»Konzentriere dich.«

Ich versuchte es, als er zwei Finger in mich hineinschob und langsam stieß, dann zog er sie heraus. Ich blickte an mir herunter, wo mein Slip an seiner Hand klebte.

»Du hast sie im Orden gesehen. Mit wem?«

Ich schüttelte langsam den Kopf, als ich unter der brutalen Kraft seiner Kontrolle zusammenbrach.

»Mit niemandem ... Ich weiß es nicht. Ich habe sie nie mit jemand anderem als dem Lehrer gesehen«, stöhnte ich und schloss die Augen, während meine Hüften dem langsamen Stoß entgegenwippten.

»Wie oft?«

Ich drückte meine Augen fest zu, als das Bedürfnis, zu kommen, mich übermannte. »Fünf, vielleicht sechsmal, ich weiß es nicht.«

Aber er ließ nicht nach, sondern dehnte mich weiter, während er stieß. »Über welchen Zeitraum?«

Seine Berührung traf mich tiefer, härter und ließ mich meine Hände zu Fäusten ballen. »London, *bitte*.«

»*Wie. Viele. Male*, Schätzchen?«, fragte er wieder und sein Ton war unversöhnlich.

In diesem Moment hasste ich ihn.

Ich hasste ihn und liebte ihn gleichzeitig.

Ich verlor mich selbst, wenn ich mit ihm zusammen war.

Meine Kontrolle. Meinen *Willen*.

Ich war nichts weiter als das.

»Seit ich da war.«

Seine Berührungen hörten auf und rissen mich aus dem Höhepunkt der Befreiung.

»Die ganze Zeit?« Sein Tonfall war jetzt nicht mehr spielerisch.

Ich begegnete seinen finsteren Augen, die sich in meine bohrten. »Ja.«

»Und du hast Dante nie mit ihr gesehen? Nur sie.«

»Und mit der Mutter.«

Er runzelte die Stirn. »Bist du sicher?«

Ich nickte und erwartete, dass er aus meinem Höschen schlüpfen und mich verlassen würde, jetzt, wo er hatte, was er wollte, nämlich mich, keuchend und verzweifelt. Seine Stirn runzelte sich, aber seine Finger glitten nicht heraus, sie steckten noch immer tief in mir.

Ich senkte meinen Kopf und betrachtete seine Hand, die sich an mein Geschlecht presste, bis sich seine Finger langsam bewegten.

»Braves Mädchen«, lobte er, während er seine Finger krümmte und mich streichelte. »Du brauchst nur zwei Finger. Jetzt leg dich zurück und lass mich beenden, was ich angefangen habe.«

Meine Ellbogen zitterten, dann sackten sie zusammen und ließen mich auf den Schreibtisch plumpsen. Mit einer schnellen Bewegung packte er mich unter den Schultern und senkte dann seinen Kopf.

Wärme leckte und Nässe glitt zwischen seine Finger.

Es war mir egal, dass ich in einem Haus voller bewaffneter Männer entblößt war.

Es war mir egal, dass ich nass und bedürftig war.

»Verdammt, bist du schön«, stöhnte er, während er tief leckte. »So verdammt schön.«

Ich hob mein Bein an. Es dauerte nicht lange, nicht, wenn ich so verdammt nah dran war. Ich ließ meinen Kopf zurückfallen und stieß ein lautes Stöhnen aus, als er an mir saugte. Meine Muschi bebte und ließ mich erschaudern, als die Erregung mich traf.

»Mein schönes Spielzeug.« Er küsste die Innenseite meines Oberschenkels, während er mein Höschen mit seinen Fingern wieder an seinen Platz schob.

Er hatte mich zum Wimmern gebracht.

»Warte nur, bis wir alle drei zusammen sind.« Er hob seinen Kopf, um mir in die Augen zu sehen. »Diese perfekte Fotze wird triefen.«

Ich zog meine Schenkel zusammen. Der Gedanke an sie alle drei ließ mich pochen, während ich versuchte, die Kraft zu finden, mich nach oben zu stemmen, als Londons Handy piepte. Er zog ein Taschentuch aus seiner Tasche und wischte sich die Hände ab, bevor er ranging. »Ja.«

Ich rutschte an den Rand des Schreibtisches und zog mein Kleid zurecht, als sich Erleichterung auf seinem Gesicht abzeichnete. »Du hast ihn vor zwei Stunden gesehen? Wo? Na gut. Das ist gut. Das ist wirklich verdammt gut. Ja, ich weiß das zu schätzen. Ich danke dir, Jacob. Okay.«

Er ließ seine Hand sinken und drehte sich zu mir um. »Er wurde vor zwei Stunden in der Innenstadt gesehen.«

Ich ließ einen aufgestauten Atemzug los, als ich einen Stich in der Brust verspürte. »Gott sei Dank ...«, flüsterte ich. »Danke ...«

Doch meine Worte wurden unterbrochen, als Londons Handy erneut piepte. Er warf einen Blick auf das Display und ging dann ran. »Parker?«

Sekunden ... mehr brauchte es nicht, bis sich Londons Rückgrat versteifte und der harte Blick der Wut zurückkehrte. »Du hast *was*? Kannst du nicht mit mir zusammenarbeiten? Wir sind seit zwanzig Jahren zusammen im Geschäft, und du willst mich *ausschließen*? Das bist du mir schuldig.«

Mein Puls raste, als das dumpfe Geräusch von Stiefeln im Flur auf uns zukam.

»Na dann«, knurrte London in sein Handy. »Lass mich deine Erinnerung daran auffrischen, wo ich stehe. Entweder bist du auf meiner Seite, Parker, oder du bist gegen mich. An deiner Stelle würde ich also die Gelegenheit nutzen und mir genau ansehen, wo du gerade stehst. Du willst mich nicht zum Feind haben.« Dann beendete er das Gespräch.

Eine Sekunde später betrat Guild den Raum, als London sein Handy sinken ließ.

»Hast du das gesehen?« Er trat näher und bot sein eigenes Handy an.

London warf einen Blick auf den Bildschirm in Guilds Hand und betrachtete sein eigenes Bild. »Was zum Teufel ist das?«

»Drück auf Play, London. Du wirst es sehen wollen.«

Er wollte es nicht ... *und ich auch nicht.* Ich schüttelte den Kopf, während mein Körper noch immer von Londons Verlangen summte, als er das Handy in die Hand nahm und auf Play drückte.

»Wir bei Lead Investigators haben den Knüller. Quellen zufolge leitet die Polizei eine brandneue, umfassende Untersuchung des Todes von Killion Dare ein. Aufgrund eines anonymen Hinweises haben die Ermittler den Milliardär London St. James im Visier, der für die brutale Ermordung verantwortlich sein könnte. Wir können es kaum erwarten, mehr Informationen zu diesem Fall zu bekommen.«

»Team drei an Basis. Drei Detectives stehen vor der Tür und machen sich auf den Weg zu deiner Haustür. Der Anruf kam über das Funkgerät, das Guild an seinem Gürtel trug.«

Ich holte tief Luft und drehte langsam meinen Kopf, als es an der Haustür klopfte.

»Nein.« Ich schüttelte den Kopf, als London sich der Tür zuwandte. »London ... *nein.*«

Klopf ... Klopf ... Klopf.

»Ist schon gut, Schatz.«

Er war so ruhig, als er durch die Tür schritt und mich zurückließ. Ich sprang auf und rannte wutentbrannt hinter ihm her. »Und ob es das ist!«

Die Welt schien stillzustehen, als London die Haustür öffnete und drei Polizisten warteten.

»London St. James?«, fragte einer von ihnen.

»Ja.«

»Ich bin Detective Gerald Brown und das sind meine Kollegen Justine Shale und Marcus Brownstone. Wir möchten, dass Sie uns ins Hauptquartier begleiten, um einige Fragen zum Tod von Killion Dare zu beantworten.«

»Stehe ich unter Arrest?«

Der Detective sagte nichts, sondern schaute nur zu Guild, der nach vorne schritt und mich am Arm packte.

»Ich sagte, bin ich verhaftet?«, wiederholte London.

Ich schüttelte den Kopf, als der Polizist nach vorne trat. Silberne Handschellen glitzerten in seinen Händen. Er schloss sie mit einem Schnalzen um Londons Handgelenk. Bei diesem Anblick zerriss etwas in mir. Ich stieß ein Stöhnen aus und stürmte nach vorne.

»Nehmt sie ihm ab!«, schrie ich, auch als Guild mich zurückzog. Er gehörte nicht in Handschellen. *Er gehörte nicht zu ihnen! »London ... London!«*

Aber mein stoischer Beschützer wehrte sich nicht, auch nicht, als sie ihm die Hand auf den Rücken legten und die andere Handschelle fixierten.

Stattdessen sagte er leise: »*Guild.*«

»Mit meinem Leben, London«, antwortete er neben mir, seinen Griff fest um meinen Arm gelegt. »Mit meinem verdammten Leben.«

Ich verstand nicht, was sie meinten.

Erst als die Polizei begann, London wegzuziehen.

Ich drückte mich nach vorne, obwohl Guild versuchte, mich zurückzuhalten, und schaffte es, meinen Arm aus seinem Griff zu reißen, als er mich traf.

London hatte Guilds Namen nicht gerufen, um ihn zu schützen, sondern um sicherzugehen, dass er *mich* beschützte.

Mit meinem Leben.

Dafür hatte London gesorgt, dass unser Bodyguard mich mit seinem Leben beschützen würde.

Mein Herz hüpfte und schlug in meiner Brust, als sich die Tür des Polizeiautos öffnete und London darin saß. Mir kamen die Tränen, als ich aus der Vordertür rannte, während sich die Autotür mit einem dumpfen Schlag schloss.

»NEIN!« Ich stürzte mich auf das Auto und schlug mit den Fäusten gegen die Scheibe, als der Motor ansprang.

Alles, was ich sehen konnte, war London, der auf dem Rücksitz war und seine steinerne Maske aufgesetzt hatte ... bis er den Kopf drehte und mich ansah.

Dann sah ich es.

Für eine kurze Sekunde kam der Mann, den ich kannte, zum Vorschein. Seine Stirn runzelte sich, als ein Ausdruck der Angst über sein Gesicht huschte.

»Ich liebe dich«, murmelte er, als sich das Fahrzeug vorwärts bewegte und mich zurückließ.

Ich liebe dich ...

Ich warf den Kopf zurück und wischte meine Tränen beiseite, als Guilds schwere Schritte sich näherten.

»Du musst wieder reingehen, Viv.« Er zog mich mit, aber ich konnte mich nicht bewegen.

Mein Schmerz hielt mich auf der Stelle fest.

Erst Colt ...

Und jetzt London.

Wer würde mich als nächstes verlassen?

Ich schloss meine Augen, während ich schwankte. »Bring sie zu mir zurück«, flehte ich. »Mach mit mir, was du willst, aber bitte bring sie zurück.«

Meine Tränen fielen und zogen Linien über meine Wangen ...

Bis sie langsam auf den Boden fielen.

SIEBENUNDZWANZIG

London

Ich schlug die Beine übereinander und schluckte den Blutgeschmack in meinem Mund hinunter, weil ich mir auf die verdammte Zunge gebissen hatte. Der Detective saß mir gegenüber, während die anderen beiden den Raum betraten und wieder verließen. Zweifellos taten sie ihr Bestes, um etwas über mich herauszufinden, so wie sie es in den letzten sechs verdammten Stunden getan hatten.

Sechs Stunden hatte ich hier gesessen.

Sechs Stunden ohne sie.

Vivienne musste den Verstand verlieren.

Mein Kiefer verkrampfte sich, als ich mir vorstellte, was für eine verdammte Hölle sie in diesem Moment durchmachen musste. Erst war Colt weg, und jetzt ich. Ich hoffte nur, dass Carven und Guild da waren, um sie zu beschützen, und sei es nur vor den Qualen ihrer eigenen verdammten Gedanken.

»Sie versuchen mir also zu sagen, dass Sie Killion Dare kennen, aber nicht im geschäftlichen Sinne, und dass Sie keine Freunde sind?«

Sechs Stunden für so etwas?

»*Versuchen* ist das richtige Wort, Detective«, antwortete ich, während ich meine Beine löste, um sie dann langsam wieder zu überkreuzen.

In seinen Augen flackerte ein Hauch von Verärgerung auf. Sie hatten nichts gegen mich in der Hand und das wussten sie auch. Hale genoss es, mich Faden für Faden auseinander zu nehmen.

»Ich verstehe immer noch nicht, was hier los ist, London.«

Ich zuckte zusammen, als ich meinen Namen auf seiner Zunge hörte und meine Gedanken schweiften zu einer anderen Zunge ab. Die, die ich aus dem Bastard herausgeschnitten hatte, der sie benutzt hatte, um jemanden zu verletzen, den ich liebte.

»Wie um alles in der Welt stehen Sie in Verbindung mit Mr. Dare?«

Ein scharfes Klopfen an der Tür ertönte. Dieses Mal klang es anders, *dringender. Ich hoffte, es war Major, sonst ...*

»Wie ich schon unzählige Male gesagt habe, Detective, durch einen gemeinsamen Partner.« *Derselbe verdammte tote Mann, der mich hierher gebracht hatte.*

Und sie wussten es auch.

Nicht ein einziges Mal in den letzten sechs Stunden war Hales Name über ihre Lippen gekommen. *Nicht ein einziges Mal.*

Das allein sprach schon Bände.

Der Detective erhob sich und schob den Stuhl langsam mit den Beinen nach hinten, während er die Gelegenheit nutzte, um auf mich herabzublicken. *Zucken.* Der Nerv an meiner Schläfe zuckte, als ich die Worte durch die zusammengebissenen Zähne zwang: »Wenn Sie nach einem Motiv suchen, Detective, werden Sie hier keines finden. Ich habe durch Mr. Dares Tod nichts zu gewinnen.«

Klopf!

Ich warf einen Blick auf die Tür, als der Detektiv einen Schritt machte. Er wusste es. Der Scheißkerl wusste es und er hat die Sache so lange wie möglich hinausgezögert, in der Hoffnung, jeden Dreck zu finden, den er finden konnte.

Wieder ging ein verärgerter Gesichtsausdruck über sein Gesicht, was zweifellos an dem Zeug lag, das er durch den Ohrhörer, den er trug, hörte. Mit einem Knurren durchquerte er den Raum und öffnete die Tür. Auf der anderen Seite wartete mein stinksaurer, sehr teurer Anwalt.

Major Copeland stürmte in den Raum und seine Augen blitzten vor Angst auf, als sich unsere Blicke trafen. Das Zusammenkneifen seiner Lippen sagte alles, aber ich war nicht in der verdammten Stimmung, mir Ausreden anzuhören.

»Wir gehen«, verkündete er.

Ich erhob mich bereits. »Ja, das tun wir.«

Der Detective sagte nichts, sondern sah nur zu, wie ich die Manschetten meines Hemdes zurechtzupfte. »Sagen Sie mir, Detective, warum in aller Welt schauen Sie mich so an?«

Er runzelte die Stirn, bevor er den Blick abwandte. Das war die einzige Bestätigung, die ich brauchte.

»Ich entschuldige mich dafür, dass du den ganzen Abend damit vergeudet hast. Ich hoffe, du kannst den Verursacher ausfindig machen. Das hört sich nach einer perfekten Ablenkung an.«

Ein bitteres Kräuseln seiner Lippen folgte. In seinen Augen blitzte ein Blick auf, der mehr sagte, als seine verlogene Zunge je gesagt hätte.

Ich drehte mich um und folgte dem Anwalt, der mich siebenstellige Summen pro Jahr kostete, um meine Zeit mit diesem Scheiß zu verschwenden. Andere Polizisten warteten, einer in Uniform und mit mehr Orden, als ich je an einem Soldaten gesehen hatte, und ich hatte schon *viele* Soldaten gesehen.

Er starrte mich an und nickte mir langsam zu, als ich vorbeiging.

Ich erkannte ihn augenblicklich.

Mein Puls pochte, als ich ihm nur knapp zunickte und dann weiterging.

Er war der Grund, warum ich hier war und warum Hales Name nicht ein einziges Mal erwähnt worden war. Der verdammte Mistkerl zerrte an meinem Halsband und war fest entschlossen, mich zum Teufel zu jagen. Ich schritt den Flur neben meinem Anwalt entlang bis hinaus in das große Foyer des Polizeipräsidiums der Stadt.

Das Problem war nur, wenn man die Bestie am anderen Ende der Leine nicht kannte, konnte sie sich einfach umdrehen und einen in Stücke reißen. Daniels' Gesicht kam mir wieder in den Sinn, mit diesem leeren, zerrissenen Blick.

Sie hatten keine Ahnung, wer ich war ...

Aber sie würden es bald herausfinden.

Ich griff in meine Tasche und schnappte mir mein Handy, als ich aus der Tür des Hauptquartiers in das schwache gelbe Licht der aufgehenden Sonne schritt.

»Mr. St. James!«, rief jemand aus einer kleinen Gruppe, die am Fuß der Betontreppe wartete.

»Hier entlang«, rief Major, als die Reporter nach vorne stürmten.

Major tat sein Bestes, um zwischen uns zu treten und mich zu seinem wartenden mitternachtsblauen Mercedes zu führen, bevor er sich umdrehte und seine Arme in Richtung des Ansturms ausstreckte.

Die Plünderer stürmten auf uns zu. Handys wurden mir ins Gesicht gehalten und verzweifelte Fragen folgten.

»Mr. St. James wird keine Fragen beantworten«, sagte Major energisch. »Die Polizei hat keine Anklage erhoben und wir tun alles, was wir können, um zu helfen ...«

Die Tür entriegelte sich mit einem lauten Klicken. Ich hatte bereits das Symbol auf meinem Handy gedrückt, als ich die Beifahrertür aufriss und einstieg.

Verdammte Wichser!

Zwei Klingelzeichen später wurde der Anruf entgegengenommen. »Was soll ich für dich tun?« Carvens Worte waren eiskalt.

Ich starrte die verdammten Reporter an, die wie Geier ausschwärmten, wandte mein Gesicht ab und senkte meine

Stimme. »Ich möchte, dass du Mr. Daniels eine ganz klare Botschaft übermittelst, die besagt, dass ich niemandem Geld gebe, schon gar nicht Hale.«

»Mit dem größten Vergnügen«, antwortete Carven augenblicklich.

Ich konnte die brutale Freude in seinem Tonfall hören, die Erregung darüber, dass der Anfang vom Ende gekommen war. Nur musste es Hales Ende sein, denn ich wollte auf keinen Fall für dieses Stück Scheiße sterben.

Eine Frau ging auf das Auto zu, den Kopf gesenkt, die Haare hinter sich her wehend. Ich lenkte meine Aufmerksamkeit wieder auf das einzig Wichtige in meinem Kopf. »*Vivienne?*«

»Du solltest so schnell wie möglich nach Hause gehen ...«

Er sagte nichts und doch alles auf einmal.

Bei dem Bild, das sich mir bot, zuckte ich zusammen. Sie würde auf und ab gehen. Sie war stinksauer. Sie würde mich in Stücke reißen.

»Ich bin auf dem Weg«, antwortete ich und beendete das Gespräch, als die Frau näher kam und den Kopf hob.

Braune Augen trafen meine durch die Windschutzscheibe, bevor sie sich abwandten und sie in der Gruppe der Reporter verschwand.

Ich zuckte zusammen.

Mein Herz hämmerte.

Das Blut wich aus meinem Gesicht.

Diese braunen Augen blieben mir im Gedächtnis ... *sie kamen mir unheimlich bekannt vor.*

Ich frage mich, ob du die Dritte schon gefunden hast?, hallten Jacks Worte wider.

Eine dritte Tochter, älter, wenn ich mich richtig erinnere.

Dann traf es mich wie ein Schlag. Ich ließ meinen Blick an der Menge der Reporter vorbei schweifen, als sich die Fahrertür öffnete und Major hinter das Lenkrad stieg.

»London?«, rief Major hinter mir, als ich die Beifahrertür offen ließ.

Diese Augen riefen mich zu sich, Augen, die ich besser kannte als alle anderen, Augen, in denen ich mich immer wieder verloren hatte.

Das waren Viviennes Augen.

Ich lief los und stieß mit den wartenden Reportern zusammen, die mir ihre Handys ins Gesicht drückten, als hätte ich es mir anders überlegt und wäre bereit, jedem, der mir zuhören würde, meine verdammten Geheimnisse zu verraten. Der harte Aufprall schleuderte mich zur Seite, bevor ich mich wieder aufrichtete.

Ein Aufschrei des Protests ertönte, als ich mich vorwärtsdrängte und die erste, zweite ... und dritte Treppe hochrannte. Mein Puls pochte in meinen Ohren, während ich nach ihr suchte. Als ich oben ankam, sog ich tiefe Atemzüge ein, während ich das Foyer der Polizeiwache musterte ... *aber sie war nicht da.*

Es war niemand im Foyer. Die Glastüren waren noch geschlossen, als ich hindurchgegangen war. Sie musste hier sein ... *irgendwo.*

Kings dritte Tochter.

Diejenige, die mich direkt zu ihm führen würde.

Mit einem lauten Brüllen stürmte ich auf die Seite des Gebäudes zu. Schatten warteten auf mich. Schatten, aber sonst nichts.

»Was zum Teufel ist hier los?«, rief Major schwer atmend hinter mir. Ich drehte mich um und traf auf seinen panischen Blick. »Fällst du mir jetzt etwa um den Hals?«

Mit finsterer Miene starrte ich ihn an und schüttelte langsam den Kopf.

Er hob seine Hand. »Dann lass uns von hier verschwinden, bevor diese Arschlöcher noch etwas erfahren, ja?«

Er hatte recht.

Ich *wusste*, dass er recht hatte.

Aber das hielt mich nicht davon ab, ein letztes Mal über die Schulter zu schauen, bevor ich ihm folgte. Dabei blickte ich die ganze Zeit den Reportern nach, die mich misstrauisch und verwirrt anstarrten, als ich zur offenen Autotür ging und wieder einstieg.

Meine verdammten Hände zitterten, als ich mich anschnallte und zu dem verdunkelten Gebäude hinauf starrte.

»Du siehst aus, als hättest du einen verdammten Geist gesehen«, schnauzte Major, als er den Motor startete und den Rückwärtsgang einlegte.

Aber es war kein Geist gewesen, der sich gerade gezeigt hatte.

Es war die Verbindung, die ich gebraucht hatte ...

Um mich zu retten ...

Und meine Familie.

Erschöpfung überkam mich, als ich mich gegen die Kopfstütze lehnte und mein Magen sich vor aufgestauter Wut aufbäumte. »Bring mich einfach nach Hause, Major«, murmelte ich und wusste, was mich erwartete. »Bring mich einfach nach Hause.“

ACHTUNDZWANZIG

Colt

Die Wut riss mich auseinander und setzte mich wieder zusammen. Ich stieg wieder in das Auto und ließ den Motor an. Aber meine verdammten Hände zitterten ... so sehr, dass ich den Schalthebel nicht greifen konnte. Stattdessen wickelte ich sie um das Lenkrad und versuchte, meinen letzten Rest an Vernunft zu bewahren.

Trotzdem starrten sie mich an. Ihre großen Augen starrten mich von der anderen Straßenseite an, wo sie sich um Theo Ares geschart hatten, der mich beobachtet hatte. Ich griff nach unten, legte den Gang ein und trat das Gaspedal durch.

Der Wagen schoss vorwärts und die Reifen heulten auf, als ich an der Bar vorbeifuhr. Ich musste da raus. Ich musste ...

Etwas zerreißen.

Ich krallte mich fest und drehte das Lenkrad, um um die Ecke des Gebäudes zu fahren. Dunkle, leere Straßen warteten auf mich. Ich sollte zu Hause sein ... ich sollte überall sein, *nur nicht hier.* Aber ich konnte nicht dorthin zurückgehen, noch nicht. Nicht, solange sie ... *solange Ophelia hier war.*

Die grünen Straßenlaternen verschwammen vor meinen Augen. Ich wischte über meine Augen und atmete langsam und schwer aus. Ich wusste nicht, wohin ich fuhr, ich wusste nur, dass ich nicht nach Hause zurückkehren konnte ... *zumindest noch nicht.*

Nicht mit dieser Wut in mir, die so explosiv war.

Das würde ich nicht tun ...

Nicht mit ihr.

Ich trieb den Geländewagen weiter an und raste durch die Straßen der Stadt, bis die hohen Gebäude langsam Gebäuderuinen wichen. Ich wusste nicht, warum ich hier war. An diesem Ort ...

Carven kam hierher.

Carven und seine Wut.

Nicht ich.

Aber das Lenkrad drehte sich fast wie von selbst und ich bremste, als drei Typen mit gekreuzten Knochen an den Kotflügeln eines glänzenden schwarzen Maserati lehnten und mich beobachteten, als ich vorbeifuhr.

»Nein«, flüsterte ich, als ich in die Einfahrt der Baustelle fuhr und neben dem bewaffneten Wachmann anhielt.

Meine Stimme war kratzig und hohl, als ich den Code nannte und darauf wartete, dass er zur Seite trat.

Ein Nicken war alles, was ich brauchte.

Ein Nicken und ich wusste, dass ich in der Hölle angekommen war.

»Tu das nicht«, murmelte ich vor mich hin, als ich das Auto an glänzenden Lamborghinis und nagelneuen Bentleys vorbei lenkte. »Das bin nicht ich.«

Ich war wie verzaubert, als ich den Motor abstellte und ausstieg.

»*Verdammt nochmal! SCHLAG IHN, VERDAMMT NOCH MAL! HÖR AUF HERUMZUTANZEN!*«

Ich zuckte zurück, steckte meine Fäuste in die Taschen und schaute zu Boden, als die Schreie der reichen Arschlöcher ertönten, die Geld bezahlt hatten, um Blut zu sehen. Aber ich war nicht ihretwegen hier ... *ich war meinetwegen hier.*

Das wusste ich.

Auch wenn ich die Wahrheit nicht zugeben wollte.

Ich machte mich auf den Weg zu dem Wachmann, der an der Tür stand und langsam zur Seite trat, um mich durchzulassen. Meine Stiefel knirschten auf Beton und Schutt. Ziegelreste waren alles, was ich sah, als ich mir einen Weg durch die Baustelle bahnte und an dem Bereich vorbeikam, in dem vier Kämpfe stattfanden. Auf den Jubel folgte ein brutaler Aufprall. Der glänzende schwarze Lack und das Nummernschild *ARES1* fielen mir auf.

Ich wollte nicht aufblicken. Ich hätte es auch nicht getan, wenn nicht ein vertrautes Knurren an meine Ohren gedrungen wäre. »Ja, ja, ich sehe ihn. Er ist hier ... *nein, allein.* Woher zum Teufel soll ich das wissen?«

Langsam hob ich meinen Blick und traf auf den kritischen Blick von Silas Ares. Er lehnte sich an der geschlossenen Tür seines Sportwagens, während er mich anstarrte. Aber ich senkte den Kopf und ging weiter zu der Stelle, wo Knurren aus dem Ring des barbarischen Zuschauersports kam.

Ich bemerkte eine Bewegung am Rande meines Blickfeldes, als er seinen Blick von dem Kampf vor ihm abwandte und in meine Richtung schaute.

»Nein ... *verdammt, nein!*«, knurrte er. »Ich habe dir schon mal gesagt, dass du dich hier nicht blicken lassen sollst. Was glaubst du eigentlich, wer du bist - *schlag ihn, verdammt noch mal!*«, brüllte er den Kämpfer an.

»Ich bin's«, murmelte ich, als ich vor einem großen Mann stehen blieb.

Nur wenige Zentimeter von mir entfernt hallten brutale Schläge von dem Kampf wider. Iron verstummte und drehte sich langsam wieder zu mir um, sodass ich meinen Blick hob, um seinem zu begegnen.

»Was zum Teufel?« Er warf einen finsteren Blick hinter mich und suchte nach dem Zwilling, der nicht hier war, dann drehte er sich um. »Ich dachte, du bist taub?«

Ich zuckte zusammen und starrte nur zurück, als er sich unbeholfen wieder dem Kampf zuwandte. »Was zum Teufel willst du?«, schleuderte er mir über die Schulter entgegen.

»Ich will kämpfen.«

Er schaute mich nicht an, aber ich wusste, dass er mich gehört hatte. Er schloss kurz die Augen und murmelte etwas vor sich hin. »Hau ab, Junge. Dein Bruder würde mich umbringen, wenn er wüsste, dass ich dich zu Brei haben prügeln lassen.«

»Ich bin nicht für ihn hier. Ich bin für mich hier.«

Iron öffnete die Augen und starrte mich an. »Weiß er, dass du hier bist?«

Ich schüttelte den Kopf.

Er leckte sich über die Lippen und drehte sich dann zu dem Typen vor uns um, der gerade einen vernichtenden Schlag abbekommen hatte. »Heilige Scheiße, meine Schwester schlägt härter zu als dieses Arschloch.« Er blickte zu den anderen drei Kämpfern, die den Raum füllten. »Meine Schwester schlägt härter zu als all diese gottverdammten Verlierer.«

Ich wartete ...

Darauf, dass er sich wieder zu mir umdrehte.

Er tat es schließlich, schaute aber immer noch zur Tür hinter mir. »Bist du sicher, dass er nicht weiß, dass du hier bist?«

Ich antwortete nicht. Er wartete nicht. »Wie viel hast du?« Ein Zucken war zu hören, als der Kämpfer vor uns wie ein Stein zu Boden fiel.

»Was für eine verdammte Geldverschwendung!«, rief jemand hinter mir.

»Weißt du was?«, knurrte Iron. »Du kannst nicht schlimmer sein als diese Idioten.«

Mit einem Kopfschütteln bedeutete er mir, hereinzukommen. »Mach dich bereit und zeig, was du drauf hast.«

Ich machte einen Schritt, griff nach dem Plastikband, das um die Absperrungen gewickelt war, und trat in den Ring, wo ein Kerl, der doppelt so groß war wie ich, tiefe Atemzüge einsaugte, während er seinen Konkurrenten anstarrte, der bewusstlos vor ihm auf dem Boden lag.

»Was soll der Scheiß?«, knurrte er und warf einen Blick auf Iron.

»Junge, willst du nicht deine Jacke ausziehen? Oder dich aufwärmen oder ... was weiß ich, irgendwas machen?«, murmelte Iron, seine Stimme klang verzerrt und seltsam.

Aber ich schaute nicht zu ihm, sondern auf den Boden.

Das Gebäude schien zu ... *verblassen*.

Ich glitt dorthin zurück, zu den Schmerzen und der Wut, zu den Echos meiner Kindheit, die mich nie loszulassen schienen. Gebrüll drang zu mir durch, Jubel und Rufe. Aber ich befand mich in einem Vakuum, in dem meiner Welt alle Luft entzogen worden war.

Mein Gegner trat näher, sein Mund bewegte sich, als er seine Hand hob und erst auf mich und dann auf Iron zeigte. Aber ich hörte nicht hin, weder auf die Geräusche noch auf die Schreie. Ich hörte auf meinen Herzschlag, auf das Pochen des Lebens, das durch meine Adern floss, während ich alles beobachtete.

Ich sah den Moment, in dem Iron dem großen Kerl den Befehl gab.

Ich sah den Moment, in dem sein frustrierter Blick tödlich wurde.

Der finstere Blick glättete sich von seiner Stirn.

Sein Kiefer spannte sich an, ebenso wie seine Fäuste.

Ich sah, wie Iron den anderen ein Zeichen gab und die drei verbliebenen Kämpfer um mich herum hörten auf und drehten sich alle zu mir um. Ich verkrampfte mich nicht, ballte nicht die Fäuste, sondern stand einfach nur da, während Iron langsam nickte. Dann ging es los.

Der erste Schlag kam hart, schwang durch die Luft und landete mit einem brutalen Knall auf meiner Wange.

Ich stolperte zur Seite. Mein Knie knickte für eine Sekunde ein, bevor ich den Sturz abfing.

Schmerz durchzog meine Wange und strahlte meinen Kiefer entlang. Trotzdem richtete ich mich auf und sog tiefe Atemzüge ein.

»Was zum Teufel soll das?« Der Typ vor mir starrte mich an. »Wehre dich.«

Ich sagte nichts, sondern wartete nur auf den nächsten Schlag. Ich brauchte nicht lange zu warten.

Mit einem Brüllen trieb er seine Faust nach oben und traf mich an der Unterseite meines Kiefers. Mein Kopf kippte nach hinten und meine Zähne knirschten. Sterne prallten hinter meinen Augenlidern aufeinander und leuchteten neonweiß, als ich rückwärts stolperte.

Die Menge schrie.

Iron brüllte.

Doch inmitten des Chaos kam sie.

Schöne braune Augen.

Ein Lächeln, das mir das Gefühl gab, unbesiegbar und wertlos zugleich zu sein.

»Colt, Baby«, flüsterte sie und es war, als würde ich in einer Blase stehen, die nur aus Vivienne bestand. Ihr kehliger,

erotischer Ton verschluckte alles andere um mich herum. *»Colt, ich brauche dich.«*

Ich stolperte über den Schlag, dann richtete ich mich auf. Der große Kerl vor mir stürmte vorwärts und seine Augen glühten vor Entschlossenheit.

»Colt! ICH BRAUCHE DICH!«, schrie sie.

Der Klang ihrer Angst ließ etwas in mir zerbrechen. Die Fesseln meiner Vergangenheit zerbrachen und fielen von mir ab, als ich mich in letzter Sekunde bewegte und den Kämpfer nach vorne warf. Das Momentum nahm ihn mit und ich nutzte es, um mich umzudrehen, ihn zu packen und meine Fäuste zu entfesseln.

Bumm ...

Bumm.

BUMM!

Ich wurde zu nichts als Fäusten, Wut und Bewegung. Blut floss, ich wusste nicht, woher oder von wem. Ich wusste nur, dass sich etwas bewegte, während andere nach vorne stürmten. Aber derselbe Schwung erfasste mich jetzt ... *und es gab kein Zurück mehr.*

BUMM.

DUMP.

KNACK.

Jemand versuchte, mich zu packen, aber er landete mit dem Rücken auf dem Boden und ich stürzte mich auf ihn. Etwas Nasses klatschte in mein Gesicht, als ich meine Faust immer und immer wieder auf ihn einschlug.

»*Colt!*«

»*COLT!*«, schrie sie in meinem Kopf.

Und ließ mich erstarren.

Ich blickte auf die großen, verängstigten Augen des Mannes unter mir herab. Aber er war kein Kämpfer. Blut floss aus der gebrochenen Nase.

»Lass ihn los, verdammt!«, schrie Iron.

Aber der Rest der Menge war still. Nicht nur still ... *fassungslos*. Ein tiefes Stöhnen kam von hinter mir. Ich warf einen Blick über die Schulter auf den riesigen Kerl, der vor wenigen Sekunden noch auf mich zugestürmt war. Aber jetzt griff er nicht mehr an. Er krümmte sich, umklammerte seine Schulter und stöhnte vor Schmerz.

»Du hast sie mir gebrochen!«, stöhnte er. »Du hast mir die Schulter gebrochen!«

»Lass mich los, verdammt«, zischte Irons Aufpasser unter mir und seine Stimme klang nasal durch seine gebrochene Nase. »Lass mich einfach in Ruhe, Mann.«

Langsam erhob ich mich von ihm, die Fäuste blutig an meiner Seite. Er starrte mich voller Angst an, die Art von Angst, die ich gut kannte.

»Du bist verkorkst, verdammt!«, knurrte er, während er sich mit einer Hand die Nase zuhielt. »Du Arschloch!«

Ich starrte ihn an ... sie alle, denn ich wusste, dass ich das getan hatte ... aber ich fühlte nichts. Ich fühlte *absolut gar nichts*.

Ich fühlte nichts außer *ihr*.

Nur sie.

Iron stolperte nach vorne und brüllte: »Sieh dir an, was du getan hast! Verpiss dich von hier!«

Ich folgte seiner Handbewegung zu den drei anderen Jungs, die langsam aufstanden und mich mit entsetzten Blicken anstarrten. Ich stolperte rückwärts und versuchte, nicht zu den anderen zu schauen, die auf ihren Autos saßen und mich schweigend beobachteten.

Aber es war Silas Ares, der nach vorne trat. *Colt«*, rief er, als ich versuchte, um ihn herumzugehen.

Mit der Bewegung bewegte sich auch der Schmerz. Ein Tsunami von Schmerzen überrollte mich, als ich in Richtung der zerstörten Tür und des Ausgangs taumelte. Mit jeder Schmerzwelle kamen die Funken, die in meinem Kopf explodierten. Ich stöhnte auf, als ich in die kalte Nachtluft eintauchte und versuchte, mich zu konzentrieren ... um die verschwommenen Umrisse des Autos zu erkennen.

Ich machte einen Schritt darauf zu und in dem Moment, als ich es tat, gaben meine Knie nach.

»*Colt«*, rief Vivienne in meinem Kopf.

Ich musste zu ihr gelangen.

Ich musste ...

Ich schlug hart auf dem Boden auf und meine Knie gaben vor Schmerz nach. Ich hob meinen Kopf und stürmte weiter, um das Auto zu erreichen. Die Schatten verschoben sich und verschwammen im grellen Neonlicht. Ich machte drei weitere schwankende Schritte, bevor ich verzweifelt den Türgriff betätigte, aber meine Finger rutschten ab ...

Und ich fiel.

Die Dunkelheit verschwamm und bewegte sich um mich herum. Ich starrte, als ein Schatten näher kam. »Du bist rücksichtslos«, knurrte der Schatten. »Und dein Bruder auch. Ich dachte, du wärst anders, dachte, du wärst wie wir, aber ich sehe jetzt, dass du es nicht bist.«

Jemand packte mich und hob mich vom Boden auf.

»*Nein.*« Ich schlug um mich und versuchte zu kämpfen.

Die Gesichter verschwammen. Ich schaute zu den Lichtern und den teuren Autos, fand aber kaum einen Blick in meine Richtung. Silas Ares und die anderen um ihn herum traten zurück und beobachteten, wie sich die Schatten um mich schlossen.

»Bringt ihn rein«, befahl die Stimme.

Ich wand mich und trat mit meinem Stiefel aus. »*Lasst mich in Ruhe!*«

Silas warf einen Blick auf die Männer, die mich gepackt hatten und ich konnte den finsteren Blick nur noch erahnen, bevor er sich umdrehte und mir den Rücken zuwandte ... und die anderen folgten ihm.

»Ihr könnt mich mal«, presste ich durch zusammengebissene Zähnen hervor, während die Qualen in meinem Kopf weiter dröhnten.

Sie trugen mich zu einem Auto und stießen mich auf den Boden. Ich versuchte, mich festzuhalten, kämpfte gegen die Welle der Dunkelheit an. Aber sie verschlang mich und ließ mich in die Finsternis treiben. Die Autotüren schlossen sich mit einem dumpfen Geräusch um mich herum, bevor ein Motor ansprang.

»Wer ... wer zum Teufel seid ihr?«, flüsterte ich.

Aber es antwortete niemand ...

Denn ich war weg und stürzte kopfüber ins Nichts.

»WACH AUF.«

Ein Tritt traf mich an der Seite. Es folgte ein Schmerz, der ausstrahlte, als ich meine Augen aufriss. Ein Fremder stand über mir und blickte auf mich herab. Dunkle, unerschrockene Augen bohrten sich in meine.

»Du wirst sie dir nicht einfach wieder wegnehmen lassen, oder?« Er ging langsam in die Hocke. »Es gibt da draußen Männer, gegen die Haelstrom Hale wie ein verdammter Pfadfinder aussieht. Wir nennen sie *die Anderen*. Sie werden sie mitnehmen und du wirst sie nie wieder finden. Willst du das?«

Ich holte tief Luft und starrte ihn an.

Mein Puls raste.

Er schaute finster drein und seine Lippen kräuselten sich.

Er wusste über den Orden Bescheid.

Du bist leichtsinnig. Seine Worte hallten zu mir zurück. Und dein Bruder ist es auch. Ich dachte, du wärst anders, ich dachte, du wärst wie wir, aber jetzt sehe ich, dass du es nicht bist.

Wie wir ...

Wie wir.

Langsam drehte ich meinen Kopf und entdeckte die anderen, die in den Schatten standen. »Söhne«, flüsterte ich, während sich mein Magen zusammenzog. »Ihr seid Söhne.«

Er hob ein Messer, dessen Klinge im Licht schimmerte. »Ich hatte deinem Bruder gesagt, dass ich über ihn an sie herankomme, aber wie es aussieht, brauche ich mir die Mühe nicht zu machen.« Er richtete seinen feindseligen Blick auf mich. »Ich werde stattdessen dich benutzen.«

Er stürzte sich auf mich und schleuderte das Messer durch die Luft, als ich ausholte. Ich packte sein Handgelenk, schlug die Klinge weg und trat zu.

Das scharfe Signal eines Funkgeräts ertönte und erfüllte die Luft mit hektischem Geplapper. Aber ich hörte nicht hin. Stattdessen schlug ich zu und rammte meine Fäuste in die Seite seines Kopfes.

Verschwinde von hier ...

Verschwinde von hier, verdammt noch mal!

Dieser Kampf war anders. Er war irgendwie realer, als ob alle anderen keine Bedrohung wären, aber dieses Arschloch schon.

»Lass sie in Ruhe, verdammt!«, brüllte ich, als ich ihn nach hinten drängte.

»Wir müssen weg!«, rief einer der anderen verzweifelt.

»Kane! Wir müssen JETZT weg!«

Schüsse fielen, rissen die Metallhülle des verlassenen Lagerhauses auf und hinterließen Wunden, die breit genug waren, um das grelle Sonnenlicht durchzulassen. War es schon Morgen? Wie lange war ich schon hier gewesen? Das

Arschloch vor mir schubste mich. Er sog tiefe Atemzüge ein, als er aufstand und taumelte.

Missmutig starrte er mich an. »Warum zum Teufel kämpfst du so hart um sie?«, knurrte er, als von draußen ein Knall ertönte.

Die anderen setzten sich bereits in Bewegung, schnappten sich, was sie konnten und rannten los.

»Colt!«, rief eine vertraute Stimme.

Ich riss meinen Blick von der Gruppe los und blickte zu dem Team ehemaliger Navy SEALs, das auf mich zukam und mit seinen Waffen auf die Söhne zielte, während sie abhauten.

»Harper?«, krächzte ich.

Er kam näher und streckte seine Hand aus. »Ich bin's, Kumpel. Komm, wir bringen dich hier raus.«

Ich nahm seine Hand und ließ mich von ihm mitziehen.

Aber ich folgte seinem Blick ... zu den Söhnen, die verschwunden waren.

Die Söhne, die meinen Bruder gewarnt hatten.

Söhne, die das Einzige wollten, was sie nie haben würden.

Die Tochter, die zu uns gehörte.

NEUNUNDZWANZIG

Vivienne

___

»VIVIENNE ... *HÖR AUF!*« CARVEN PACKTE MEINE HÄNDE und zog sie aus dem Wirrwarr meiner Haare. »Du wirst dir noch eine Glatze machen.«

Strähnen zogen und rissen, als ich mich gegen ihn wehrte. Er knurrte, als er meine Finger entwirrte und sie aus meinem Haar zog. Aber ich konnte nicht einfach dastehen und warten, ich musste etwas tun. Denn ich wurde wahnsinnig.

Ich löste meine Hände aus seinen und drehte mich um, um durch das Arbeitszimmer zu gehen, wobei mein Blick auf die leere Tür fiel. »Er sollte schon längst hier sein. Er sollte zurück sein.«

Ich wartete auf das Klicken des Schlosses ... und auf das dumpfe Geräusch ihrer Schritte. Meine Augen brannten und meine Sicht war verschwommen, als ich auf die leere Türöffnung starrte, bis ich ihren Anblick hasste.

Der Schmerz schnitt mir in die Brust auf und hackte mir das Herz heraus.

Es war irgendwo da draußen.

Irgendwo, umklammert von Londons kontrollierendem Griff.

Es hinterließ eine Leere in mir.

»Wo sind sie?« Ich drehte mich um und traf auf seinen eisigen Blick. *»Wo zum Teufel sind sie, Carven?«*

Piep.

Er riss sein Handy hoch und starrte auf den Bildschirm.

»Was?« Ich stolperte nach vorne. »Was ist los?«

»Sie haben ihn gefunden«, murmelte er. »Sie haben Colt gefunden.«

Mir stockte der Atem. »Gott sei Dank! *Gott sei Dank!«*

Ich taumelte und streckte mich verzweifelt aus, um etwas zu greifen, als das Arbeitszimmer zu schwanken schien ... nur fing mich etwas auf.

Carven griff nach meiner Hand, sein Blick war noch immer auf den Bildschirm gerichtet, während er tippte, bevor er das Handy sinken ließ und sich zu mir umdrehte. »Sie sind in Sicherheit. Sie sind beide in Sicherheit, Wildkatze. Dir geht es jetzt gut. *Dir geht es gut.«*

Er zog mich an sich heran, der ... kalte, grausame Jäger zog mich an seine Brust, als er sich erhob. Seine Hände waren unbeholfen, als er meine Schultern fest umklammerte, so als wüsste er nicht, was er tun sollte ... *und doch wollte er etwas tun.* Ich wusste, dass seine Worte nicht nur für mich bestimmt waren, sondern auch für ihn.

Meine Kehle schnürte sich zu. Sein Griff wurde fester, als eine Träne meine Wange hinunterlief. Die Bewegung war so schnell, dass ich sie kaum wahrnahm, als er den Tropfen mit dem Daumen wegwischte.

Dann schob er ihn in seinen Mund und starrte mich mit seinem kalten Blick an.

Mein Atem stockte, dann hörte ich in der Stille das leise Klopfen einer Autotür.

Carvens Blick wanderte zur Tür. Er ließ seine Hände fallen und trat um mich herum, als das Schnappen des Schlosses ertönte. Es folgten schwere Schritte. Diesen Gang hätte ich überall erkannt.

»*London!*«, rief ich, als ich mich umdrehte und zur Tür stürzte.

In Windeseile war ich aus dem Arbeitszimmer verschwunden. Mein Herz schlug gegen meine Brust. Sein weißes Hemd war offen, die Ärmel hochgekrempelt. Als ich auf ihn zustürmte, sah er völlig erschöpft aus, was ihn älter, kälter und verzweifelter erscheinen ließ.

Aber er war nicht zu erschöpft, um mich aufzufangen, als ich mich auf ihn stürzte.

Seine Arme legten sich um mich und glitten meinen Rücken hinauf, als er mich fest an sich drückte. Er atmete tief aus und murmelte: »Verdammt, ich habe dich vermisst.«

Ich klammerte mich an ihn und vergrub mein Gesicht an seinem Hals. Sein reichhaltiger Duft drang augenblicklich in mich ein. Ich atmete tief ein und wollte unbedingt die Leere in mir füllen. »Ich hatte solche Angst«, krächzte ich. »*So verdammt viel Angst.*«

Seine starken Arme zogen sich zusammen. Doch unter der Verzweiflung steckte eine angespannte, zitternde Wut. Das

Geräusch eines Motors kam näher an das Haus heran. Carven drehte sich bei dem Geräusch um und lauschte dem Rumpeln des Motors, als er zum Stillstand kam.

Das dumpfe Aufschlagen der Autotüren war zu hören, gefolgt von dem Geräusch des wegfahrenden Fahrzeugs. Ich trat von London zurück und drehte meinen Kopf, als ich das leise Geräusch des Schlosses an der Haustür hörte. Schwere Schritte hallten wider und spiegelten das Pochen meines Herzens wider. Colt kam um die Ecke und sah furchtbar aus.

Er hatte getrocknetes Blut im Gesicht. Seine Kleidung war zerknittert, zerrissen und schmutzig. Aber es waren seine Augen, die mich fesselten. Sie waren starr und leer, überhaupt nicht wie die Augen des Mannes, den ich kannte. Er schaute auf den Boden, als er näher kam, die Hände in die Taschen gesteckt.

Carven und London sagten kein einziges Wort. Sie gingen nicht zu ihm hin, bewegten sich überhaupt nicht. Aber ich war nicht so zurückhaltend. Ich stürmte vorwärts und schlang meine Arme um seinen Hals. Er packte mich und zog mich an sich. Ich konnte die Anspannung in seinem Körper und die Zerrissenheit in seiner Seele spüren. Ich konnte das Gewicht spüren, das er trug ... die Frage war nur, *warum?*

Sein Arm löste sich von mir, als er zu den anderen trat, seine andere Hand aus der Tasche zog und London die Hand reichte. Colt sagte kein Wort, als er ihm den kleinen Chip in die Hand drückte. London blickte nach unten, dann ballte er seine Faust um das Ding.

London runzelte die Stirn und hob seinen Blick zu Colt. Aber Colt drehte sich um und ging weg. Ich starrte ihn an und fühlte dieselbe Leere, als ob er immer noch weg wäre.

Er war nicht hier, nicht wirklich. Irgendwie hatte ich ihn verloren, gerade als ich gedacht hatte, ich hätte sie alle gefunden. Ich machte einen Schritt nach vorne, bevor ich am Arm gepackt wurde.

»Nicht, lass ihn los«, knurrte Carven.

Aber dieses Mal befolgte ich keine Befehle. Ich riss meinen Arm aus seinem Griff. »Sag mir nicht, was ich zu tun habe«, knurrte ich und stürmte vorwärts.

Der heutige Abend war zu anstrengend gewesen.

Zu blutdürstig.

Ich hatte fast mehr als einen von ihnen verloren.

Ich wollte kein weiteres Risiko eingehen.

Ich rannte los und holte ihn ein, als er den Eingang zu unserem Flügel erreichte.

»Warte!«, rief ich und packte ihn am Arm, als er weiterlief. »Colt ... *bleib stehen.*«

Er tat es und stand dann einfach da, mit dem Gesicht von mir weg. Die Seite seines Kopfes war eine getrocknete, blutige Sauerei.

Mein Herz schlug mir bis zum Hals. »Was habe ich getan?«

Seine Augen verengten sich und er schüttelte leicht den Kopf. Das war alles, was er mir gab.

»Warum stößt du mich dann weg?«, flüsterte ich und fuhr mit meiner Hand an seinem kräftigen Arm entlang. »Ich brauche dich.«

Angesichts dieser Worte zuckte er zusammen und drehte sich augenblicklich um, um mich zu packen und an sich zu ziehen.

Ich schlang meine Arme um seinen Hals und erhob mich, um seinen Mund auf meinen zu ziehen. »Ich brauche dich, verstehst du das nicht? Du kannst mich nicht verlassen, du *darfst* mich nie verlassen.«

Er küsste mich, drehte mich herum und drückte mich an die Wand. Er war hungrig, *so verdammt hungrig*. Seine große Hand glitt um meinen Nacken und hielt mich fest. Meine Lippen wurden gegen meine Zähne gepresst, aber das war mir egal. Ich zog ihn fester an mich, wollte unbedingt mehr. Bis er sich von mir löste, finster dreinblickte und sich mit der Hand an der Wand abstützte, während er schwankte.

»So ist es gut.« Ich packte ihn um die Taille. »In mein Badezimmer, *sofort*.«

Ich hatte erwartet, dass er sich gegen mich wehren würde. Ein Blick in seine blauen Augen und ich sah den Funken Trotz. Aber er widersprach nicht. Er ließ zu, dass ich meinen Arm um seine Taille legte und ihn stützte, während ich ihn in mein Zimmer führte. Ich stieß die Tür auf und sie schlug mit einem Knall gegen die Wand, während ich ihm ins Bad half. Im weißen Licht des Badezimmers sah sein Kopf noch schlimmer aus.

»Setz dich«, befahl ich, während ich ihn auf die Toilette schob.

Er knurrte und öffnete dann den Mund, um zu sprechen. Ich unterbrach ihn mit einem Blick und er schloss langsam wieder seinen Mund. »Das habe ich mir gedacht.«

Der gefährliche Sohn sank langsam in sich zusammen.

»Braver Junge«, murmelte ich und erntete einen finsteren Blick.

Einen Blick, den ich ignorierte, während ich mich daran machte, den Schaden an meinem sturen Geliebten zu begutachten. Er zuckte nicht zusammen, als ich seine dicken braunen Locken teilte, und wich auch nicht zurück. Stattdessen beugte er sich vor und drückte seine Stirn gegen meinen Bauch.

»Ich kann in diesem Chaos nichts sehen«, brummte ich, während ich versuchte, die Wunde unter all dem Blut zu finden. »Du musst duschen, damit ich besser sehen kann.«

Er hob den Kopf, griff nach seinem Hemd und zog es aus. Die festen Muskeln seiner Brust spannten sich und das Licht fiel auf die dicken, kreuz und quer verlaufenden, silbernen Narben. Bei jedem anderen wären sie grausam. Aber an ihm ... *waren sie wunderschön.* Selbst wenn er geschlagen und blutig war, war dieser Mann fesselnd. Er erhob sich und überragte mich. Diese intensiven Augen fixierten mich, als er nach unten griff, seine Jeans aufknöpfte und sie herunterschob.

Mein blutiger, stummer Beschützer war augenblicklich nackt.

Und für eine Sekunde vergaß ich zu atmen.

Ich schluckte schwer und kämpfte gegen den Drang an, nach unten zu schauen, als mir bewusst wurde, dass ich wie ein Idiot starrte. »Wir sollten ... wir sollten dich unter die Dusche bringen.«

Er stand einfach nur da. »Dafür musst du dich aber bewegen.«

»Oh?« Ich blickte nach unten, um zu sehen, dass ich ihm im Weg stand. »Ja, natürlich.«

Ich trat einen Schritt zurück und bereute es augenblicklich. Denn der Blick von hinten war genauso spektakulär wie der von vorne. Seine Schultern beugten sich, als er die Duschtür öffnete und eintrat. Ich strich seinen Körper hinunter zu seinem strammen Hintern und seinen kräftigen Schenkeln. Er war fast durchgängig zerkratzt und geprellt. Instinktiv griff ich nach meinem Hemd und zog es mir über den Kopf, zog meine Schuhe aus und schob meine Hose herunter.

Ich gesellte mich in meiner Unterwäsche zu ihm. Hier ging es nicht um Sex, obwohl es schwer war, sich zu konzentrieren, als er sich umdrehte und den Kopf zurückwarf. Es hatte etwas wahnsinnig Erotisches, die Sehnen seines Halses zu beobachten, etwas, das meinen Puls zum Rasen brachte. Er war mir ausgeliefert, wie ein mächtiges Raubtier, das sich seiner Gefährtin hingab.

Hier gab es keine Mauern.

Keine Verstellung ...

Nicht in diesem Moment.

Ich trat vor und ließ meine Hand an seinem Arm entlang gleiten. »Lass mich dich waschen.«

Das Wasser rann in Rinnsalen über seine Brust, als er den Kopf senkte und mich ansah.

»Wenn du das willst?«

Mit einem vorsichtigen Nicken bückte ich mich, nahm den Waschlappen, drückte ihn in meiner Handfläche zusammen und massierte vorsichtig seinen Kopf. Ich fand die Wunde. Sie war klein ... aber sie blutete wie ein Sturzbach, als das Wasser den teilweise gebildeten Schorf abwusch.

Falls ich ihm wehtut, sagte er es nicht.

Er zuckte auch nicht.

Aber er atmete tief ein, als ich mit meinen Händen über seine harten Brustmuskeln fuhr und seine Augen funkelten, als sie tiefer wanderten.

»Ich bin dort nicht verletzt, Wildkatze.«

Ich hielt inne. »Willst du, dass ich aufhöre? Ich kann.«

Er streckte seine Hand aus, packte mein Handgelenk und drückte meine Hand gegen seinen harten Schwanz. »Wenn du jetzt aufhörst, haben wir ein Problem. Verstehst du mich?«

Ich lächelte augenblicklich. »Ja.« Ich schlang meine Hand um seinen Schwanz. »Das tue ich.«

Er zwang sich zu einem Lächeln, auch wenn es gequält wirkte. »Gut, denn heute Nacht schlafe ich in deinem Bett.«

DREISSIG

Carven

ICH KLAMMERTE MICH AN DEN WASCHTISCH UND HÖRTE, wie das Wasser im Badezimmer neben meinem rauschte. Ich wusste, dass er da drin war und dass sie auch da drin war. Mein Kiefer verkrampfte sich, als ich mir genau vorstellte, was sie taten: ihre Hände überall auf seinem Körper, sein Mund auf ihrem.

Eifersucht brodelte in mir auf. Aber wenn ich ehrlich war, war es nicht nur der Fick mit ihr, der mich wütend machte.

Es war *er*, seine vorgetäuschte Unschuld, sein Schweigen.

Er war nie still.

Nicht mit mir.

Ich war sein *verdammter* Bruder.

Ich atmete tief ein und hob meinen Blick zu dem rücksichtslosen Wichser im Spiegel, dem mit den weißen Haaren, dem dunklen Ansatz und den unbeirrbaren, mörderischen Augen. Ich starrte in diese Augen, von denen andere dachten, dass sie denen meines Bruders ähnelten. Aber das taten sie nicht.

Sie waren kälter.

Schneidender.

Und sie waren ganz anders als der von Colt vor ein paar Minuten. Er hatte mich kaum angesehen, sondern London einfach den verdammten Chip in die Hand gedrückt. Als hätte ich mir nicht die ganze verdammte Nacht lang Sorgen um ihn gemacht.

Das war nicht seine Art ...

Ganz und gar nicht.

Die Muskeln meines Kiefers spannten sich an. Mein Griff um den Waschtisch wurde fester, bis ich mich zurückzog, mein Hemd über den Kopf stülpte und meine Stiefel auszog. Die Jeans war die gleiche, die ich schon einmal angehabt hatte, aber das Hemd war eines, das ich aus dem Lagerhaus mitgenommen hatte, nachdem ich Daniels' Leiche entsorgt hatte ...

Denn das andere war blutdurchtränkt.

Ich warf alle meine Klamotten auf einen Haufen auf dem Boden, dann stieg ich in die Dusche und stellte den Wasserstrahl an.

Unter meinen Fingernägeln klebte Blut. Die Scheiße hatte sich in die Ränder eingearbeitet und die Ritzen befleckt. Ich schloss die Augen und warf den Kopf zurück. In meinem Kopf ertönten immer noch Schreie und ein heiseres Zischen von einem Mann, der keine Zunge hatte.

Ich öffnete meine Augen und drehte mich um, um Shampoo in meine Hand zu pumpen und mein Haar einzuschäumen. Das dumpfe Geräusch des abgestellten Wassers ertönte neben mir und veranlasste mich, einen Blick an die Wand zu werfen. Launischer Bastard. Er konnte sie verdammt noch mal haben, wenn es so wichtig war. Ich griff nach unten und umfasste meinen Schwanz, als ein wildes Brennen der Wut in mir aufstieg.

Er konnte sie haben.

Der Schmerz flammte auf wie ein verdammter Knoten in meiner Brust. Einer, der sich immer tiefer vorarbeitete. Ich stützte mich mit der Hand an der Wand ab, beugte mich vor und ließ ein Stöhnen los. *Oh Gott.*

Ich versuchte, Luft zu holen, als sich das Badezimmer verdunkelte und schwankte.

Meine Hand rutschte auf den Fliesen ab und ich krachte gegen die Wand.

Ich hatte einen verdammten Herzinfarkt.

Meine verdammten Knie wackelten. Ruckartig hob ich den Blick und schlug mit der Faust gegen die Wand. *Bumm.* »Bruder«, krächzte ich, aber das Wort war ein Flüstern ... unter einem heulenden Bedürfnis.

Was zum Teufel ist das?

Als das Badezimmer grau wurde, versuchte ich mich zu konzentrieren. Ich musste zu ihnen gehen. *Ich musste ...*

Ich schlug auf den Wasserhahn und stellte den Strahl ab. In dem Moment, als ich das tat, löste sich der Würgereiz in meiner Kehle. Die Luft strömte herein und vertrieb die Dunkelheit, zumindest ein bisschen. Ich stolperte hinaus, schnappte mir ein Handtuch vom Regal und wickelte es um mich, während ich zur Tür stürmte.

Meine Sinne schärften sich auf dem Flur. Jeder von ihnen war auf sie gerichtet. Ihre Energie, ihre Wut. *Ihre verdammte Verzweiflung.* Ich ging zu ihrer Schlafzimmertür und stieß sie auf. Drinnen bewegte sich etwas auf dem Bett. *Er ... und sie.*

Blaue Augen blitzten in meine Richtung, als ich die Tür leise schloss.

Sie bemerkte mich nicht einmal. Ihre Augen waren geschlossen und ihr Kopf war nach hinten geneigt, als er seine Finger durch ihr Haar fuhren. Ohne etwas zu sagen, sah er zu, wie ich mich dem Bett näherte, bevor er sich umdrehte und sie küsste.

Sie umklammerte seinen Arm und ihre Lippen öffneten sich, als er sie nahm. Die Art und Weise, wie er sie an sich schmiegte, zog mich in den Bann. Ich hatte schon gesehen, wie er sie küsste und wie er sie fickte, aber nicht so.

Das war verzweifelt und verzehrend.

Das war ...

Liebe.

Das war es.

Da musste sie mich gespürt haben. Sie schnappte panisch nach Luft, bevor sie ihren Blick in meine Richtung richtete und mich am Fußende ihres Bettes stehen sah.

Schweigen ... das war alles, was zwischen uns war.

Ich wartete darauf, dass sie die Worte sagte. *Verpiss dich, Carven.*

Ich hatte sie schon einmal gedrängt, diese Worte zu sagen.

Ich hatte gewollt, dass sie diese Worte sagte.

Aber verdammt ...

Wenn sie sie jetzt sagen würde – das grausame Entsetzen überkam mich – wenn sie sie jetzt sagen würde, würden sie mich *vernichten*. Eine Gänsehaut lief mir über die Arme. Ich hatte sie einmal für erbärmlich und schwach gehalten. Mein Gott, ich hätte mich nicht mehr irren können.

Sie war rücksichtsloser als jeder Sohn.

Mit einem Wort konnte diese Tochter mir mein verdammtes Herz herausreißen.

Aber sie sagte nicht die Worte, vor denen ich Angst hatte. Stattdessen rückte sie näher an Colt heran und hob dann das Laken auf der gegenüberliegenden Seite an.

Ehe ich mich versah, bewegte ich mich und merkte, wie verdammt verzweifelt und bedürftig ich aussah. Aber das war mir scheißegal. Ich ließ das Handtuch auf den Boden fallen, umrundete das Bett und stieg hinein.

Sie griff augenblicklich nach mir ... ihr Arm legte sich um meine Taille. Ich blickte auf ihre geröteten, geschwollenen Lippen hinunter. Dann packte ich ihren Kiefer und küsste sie.

Sie gab nach.

Sie lehnte sich zurück gegen das Kissen.

Sie gab sich mir hin, als ich meine Zunge tief in sie eintauchte.

Während mein Bruder zusah.

Seine Hand strich über ihre Rippen und umfasste ihre Brust. Verdammt, wenn dieser Anblick nicht für einen Adrenalinstoß sorgte. Ich riss mich los, holte tief Luft und blickte an ihr herunter.

»Gefällt dir das?« Ich sah zu, wie die Finger meines Bruders über ihre feste Brustwarze glitten. »Magst du es, wenn die Hand meines Bruders über deine Brust gleitet und meine Zunge in deinem verdammten Hals steckt?«

Sie schluckte, dann flüsterte sie. »Ja.«

Mein Puls schlug heftig. »Du willst uns beide?«

Ihre Augen weiteten sich. »Ja.«

Ich hob meinen Blick und begegnete diesem verdammten, vorsichtigen Blick.

Er sagte nichts, aber das war kein Nein, oder?

Es war kein verdammtes Nein.

Ich senkte meinen Kopf, bewegte mich nach unten, leckte ihre andere Brust und schob das Laken zur Seite. »Mach die Beine breit, Tochter. Wir müssen uns vorbereiten.«

Sie gehorchte. *So. Verdammt. Schnell.*

Ihre Beine waren gespreizt. Ihre Muschi war bereits feucht, als ich meine Finger hineinschob. »Bruder?« Ich schaffte es, während mein Schwanz sich bei dem Gefühl in ihr verhärtete.

Er zögerte einen Moment, dann ließ er seine Hand sinken und fuhr mit ihr an ihrem Körper entlang zu ihrer Klitoris.

»Oh, Gott.« Sie erschauderte unter unserer Berührung.

Ich blickte an ihr herunter und sah, wie sein großer Daumen über den Knubbel strich, während meine Finger sie fickten.

Er.

Sie.

Ich.

Wir würden sie teilen, so wie wir alles geteilt hatten, auch den Körper der Frau, die uns das Leben geschenkt hatte. Die Ader in meinem Schwanz pochte bei dem Gedanken daran bis in die Spitze. Sie tropfte förmlich, als mein Bruder sich im Bett nach unten bewegte.

Ich zog meine Finger heraus, fing ihre ganze Feuchtigkeit auf und rieb sie gegen ihren engen Arsch.

»*Fuck* ...«, wimmerte sie und schloss die Augen, als Colt ihre Brustwarze leckte.

Ihr Körper spannte sich an und zitterte, als ich langsam in sie eindrang. »Öffne die Augen, Wildkatze«, befahl ich. »Sieh nach unten.«

Sie tat es und neigte ihren Blick, um uns zu beobachten. Mein Bruder hob den Kopf und rieb dann mit seinem Finger über ihre Klitoris, während er im Bett nach unten rutschte.

Ich schob meine Finger vorsichtig tiefer hinein, während ich sie dehnte. »Sieh mal, wie gut du uns nimmst.« Ihr Körper verkrampfte sich, als er zwei seiner dicken Finger in sie schob. Seine Fingerknöchel wurden feucht, als er zustieß.

»Sieh nur, wie sehr deine gierige Fotze ihn braucht. Du brauchst ihn verdammt noch mal, stimmt's?«

Ihre Antwort war ein gequältes Stöhnen.

Mir gefiel dieser Klang.

Meine Wildkatze öffnete ihre Beine weiter. »So ist es gut, meine perfekte Hure. Hebe deine Knie.«

Sie öffnete sich ganz für uns, während ich meinen Kopf senkte, die Spucke in meinem Mund verarbeitete und sie dann herunterträufelte. Sie lief zwischen die Finger meines Bruders, als er ihre Fotze öffnete. Das Gefühl ließ sie nach Luft schnappen.

Instinktiv stemmte ich meine Hüften in die Höhe und stieß in die Luft. Gott, so etwas hatte ich noch nie gefühlt. Ich war völlig außer mir vor Lust. Aber ich musste mir Zeit lassen ... *ich musste es ihr angenehm machen.*

Ich leckte mir über die Lippen, als sich meine Spucke mit ihrer Nässe vermischte, dann schob ich zwei Finger hinein. Ihr Arsch verkrampfte sich um das Eindringen, während ihr Körper versuchte, es zu ertragen. Aber er wurde durch die Dehnung weicher und wärmer. »Das ist mein Mädchen.« Meine Worte waren heiser. »Öffne deinen Arsch für mich, Baby.«

Sie ließ ihren Kopf nach hinten fallen und drückte ihre Hüften nach unten, was mich dazu veranlasste, tiefer in sie einzudringen. Colt spreizte sie weit, spuckte dann selbst und sah zu, wie das Rinnsal durch ihre Fotze lief, bevor er ihre Schultern packte und sie zu sich zog.

Ich nutzte den Schwung, schob ihr Bein über seinen Oberschenkel und bewegte mich hinter sie. »Atme, Wildkatze«, forderte ich sie auf, während ich meinen Schwanz ergriff und gegen ihre Öffnung drückte. Sie stemmte ihren Hintern gegen mich und ließ zu, dass ich die Eichel einführte.

»Heilige Scheiße«, stöhnte ich, als ich wieder aus ihr herausglitt, nur um erneut in sie hineinzustoßen.

Sie nahm ihn. Dieser enge Muskel umschloss meinen Schwanz wie eine Faust. Sie wand sich, dann bewegte sie sich zurück.

Irgendetwas rieb die Spitze von innen, streichelte, drückte. Ich brauchte eine Sekunde, um zu erkennen, was es war …

Es war Colt.

Er stieß tief in sie hinein. Der Druck prallte gegen mich. Ich packte ihre Hüften, hielt sie fest, passte seine Stöße dem Tempo an und versuchte, alles zusammenzuhalten. Aber jedes Mal, wenn er in sie eindrang, brachte mich das fast um den Verstand und streichelte mich durch sie hindurch.

Meine Finger gruben sich tief in ihre Haut. Ich wusste, dass es wehtat, aber ich konnte nicht aufhören … *ich konnte nicht …*

»Härter«, stöhnte sie. »*Carven … fick mich härter.*«

Ihre Worte waren alles, was ich brauchte. Ich griff nach oben, packte sie an den Haaren und riss ihren Kopf zurück, hart genug, um sie zu schockieren, aber nicht zu verletzen. Ich wollte ihr nie wieder wehtun. »Sag mir, Wildkatze«, grunzte ich. »Wie fühlt es sich an, von uns beiden gefickt zu werden?«

Ihr Körper verkrampfte sich und zitterte um meinen Schwanz, als Colt härter zustieß und ein Knurren von sich gab. Sie bäumte sich auf und erzitterte unter dem Aufprall. Ich stieß tief zu und umklammerte ihren Körper. »Mein Gott, du fickst so gut. Du bist wie geschaffen dafür, Wildkatze. Du bist für uns geschaffen.«

»*Oh Gott …*« Meine kleine Hure erstarrte und ihr Arsch pulsierte um mich, als sie kam. »*Gott …*«

Ich hielt sie fest, meine Hand in ihren Haaren, die andere auf ihrer Schulter, während ich ihren Körper nach unten drückte und bis zum Anschlag in sie stieß. »Fuck …«, stöhnte ich, als mein Schwanz zustieß und ich hart kam. Colt senkte seinen Kopf und stieß ein Grunzen aus, als er immer und immer wieder in sie eindrang. Er war unerbittlich, verzweifelt und *kraftvoll*. Ihr Körper bebte bei jedem Stoß, bis er ein lautes, tiefes und kehliges Knurren ausstieß und ihre Muschi mit Wärme erfüllte.

Ich spürte diese Wärme.

Ich spürte *alles*.

Sterne prallten hinter meinen Augenlidern aufeinander, blendend weiß. Ich verlor mich in dem Neonlicht und dem Nachbeben ihres Körpers, das jeden verdammten Tropfen aus mir herausholte.

Ich löste meinen Griff aus ihrem Haar und ließ meinen Kopf nach vorne fallen, um ihre Schulter zu küssen, dann kraulte ich ihren Nacken. Ich konnte das Bedürfnis, sie zu berühren, nicht unterdrücken, nicht einmal, wenn ich es wollte ... und zum ersten Mal in meinem Leben wollte ich es nicht.

Ihr Arschloch klaffte auf, als ich herausglitt. Sperma benetzte meinen Schwanz, als sie sich gegen mich lehnte.

»Bist du okay?«, keuchte Colt.

Sie versuchte, wieder zu Atem zu kommen, nickte dann aber und flüsterte: »Mir geht es sehr gut.«

Er klemmte sie zwischen uns, während sie ihren Kopf neben seinen sinken ließ und versuchte, wieder zu Atem zu kommen. Der Raum war erfüllt von diesen Geräuschen, als wir alle wieder auf die Erde kamen.

»Du verlässt mich *NICHT*, hast du das verstanden?« Sie hob den Kopf und begegnete seinem tiefblauen Blick. »Denn wenn du das tust, bringt mich das um.«

Mein Bruder sah ihr in die Augen und es war, als ob er in dieser Sekunde ein Fremder wäre. Diese Verzweiflung hatte ich in all den Jahren, die wir zusammen verbracht hatten, noch nie bei ihm gesehen. Nicht einmal, als er in der Hölle verprügelt worden war, hatte er mich so angesehen wie sie.

»Ich verspreche es«, antwortete er vorsichtig.

Ich wartete darauf, dass sie nickte und die Augen schloss ... *aber sie tat es nicht.*

»Carven«, flüsterte sie und drehte ihren Kopf zu mir.

Mein Herz klopfte wie wild und Panik machte sich breit, als ich ihrer Verzweiflung begegnete.

»Ich will, dass du es sagst«, drängte sie. »Du musst mir sagen, dass du mich nie verlassen wirst.«

BUMM. BUMM. BUMM.

Die Welt schien stillzustehen.

Sie wollte mich? Sie ... *wollte mich wirklich?* »Ich verspreche es«, brachte ich hervor.

Sie vergewisserte sich, dass sie die Wahrheit waren. Was auch immer sie sah, es erleichterte ihre Angst. Ein Atemzug entkam diesen Lippen, Lippen, die ich wollte.

Ich beugte mich vor, berührte sanft ihre Wange und küsste sie zärtlicher, als ich dachte, dass ich es könnte. Dann ließ ich sie los. Allein dieser Akt machte mir Angst. Ich hatte mich noch nie darum gekümmert. Sex war ein Schlachtfeld gewesen, eines, in dem ich ohne Konsequenzen nahm und sie danach gebrochen zurückließ. Aber nicht sie ... *nicht meine Vivienne.*

Für sie würde ich anders sein.

Ich löste sanft meinen Griff, als sie erschöpft dreinschaute. Sie schloss ihre Augen und atmete leise aus. Der heutige Abend war brutal gewesen, für uns alle.

»Gut.« Ihre Hand griff nach meiner und zog meinen Arm um ihre Taille. »Das war wirklich gut. Ich muss nur ... ein bisschen schlafen ...«

Sofort war sie bewusstlos. Ich hatte noch nie jemanden so schnell einschlafen sehen. In der einen Minute redete sie noch, in der nächsten war sie weg. Ich starrte sie eine Sekunde lang an, fasziniert vom Heben und Senken ihrer Brust.

Dann bemerkte ich ihn.

Sein unerschütterlicher Blick war bereits auf mich gerichtet. Aber er sagte nichts, als ob er noch nicht entschieden hätte, ob ich würdig war. Vielleicht wusste ich auch nicht, ob ich es war. Dennoch dehnten sich die Sekunden zwischen uns aus und die ... *Intensität* nahm zu. *Was zum Teufel ist mit dir los?*

Die Worte stiegen in meinem Kopf auf.

Ich wollte sie sagen, aber sie kamen nicht.

Das Gefühl ihres Körpers an meinem wurde hypnotisch und zog mich in den Bann. Ich wagte nicht, mich zu bewegen, weil ich Angst hatte, den Zauber zu brechen. Stattdessen beobachtete ich ihn und wusste, dass sich die Berührung des Himmels für einen seelenlosen Bastard wie mich so anfühlte. Bis sie wimmerte und dann zuckte.

Colt richtete seinen Blick auf sie. Wir starrten die Frau an, die uns beide in Angst und Schrecken versetzte, während sie im Schlaf gegen Dämonen kämpfte. Mein Arm schlang sich um sie und Colt rückte näher.

»*Nein, geh weg von mir*«, wimmerte sie und Colt erstarrte, als sie den Kopf schüttelte. »*Carven*«, stöhnte sie. »*Carveeennn ...*«

Mein Puls raste beim Klang meines Namens. Panik stieg in mir auf, als ihre Atemzüge immer schneller wurden. Zuerst dachte ich, ich sei ihr Peiniger ... Ich verdiente den Titel ganz sicher, bis ...

»*Carven, hilf mir. Hilf mir, bitte ...*«

Mein Kiefer verkrampfte sich und der wilde Teil in mir kam an die Oberfläche. Gib mir jemanden zum Töten.

Gib mir irgendjemanden ...

Ich musste ...

Ich erstarrte und stoppte mich selbst. Wie zum Teufel sollte ich die Monster in ihrem Kopf töten? Ich wusste es nicht. Aber ich musste einen Weg finden. *Verdammt.* Ich musste einen Weg finden. »Ich bin hier, Wildkatze«, flüsterte ich und begegnete wieder dem Blick meines Bruders. »Ich bin genau hier.«

Ihre Atemzüge wurden langsamer, als sie die Augen öffnete. Sie war nicht wach, zumindest nicht vollständig. Trotzdem war sie sich meiner bewusst. »Bin ich es wert?«, flüsterte sie.

Ich runzelte die Stirn. *Was?*

Dann wurde es mir klar. Der Tag im Four Seasons, an dem ich die ganze Welt gehasst hatte. Das waren die Worte, die ich ihr entgegengeschleudert hatte ... *Du solltest es besser wert sein.* Oh Gott. Das war es, was ich zu ihr gesagt hatte.

Der Schmerz stürmte auf mich ein und riss mich Rippe für Rippe auseinander, um an das eiternde, pulsierende Ding in meiner Brust heranzukommen. »Ja«, antwortete ich, während ich Colt anstarrte. »Das bist du.«

Mit einem kräftigen Ausatmen schloss sie noch einmal die Augen und ließ sich treiben.

Da wusste ich ...

Ich wusste, dass wir am Arsch waren.

Es gab kein Zurück mehr.

Nicht für ihn.

Nicht für mich.

Nicht ohne sie.

Vivienne

EIN LAUTES SCHNARCHEN IN MEINEM OHR WECKTE MICH AUGENBLICKLICH. Wütend hob ich meine Hand, um denjenigen, der es war, wegzuschlagen, bis ich den weichen, herrlichen Schmerz spürte. Mein Arsch verkrampfte sich und meine Muschi pulsierte, als mich ein tiefes Gefühl der Erschöpfung durchflutete. Dann erinnerte ich mich an das, was passiert war. Ich riss die Augen auf und sah weiche, dunkle Locken direkt vor mir.

Colt ...

Ich drehte meinen Kopf und sah weißes Haar hinter mir.

Und Carven.

Mein Gott ... beide ... *zur gleichen Zeit.*

Etwas flatterte in meiner Brust.

Ich biss mir auf die Lippe und zuckte zusammen, als eine schwere Hand auf meiner Taille landete. Mit einem plötzlichen Ruck wurde ich nach hinten gezogen. »Schlaf,

Wildkatze«, ertönte das Knurren in meinem Ohr.

»Ich habe es versucht«, schnauzte ich zurück. »Aber du schnarchst.«

Ein blaues Auge ging auf. »Was?«

Das brachte meinen Puls zum Rasen. »Nichts.«

Er runzelte die Stirn, dann schloss er das Auge wieder. Ich konnte mir ein Lächeln nicht verkneifen, schmiegte mich fest an seinen Körper und ließ mich von ihm an seine Brust drücken, während ich dem Zischen der Luft lauschte, die aus seinem Mund entwich. Carven war nicht nur im Bett anspruchsvoll, er war auch eifersüchtig und kontrollsüchtig genug, um es mit London aufnehmen zu können. Das leise Geräusch seiner schweren Atemzüge lullte mich wieder in die perfekte Glückseligkeit ein. Ich schloss die Augen und war bereit, einzuschlafen ... bis die menschliche Kettensäge hinter mir wieder anfing ... und dieses Mal hörte sie nicht mehr auf.

Du willst mich wohl verarschen ...

Ich öffnete die Augen, lauschte dem Geräusch und wusste, dass der Schlaf für mich vorbei war.

Ich wartete gerade so lange, dass ich seine Hand sanft ergreifen konnte. In dem Moment, als ich ihn zurechtrückte, hörte das Schnarchen auf. Diesmal murmelte er nicht, aber ich wusste, dass er jede meiner Bewegungen wahrnahm.

Es war, als würde ich von einem Raubtier verfolgt. Nur dass dieses Raubtier mich nicht töten wollte.

Er wollte mich ficken.

Und mich immer weiter ficken.

Der Druck wurde noch stärker, als ich mich von ihm löste und mich langsam zum Fußende des Bettes bewegte.

»Geh nicht nach draußen, nicht ohne mich«, murmelte er. »Das ist ein Befehl.«

Ich drehte mich um und sah ihn finster an. *Ein Befehl?* Was glaubte er eigentlich, mit wem er redete?

Angesichts der Worte, die mir durch den Kopf gingen, wusste ich, dass ich mich nicht mit ihm streiten konnte, *nicht mehr.* Ich suchte mir meine Schlachten aus und dies war keine davon. Stattdessen verkrampfte ich meinen Kiefer, ging zu dem riesigen begehbaren Kleiderschrank und suchte mir eine graue Jogginghose, ein weiches T-Shirt und einen Pullover, bevor ich mir dicke weiße Socken anzog und mich auf den Weg nach draußen machte.

Ein Gähnen entwich mir, als ich die Schlafzimmertür öffnete und leise hinter mir schloss, um sie allein zu lassen. Ich brauchte Kaffee ... und zwar sofort. Ich machte mich auf den Weg in die Küche, fand sie aber leer vor. Die Uhr sagte, dass es schon nach ein Uhr war und für einen Moment musste ich mich umstellen.

Ich stellte eine Tasse unter die Kaffeemaschine und drückte den Knopf. Ein Gähnen entwich mir. Das ergab Sinn, nachdem wir die ganze Nacht in einem Wirbelsturm emotionaler Qualen verbracht hatten. Ich klammerte mich an den Tresen, als die Maschine gurgelte und mir der scharfe, verführerische Duft von Kaffee in die Nase stieg.

Ich gähnte erneut, griff dann nach einer zweiten Tasse und richtete meinen Blick auf London. Die Schwere machte sich breit. Ich nahm meine Tasse und füllte seine, während ich

Sahne und Zucker hinzufügte. Ich trug sie ins Arbeitszimmer, denn ich wusste, wo ich ihn finden würde.

Es gab nur zwei Orte, wo er sein konnte: hinter seinem Schreibtisch oder schlafend auf dem Sofa. Die Tür war angelehnt. Ich schob sie mit einem sanften Ruck auf und fand ihn ausgestreckt auf dem schwarzen Ledersofa. Ich stellte die Tassen ab, drehte mich um und zog die Tür wieder zu.

Der Schreibtisch war ein einziges Durcheinander, die Dokumente lagen überall verstreut.

Der einsame Computerchip lenkte meine Aufmerksamkeit auf sich. Ich hasste es, dass er einen Anflug von Eifersucht auslöste. Am liebsten hätte ich mir das schwerste Ding geschnappt, das ich finden konnte, und ihn zu Staub zermahlen. Vielleicht würde die Schlampe, um die es ging, dann auch umkommen.

Der Bildschirm von Londons Handy leuchtete auf, es vibrierte und der Klingelton ging an.

Ich war nicht die Art von Frau, die schnüffelte.

Aber in der Sekunde, bevor der Bildschirm dunkel wurde, las ich die Nachricht.

Glückwunsch, du bist fruchtbar.

Fruchtbar?

Was. Zum. Teufel?

Ich drehte den Kopf und nahm leise sein Handy in die Hand. Ich kannte seinen Code auswendig, denn ich hatte ihn schon oft dabei beobachtet, wie er ihn eingegeben hatte. Meine Finger flogen über das Display, bevor es sich entriegelte.

Ich starrte auf die App, von der ich die Nachricht erhalten hatte. Es war eine Eisprung-App, deren Profil unter meinem Namen Vivienne Evans aufgeführt war.

Heute: Herzlichen Glückwunsch! Du bist hochgradig fruchtbar und wirst es auch in den nächsten 2-3 Tagen sein.

Mir wurde heiß, als ich nach unten scrollte und meine Daten fand – von meiner letzten Periode bis hin zu meiner Größe, meinem Gewicht und meinem Geburtsdatum, was mir klarmachte, dass dieser Mann alles über mich wusste.

Jetzt wusste er noch ein bisschen mehr.

Was zum Teufel hatte er vor?

Er stöhnte auf und verlagerte sein Gewicht. Schnell schloss ich die App und legte sein Handy sanft ab, bevor ich seine Tasse nahm. Meine Gedanken rasten, als ich näher kam. Er riss die Augen auf, als ich mich dem Fußende des Sofas näherte.

»Vivienne«, sagte er vorsichtig.

»Ich dachte mir, du würdest den genauso brauchen wie ich.«

»Vielleicht nicht so sehr«, murmelte er, während er sich am Kopf kratzte und meinen Körper musterte. »Aber ich weiß die Mühe zu schätzen.«

Meine Wangen erröteten, als er sich vom Sofa erhob und einen Schritt näher kam. Selbst in denselben Klamotten, die er gestern getragen hatte, war er umwerfend gut aussehend. Ein Schmerz erfüllte mich, der immer stärker zu werden schien, je näher er kam. In diesem Moment wurde mir bewusst, wie sehr ich mich in ihn verliebt hatte. »Wenn du ein Problem mit mir und den Söhnen hast, muss ich das wissen, London.«

Er nahm mir die Tasse aus der Hand. Sein finsterer, besitzergreifender Blick wich nicht einmal von meinem. »Wenn ich damit ein Problem hätte, hätte ich dich gar nicht erst zu uns geholt.« Er strich mir mit dem Fingerrücken über meine Wange. »Du gehörst zu uns. Mach dir darüber keine Sorgen.«

Er nahm einen Schluck und die Sanftheit seines Mundes ließ mich erstarren. Verdammt, ich hatte mir noch nie so sehr gewünscht, jemanden zu küssen wie in diesem Moment. Mein Körper war befriedigt, aber hier ging es um mehr als Sex. Ich wollte *ihn*.

Er spürte den Hunger zwischen uns sofort und ließ seine Tasse sinken, um noch näher zu kommen.

Starke Finger glitten durch mein Haar, als er meinen Mund nahm.

In diesem Moment vergaß ich alles.

Auch, wie ich atmen sollte.

Der langsame Kuss vertiefte sich.

Meine Hand senkte sich langsam.

Ohne eine Sekunde zu verlieren, nahm er mir die Tasse aus der Hand und drückte mich rückwärts gegen die Wand, während er mich so stark küsste, dass ich das Gefühl hatte, ich würde fallen. Das tat ich auch. Weil ich mich in ihn verliebt hatte.

Draußen kamen schwere Schritte auf uns zu. London riss sich los und drehte sich zu dem Geräusch um. Guild betrat das Arbeitszimmer, eine Sekunde bevor das vertraute Echo von Carvens Stiefeln hinter ihm ertönte.

»Das müsst ihr euch anhören.« Guild schaute von London zu mir, während er uns sein Handy hinhielt.

London schaute finster drein und trat dann einen Schritt zurück, um mir meinen Kaffee zu reichen, als Carven den Raum betrat. Sein durchdringender Blick wanderte sofort zu mir, bevor er murmelte: »Was ist hier los?«

»Keine Ahnung«, murmelte London und nahm einen Schluck von seinem Kaffee.

Colt kam eine Sekunde später herein. Seine dicken Locken waren ein einziges Durcheinander, als er gähnte und seinen Pullover herunterzerrte. Er schaute mich an, dann London, als Guild auf seinem Handy auf Play drückte ... und der Nachrichtenbericht begann.

»Es sieht so aus, als hätten die Ermittlungen zum Tod des Milliardärs Killion Dare eine neue, grausame Wendung genommen. Soeben wurde die übel zugerichtete Leiche von Macoy Daniels entdeckt, der ein enger persönlicher Freund von Mr. Dare gewesen sein soll.«

Ich erstarrte bei dem Namen, dann wandte ich meinen Blick langsam zu Carven.

Er zuckte nicht mit der Wimper.

Er wandte den Blick nicht ab.

Aber die eisige Maske der Wut flackerte unter der Oberfläche. Eine, die völlig furchterregend war, als der Reporter fortfuhr:

»Aber das ist noch nicht alles. Der Fundort der Leiche außerhalb der verschwiegenen religiösen Gemeinschaft des Hale-Ordens hat die örtlichen Strafverfolgungsbehörden auf den Gründer und Vorsitzenden, Mr. Haelstrom Hale, aufmerksam

gemacht. Gegen Mr. Hale wird nun ermittelt, nachdem berichtet wurde, dass er die Polizei getäuscht hat, um Mr. London St. James befragen zu lassen, was Quellen zufolge nichts anderes als eine unbegründete Anschuldigung war. Mr. St. James wurde inzwischen von allen Ermittlungen freigesprochen.«

Londons Mundwinkel zuckten.

Diese dunklen, wissenden Augen funkelten.

Aber nichts von alledem gab mir ein Gefühl der Sicherheit. Stattdessen fühlte ich mich gefährdeter als je zuvor. Ich wusste besser als jeder andere, dass alle Angst haben mussten, wenn jemand wie Hale in eine Ecke gedrängt wurde.

»Sollen wir jetzt weglaufen, London?« Die Worte rutschten mir einfach so heraus. »Verstecken wir uns jetzt?«

Er runzelte die Stirn, als er mich mit seinem vorsichtigen Blick fixierte. »Weglaufen, Liebling? Nein, wir laufen nicht weg. Wir laufen nie weg.«

Diese Worte erinnerten mich an die Nacht, in der sie mich gerettet hatten.

Ich laufe verdammt noch mal nicht weg. Nicht vor ihnen, vor niemandem. In dem Moment, in dem du das tust, bist du tot. Das weißt du genau.

Angesichts dieser Worte atmete ich tief ein.

Piep.

Londons Handy läutete und unterbrach die Spannung augenblicklich. Er trat um mich herum, nahm es vom Schreibtisch und tippte seinen Code ein. Meine Wangen brannten, als er auf den Bildschirm starrte. Seine Mundwinkel zuckten wieder. War das eine weitere Erinnerung daran, wie *fruchtbar* ich im Moment war? Dass dies der perfekte Moment war, um ein Baby zu machen ...

Du gehörst mir, verstehst du das? Wenn ich fertig bin, werden es alle wissen ... sie werden es alle wissen ... verdammt ...

Mein Herz raste, als ich diesen Moment noch einmal erlebte.

War das die ganze Zeit sein Plan gewesen?

War das der Grund, warum er mich gekauft hatte?

Um ... seine Kinder zu bekommen?

Mein Puls raste. Aber er hob seinen Blick nicht vom Bildschirm und schaute nicht in meine Richtung. Stattdessen hob er das Handy ab und nahm den Anruf entgegen. »Parker. Wie geht es dir?«

Es herrschte Stille ... zumindest auf seiner Seite. Aber ich konnte die Rufe vom anderen Ende hören ... *Drohungen*, schrill und heulend.

Aber er zuckte nicht zurück, im Gegenteil, er wurde noch kälter und härter ... Die Lippen, die ich vor einer Sekunde noch geküsst hatte, zuckten, bevor er sprach. »Du kennst mich seit über zwanzig Jahren. Zwanzig Jahre, in denen du meine Beziehungen ausgenutzt hast, in denen du meinen Namen zu deinem Vorteil ausgenutzt hast – was dachtest du denn, was passiert, wenn du mich ausschließt? Du warst da, weil ich es dir erlaubt habe. Du warst wohlhabend, weil ich das zugelassen habe. Das Multimillionen-Dollar-Haus, das du gerade gekauft hast? Das Haus gehört jetzt mir. Der neue Bentley, den du gekauft hast? Der gehört auch mir.« Er beugte sich vor und stützte sich mit der Hand auf dem Schreibtisch ab, während seine Stimme kälter und bedrohlicher wurde, als ich sie je gehört hatte. »Mir gehört jetzt verdammt noch mal alles. Ich gebe dir also bis Ende der Woche Zeit, deine Sachen zu holen und zu verschwinden. Du wirst keine weitere Chance bei mir bekommen. Hast du verstanden, was ich sage?«

Carvens Stirn runzelte sich.

Er wusste es.

Ich wusste es ...

London war dabei, die Söhne auf alle loszulassen.

Sie würden keine Chance haben, oder?

»Bei mir, Wildkatze«, murmelte Carven vorsichtig, ohne seinen Blick von London zu nehmen. »Du bleibst bei mir.«

Ich schluckte schwer und verstand jetzt. Wir würden nicht fliehen ... *denn für London war das ein Krieg.*

Er ließ das Handy sinken und wischte über das Symbol. Im Arbeitszimmer herrschte Stille. Sogar Guild schaute ihn aufmerksam an und die kalte Angst kam wieder hoch. Ich hatte vergessen, was er *wirklich* war. In seinen Armen hatte ich vergessen, wie gefährlich er sein konnte.

Jetzt erinnerte ich mich mit erschreckender Klarheit.

»Die Informationen aus dem *Vault*«, murmelte er und sah dann Guild an. »Ich will sie. Denn ich werde sie alle vernichten. Zum Teufel mit dem Warten auf King.«

Piep.

Mit finsterem Blick blickte er herab, las den Bildschirm und nahm den Anruf entgegen. »Mickie?«

Mickie? Der Name kam mir bekannt vor. Ich versuchte, ihn einzuordnen.

»Was soll das heißen, er ist verschwunden?«, schnauzte London. »Du hast ihn entkommen lassen?« Er erstarrte ... und wurde blass. »Keine Türen waren offen. Keine Wände wurden durchbrochen. Willst du mir sagen, dass Jack Castlemaine einfach verschwunden ist? *Verdammt nochmal.* Ich will, dass das Gelände durchsucht wird. Ich will, dass er gefunden wird. Habt ihr mich verstanden? Findet ihn ... *sofort.*«

Nachdem er den Anruf beendet hatte, kochte die Wut in ihm hoch.

Mehr als noch vor ein paar Sekunden.

»Du wolltest wissen, ob wir fliehen, Schatz?« Die Kälte in seinem Ton ließ mich erschaudern. Er hob seinen Blick zu mir. »Nicht einmal, wenn wir mit dem Rücken zur Wand stehen. Wir jagen. Wir kontrollieren. Wir jagen jedem Angst ein, der auch nur daran denkt, einen Schritt zu machen, und wir tun es, ohne mit der Wimper zu zucken. Wir werden nicht weglaufen, Vivienne. Ich will, dass du duschst ... Ich will, dass du genauso aussiehst wie die Frau, die du bist ... und das Kleid anziehst, das ich dir gekauft habe, denn ich werde mit dir ausgehen.«

ZWEIUNDDREISSIG

Vivienne

»Das kann doch nicht dein Ernst sein?«, murmelte Guild, als er den Kopf schüttelte und einen Schritt nach vorne trat. »Du willst mitten in all dem hier ausgehen?«

London schob seinen Stuhl beiseite und setzte sich. »Das ist genau das, was ich will.« Er tippte den Log-in-Code in den Mac ein und klickte auf den Bildschirm.

»Denk mal eine verdammte Minute darüber nach.« Guild trat näher heran. »Erst Killion, jetzt Daniels. Sie werden dich beobachten, London. *Die ganze verdammte Stadt* wird zusehen.«

Aber das war es doch, was er wollte, oder?

Wenn ich fertig bin, werden es alle wissen.

Das waren seine Worte gewesen.

Sie werden es wissen, denn er hat vor, es ihnen unter die Nase zu reiben.

Seine Finger klopften auf die Tastatur, bevor er seine Aufmerksamkeit auf den Bildschirm richtete. »Carven«, rief er seinen Sohn.

Aber der gefährliche Jäger bewegte sich nicht, zumindest nicht sofort. Die Stille wurde immer größer, als Guild London anstarrte. Sowohl Carven als auch Colt waren still, bis sie ihre Haltung im Einklang veränderten und ein wenig näher an mich heranrückten.

Warme Arme berührten meine, ihre Körper pressten sich fest an mich, genau wie sie es gestern Abend getan hatten ... und das ganze Arbeitszimmer bemerkte es. Die Haare in meinem Nacken sträubten sich, als London in unsere Richtung blickte und die beiden Söhne neben mir ansah. Ich wartete auf Wut, auf ein Ultimatum, das noch nie da gewesen war.

Denn sie hatten immer getan, was er wollte, ohne Fragen zu stellen.

Jetzt fragten sie nicht nur ...

Sie sprachen laut und deutlich.

London blickte von Carven zu Colt und dann zu mir. Mein Atem raste, als seine Mundwinkel erst zuckten und sich dann kräuselten. Er nickte langsam mit dem Kopf, bevor seine harte Miene weicher wurde.

Denn das war es, was er gewollt hatte. Ihre Loyalität galt nicht mehr nur dem Mann, der sie vor dem Orden gerettet hatte. Sie galt auch mir, der Frau, auf die er immer aufgepasst hatte, der Frau, die er für sie nach Hause gebracht hatte.

Du gehörst zu uns. Mach dir darüber keine Sorgen.

Ich gehörte zu ihnen.

Und sie gehörten auch zu mir.

»Ich will, dass sie Angst haben«, sagte London. »Ich will, dass sie so viel Angst haben, dass sie sich wie Ratten auf einem sinkenden Schiff verkriechen. Sie werden rennen und Fehler machen. Ich will, dass sie mich sehen. Ich will, dass sie *uns* sehen. Dann werden sie es wissen …«, murmelte er und wandte sich wieder dem Bildschirm zu. »Sie werden wissen, dass sie uns nie wieder ansehen sollen.«

Er sagte *uns* …

Aber was er wirklich meinte, war *ich*.

Sie würden *mich* nie wieder ansehen.

Hier ging es nicht nur um Vergeltung. Es ging um Stärke. *Um Macht.* Es ging darum, sie zu treffen, wenn sie schon am Fallen waren, um sicherzustellen, dass sie nie wieder aufstanden.

»Was immer du willst, London«, hörte ich mich sagen. »Ich werde es tun.«

Er begegnete meinem Blick. Hunger, Liebe und Verzweiflung loderten zwischen uns.

Hitze schoss durch mich hindurch. Ja, Daddy«, flüsterte ich, als die sexuelle Spannung zwischen uns wuchs.

Bis Guild sich unbehaglich bewegte und sich räusperte. »Was genau sollen wir für dich tun, London?«

Er holte tief Luft und schaute Guild an. Die Verbindung, die wir hatten, schwand in dem Raum. »Ich muss herausfinden, wo zum Teufel Jack Castlemaine ist.«

Sein Blick richtete sich wieder auf den Bildschirm. Wir alle spürten dieses unheimliche Gefühl, dass etwas nicht stimmte und es zog uns näher zusammen. Carven bewegte sich zuerst und ging auf den Schreibtisch zu, während Guild ihm folgte und Colt hinter mich trat. Die Aufnahme, die London abgerufen hatte, wurde auf dem Mac abgespielt. Es war das Innere des Lagerschuppens, in dem London Daniels ... und Jack aufbewahrt hatte.

Mein Atem stockte, als ich mich auf das Bild auf dem Bildschirm konzentrierte und beobachtete, wie London das Material zurückspulte. Das Licht verwandelte sich in Dunkelheit und dann wieder in Licht. Seine Augenbrauen zogen sich zusammen, als er auf Play drückte. Auf dem Bildschirm sah ich, wie Jack langsam durch den Raum schritt, um dann in der Mitte stehenzubleiben.

Er starrte auf etwas Unsichtbares, dann hob er langsam den Blick. Eine Gänsehaut lief mir über die Arme und ließ mich frösteln, als die Lichter im Raum flackerten, bevor er dunkel wurde.

London lehnte sich nah an mich heran und seine Lippen verzogen sich zu einem Grinsen. Es fühlte sich an wie ein ganzes Leben in der Dunkelheit ... aber es dauerte nur Sekunden, bis das Licht wieder anging und ein leerer Raum sichtbar wurde.

»Was zum Teufel?«, murmelte Guild.

London sagte nichts, sondern griff nach der Maus und spulte das Filmmaterial noch einmal zurück.

Wieder sahen wir, wie Jack in der Zelle umherlief und seitlich zuetwas oder jemandem schaute, der nicht zu sehen war. »Er wartet auf jemanden«, murmelte Carven. »Seht ihn euch an, wie er auf und ab geht und beobachtet.«

Das Licht flackerte, dann ging es aus. Dunkelheit, das war es, was wir anstarrten, nichts weiter als Schatten. London beugte sich wieder vor und sein Blick war wie gebannt, als das Licht wieder anging. Aber da war nichts, keine offene Tür, keine explodierte Wand. Vor allem aber gab es keinen Jack.

London hob die Hand, schaltete die Kamera ein und drückte auf »Zurückspulen«, bis die Worte »KEIN SIGNAL« auf dem Bildschirm aufblitzten.

Kein Signal, was hatte das zu bedeuten?

»Verdammter Mistkerl«, knurrte London. »Es ist King. Er muss es sein. Dieser Bastard. Er hat bis jetzt gewartet? Ausgerechnet jetzt will er Jack rausholen?« Er versteifte sich. »Das Polizeirevier. Das *verdammte* Polizeirevier. Ich habe sie gesehen ... Ich habe ...«

»Wen?«, flüsterte ich.

London drehte langsam den Kopf und seine Augen wurden noch finsterer und gefährlicher, als sie sich auf mir niederließen. »Seine älteste Tochter.«

Älteste Tochter?

Es dauerte eine Sekunde, bis ich es begriff. Ich schüttelte den Kopf. »Nein, du hast gesagt ...«

»Ich wusste es nicht«, unterbrach er mich, als er sich von seinem Platz erhob. »Ich hatte keine Informationen in den Unterlagen, die ich gesehen hatte, und niemand außer King konnte es wissen. Aber als ich sie sah, wusste ich ...«

»Woher?«

Er starrte mich mit diesem Blick an. »Weil ich diese Augen überall erkennen würde.« Er strich mit dem Fingerrücken über meine Schläfe. »Sie sind genau wie deine.«

Ich schüttelte den Kopf. Aber innerlich war ich aufgewühlt.

Eine Schwester?

Ich hatte noch eine Schwester?

Wie viele waren es denn genau?

»Wenn es noch eine Tochter gibt«, begann Guild, aber London schüttelte den Kopf.

»Sie ist keine Tochter. Das hat Jack auch gesagt.«

Guild verengte seinen Blick. »Und du glaubst ihm?«

»Warum sollte er lügen?«, fragte London und wandte sich dann wieder dem leeren Bildschirm zu. »Warum sollte er wirklich lügen?«

Ich ging weg, weil ich Zeit zum Nachdenken brauchte. Colt und Carven sahen mir nach, als ich aus dem Arbeitszimmer ging. Ich überließ sie dem mysteriösen Verschwinden von Jack. Ich konnte ihnen dabei nicht helfen, selbst wenn ich es gewollt hätte.

Eine andere Schwester?

Eine, die London gesehen hatte ... *nah genug, um ihr in die Augen zu sehen.* Ein Anflug von Eifersucht durchzuckte mich. Hatte er ihr in die Augen geschaut, so wie er mir in die Augen geschaut hatte?

Das würde er nicht tun.

Es gab viele Dinge, die London St. James ausmachten. Gefährlich, hungrig und der erotischste Mann, dem ich je in meinem Leben begegnet war. Er raubte mir den Atem. Er verwirrte meinen Verstand. Er brachte mich dazu, Dinge zu fühlen, die meiner geistigen Gesundheit schadeten ... und doch ... konnte ich nicht aufhören.

Eine Kostprobe von ihm.

Von dieser Macht ...

Und diesem *Bedürfnis*.

Ein Kuss von seinen Lippen.

Das Gefühl seiner Hände auf meinem Körper. Meine Bedürfnisse. Mein Verlangen. Meine Wünsche drehten sich alle um *ihn ... und jetzt auch um die Söhne.* Aber er war kein Lügner und ich wusste jetzt, dass er kein Betrüger war.

Ich hatte Vertrauen zu ihm.

Bis er dieses Vertrauen brach.

Was würde danach passieren? Ein Schaudern durchfuhr mich, als ich in mein Schlafzimmer trat. Ich wusste es nicht und ich wollte es auch nicht herausfinden. Das vertraute, langsame und gleichmäßige Geräusch von Schritten hallte im Flur wider. Ich wusste, dass er mir folgen würde. Denn ich kannte sie jetzt nur zu gut, nicht wahr? Besser als ich diese verzweifelte, verbrauchte Version von mir selbst kannte.

»Ist schon gut«, murmelte ich, als ich seine Energie hinter mir spürte, als ich am Fußende des zerwühlten Bettes stehen blieb. »Ich brauchte nur einen Moment, das ist alles.«

Er berührte mich nicht, zumindest nicht mit seinen Händen. Sein warmer Atem strich über meinen Nacken, während ein eisiges, bösartiges Flüstern meine Ohren erfüllte. »Hast du jetzt Angst vor mir?«

Ich versteifte mich und schloss meine Augen.

In meinem Kopf tauchten Bilder von dem auf, was von Macoy Daniels übrig geblieben war, bevor ich sie schnell wieder verdrängte. *Nein. Auf keinen Fall ... das werde ich nicht tun.* Ein Zittern stieg auf und mit ihm wurde ich mir meines rasenden Pulses bewusst. »Ja«, flüsterte ich. »Ja, ich habe Angst vor dir.«

»Ich verletze Menschen. Das ist alles, was ich gut kann.« Ein Finger strich leicht über meinen Nacken. Ich neigte meinen Kopf zur Seite und wusste, wie es sich anfühlte, einem Raubtier unterworfen zu sein. *Dein Leben in ihren Händen. Ein Biss. Ein Stich. Ein ... Wort ...* und es war aus.

Seine Hand schloss sich um meinen Hals und seine starken Finger drückten fest zu. »Wisse dies, Wildkatze. Ich werde dir niemals wehtun. Ich hätte lieber, dass du wegläufst, als jemals wieder diesen verängstigten Gesichtsausdruck zu sehen, vor allem, wenn er auf mich gerichtet ist. Ich verspreche dir also mit allem, was ich habe, dass ich dir niemals schaden werde. Dass ich dich mit dieser erbärmlichen Ausrede für ein Leben beschützen werde ... bis du mich nicht mehr willst oder brauchst.«

Nicht mehr wollen?

Ich drehte mich um und begegnete seinem kalten Blick. Nur war er jetzt nicht mehr so kühl, oder? Er war dunkler, tiefer, und diese Tiefen zogen mich ganz hinab. »Dann hast du mich wohl für immer, oder hast du ein Problem damit?«

Carvens Mundwinkel kräuselten sich. »Ich bin sicher, dass ich es ertragen werde.«

Als er seine Hand öffnete, erstarrte ich und schüttelte dann verzweifelt den Kopf, während ich auf den Tracker starrte. »Nein ... auf keinen Fall.«

»Du musst aber.«

Ich riss meinen Blick von ihm los. »Ich sagte *nein*.«

»*Du. Musst.*« Aber sein Knurren war nicht grausam, es war verzweifelt. Er suchte meine Augen. »Ich muss in der Lage sein, dich zu finden. Ich muss wissen, wen ich töten muss, um dich zu finden.«

Meine Stimme war so leise. »Das hat mir vorher auch nicht geholfen, oder?«

Er wich zurück. »Du bist hier, nicht wahr? Du bist hier und Daniels nicht. Wie London gesagt hat, werden sie dich nie wieder ansehen.«

Ich senkte meinen Blick. »Dann brauche ich das auch nicht, oder?« Ich begegnete seinem Blick. »Ich brauche das nicht, weil ich dich habe. Du wirst nicht zulassen, dass sie mich mitnehmen. Sie werden mir nicht wehtun. Bevor das passiert, wirst du sie alle töten.« Ich trat näher und drückte meinen Körper an seinen, bis ich zu ihm aufblickte. »Oder wirst du das nicht?«

Er senkte seinen Kopf, bis seine harten Lippen meine berührten. »Bis zu meinem letzten Atemzug.«

Dann küsste er mich.

Seine Hand griff in meinen Nacken und hielt mich fest.

Er sagte es zwar nicht, aber Carven gab mir zu verstehen, dass er mich liebt.

Als er den Kuss unterbrach, wusste er es auch. Er hielt meinen Blick fest, bis er mit einem Knurren nach seinem Handy griff und zu Boden blickte. »Ich muss los. Du hast meine Nummer, Wildkatze. Schreib mir eine Nachricht, ruf an, was immer du brauchst, verstanden?«

Ich nickte, als ich seinem Blick begegnete.

Er machte einen Schritt rückwärts. »Ich bin so schnell wie möglich wieder da.«

Dann verließ er den Raum. Ich wusste, dass es wichtig war, wohin London ihn schickte. Aber ich fühlte mich nicht besser, als ich ihn gehen sah. Ich zog meine Jogginghose aus und streifte meine Socken ab, bevor ich ins Bad ging und die Dusche anstellte.

London wollte rausgehen.

Es würde der erste richtige Ausflug seit dem Einkaufszentrum sein und ich wusste, wie gut das gelaufen war. Ich trat unter die Brause und versuchte, alles zu verdrängen. Vielleicht hatte London recht? Vielleicht war das das Ende von allem. Wenn Hale verhaftet wurde, würde die Polizei den Orden untersuchen und nicht mehr aufhören.

Er würde für immer verschwinden ...

Und alles würde zusammenbrechen.

Ich wusch mich und ließ den Gedanken daran durch mich hindurchfließen.

Und hoffte.

Carven

FINDE IHN.

Finde ihn und komm zurück zu ihr.

Ich fühlte mich gefährlich, als ich in den Wagen stieg und den Motor anließ. Die Wachen starrten mich an, als ich auf das Gaspedal trat und der Wagen Steine aufwirbelte, als ich die Einfahrt entlangfuhr.

Ich knirschte mit den Zähnen.

Aber das war mir egal. Ich jagte jetzt mit einem Ziel ... und dieses Ziel war *sie*. Ich raste die Straßen entlang und steuerte dann auf den Lagerschuppen zu, wobei ich darauf achtete, den langen Weg zu nehmen und in den Rückspiegel zu schauen. Ich lehnte mich nach vorne, um in den grauen Himmel zu starren, dann lehnte ich mich zurück und drückte den Sitzwärmer.

Wenigstens hatte ich dieses Mal eine Jacke dabei, denn ich wusste, dass ich in der Kälte stehen würde, wenn ich das nicht schnell aufklären würde. Es musste ein Wachmann gewesen sein. Es führte kein Weg daran vorbei. Das hatte ich schon gewusst, als ich die Aufnahmen das erste Mal gesehen hatte und jetzt war ich mir noch sicherer.

Einer von ihnen hatte uns verraten, indem er das Licht ausgeschaltet und die Tür geöffnet hatte. Daran gab es keinen Weg vorbei. London konnte sauer sein, so viel er wollte, aber es war mit blendender Klarheit zu sehen ... und die leere verdammte Zelle, in der Jack Castlemaine gewesen war.

Ich beschleunigte den Wagen noch schneller. Je eher ich dort war und den Wachmann, der uns in den Rücken gefallen war, verprügelte, desto eher war ich bei London und unserer Wildkatze.

Verdammt dumme Idee.

Aber es war nicht meine Entscheidung.

London wusste es besser ... *er sollte es besser wissen.*

Meine Reifen rutschten auf der eisigen Straße. Ich nahm den Fuß vom Gaspedal und ließ mich vom Schwung mitreißen, bis ich den Wagen in die Spur zurückgelegt hatte, während ich meinen Blick auf den Lagerschuppen hob. Doch anstatt hineinzufahren, hielt ich an und beobachtete ihn.

Die Autos der Wächter waren im hinteren Teil des Geländes geparkt. Ich erhaschte einen Blick auf einen dunklen Chevy und ein schnittiges rotes Cabrio und zuckte zusammen. So blieb man garantiert nicht unsichtbar. Aber sonst war da nichts. Die leeren Grundstücke um uns herum gaben mir keine Antworten.

Bring es hinter dich.

Dieser Hunger trieb mich an. Ich legte den Gang ein und fuhr in die Einfahrt. Ich hielt kaum lange genug an, um den Code einzugeben und fuhr hindurch. Ehe ich mich versah, hatte ich geparkt und war ausgestiegen. In meinen Adern heulte derselbe verzweifelte Drang, zu ihr zurückzukehren.

Ich hatte noch nie so einen Schmerz verspürt.

Ich hatte mich noch nie so verdammt aufgedreht gefühlt.

Es war gefährlich.

Ich war gefährlich.

Gott mochte denen helfen, die sich mir in den Weg stellten.

Ich raste durch die Türen. Die Wachen standen schon da, als ich hereinkam und starrten mich mit bleichen Gesichtern und großen, verängstigten Augen an. Sie wussten, warum ich hier war. »Ich will alle sehen, die Dienst hatten, und zwar sofort.«

Mickie nickte und zückte sein Handy. »Schon dabei.«

»Gut.« Ich musterte das Foyer von Londons kleinem Rattenkäfig. »Ich bin in dem Zimmer.«

Ich ging die Flure entlang zu den Lagerräumen, in denen die Zellen untergebracht waren. Aber ich ging nicht direkt zu der Eins, in der Jack Castlemaine gewesen war. Nein, ich hielt bei der einen an, in der die Luft noch immer nach Blut roch und das verzweifelte Zischen eines Sterbenden zu hören gewesen war.

Ich blieb auf dem Flur stehen und stieß die Tür auf. Der Raum war leer und sauber geschrubbt worden. Aber ich konnte es immer noch spüren, dieses Nichts, das mich verzehrt hatte ... *diese eiskalte Wut.* Alles, was ich sah, war *sie.* Ihre blauen

Flecken. Ihre Angst. Das Monster, das in mir lebte, hatte die Kontrolle übernommen und es hörte nicht auf.

Selbst jetzt wollte ich wieder töten.

Ich würde neue Wege finden, ihn zu ruinieren.

Neue Wege, ihn an Hale auszuliefern, die jeden anderen krank machen und in Angst und Schrecken versetzen würden.

Ich schlug die Tür zu und trat weg.

Finde ihn ... finde ihn und komm zurück zu ihr.

Ich ging zu dem Zimmer, in dem Jack gewesen war, tippte den Code ein und öffnete die Tür. Es gab keine Spuren an den Schlössern, nirgendwo Anzeichen für ein gewaltsames Eindringen.

Piep.

Ich runzelte die Stirn, griff nach meinem Handy und blickte nach unten.

Wildkatze: Sag mir, dass das eine gute Idee ist.

Ich verkrampfte meinen Kiefer. Verdammt, nein, das war keine gute Idee. Aber London war ein Hai und im Moment roch er nur Blut. Nur konnte ich ihr das nicht sagen, oder? Ich konnte es ihr nicht sagen, weil es sie nur noch mehr in Panik versetzen würde und sie hatte schon genug Angst. Ich tippte eine Antwort ein.

Ich bin wieder da, bevor du es merkst. Ich werde direkt bei dir sein. Das Einzige, worüber du dir Sorgen machen musst, Wildkatze, ist, dass du verdammt noch mal gedehnt wirst, wenn ich nach Hause komme ... denn ich habe vor, dich heute Abend ordentlich zu ficken.

Mein Puls raste, als ich die Nachricht abschickte und das hatte nichts mit dem Versprechen zu tun, diesen süßen Arsch zu zerstören. Es hatte alles mit dem Bedürfnis zu tun, zu ihr zurückzukehren. Ich musterte den Raum und betrat ihn.

Da war nichts.

Genau genommen war da sogar *weniger* als nichts.

Keine Schreie.

Kein Geruch von Blut.

Und kein Jack Castlemaine.

Das schwere Poltern von Stiefeln ertönte, als sie sich näherten. Ich verfolgte die Bewegung, als Mickie hinter mir in der Tür stehen blieb. »Sebastian geht nicht ran. Ich werde es weiter versuchen.«

»Sebastian geht nicht ran«, wiederholte ich und drehte mich dann langsam zu ihm um. »Was glaubst du, woran das liegt?«

Seine Augen blitzten besorgt auf, dann schüttelte er den Kopf. »Nein, er ist nicht dieser Typ. Ich habe ihn persönlich überprüft.«

»Du gibst also zu, dass du Mist gebaut hast?«

Sein finsterer Blick vertiefte sich. »Ich habe es nicht vermasselt. Er würde dich nicht verraten und er würde London nicht verraten.«

Ich wich ihm aus und ging in den Flur. »Das werden wir ja sehen, nicht wahr? Wenn du ihn wissen lässt, dass ich komme, werde ich richtig sauer.«

Der ehemalige SEAL sagte nichts, als ich hinausging. Ich rief Sebastians Adresse auf, als ich den Parkplatz verließ und auf die Stadthäuser am Rande der Stadt zusteuerte. Mir wurde flau im Magen, als ich den Wagen verlangsamte und die Vorgärten musterte, die mit Kinderfahrrädern und überquellenden Mülleimern übersät waren.

Meistens war es mir egal, dass ich der verdammte Hund war, der London gehorchte. Ich tat, was ich tun musste ... *wozu ich ausgebildet worden war.* Aber es gab auch Momente, in denen ich nicht mit dem Blut eines anderen Menschen beschmutzt werden wollte – ich fuhr den Wagen an den Straßenrand und schaltete den Motor aus, während ich das hässliche, zweistöckige Haus anstarrte – und dies war einer dieser Momente.

Ich nahm das Schnappmesser in die Hand, stieg aus und sah, wie sich etwas in einem Fenster über mir bewegte, als ich das Auto abschloss. Wut stieg in mir auf. Wenn dieses Arschloch an sein verdammtes Handy gegangen wäre, müsste ich nicht hier draußen sein. Ich müsste nicht über den Betonweg laufen und die verdammte Kreidezeichnung von einer Blume zerkratzen, die sein Kind hinterlassen hatte.

Ich müsste nicht die Treppe hinaufsteigen und mir den Weg ins Haus bahnen.

Ich müsste den Mann nicht blutend zurücklassen ... oder noch schlimmer, *tot.*

Ich würde nicht der Killer sein müssen.

Ich blieb vor der Haustür stehen und wartete, ohne zu klopfen.

Was auch immer drinnen passierte, er war selbst schuld.

Das Schloss schnappte und die Tür ging auf. Der Typ, den ich anstarrte, war krank. Er war blass und zitterte, seine Augen waren fahl.

»Lässt du mich rein?«

Er zögerte einen Moment lang. Zweifellos hatte das Arschloch eine Waffe in der. Ich würde ihn zwischen den Rippen aufschlitzen, bevor sein Finger den Abzug berühren konnte ... *und ich würde ihn verbluten lassen.*

Er wusste das, ich sah es in seinen Augen, sah, wie er mich ansah, bevor er einen Schritt zurücktrat und seine Hand hinter sein Bein gleiten ließ. »Ich habe Mickies Anrufe nicht beantwortet, weil ich krank bin.«

Ich trat ein und schaute mich um. Der Ort stank nach Schweiß und Angst. Ich kannte diesen Geruch gut. Meine Sinne nahmen keine Bewegung aus dem Schlafzimmer wahr. Der Junge war nicht hier ... *gut.*

Ich drehte mich um und sah ihn an. »Willst du mir sagen, was passiert ist?«

»Ich weiß es nicht, Mann. Ich glaube, ich habe mir eine Erkältung eingefangen.« Er kratzte sich am Hinterkopf und achtete darauf, keinen Blickkontakt herzustellen.

Er wusste, dass ich das nicht gemeint hatte. Die Unbehaglichkeit wuchs. Ich beobachtete, wie er überall hinschaute, nur nicht zu mir.

»Du hast eine nette Familie«, murmelte ich, als ich ein Foto von ihm, einer hübschen Rothaarigen und einer Tochter, die etwa zehn Jahre alt sein muss, betrachtete.

»Nicht«, protestierte er, seine Stimme wurde tiefer. »*Nicht sie.*«

»Dann erzähl mir, was passiert ist und stell sicher, dass es die Wahrheit ist. Ich werde wissen, ob du lügst.«

Er zuckte zusammen und seine Augen huschten durch den Raum, bevor er ganz still wurde. Das war der einzige Vorteil, den ich hatte. Mein Ruf eilte mir manchmal voraus ... *und war das Einzige, was ein paar Idioten wie diesen Kerl am Leben hielt.*

»Es war nicht meine Schuld.«

Er wartete darauf, dass ich etwas sagte, um ihn irgendwie zu beruhigen. Das geschah aber nicht.

»Ich habe die Wahrheit gesagt. Ich habe mir irgendeine Erkältung eingefangen und heute Morgen ging es mir beschissen.« Er hob die Hand, kratzte sich wieder im Nacken und das lenkte meine Aufmerksamkeit auf sich.

Dann sah ich es.

Die rote Beule an der Seite seines Halses.

»Ich habe den Alarm ausgeschaltet und die Brandschutztür aufgeschlossen, nur für eine Sekunde. Ich wusste nicht, ob ich kotzen oder mir in die Hose machen würde oder beides. Dann hat es mich getroffen.«

»Was hat dich getroffen?«

»Die verdammte Schlampe.«

Ich runzelte die Stirn. »*Welche. Schlampe?*«

»Die Schlampe, die verdammt noch mal gewartet hat. Sie war einfach da, Mann. Ich stolperte hinaus, wollte mich gerade übergeben und dann wurde ich überrumpelt. Ich ging zu Boden und hörte nur noch Schritte. Sie muss meine Karte genommen haben, sie war weg, als ich auf die Beine kam.«

Ich trat einen Schritt näher. »Und du hast nichts dazu gesagt?«

Er zuckte als Antwort zusammen und ging einen Schritt zurück, dann begegnete er meinem Blick. »Ich habe Scheiße gebaut. Das weiß ich. Ich bin nur ... in Panik geraten.«

»*Panik.*«

Qualen zogen über sein Gesicht. »Ich will nicht sterben ... und ich will nicht, dass meine Familie verletzt wird.«

Ich durchquerte augenblicklich den Raum, packte das inkompetente Arschloch an der Kehle und stieß ihn nach hinten. »Dann hättest du dein verdammtes Maul aufmachen und den verdammten Alarm auslösen sollen. Weißt du, wie viel Schaden du angerichtet hast? Und das alles nur, weil du deinen Scheiß nicht auf die Reihe bekommst.«

»Es muss der Kaffee gewesen sein. Es gab ein neues Mädchen und, ich weiß nicht, sie muss meine Bestellung vermasselt haben. Sie wissen, dass ich laktoseintolerant bin.«

Ich versteifte mich. »Du willst mir also sagen, dass du in einem verdammten Café angehalten, dein verdammtes Maul aufgerissen und dann ein Gesöff getrunken hast, das wahrscheinlich unter Drogeneinfluss stand?«

»Nein.« Seine Augen weiteten sich und er schüttelte den Kopf.

»Sie kannten deinen Namen, richtig?«

Er nickte langsam.

In meinem Augenwinkel zuckte ein Nerv. »Und ich nehme an, du hast die verdammte Regel gebrochen, die besagt, dass du deine Uniform nicht in der Öffentlichkeit trägst?«

Er war fast grau.

»Sie hat also auf dich gewartet und du bist direkt reingelaufen. Was bist du nur für ein *inkompetentes Arschloch?*«

»Ich wusste nicht–«

Ich knurrte ihn an und stieß ihn weg.

»Woher hätte ich das wissen sollen? Sie hat meine Karte genommen und sich selbst reingelassen. Bevor ich es merkte, waren sie weg.«

»Wo ist die verdammte Karte jetzt?«, knurrte ich, als ich mich abwandte. *Vielleicht konnte ich Harper dazu bringen, eine Kopie zu machen.*

»Ich weiß es nicht. Sie muss sie noch haben. Ich habe sie nie zurückbekommen.«

Ich drehte mich zurück. *»Sie hat sie noch?«*

Mein Puls schlug schneller. Das Geräusch dröhnte in meinen Ohren, als er nickte. Ich schnappte mir mein Handy und verschwand aus dem Blickfeld des verdammten Idioten, bevor ich ihm eine verfluchte Ohrfeige verpasste.

»Carven?«, antwortete Harper nach dem zweiten Klingeln. »Was–«

»Du musst einen Chip aufspüren, der sich in einer der Zugangskarten befindet. Der Name ist Sebastian Poole. Ich muss wissen, wo er sich befindet und ich brauche ihn sofort.«

»Okay. Willst du mir sagen, was hier los ist?«

»Wenn ich recht habe, hat Kings andere Tochter gerade Jack Castlemaine befreit und wenn sie flieht, hat sie vielleicht noch die Zugangskarte bei sich, mit der sie das getan hat.«

»Mein Gott ...«

»Ja.«

»Gib mir eine Sekunde«, murmelte Harper, als ich die Treppe hinunterging und auf dem Weg zurück zum Auto wieder auf den verdammten Kreideumriss trat.

Als ich einstieg, war er schon zurück. »Ich habe es«, verkündete er. »Ich schicke dir den Standort auf dein Handy.«

»Danke«, bestätigte ich, während ich den Motor startete.

Piep.

Ich hob mein Handy an, während ich mich anschnallte und erwartete, dass es Harper sein würde ... aber dem war nicht so.

Wildkatze: Wirst du uns im Restaurant treffen?

Meine verdammte Hand zitterte, als ich auf die Nachricht starrte. Ich sollte nicht hier sein. Ich sollte bei ihr sein. Ich sollte Verstärkung anfordern, um die Sache zu beenden und von hier zu verschwinden. Aber die einzige Verstärkung, die ich je hatte, war mein Bruder ... und so wie er mich ansah, war er es wohl auch nicht.

Er sah mich an, als wäre ich ein verdammter Fremder. Und einer, den er nicht besonders mochte. Ich schloss kurz die Augen, als mein Handy wieder in meiner Hand vibrierte.

Ich öffnete die Augen, blickte nach unten, um die Nachricht von Harper zu finden und musterte die GPS-Markierung auf der sicheren Tracking-App, bevor ich inne hielt. »Was zum Teufel?«

Die Karte war nicht im Lagerschuppen, so viel war sicher. Sie war irgendwo in der Nähe des verdammten Jachthafens. Sie hatten die Zugangskarte weggeworfen oder irgendein Idiot hatte sie gestohlen. Das war die einzige Möglichkeit, wie sie dort gelandet sein konnte.

Das war eine totale Zeitverschwendung.

Ich musste zurück nach Hause.

Zurück zu ... Vivienne.

Ich ließ ihre Nachrichten unbeantwortet, weil ich es unbedingt hinter mich bringen wollte. Sie würde nicht einmal merken, dass ich weg war. Je länger ich auf die verdammte Markierung starrte, desto wütender wurde ich. Ich hielt an, fuhr in die Stadt und folgte ihr bis zum Wasser, bis ich vor dem Jachthafen anhielt. Die Karte war ins Wasser geworfen worden. Das war die einzige Möglichkeit.

Bis sich die verdammte Markierung bewegte.

Direkt vor mir.

Ich starrte auf den Bildschirm, dann hob ich meinen Blick auf die schweren Stahltore, die die Einfahrt zu den Multimillionen-Dollar-Hochseekreuzern versperrten, die dort angedockt waren. Aber dorthin hatte die Markierung nicht gezeigt. Ich riss am Griff, stieg aus und folgte dem blinkenden Licht zu einem riesigen Schuppen in der Mitte des angrenzenden Geländes.

Ich rückte meine Jacke zurecht, überprüfte meine Waffe und schloss den Wagen hinter mir ab. Ich wusste nicht, was das war ... eine Art Bootswerft. Ich ging auf das Tor zu, griff nach dem Gitter und hievte mich hinüber.

Je eher ich mir sicher war, dass es sich um eine Sackgasse handelte, desto eher konnte ich von hier verschwinden. Ich verlängerte meine Schritte, während ich die Promenade entlangging, und bog dann ab. Der Jachthafen war voll mit Booten, Luxuskreuzern, die selbst im trüben Sonnenlicht glitzerten und schimmerten.

Ich griff nach dem All-in-One-Werkzeug, das ich in meiner Gesäßtasche hatte und fand die Schere.

Der Ort sah nicht so aus, als hätte er einen Alarm. Ein Blick auf das Gelände und ich wusste, dass es keine Wachhunde gab. Ich warf einen Blick über die Schulter und musterte die lachenden und feiernden Menschen auf den Booten hinter mir, bevor ich die Seite des Geländes umrundete und mich auf den Boden fallen ließ.

Sekunden.

Mehr brauchte ich nicht, um den Draht zu durchtrennen und durch den Zaun zu kommen. Die gezackten Metallenden verfingen sich in meiner verdammten Jacke und rissen ein zackiges Loch in den Stoff, als ich aufstand. Verdammte *Scheiße.* Ich ignorierte das Loch und richtete meinen Blick auf den drohenden Schuppen vor mir.

Das riesige Rolltor stand offen, sodass ich den verdammt teuren Luxuskreuzer anstarren konnte, der darin angedockt war. Je näher ich kam, desto mehr sah ich. Zwei Autos waren auf dem Platz geparkt, ein schwarzer Bugatti und ein Midnight Edition RAM. Die Fahrzeuge waren verdammt beeindruckend. Aber ich war nicht hier, um mir den Laden anzuschauen. Ich war wegen Jack Castlemaine hier.

Ich musterte den riesigen Schuppen, als ich eintrat und hielt mich im Schatten auf. Das war nicht nur ein Versteck, das war klar. Ich ging um die Seite des riesigen Kreuzers herum und entdeckte eine Wand voller Waffen und eine Bank voller Elektrowerkzeuge.

Ich hielt inne.

Dort stand der gleiche Bildschirm, den wir in der verlassenen Wohnung gefunden hatten und auf den ich gestarrt hatte.

Bumm.

Ich ließ meinen Blick zu dem Auto schweifen. Meine Sinne schärften sich und ich konzentrierte mich auf das Boot. Da war jemand drin. Ich griff nach meiner Waffe und musterte die Maschine, an der das Boot angebunden war, dann ging ich zur Leiter und kletterte hinauf.

Ich war zu laut, egal wie sehr ich mich anstrengte. Also ging ich schneller und sprang über die Reling, um mit einem Knall auf dem Boot zu landen.

»Scheiße«, murmelte ich leise vor mich hin und ging zur Kajüte.

Die Scharniere waren lautlos, als ich die Tür öffnete und eintrat. Auf dem Boden lag Männerkleidung ... *Kleidung, von der ich sofort wusste, dass sie Jack gehörte.* Neben ihnen lag die weiße Zugangskarte mit dem Chip. Ich berührte sie nicht, sondern konzentrierte mich auf die Tür, die in den Wohnbereich führte und hob meine Waffe.

Dieser Wichser konnte von Glück reden, wenn er das hier lebend überstand. Schwester hin oder her, ich hatte genug von diesem verdammten Katz-und-Maus-Spiel. Ich hatte genug davon, von Vivienne getrennt zu sein.

Ich sah Jacks verdammte Hose auf dem Boden des Wohnraums, dann hob ich meinen Blick zu den Schlafkabinen im hinteren Teil und ging weiter. Die Luft im Boot war elektrisiert und ich war mir dessen bewusst. Eine Gänsehaut lief mir über die Arme. Eine Sekunde lang flackerte ein Anflug von Sorge auf, bevor ich meine Waffe hob und meine Hand nach dem Türgriff ausstreckte.

Mit einer leisen Drehung schob ich die Tür nach innen und starrte in das dunkle Licht. Meine Augen gewöhnten sich gerade noch rechtzeitig daran, um einen Hauch von Bewegung wahrzunehmen. Das Licht hinter mir fiel in den Raum und zeigte die silbern schimmernden Augen der größten verdammten schwarzen Katze, die ich je gesehen hatte. Die Bestie bog ihren Rücken durch und zischte wie eine verdammte Schlange, als die Angst in meiner Brust aufstieg.

Irgendetwas stimmte nicht.

Irgendetwas war ...

Ich drehte mich rechtzeitig um, um eine verschwommene Bewegung zu sehen.

Knack! Der brutale Schlag prallte gegen meinen Kopf.

Funken sprühten hinter meinen Augenlidern.

In dem verschwommenen Bild sah ich sie ... *ihre großen braunen Augen und diese verdammt perfekten Lippen.*

»Wildkatze?«, flüsterte ich, bevor meine Knie nachgaben und ich auf den Boden sackte.

Sie rückte näher und stellte sich über mich. »Das glaube ich nicht, Arschloch«, murmelte sie und hob ein Gewehr, dessen Lauf bereits auf meinen Kopf gerichtet war. »Gute Nacht.«

Ich versuchte, meinen Arm zu heben, wollte mich bewegen, aber das Ende der Waffe bohrte sich in mich hinein und knallte erneut gegen meinen Kopf.

Die Dunkelheit kam.

Eine, die so schwarz war, dass sie alles verschluckte.

Auch das eine Gesicht, das ich brauchte ...

Und dann war ich weg.

Vivienne

Ich schloss meinen BH und richtete dann das schwarze, durchsichtige Höschen, das London für mich gekauft hatte. Als Nächstes lag das Kleid für mich auf dem Bett bereit. Ich warf einen letzten Blick auf meine unbändigen Locken und dann auf den Kajalstrich.

Ich sah gut aus ... *wirklich gut.*

Schade, dass ich innerlich ein verdammtes Chaos war.

Mein Puls war unregelmäßig und außer Kontrolle, als ich zum Bett schritt, einen Blick auf die Louis Vuittons warf, die auf dem Boden warteten, dann nach dem Kleid griff und hineintrat. Das dumpfe Geräusch von Schritten näherte sich. Ich spannte mich an, als London in mein Zimmer kam.

Ich wusste, dass er es war, ohne mich umzudrehen ... und Gott, mein Herz war noch nicht bereit.

Aber das spielte keine Rolle. Ein Blick auf ihn in seinem schwarz-auf-schwarzem Anzug und ich war sprachlos. Er wusste, dass er gut aussah. Seine dunklen Augen funkelten noch dunkler. Carven sagte, er sei wie ein Hai auf der Jagd ... und so sah es auch aus, als er eine lange Schmuckschatulle auf das Fußende meines Bettes stellte.

»Liebling«, sagte er vorsichtig, als er um mich herum trat.

Ich erschauderte, als er mit seinen Fingern über meine Wirbelsäule strich. Mein Atem stockte, als er sich herunterbeugte und meine Schulter küsste. Du siehst hinreißend aus.«

»Du siehst auch nicht gerade schlecht aus«, murmelte ich und schloss die Augen.

Sein tiefes Glucksen ließ meinen Körper zusammenzucken. Mein Gott, er konnte allein mit seiner Heiterkeit Dinge mit mir anstellen. Das Lächeln kehrte zurück; das Lächeln, das er mir vor Tagen geschenkt hatte, als ich auf der Bank festgeschnallt und seine Maschine bis zum Anschlag in mir gewesen war.

Ich lebte für sein Lächeln.

Für sein Lachen ...

Für alles, was er tat.

Er zog sanft den Reißverschluss hoch und ich öffnete die Augen, als er um mich herum trat und dieser gewaltige, gefährliche Mann langsam auf die Knie sank.

Mein Puls raste.

»Nimm meine Schultern, Vivienne.« Er ließ seine Hand an der Rückseite meines Beins entlang gleiten.

Ich tat es, griff nach den starken Muskeln, hob meinen Fuß und wartete darauf, dass er meine Schuhe an ihren Platz schob, einen nach dem anderen. Er ließ sich Zeit mit dem Aufstehen und ließ dann seine großen Hände über meinen Körper gleiten, bis er meinen Blick traf. »Bist du bereit für heute Abend?«

Ich schluckte. »Nein.«

Sein Grinsen wurde breiter, aber er suchte meine Augen, während er mir eine Haarsträhne aus dem Gesicht strich. »Vertraust du mir?«

Bei dieser Frage krampfte sich mein Magen zusammen. Diesem Mann zu vertrauen, war eine sehr gefährliche Sache ... *aber ihn zu lieben auch.*

»Ja«, antwortete ich.

Das machte ihn glücklich. Er trat von mir weg und beugte sich hinunter, um die Schachtel zu holen, die er auf das Bett gelegt hatte.

»Noch ein Fußkettchen?«

Sein Blick glühte vor Aufregung. »Nicht ganz.«

Ich blickte nach unten, als er das Etui langsam öffnete. Ich dachte, es würden Diamanten oder Gold sein. Aber mit Leder hatte ich nicht gerechnet.

Er zog das schlichte schwarze Lederhalsband mit der schwarzen Schließe heraus, und als er seine Hand neigte, fiel das Licht auf die tief eingravierten Worte.

Eigentum von London St. James.

Ich zuckte zusammen und hob meinen Blick. Das war nicht sein Ernst, oder?

Oh ... es war ihm *todernst.* Ich betrachtete das Halsband in seiner Hand. *Sie werden es wissen.* Diese Worte stiegen in meinem Gedächtnis auf. *Sie werden es alle wissen, wenn ich fertig bin.*

Hitze stieg in meinem Gesicht auf. Ich spürte seine Konzentration, seine ... *Erregung.* Er wollte das. Er wollte mich und er wollte, dass die Welt erfuhr, zu wem ich gehörte.

Meine Muschi pochte und schickte eine Welle der Lust durch mich. Ich konnte diese Krankheit in mir nicht aufhalten. Ich konnte nicht aufhören, mich von diesem Mann begehren zu lassen. Ein langsames Nicken und seine Augen weiteten sich. Er wusste, was das für mich bedeutete ...

Die höchste Stufe des Vertrauens.

Vertraust du mir?

Ich starrte in seine Augen, als er näher kam. Der verführerische Duft seines Eau de Cologne umwehte mich, als er nach dem Halsband griff und es befestigte. Ich vertraute ihm, so sehr, dass es mir Angst machte.

»So.« Er zog sich zurück, begegnete meinem Blick und senkte ihn dann. Seine Brust beruhigte sich beim Anblick des Leders um meinen Hals. »Es ist perfekt«, murmelte er. Ein Ausdruck von Stolz lag auf seinem Gesicht, bevor er seine Hand hob. »Bist du bereit?«

»So bereit, wie ich nur sein kann.«

Das brachte ihn zum Lachen, als er meine Hand nahm und mich aus dem Haus führte. Die Wachen scharten sich um uns, als wir zu dem Auto gingen, das bereits auf uns wartete. Der Fahrer öffnete die hintere Tür und ich stieg ein. Die Scheinwerfer reflektierten den weichen Nebel, der uns umgab und ließen mich in der Kälte frösteln.

Ich musterte die anderen und suchte nach Colt, aber ich konnte ihn nirgends sehen. Er war nach Carven nicht zu mir gekommen und er war auch nicht gegangen, das wusste ich. Ich zuckte zusammen, griff nach dem Handy, das London mir gekauft hatte und öffnete meine Nachrichten.

Ich starrte eine Nachricht nach der anderen an, die ich an Carven geschickt hatte ...

Eine, auf die er nicht geantwortet hatte.

Eine Bewegung aus dem Haus erregte meine Aufmerksamkeit, als Colt aus dem Haus kam. Er schaute nicht in meine Richtung und auch nicht zu London. Stattdessen stieg er allein auf den Fahrersitz des Wagens.

Ich tippte eine Nachricht ein:

Ich brauche dich.

Ich wartete auf eine Antwort, während London unserem Fahrer den Weg wies, dann stieg er ein. Er warf einen Blick in meine Richtung, dann auf das Handy in meiner Hand. »Alles in Ordnung?«

»Er antwortet nicht auf seine Nachrichten.«

»Carven?«

Ich nickte.

»Mach dir keine Sorgen. Manchmal ist er sehr ... *beschäftigt.*«

Angesichts der Worte zuckte ich zusammen und in meinem Kopf tauchten alle möglichen schrecklichen Bilder auf. Er würde Jack nicht umbringen. Er wusste, wie wichtig er für Ryth und für London war. Ich drehte mich zu ihm um, als wir vom Haus wegfuhren. Jack war wichtig, aber das bedeutete wenig, wenn man es mit Männern wie diesen zu tun hatte.

Sie waren gewalttätig und im besten Fall unberechenbar.

Das Auto ruckelte, als wir die Straße erreichten und beschleunigten. London zog sich zurück und wurde kälter und entfernter, während wir fuhren. Ich warf noch einmal einen Blick auf mein Handy, dann richtete ich meinen Blick auf die Dunkelheit draußen. Wir fuhren in die Stadt, in Richtung der belebten Clubs und Bars, und fuhren dann weiter.

Meine Überraschung stieg, als ich einen Blick auf London warf. »Ich dachte, wir gehen in irgendeinen Club?«

»Tun wir auch«, antwortete er. »Ein ganz besonderer Club.«

Ich blickte nach draußen, als wir uns von den belebten Straßen entfernten und dann in eine unauffällige Einfahrt hinter einem hohen, dunklen Gebäude einbogen. Wären da nicht die fünf anderen Autos, die an der schwach beleuchteten Einfahrt aufgereiht waren, hätte ich gedacht, wir wären am falschen Ort.

Aber ein Blick auf die makellosen Smokings und bodenlangen Designerkleider derjenigen, die durch die riesigen schwarzen Türen gingen, die von sanften weißen Lichtern erhellt wurden, und ich wusste, dass wir es nicht waren.

Etwas berührte meine Hand. Ich zuckte zusammen, als London seine Finger mit meinen verschränkte. Mir wurde bewusst, dass dies wichtig für ihn war. Vielleicht heute Abend mehr denn je. Ich begegnete seinem Blick und hielt seine Hand fest, als wir vorwärts fuhren. Ehe ich mich versah, hielt das Auto an und unser Fahrer stieg aus, um uns die Tür zu öffnen.

Ich folgte London nach draußen. Er wartete, hielt meine Hand fest und konzentrierte sich nur auf mich. Ich erschauderte sowohl wegen der Aufmerksamkeit als auch wegen der Nachtluft, die von einem schweren Musik-Beat durchdrungen wurde. Dann gingen wir hinein.

Die schwarze Tür führte uns in einen Flur, wo ein schwaches weißes Bodenlicht den Weg beleuchtete, bis wir zu einer Treppe kamen. Andere stiegen lässig hinauf, einige unterhielten sich mit ihren Begleitern. Ich warf einen Blick auf London und folgte ihm. Seine Hand legte sich auf meinen Rücken, während er sich meinem Tempo anpasste.

Die Kellner begrüßten uns mit Champagnergläsern. London nahm eines und hielt es mir hin, während er in Richtung der makellosen Glasbar deutete, die sich über die gesamte Länge des Raumes zu erstrecken schien.

Ich folgte ihm an die Bar und wartete, während er für sich selbst bestellte. Es wurde kein Geld ausgetauscht und keine Karte belastet. Was für eine Art von Party war das? Als ich mich umdrehte und ihm dorthin folgte, wo sich die anderen Gäste unterhielten, wusste ich genau, warum wir dort waren. Alle blieben stehen, drehten sich um und starrten uns an, als wir uns näherten.

Wir waren hier, um bewundert und gefürchtet zu werden ... *um gesehen zu werden.*

Denn London St. James hat sich vor niemandem versteckt.

»London«, rief einer der Männer und richtete seinen Blick auf mich. »Ich bin froh, dass du es geschafft hast.«

»Ich würde es um nichts in der Welt verpassen wollen«, antwortete er und legte seine Hand auf meinen Rücken.

Die Köpfe drehten sich um und beobachteten eine andere Gruppe, die die Treppe herunterkam.

»Dante«, murmelte der Mann, der uns begrüßt hatte.

Ich folgte ihrem Blick zu dem Mafiaführer und seiner umwerfenden Frau. In dem Moment, in dem ich sie sah, verkrampfte sich etwas in mir und ein panisches Gefühl stieg in mir auf wie ein Sturm. Dante nahm sich ein Glas Champagner für seine Frau, bevor er zur Bar ging. Im Gegensatz zu mir war Meredith Ares nicht zu schüchtern, den Raum zu mustern.

In dem Moment, in dem sich unsere Blicke trafen, stieg die Panik in mir auf und ließ meinen Puls rasen. Sie hielt meinem Blick stand, auch als ihr Mann zu ihr kam. Ein Blick in unsere Richtung und Dante führte seine Frau zu uns.

»Dante«, murmelte London.

»St. James«, antwortete er, als er in meine Richtung blickte und mir vorsichtig zunickte. »Vivienne.«

Doch im Gegensatz zu den anderen Männern, die mich anglotzten, zog er mich nicht wie üblich mit seinen Augen aus. Stattdessen richtete Dante seine Aufmerksamkeit auf seine Frau, die mich immer noch anstarrte.

»Meredith.« London blickte in ihre Richtung. »Du siehst wunderschön aus, wie immer.«

Sie lächelte, doch ihr Lächeln reichte nicht ganz bis zu ihren Augen.

»Dante. London.« Der Mann, von dem ich annahm, dass er unser Gastgeber war, lenkte ihre Aufmerksamkeit auf sich. »Darf ich dir Kennedy Romanoff vorstellen?«

»Geht es dir gut?«, fragte London und beugte sich ein wenig vor, um meinen Blick zu treffen.

»Sicher, nur zu.«

Er lehnte sich näher an mich heran, legte seinen Arm um meine Taille und murmelte mir ins Ohr. »Ich bin gleich wieder da. Ich möchte dir etwas zeigen.«

Ich sah ihm zu, wie er ging, und das taten auch alle anderen Frauen um mich herum. Auch die Ehemänner gingen, aber im Vergleich dazu verblassten sie alle. Aber London ging nicht weit weg, nur so weit, dass ich nicht mehr zu hören war.

»Nette Choker«, kommentierte Meredith und lenkte meine Aufmerksamkeit auf sich. Sie starrte das Leder um meinen Hals an und las zweifellos die Inschrift. »Du bist eine sehr glückliche Frau.«

Ein Gefühl, das in jedem eifersüchtigen Blick, der in meine Richtung gerichtet wurde, aufflammte. Sie alle wollten ihn. Das konnte ich sehen, sogar Meredith schaute zweimal hin, bevor sie ihren Blick auf ihren Mann richtete. Ich konzentrierte mich darauf, zu trinken, bevor der Kellner mit weiteren Getränken vorbeikam.

Mir wurde heiß. Ich warf einen Blick auf London, der mich immer noch anstarrte, obwohl er zwischen den anderen mächtigen Männern stand.

Die Intensität, mit der er mich beobachtete, war atemberaubend. Jeder dunkle, verdorbene Gedanke war auf mich gerichtet. Dieser Hunger riss mich mit, bis es keinen Club mehr gab, keinen Raum, keine anderen, die herumstanden und starrten.

Da waren nur noch er und ich.

»Mein Gott, er ist perfekt«, murmelte eine der Frauen und riss mich in die Realität zurück.

Ich drehte mich wieder zu ihm um, während mir die Hitze in die Wangen schoss. Er drehte sich wieder zu seinen Kollegen um, murmelte etwas und ging dann auf mich zu.

»Bereit?« Er hielt mir seine Hand hin. Ich konnte seine nicht schnell genug ergreifen. »Meine Damen«, grüßte er und warf einen Blick in ihre Richtung, bevor er sich wieder mir zuwandte.

»London«, rief die eine, die hechelte wie eine läufige Hündin.

Aber wir waren schon auf dem Weg in den hinteren Teil des Raumes. Ich warf einen Blick über meine Schulter zur Treppe. »Ich dachte, wir gehen schon?«

»Nein, noch nicht. Es gibt noch eine andere Party, von der ich dachte, dass sie dir gefallen könnte.«

Er nahm meine Hand und führte mich zu einer weiteren Treppe, die uns diesmal nach unten führte. Seine Hand auf meinem Rücken und sein Körper so nah an meinem, verstärkte das Glücksgefühl, das ich empfand.

»Hier entlang.« Er führte mich durch einen schummrigen, leeren Flur.

Ein Zittern lief mir über den Rücken. Aber London war hier in seinem Element. Er war derjenige, der die Kontrolle hatte. Er öffnete eine Tür am Ende des Flurs und bedeutete mir, einen kleineren Raum zu betreten.

Ich musterte die finsteren Ecken und stellte fest, dass wir allein waren. »London, was ist das?«

Er bückte sich, holte ein weiteres Glas Champagner für mich und hielt es hoch. »Du vertraust mir doch, oder?«

Ich nahm das Glas und konnte die Wahrheit in seinen Augen nicht sehen, als er eine ungeöffnete Flasche Scotch öffnete und sie in ein Glas goss.

»Vertrauen und Besorgnis sind zwei verschiedene Dinge.«

Er stellte sich hinter mich, ließ seine Hand um meine Taille nach oben gleiten und fasste mir an die Brust. »Wie kann ich dich erleichtern, mein Schatz?«

Durch die Dunkelheit vor mir schimmerte. Seine starken Finger berührten meine Brustwarze und ließen das Verlangen durch meine Adern fließen. Ich biss mir auf die Lippe und unterdrückte ein Stöhnen. Mein Blick war auf die Bewegung vor mir gerichtet, als etwas, das wie schwarze Vorhänge aussah und langsam zur Seite gezogen wurde.

In einem Raum jenseits von uns ging das Licht an und gab den Blick auf Männer und Frauen beim Sex frei. Die Glaswand zwischen uns war die einzige Barriere. Ich versteifte mich bei diesem Anblick, als ich sah, wie sich die Körper umschlangen und die Schwänze tief eindrangen.

»London ...«

»Es ist okay«, murmelte er an meinem Ohr. »Es ist eine Einwegscheibe, sie können uns nicht sehen.«

Sein Atem strich über meinen Nacken, sein Blick war nicht auf die Orgie vor uns gerichtet ... *sondern auf mich.* Eifersucht flammte auf. »Kommst du oft hierher?«

»Oft? Nein.«

Ich drehte mich um und sah ihn an. »Aber du warst schon mal hier, oder?«

Mein Inneres verkrampfte sich.

Die Aufregung in seinen Augen schien zu verblassen. »Ja.«

Mein Puls raste, als ich mir vorstellte, was für Frauen er schon alles hierher gebracht haben könnte.

»Einmal«, fuhr er kühl fort. »Und ich wollte nie wieder hierherkommen ... bis zu dir.«

Der Schmerz in seinem Tonfall versetzte mir einen Stich in die Brust. Was auch immer geschehen war, es war eindeutig keine angenehme Erfahrung gewesen. »Warum hast du mich mitgebracht?«

Ein Funke der Lust funkelte in seinem Blick, als er näher kam und seine andere Hand um meine Taille legte. »Ich nahm an, das sei offensichtlich.« Er hob seinen Blick auf die Vorstellung vor uns. »Ich möchte, dass du alles erlebst, was Lust und Begierde angeht.«

»Solange es zwischen uns und den Söhnen bleibt, richtig? Ich teile nicht, London.«

Er lächelte augenblicklich, als er mir die Haare von den Schultern strich. »Darüber musst du dir keine Sorgen machen, mein Schatz. Keine andere Frau kann mit dir mithalten.«

Ich nickte langsam und fand es gut, dass er sich auf mich konzentrierte. »Du dachtest, ich würde gerne ... *andere beobachten?*«

Er zuckte mit den Schultern und zog mich an sich. »Ich denke, es ist gut zu sehen, was dich nicht anmacht.«

Ich lenkte meinen Blick auf den Raum und beobachtete, wie sich ein Mann zwischen den Schenkeln einer wunderschönen Rothaarigen niederließ. Beim Anblick ihrer gespreizten Beine und seines Mundes an ihrer Muschi stieg eine Welle der Erregung in mir auf.

Ich war wie gebannt von diesem Anblick und nippte langsam am Champagner, während London sich hinter mir bewegte. Aber es waren nicht die anderen, die meine Aufmerksamkeit erregten. Ich spürte seine Hand auf meiner Hüfte und die Wärme seiner starken Brust an meinem Rücken.

Diese Finger bewegten sich tiefer, bis sie meinen Unterleib nachzeichneten. Ich wusste, was er dachte.

»Ich weiß, dass du die App gesehen hast«, flüsterte er mir ins Ohr und seine Hand strich über das Lederhalsband. »Ich weiß auch, dass du weißt, wofür die Vitamine sind. Ich habe vor, dich heute Abend mit nach Hause zu nehmen und dir ein Baby in den Bauch zu setzen, Vivienne. Ich habe vor, dich auf jede erdenkliche Weise zu meinem Eigentum zu machen.«

Ich drehte mich um und mir stockte der Atem.

»Was denkst du?« Er beugte sich vor, stellte sein Glas ab und wartete, während er meine Augen musterte.

Von dem Moment an, als ich London St. James kennengelernt hatte, war er fordernd und besitzergreifend gewesen, aber nie hatte er gefragt: »Was denkst du?«.

Aber jetzt war er hier ... *seine Hoffnung hing von meiner Reaktion ab*.

Seine Augenbrauen zogen sich zusammen, als er versuchte, mich zu lesen.

Ich hatte mir nicht erlaubt, darüber nachzudenken oder davon zu träumen. Aber die Vorstellung, das Kind dieses Mannes auszutragen, berauschte mich und das hatte nichts mit dem Champagner zu tun. »Ja«, flüsterte ich. »Ich denke ... *ja.*«

Seine Brust hob und senkte sich mit einem gewaltigen Atemzug. Überraschung folgte, bevor er grinste. »Ja?«

Ich lachte. »Ja.«

Das Lächeln wich diesem fleischlichen Hunger, als er mein Gesicht mit beiden Händen festhielt und mir tief in die Augen blickte. »Ein Baby«, wiederholte er. »Unser Baby.«

Unser Baby ...

Und unsere Familie.

Er, ich und die Söhne.

Er zog sich zurück und brach den Kontakt ab. »Du bist doch nicht wirklich an der Ausstellung interessiert, oder?«

»Nein«, flüsterte ich. »Wie könnte ich auch, wenn ich dich habe?«

Er lächelte, dann nahm er mein Glas. »Willst du hier raus?«

Ich atmete erleichtert auf. »Ich dachte schon, du würdest nie fragen.“

FÜNFUNDDREISSIG

Vivienne

ER WOLLTE MICH DOCH NICHT GEHEN LASSEN, ODER? Seine Hand packte fester zu, als das Auto an den Bordstein fuhr. Ich starrte die Lichter des teuren Restaurants an. »Ich dachte, wir fahren nach Hause?«

»Ich muss dafür sorgen, dass du gut zu essen bekommst, Schatz.« Sein Tonfall war gefährlich erotisch. »Und ich habe vor, dich schön rund zu machen. Hier gibt es den leckersten Lachs, den du je in deinem Leben hattest.«

Mein Puls beschleunigte sich bei dem Gedanken. Ich hatte gehofft, nach Hause zu fahren und für uns vier zu kochen, aber bevor ich etwas sagen konnte, öffnete er die Tür und zog mich mit sich. Ich folgte ihm und lächelte unseren Fahrer an, bevor ich die drei Stufen hinaufstieg, während London die Tür öffnete und mich hineinführte.

Die Gerüche schlugen mir augenblicklich entgegen. Mein Bauch knurrte vor Vorfreude, als London auf den Kellner zuging.

»London St. James«, verkündete er leise, während er sich im Restaurant umsah. »Ich hätte gerne einen Tisch im hinteren Bereich.«

Aber der Kellner bewegte sich nicht. Stattdessen weiteten sich seine Augen, als er sich an einen wichtig aussehenden Mann in einem schwarz-weißen Smoking wandte, der herbeieilte.

»Mr. St. James«, murmelte er vorsichtig und schaute sich in dem vollen Restaurant um. »Ich fürchte, wir haben Ihren Tisch vergeben, Sir.«

»Ihr habt meinen Tisch vergeben«, wiederholte London und verengte seinen Blick auf ihn. »Warum das?«

Der Typ war jetzt nicht mehr nur aufgebracht, sondern geriet regelrecht in Panik. Ich griff nach Londons Arm. »Es ist alles in Ordnung.«

»Nein, ist es nicht.«

Der tödliche Blick schien noch kälter zu werden, als London sich näher heranlehnte. »Ich komme schon seit langer Zeit hierher, Jackson. Ich habe dir und Xavier persönlich geholfen. Ich denke, ich verdiene eine Erklärung.«

Der Typ war weiß wie ein verdammtes Laken. »Mr. Hale ...«, begann er, bevor er nach Luft schnappte und inne hielt.

London versteifte sich, als er Luft holte. »Du willst mich nicht zum Feind haben«, sagte er vorsichtig. »Schon gar nicht heute Abend.«

Ich wusste nicht, ob die Bewegung des Restaurantleiters ein Nicken war oder ob er nur zitterte. »Den Luxustisch ganz hinten«, befahl er, während er sich an den Kellner wandte.

»Sorge dafür, dass Mr. St. James alles bekommt, was er braucht. Natürlich ohne Aufpreis.«

London lehnte sich zurück und zerrte an seiner Jacke. Das war noch nicht das Ende, noch lange nicht. London sammelte heute Nacht Leichen und es war ihm egal, wer es war. Er legte seine Hand auf meinen Rücken und führte mich weg, während wir dem armen Kellner folgten, der uns in den hinteren Teil des Restaurants führte.

Köpfe drehten sich zu uns um, als wir vorbeigingen.

Kritische Blicke nahmen mich auseinander.

Kopf hoch, Vivienne ...

Londons Worte hallten in meinem Kopf nach.

Gehe immer mit erhobenem Kopf und beobachte alle um dich herum. Das macht dich weniger zum Opfer.

Ich hob mein Kinn, ignorierte die Blicke und ging weiter. London war nicht nur anmaßend gewesen, er hatte mich auch vor Momenten wie diesen beschützt. Stolz schwoll in mir an, als ich mit dem Mann ging, um den mich andere Männer beneideten und den Frauen begehrten.

Er war nicht so, wie sie ihn sich vorstellten ... *er war so viel mehr.*

Der Gastgeber blieb an einem Tisch für vier Personen stehen, der diskret an der Wand platziert war und zog vorsichtig einen Stuhl für London heraus. Aber er wollte sich nicht setzen, nicht, bevor ich es tat. Meine Blase schmerzte, die paar Gläser Champagner waren plötzlich eine schlechte Entscheidung gewesen. Ich schaute mich um und entdeckte eine unauffällige

Tür, an der ein Damenschild leuchtete. »Ich bin gleich wieder da.«

London schaute finster drein, warf einen Blick auf die Toilette und nickte dann. »Natürlich.«

Ich ließ ihn stehen und kämpfte gegen den Drang an, meine Schritte zu beschleunigen, als ich zur Toilette eilte. Ich schob mich hinein, rannte zur Kabine und fummelte an dem verdammten Schloss herum, bevor ich das sexy französische Höschen herunterschob und mich setzte.

»Mein Gott«, flüsterte ich, als mich die Erleichterung überkam. »Wie kann ich ein Kind bekommen, wenn ich die kleinste Blase der Welt habe?«

Ich schloss die Augen, während ich wartete, dann erhob ich mich langsam und ging auf die Toilette. Dunkle Augen begegneten mir im Spiegel, als ich mir die Hände wusch und sie abtrocknete. »Nur noch das hier und du bist zu Hause«, flüsterte ich, während ich dem leisen Dröhnen der Gäste im Restaurant lauschte.

Ich seufzte und machte mich auf den Weg nach draußen. Meine Gedanken waren weit weg und ich versuchte, alles um mich herum auszublenden, als ich zu unserem Tisch zurückging ... bis eine Bewegung meinen Blick auffing. Ich hob den Kopf ... *und stellte fest, dass mein Platz bereits besetzt war.*

Ophelia saß gegenüber von London.

Der Anblick ließ mich augenblicklich innehalten.

Ich stand mitten im Gang und sah, wie sie sich über den Tisch lehnte, um seine Hand zu berühren. Er zuckte zusammen, als seine finsteren Augen zu meinen wanderten. Wut schoss durch mich hindurch, tiefer als alles, was ich je zuvor gefühlt hatte.

Mir war kalt ... Ich fror bis ins Mark, als ich mich zwang, mich zu bewegen. Sie hob nicht den Kopf, schaute nicht in meine Richtung. *Du sitzt auf meinem Platz*«, wollte ich sagen, aber ich bezweifelte, dass die hässliche Fotze überhaupt darauf reagieren würde.

Mein Blick wanderte zu der gezackten Schneide des Messers, das vor ihr lag. Ich hätte nichts lieber getan, als es ihr in die verdammte Brust zu rammen, aber ich würde kein Herz finden. Sie war mehr als nur Londons ehemalige Geliebte ... *sie war die Peinigerin der Söhne. Die, die entschlossen gewesen war, sie zu brechen.*

Als ich an ihr vorbeiging und mich umdrehte, um mich auf Londons Knie zu setzen, fiel mir wieder Colts gequälter Blick auf. »Ophelia«, sagte ich kalt und starrte auf die Schlampe hinunter. »Ich dachte, du würdest dich mit den anderen Ratten davonmachen ... du weißt schon, vor dem sinkenden Schiff fliehen.«

Meine Wut hatte mich unter Kontrolle und ich fühlte mich gefährlich.

Es war nicht London, vor dem sie sich in Acht nehmen musste ... *sondern vor mir.*

Erst dann hob sie ihren kalten Blick und entdeckte mein Halsband. Ich hatte ihn ganz vergessen, aber jetzt wurde mir seine Bedeutung wieder bewusst.

»Schön, dass du sie an die Leine genommen hast, London.«

Fick dich!

Ich konnte mich nicht zurückhalten, als ich mich an der Tischkante festhielt und mich so nah zu ihr lehnte, dass sie keine andere Wahl hatte, als mir in die Augen zu sehen, als ich

murmelte: »Und ein Baby im Bauch, du hässliche Schlampe.«
Ich grinste auf sie hinunter. »Das ist etwas, das du nie haben
wirst.«

In diesem grausamen Blick kam die Wut zum Vorschein. Ihre
Lippen zuckten langsam, bevor sie wieder zu London schaute,
aber ich wagte es nicht, meinen Blick von ihr abzuwenden.
Stattdessen starrte ich sie an und beobachtete, wie sie
verzweifelt die Aufmerksamkeit meines Liebhabers suchte.

Aber er schenkte sie ihr nicht. Stattdessen fuhr er mit seiner
Hand an meinem Arm entlang und beugte sich vor. »Ophelia,
es war mir ein Vergnügen, wie immer.« Er wies sie ab, als wäre
sie nur eine Nebendarstellerin.

Sie wartete eine Sekunde lang, während der Schmerz über ihr
Gesicht zog, dann schob sie sich nach oben.

»Auf Wiedersehen«, knurrte ich, als ich sah, wie sie sich
umdrehte und wegging.

Mein Puls pochte und mir wurde schwindlig. Ich klammerte
mich fest an die Tischkante, denn ich wollte mich auf keinen
Fall von dieser kranken Schlampe unterkriegen lassen. Aber
ich war weit davon entfernt, mich zur Schau stellen zu lassen.
»Ich will nach Hause, London. Jetzt.«

Sein Daumen strich über meine Hand. »Was immer du willst,
Liebling.«

Ich nickte und erhob mich langsam.

Die Lichter und die Geräusche des Restaurants waren zu viel.
Ich trat zur Seite und streckte meine Hand aus. London war
sofort zur Stelle und schob seine Finger zwischen meine.
»Ganz ruhig, Kätzchen. Ich bringe dich nach Hause.«

Es konnte gar nicht schnell genug gehen.

In dem Moment, als wir einen Schritt machten, rief ein Mann, der an einem Tisch neben uns saß. »*London.*« Er legte seine Serviette ab, streckte die Hand aus und lächelte. »Ich dachte mir schon, dass du das bist.«

Nur dass sein Blick auf mich gerichtet war und er sich Zeit nahm, meinen Körper zu mustern.

Plötzlich war das bodenlange schwarze Kleid nicht mehr Schutz genug, nicht vor diesen Menschen ... *oder dieser Welt.* Ich kämpfte gegen ein Schaudern an und blickte zum Eingang, als Ophelia durch die Tür ging und verschwand.

»Angus.« London schüttelte seine Hand und warf einen Blick in meine Richtung. »Schön, dich zu sehen.«

»Ich hatte gehofft, dass ich dich treffe. Ich habe mich gefragt, ob ich deine Meinung zu–«

Das Gespräch begann, doch London hob seine Hand. »Du musst mich entschuldigen. Ich habe heute Abend keine Zeit mehr. Vielleicht ein andermal.«

Angus zuckte zusammen. Es sah so aus, als wäre er es nicht gewohnt, unterbrochen zu werden, aber zum Glück war London das egal.

»Vivienne.« Er deutete auf sie. »Bis zum nächsten Mal, Angus.«

»Klar«, murmelte der Typ und starrte uns an, als wir weggingen.

»Verdammt«, murmelte London leise vor sich hin.

Wir schafften noch drei weitere Tische, bevor es wieder passierte. Es schien, als würde man in dieser verdammten Stadt entweder um sein Leben kämpfen oder sich die Blutsauger vom Hals halten müssen.

London gab ein leises Knurren von sich, bevor er die Hand des Mannes schüttelte, der sich diesmal erhob und auf uns zuging. Ein Blick in meine Richtung und London sagte: »Tut mir leid.« Ich warf einen Blick zur Tür und musterte den vorderen Teil des Restaurants, während London sein Bestes gab, um zu entkommen.

Als er meine Hand ergriff und so leise murmelte, dass nur ich es hören konnte: »Geh und bleib nicht stehen«, waren schon zehn bis fünfzehn Minuten vergangen und ich konnte es kaum erwarten, da rauszukommen.

Ich ging die Treppe hinunter und machte mir nicht die Mühe zu warten, bis London die Tür öffnete. Meine Hände zitterten, als ich die Klinke drückte und nach draußen stolperte. Die kalte Luft strömte herein, als ich tief einatmete und den vertrauten dunklen Wagen entdeckte. Die Fahrertür öffnete sich und für eine kurze Sekunde dachte ich, es sei Carven.

Colt schritt auf mich zu, zwei unserer Männer dicht hinter ihm.

Ein eisiges Schaudern durchfuhr mich, als ein Flüstern mich dazu brachte, den Kopf zu drehen.

In der Ferne sah Ophelia zu, bevor sie sich umdrehte und langsam davonlief.

Das schrille Geräusch von quietschenden Reifen durchbrach die Nacht.

London richtete seinen Blick auf das Geräusch, als etwas, das wie ein verbeulter blauer Lieferwagen aussah, auf uns zuraste und die Seitentür aufgerissen wurde. Zwei Männer waren dunkle Schatten im Inneren, bis ich das Aufblitzen von etwas Metallischem wahrnahm.

»RUNTER!«, brüllte London.

Etwas traf mich und warf mich auf den Bürgersteig.

Knack!

Knack!

KNACK!

KNACKKNACKKNACKKNACK ...

Es folgten Schüsse ... *und sie hörten nicht auf.*

Ich traute mich nicht, den Kopf zu heben, zu groß war meine Angst, dass das Ende auf uns zukam.

Alles, was ich tun konnte, war, mir die Hände über die Ohren zu schlagen und zu schreien.

SECHSUNDDREISSIG

Carven

____

QUALEN SCHOSSEN MIR DURCH DEN KOPF. ICH BLINZELTE, stieß ein leises Stöhnen aus und versuchte, meine Augen zu öffnen. Dann fing der Presslufthammer an, sich durch meinen verdammten Schädel zu bohren. Der Kämpfer in mir zwang mich, mich gegen den Boden zu stemmen und langsam aufzustehen.

»Verdammte Scheiße«, flüsterte ich, als ich meinen Hinterkopf berührte und meine Finger nass wurden.

Lichter leuchteten. Zuerst dachte ich, es sei hinter meinen Augen, bis es wieder kam.

Mein Handy lag mit der Vorderseite nach unten, das Licht auf dem Bildschirm war erloschen. Ich knirschte mit den Zähnen und bückte mich, um das verdammte Ding zu greifen.

Wildkatze: Ich brauche dich.

Die Angst versetzte mir einen heftigen Tritt und vertrieb die Qualen. Ich schaute mich um und versuchte mich zu erinnern, wo zum Teufel ich war, und starrte auf das winzige Innere eines ... *Bootes?*

In einer Sekunde kam alles zu mir zurück. *Der Wachmann. Der Tracker im Chip ... der Anblick von Jack Castlemaines weggeworfener Kleidung.*

Ein Schlag.

Der kehlige Ton der Frau kam zurück. Mein verdammter Puls beschleunigte sich, als ich mich an sie erinnerte. *Vivienne ...*

Nein.

Nicht Vivienne.

Aber jemand, der ihr verdammt ähnlich sah. Ich streckte meine Hand aus und stolperte vorwärts, um dorthin zu gelangen, wo ich hoffte, dass es der vordere Teil des Bootes war. Ich wollte raus aus diesem verdammten Ding ... *und ich wollte zurück zu ihr.*

Helle Funken sprühten in meinem Kopf, als ich loslief. Ich verkrampfte mich und ging weiter, vorbei an den weggeworfenen Männerklamotten, die auf dem Boden lagen und durch die offene Kabinentür hinaus.

Ich sollte bleiben und alles über diese Schlampe herausfinden, denn ich wusste genau, dass wir King nur durch sie finden würden. Aber das war mir jetzt egal. Ich hielt mich am Geländer fest und hievte mich zu der Maschine, die den Luxuskreuzer angebunden hielt, und stieg langsam aus.

Meine Stiefel rutschten aus. Ich fiel und das Stahlgeländer schlug mir hart gegen die Wange. Ich knirschte mit den Zähnen und der Schmerz war überwältigend. Trotzdem ließ ich mich fallen, um schneller auf dem Boden zu sein.

Der Aufprall, als ich landete, war brutal. Mein Atem riss mir aus der Brust und ließ mich taumeln. Aber das war nichts im Vergleich zu dem verzweifelten Heulen in mir.

Geh zu ihr.

Ich kämpfte mich über den Betonboden und stolperte in den Hof. Die Dunkelheit umhüllte den Jachthafen und ließ die Lichter der Boote schimmern und leuchten, aber das steigerte meine Verzweiflung nur noch mehr. Ich suchte den Zaun ab, stolperte dann vorwärts, riss an den durchgeschnittenen Drähten und schob mich hindurch.

Meine Finger zitterten, als ich die Nummern auf meinem Handy eintippte und über den Steg zum Tor stolperte. Aber es war nicht Vivienne, die ich anrief, sondern mein Bruder. »Geh an dein verdammtes Handy«, knurrte ich.

»Was?«, antwortete er.

Erleichterung machte sich in mir breit. »Gott sei Dank. Wo zum Teufel bist du?«

»Im Restaurant.«

Ich atmete schwer aus und verlangsamte meine Schritte. »Okay. Okay ...«, hauchte ich. »Ich dachte, es gäbe ein Problem.«

»Kein Problem.«

Aber die Art, wie er es sagte, ließ die Angst in mir aufsteigen. »Warte mal kurz«, murmelte ich und steckte mein Handy in die Tasche.

Mein verdammter Kopf hämmerte, als ich mich am Tor festhielt und mich dann nach oben hievte. Das leise *Knack ... Knack ... Knack* von etwas, das wie Schüsse klang, ließ mich hellhörig werden. Aber da war niemand, nur die Yachten, die im Wasser schaukelten und das sanfte Klatschen der Wellen gegen die Rümpfe, also drehte ich mich um.

Es war verdammt mühsam, mich über den Zaun zu schwingen, bevor ich auf der anderen Seite auf dem Bürgersteig aufschlug. Ich griff nach meinem Handy und hob es hoch. »Ich bin wieder da.«

Aber er war weg. Ich warf einen Blick auf den leeren Bildschirm. »Arschloch.« Dann rannte ich zu meinem Wagen.

Das quälende Gefühl in mir wurde immer stärker, als ich das verdammte Ding aufschloss und einstieg. Ich ließ den Motor an, drehte die Heizung auf Hochtouren, fuhr los und gab ordentlich Gas. Laut GPS war ich etwa zwanzig Minuten vom Restaurant entfernt.

Ich warf einen Blick auf mein Handy, drückte den Knopf und hörte es klingeln ... und klingeln ... *und klingeln.*

Diesmal ging er nicht ran.

Ich warf einen Blick auf das GPS, dann auf mein Handy, drückte die Taste für den diensthabenden Hauptwächter und hörte denselben nervigen Ton. Es klingelte ... und klingelte ... *und klingelte.* »Komm schon, Clarence. Nimm dein verdammtes Handy ab.«

Aber er tat es nicht ...

Ich drückte Londons Nummer und drückte das Gaspedal bis zum Boden durch, als ich spürte, dass etwas nicht stimmte ...

Er ging ran.

Nein ...

Es waren Schreie ...

Ihre Schreie.

»Carven!«, brüllte London, als das *Knack ... Knack ... Knackknackknack* der Schüsse meine Ohren erfüllte. »*KOMM SOFORT HER!*«

Dieser schrille Ton verschluckte alles andere.

Das Geräusch der Frau, die ich liebte ... *in Schwierigkeiten.*

Ich ließ das Handy fallen und es prallte auf meinem Oberschenkel auf. Aber das war mir egal. Ich packte das Lenkrad und gab Gas, um die Kurve auf zwei Rädern zu nehmen. Alles, was ich sah, war die Straße vor mir und das grelle Licht der Scheinwerfer.

Alles, was ich hörte, war ihr Schrecken.

»VIVIENNE!«

Das Gebrüll riss mich aus meinen Gedanken, bestialisch und blutig.

Wer auch immer sie waren ... *sie waren verdammt noch mal tot.*

SIEBENUNDDREISSIG

Vivienne

DAS GLASFENSTER DES RESTAURANTS ZERSPLITTERTE MIT EINEM SCHALLENDEN KNALL.

Etwas Schweres traf mich von hinten und warf mich neben unserem geparkten Auto zu Boden. Ich konnte mich nicht bewegen, konnte nur den Kopf drehen und fand einen toten Mann auf dem Bürgersteig. Nicht nur irgendeinen toten Mann, sondern einen von uns. Mein Puls beschleunigte sich, als ich seinen Körper betrachtete. Blut bedeckte seine Brust und bespritzte sein Gesicht. Sein Mund war offen, seine Augen – ich zuckte zusammen und wandte mich von seinem Anblick ab.

Aus dem Inneren des Restaurants ertönten Schreie, aber ich wagte nicht, hinzusehen. Ich konnte mich jetzt nicht um sie kümmern.

»Colt!«, brüllte London, die Pistole in seiner Hand, als er feuerte ... *krach ... krach ... krach! »Runter, JETZT!«*

Die Schwere verließ mich, als London sich aufrichtete. Ich riss meinen Kopf hoch und sah, wie er sich auf den Bewaffneten stürzte, der auf den Bürgersteig stolperte und seine Waffe hob, um auf Colt zu zielen.

London bewegte seine Waffe.

PENG!

PENG!

Ich zuckte zusammen und schrie, unfähig, den Blick von dem Bewaffneten abzuwenden, als beide Schüsse ertönten.

Jetzt waren sie zu viele, zwei Lieferwagen voller Männer, die aus den offenen Türen auf die Straße huschten. Ich drehte den Kopf und sah in die großen Augen unseres Wachmanns, bevor ich einen Blick auf die Waffe in seiner Hand warf. Ein harter Stoß und ich katapultierte mich nach vorne, schnappte mir die Waffe und drehte mich.

London schwankte und sein Gesicht war unnatürlich blass, als er meinen Blick erwiderte.

»London?«, flüsterte ich und suchte seine Augen.

»Bleib hinter mir, Kleines.« Seine Stimme war seltsam und zittrig.

Da war ein Loch in seiner Jacke. Ein Loch, das schimmerte ... *sein Blut.* Ich drängte mich vor und hielt ihn fest, als seine Knie nachgaben.

»*London!*«, schrie ich und klammerte mich an ihn.

Knall!

Das donnernde Geräusch von Schüssen ließ mich zusammenzucken. Ich riss meinen Kopf nach oben, als noch mehr Männer kamen und wie Ratten um die geparkten Autos herumhuschten. Aber diese Ratten hatten es auf die Beute abgesehen. Aus Reflex hob ich die Pistole und zielte.

Knack!

Die Pistole ruckte und die Kugel zerschmetterte die Scheibe des Mercedes vor uns.

»Nein«, knurrte London, als er seine eigene Hand hob.

Knall.

Er gab einen Schuss ab, während er mich hinter sich schob.

Bumm!

Sie fielen um und schlugen hart auf dem Boden auf. Aber es kamen noch mehr von ihnen. Colt stieß ein Gebrüll aus. Das unangenehme Geräusch von Fäusten auf Haut erfüllte die Luft.

»Wir müssen hier weg.« London warf mir einen Blick zu, dann sah er seine Männer an.

Er blickte hinter uns und sah zwei weitere unserer Bodyguards tot auf dem Bürgersteig liegen. Seine Stimme klang verzweifelt. »Kannst du rennen?«

Die Angst hielt mich fest im Griff.

»Vivienne ... kannst du rennen?«

Ich nickte. »Ja. Ja, ich kann rennen.«

Er drehte sich um und hob seine Waffe, als das *Knall ... Knall ... Knall ... Knall* des automatischen Feuers auf der anderen Seite des Autos zu hören war. Das Zischen der Reifen folgte und wir saßen fest, als drei weitere Schützen kamen.

Wir würden hier sterben.

Wir würden ...

Das Aufheulen eines Motors wurde lauter. Ich zuckte zusammen, als ein schwarzer Wagen über den Bordstein fuhr und über die Kreuzung schoss. Die Reifen kreischten, als der Wagen zur Seite schleuderte und mitten auf der Straße zum Stehen kam.

Bumm!

London nahm das Ziel ins Visier. »Carven!«, brüllte er. »Dein Bruder, *JETZT!*«

Aber der tödliche Sohn war schon aus dem Auto gestiegen und raste auf uns zu.

Ich hatte noch nie etwas so Furchteinflößendes gesehen. Carven stürzte sich auf Colts Angreifer, seine Hand fuhr immer und immer wieder auf ihn zu ... *Stich ... Stich Stich ...*

Das Blut schoss in die Höhe, als der Angreifer zu Boden sackte. Carven hob seine andere Hand, trat von Colt weg, warf mir diesen tödlichen Blick zu und ließ seinen Blick dann hinter mich schweifen. »Wildkatze ... *Runter!*«

Sein Befehl war so ruhig ... so ... *eiskalt.*

Er stürzte nach vorne, zielte und ließ einen Schuss nach dem anderen los.

Bumm!

Bumm!

BUMM!

Das Fenster vor mir zersplitterte. London packte mich am Arm und schirmte mich mit seinem Körper ab, während er mich aus dem zerstörten Audi in die dunkle Gasse neben dem Restaurant zerrte.

Bumm!

Colt stürmte vorwärts, als ein weiterer Feind von der anderen Seite des Wagens kam. Überall, wo ich hinsah, herrschte Chaos und Blut. Es war zu viel. Zu viel Blut ... *zu viele Tote.* Ich schüttelte den Kopf, stolperte rückwärts und prallte gegen eine Wand.

London stürzte nach vorne, hob seine Waffe und stolperte um den zerstörten Audi herum, während Carven auf der anderen Seite des Wagens angriff.

Bumm!

BUMM!

Ich zuckte zusammen und wich verzweifelt zurück und stieß gegen etwas Hartes ... *und Warmes.*

Etwas, das nach mir griff und meinen Mund umklammerte.

»Sch ... sch ... sch ...« Ein tiefes Knurren hallte an meinem Ohr wider. »Ich habe dich, Tochter.«

ACHTUNDDREISSIG

Carven

───────────

Die Scheinwerfer leuchteten und blendeten mich augenblicklich, als zwei Wagen mit vier Rädern hinter den gestohlenen Fahrzeugen zum Stehen kamen. Ich hob meine Waffe und stürzte mich um den ersten herum auf die drei Wichser, die sich hinter dem klapprigen Schrotthaufen versteckten.

»Ihr habt es auf MEINE FAMILIE abgesehen!« Ich rammte den Griff in das Gesicht des nächstbesten Mistkerls.

Sein Kopf kippte nach hinten und knallte in die verbeulte Fahrertür.

Er schwankte, bevor ich ihn am Hemd packte. »Nein, das tust du nicht.« Ich riss ihn an mich und knurrte. *»Du gehst nicht runter, bis ich dich dazu zwinge.«*

Knack …

Knacken.

KNACK!

London stürmte los, bis ich ihn durch die Fenster des Wagens aus den Augen verlor. Ich wandte meinen Blick zurück und rammte die Mündung meiner Waffe in das Gesicht des Mistkerls. Der Schuss bohrte sich in seine Haut und riss seine Wange auf. Ich schlug noch einmal zu ... und noch einmal ... *und noch einmal, bis der weiße Knochen zersplitterte.*

»Du verdammtes Stück Scheiße!«, knurrte ich.

Sein Kopf rollte nach hinten und das Weiße in seinen Augen war zu sehen, als sein Kumpel die Waffe hob und auf ihn zielte.

Aber das war mir egal ...

Ich hatte es jetzt hinter mir.

Ich stürzte mich kopfüber in den Teil von mir, dem das verdammt gut gefiel und drehte mich um, um das Arschloch mit der Waffe zu finden. Viviennes Schreie hallten in meinem Kopf wieder, genau wie die Schreie, die kurz zuvor durch mein Handy gekommen waren. Das Bedürfnis, sie zu beschützen, war elementarer als alles, was ich je zuvor empfunden hatte. Mochte Gott denen helfen, die sich mir in den Weg stellten.

Der mutige Wichser stieß einen Schrei aus und stieß mich zurück, als ich angriff. Aber er war zu langsam. *Viel zu verdammt langsam.* Ich packte seine Hand und drückte die Waffe nach oben.

»Du hättest abdrücken sollen, du Wichser.« Ich drückte meine Mündung in seine Brust und schoss.

BUMM!

Er wurde durch den Aufprall durchgeschüttelt und rutschte die verbeulte Seite des Vans hinunter, wobei er eine Blutspur hinterließ.

Zwei weitere kamen auf mich zugerannt. Ich nahm sie ins Visier.

Bumm!

BUMM!

Sie gingen augenblicklich zu Boden. Ich blieb in Bewegung und umrundete das Heck des Lieferwagens, während London einen der Angreifer auf den Bürgersteig drängte und ihm die Mündung seiner Waffe ins Auge stach, bevor er abdrückte. *BUMM!* Er blies das Gehirn des Bastards auf den Bürgersteig.

Ich hob meinen Blick zu ihm.

Diese finsteren Augen funkelten vor Wut.

»Colt«, stöhnte er. »Da stimmt etwas nicht.«

Ich hob meine Waffe und feuerte einen Schuss auf eine weitere schleichende Gestalt ab, dann schaute ich zu meinem Bruder hinter mir. Colt schlug seine Faust in das Gesicht eines Bastards und richtete sich dann auf. Seine Hände waren blutig und seine Augen wild, aber er drehte sich nicht zu den beiden Wichsern um, die auf der anderen Straßenseite auf ihn zukamen, sondern starrte in die Dunkelheit und beobachtete den Bürgersteig vom Restaurant aus.

»Was zum Teufel?«, brüllte ich und stürmte auf die verdammten Schlägertypen zu.

Knall! Ich feuerte einen Schuss ab und traf einen, bevor ich mich auf den zweiten stürzte und mit ihm zusammenstieß.

»Colt!«, schrie ich, als er einfach nur dastand. »*COLT!*«

Er zuckte zurück, starrte aber immer noch ins Leere.

Das machte mich nur noch wütender.

Ich drehte mich wieder zu dem benommenen Arschloch um, das ich zu Boden gestoßen hatte und drückte ihm meine Waffe seitlich an den Kopf. »Wer hat euch geschickt?«

Seine Augen waren weit aufgerissen und Blut spritzte von seinen gespaltenen Lippen, als er stotterte. »I–Ich weiß es nicht.«

»Du weißt es nicht«, wiederholte ich.

Das Adrenalin rauschte durch meine Adern und brachte mich dazu, die verdammte Welt aus den Fugen zu reißen. Aber unter diesem Rausch kam noch etwas anderes. Dieses Schweregefühl in meinem Nacken. Eines, das ich nur zu gut kannte. Ich musterte die Autos, suchte ...

»Wer?«, knurrte ich wieder und hob meine Waffe.

Ich musterte die Autos auf der anderen Straßenseite und auch die Gasse. Aber ich konnte den Wichser nicht finden, von dem ich wusste, dass er mich beobachtete.

Ich konnte den Sohn nicht finden.

Ich drehte mich wieder zu dem toten Mann um. »Letzte Chance. *Wer. Hat. Euch. Geschickt?*«

»Ich–«

Peng.

Sein Kopf fiel nach hinten. Ich richtete mich auf. Blutspritzer kühlten an meiner Wange. Jeder Atemzug, den ich einatmete, verströmte den Gestank von Blut. Aber ich schob das alles beiseite und drehte mich um, um die Gesichter zu mustern. Er war hier irgendwo ... *er war ...*

Die Gasse neben dem Restaurant war leer.

Vivienne ...

Das mulmige Gefühl verschluckte mich ganz. »Nein«, stöhnte ich. »Nein!«

Ich machte einen Schritt, dann noch einen.

»Carven!«, bellte London.

Meine Stiefel donnerten, als ich sie hinter mir ließ. Alles, was mich interessierte, war sie.

Schatten, Kälte ... *und er.* Das war alles, was es hier gab. *Das war es, was ich jagte.*

Ich rannte die Gasse entlang bis zu dem Gebäude am Ende. Schwarz auf Schwarz wartete. Ich blinzelte, während sich meine Augen an die tiefe Dunkelheit anpassten und entdeckte eine Tür auf der rechten Seite, die kaum angelehnt war. Das Scharnier heulte auf, als ich sie aufstieß und hindurch rannte. Ich blieb nicht stehen, sondern rannte einfach weiter und ließ mich von meiner Intuition leiten.

In der Ferne ertönte ein schwacher, gedämpfter Schrei ... *der einer Frau.*

Ich verkrampfte meinen Kiefer und eilte weiter, während ich den Geräuschen lauschte.

»Lass mich los, verdammt!«, schrie sie, gefolgt von einem schweren männlichen Grunzen.

Ich grinste. *So ist es richtig, Wildkatze, tritt dem Bastard in die Eier.*

»Fick dich!« Sie kämpfte ...

Bis auf ihren Kampfschrei ein schmerzerfülltes Stöhnen folgte.

Das wischte mir das Lächeln aus dem Gesicht.

Ich senkte mein Kinn und fuhr vorwärts, wobei ich etwas musterte, das wie ein Korridor aussah. Ich konzentrierte mich auf den Moment, in dem ich auf sie traf.

»Du hältst dich wohl für einen großen, mutigen Mann, hm?«

Ihre Wut wurde leiser. Ich musterte geschlossene Türen und entdeckte ein Ausgangslicht am Ende des Ganges. Der Ort war eine Art Lagerhalle. Einige der Wände waren alt und verfallen. Ich wurde langsamer, drehte den Griff und schob mich durch die Tür am Ende in eine weitere Ruine.

Der Gestank von nassem, verrottendem Karton war verdammt widerlich. Ich würgte und versuchte, flach zu atmen, während ich vorwärts stürmte. Etwas bewegte sich durch ein Loch in der zerstörten Wand vor mir.

Das Grunzen des Bastards war ebenso zu hören, wie ihre gedämpften Schreie.

Er hatte seine Hand auf ihren Mund gelegt, das war offensichtlich.

Er fasste sie an ...

Er. Fasste. Sie. An.

Ich ließ meine Schulter fallen und krachte mit einem Knall durch das Loch in der Wand.

Der Son wandte seinen Blick zu mir, als Vivienne in seinen Armen zappelte. Ihre Augen blickten entsetzt drein, als sich das schwarze Kleid um ihre Beine schlang und sie gegen ihn zurückfiel. Erst dann sah ich die Waffe.

Der Stahl glitzerte in seiner Hand im Mondlicht, das durch die Löcher im Dach einfiel.

Ich holte tief Luft, als ich meine Waffe hob und zielte. »Lass sie los.«

»Willst du im Dunkeln schießen?« Er riss sie vor sich herum.

Angst durchzuckte mich. Er hatte recht, ich konnte nicht gut genug sehen, um sicher zu sein, dass ich sie nicht treffen würde.

Bumm!

Ich zuckte zurück und fiel nach vorne, als der Schmerz meinen Kopf durchzuckte und ich auf dem dreckigen Boden aufschlug. Ein Wischen mit meiner Hand und ich fand die flache Wunde.

»Mistkerl.« Ich hob meinen Blick zu ihm, als er einen Schritt zurücktrat und sie als verdammtes Schutzschild benutzte.

Ich stieß mich auf die Füße. »Letzte Chance. Lass sie gehen.«

»Ich habe es dir schon mal gesagt ... dir und deinem Bruder. Die Tochter wird mit mir kommen.«

Ich gab keinen Laut von mir, sondern stürzte mich auf den Bastard, schleuderte meinen Körper durch die Luft und traf beide. Mit einem Grunzen schnitt ich ihr die Luft ab, eine Sekunde bevor wir alle zu Boden gingen.

Ihr Kleid.

Fäuste.

Jemandes Knie traf mich in die verdammten Eier ...

Ich knurrte und schob mich vorwärts, als er wegrollte und Vivienne an den verdammten Haaren mit sich zog. »Steh auf, Tochter!«

Sie schrie, während sie über ihren Kopf hinweg nach seiner Hand griff.

Dieser Anblick löste etwas in mir aus.

Ich hob meine Waffe, zielte und schoss.

BUMM!

Aber der Bastard muss genau im richtigen Moment ausgewichen sein, denn er schien nicht verletzt zu sein. Ich stürzte mich auf sie und packte sie, so gut ich konnte, aber der Bastard hatte ihre Haare in seinen Fingern und sie entglitt meinem Griff. Sie schrie wieder und der schrille Ton war ein verdammtes Messer in meiner Brust.

»Äh, äh«, stichelte er und riss sie nach hinten, als ich wieder zuschlug.

»Du feiges Arschloch!«, brüllte ich.

Er schaute sich suchend in den Schatten um, und ich wusste sofort, warum ...

Er war auf der Suche nach den anderen.

Sobald sie hier waren, würde alles vorbei sein.

Sie wäre augenblicklich verschwunden ... *und ich könnte nichts tun, um sie aufzuhalten.*

Er schwang sie herum, als ich mich auf ihn stürzte. Ich stolperte, packte sie aber wieder, während er die Dunkelheit musterte. Weiße Zähne leuchteten in der Dunkelheit, als er nach ihr griff. Eine Sekunde später sah ich den schimmernden Stahl einer Klinge.

»Nein!« Ohne nachzudenken, stürzte ich zur Seite, ergriff ihr Kleid und schleuderte sie hinter mich.

Der Schnitt war verdammt brutal, als er meine Schulter aufriss. Ein Schrei entrang sich mir, bis ich das Geräusch herunterschluckte.

»Carven«, rief Vivienne und schlang ihre Arme um mich.

Ich zog sie an mich, um mich zu vergewissern, dass sie sicher war und ließ den verdammten Sohn nicht einmal aus den Augen. »Bleib hinter mir, Wildkatze.«

Sie bewegte sich mit mir. Ich testete meine Schulter und tröstete mich mit den zermürbenden Qualen, die folgten.

»Du bist schnell, das muss ich dir lassen«, murmelte der Sohn. »Bist du sicher, dass du dich uns nicht anschließen willst?«

Ich löste ihre Arme von mir, bewegte mich aber weiter, ließ ihn einen Schritt zurücktreten, um so viel Abstand zwischen ihn und sie zu bringen, wie ich konnte, hob langsam mit einer Hand meine Pistole und sah zu, wie er dasselbe tat, nur mit beiden Händen.

Meine Finger griffen nach dem Stahl, bevor ich sie mit einem Ruck aus dem Handgelenk durch die Luft segeln ließ.

»Ich glaube, man nennt das Schachma–« Er zuckte zusammen, als sich die Klinge tief in seinen Bauch bohrte.

Eine Sekunde lang herrschte Verwirrung. Seine Augenbrauen zogen sich zusammen, bevor er nach unten blickte.

PENG!

Er zuckte zusammen, als die Kugel ihr Ziel fand. Aber ich war schon in Bewegung, als ich nach vorne stürmte, meine Hand um den Griff des Messers schlang und es herauszog.

Er stieß einen Schrei aus, als sich der Stahl löste, und hob den Kopf.

»Ich habe versucht, dich zu warnen, aber du hast nicht zugehört ...« Ich stieß das Messer noch einmal hinein, einmal ... zweimal ... dreimal, dann ruckte ich nach oben und starrte in die Augen des Sohnes. »Wenn du sie anfasst, *wirst du sterben.*«

Seine finsteren Augen funkelten.

Kurz bevor seine Knie nachgaben und er zu Boden stürzte.

Ich stand über ihm und holte tief Luft.

Ich verschwendete keine weitere Sekunde an ihn, sondern drehte mich nur um, um zu sehen, wie sie mich in der Dunkelheit anstarrte.

Ich suchte nach Entsetzen und Abscheu ... ich suchte nach Angst.

Aber da war nichts.

Stattdessen stürzte sie sich auf mich. In letzter Sekunde riss ich das Messer weg, bevor sie gegen mich prallte.

Ihre Arme lagen augenblicklich um mich, ihr Gesicht vergrub sich an meinem Hals.

Ich schlang einen Arm um sie. Der andere zitterte unkontrolliert. »Es geht dir gut«, murmelte ich. »*Jetzt geht es dir gut.*«

Sie weinte nicht, schrie nicht, sondern hielt sich einfach nur fest.

»Vivienne!«, brüllte London aus der Nähe.

Sie zog sich zurück und für einen Moment hätte ich alles dafür gegeben, ihre Wärme an mir und ihren Atem auf meiner Haut zu spüren. Doch das Geräusch von schweren Stiefeln näherte sich.

»Wir sind hier!«, krächzte ich.

Die Wand brach ein, als London sich den Weg nach drinnen bahnte. Seine Augen fanden sie, dann richtete er seinen Blick auf mich.

Wenn dieser Akt allein nicht schon Bände sprach.

So ging es mir auch.

Ich schaute zu ihr. Sie war die Erste. *Und sie war für immer.*

»Lass uns von hier verschwinden.« Ich griff nach unten und umschlang ihre Hand mit meiner guten Hand.

Die Bewegung lenkte Londons Blick auf sich. Er verfolgte das Zittern meiner anderen Hand und begegnete dann meinem Blick.

Ein Nicken war alles, was er brauchte. Er trat einen Schritt vor und griff nach ihr. »Liebling.«

Sie bewegte sich auf ihn zu, wandte ihren Blick aber im letzten Moment zu mir.

»Ich bin direkt hinter euch«, versicherte ich und drängte sie vorwärts.

Während sie sich bewegten, warf ich einen Blick hinter mich auf den toten Sohn, der auf dem schmutzigen Boden der Lagerhalle verblutete.

Das hätte ich sein können ...

Der Gedanke schoss mir durch den Kopf. Ein Schmerz in meinem Hals folgte, als ich mich wieder den schweren Schritten zuwandte, mit denen London Vivienne nach draußen führte. Ich hatte mir nie erlaubt, über all die Dinge nachzudenken, die dieser Mann für zwei dünne Kinder getan hatte, die er nicht einmal gekannt hatte.

Jetzt tat ich es ...

Und es traf mich härter, als ich gedacht hätte.

Ich versuchte, einen Schritt zu machen, aber meine Knie hielten mich nicht und ich fiel hin.

Vivienne blieb augenblicklich stehen, als wüsste sie es irgendwie. Sie drehte sich um und sah mich, als ich auf dem Boden aufschlug.

»Carven!«, rief sie.

Beim Klang ihrer eiligen Schritte stiegen mir Tränen in die Augen.

Aber es war nicht der Schmerz in meiner Schulter, der mich fest im Griff hatte ... *es war die Liebe.*

Die Art von Liebe, die ein Sohn niemals haben sollte.

Und doch war sie da, schlang ihre Arme um mich und half mir aufzustehen.

»Ich habe dich«, flüsterte sie und drückte mich an ihre Seite.

Ich schaffte es zu gehen und lehnte mich schwer an sie, als wir aus dem verfallenen Gebäude in die Gasse zurückkehrten.

Der Klang der Sirenen war schrill.

»Hier entlang«, rief London, als sich eine Tür zu dem Gebäude auf der anderen Seite der Gasse öffnete.

Einer unserer Männer stolperte heraus und leuchtete mit seinem Handy. Wir folgten ihm und machten uns auf den Weg zur Rückseite des Gebäudes, wo sich ein Parkplatz befand. Dort stand der Wagen mit laufendem Motor und den Scheinwerfern, die die Dunkelheit erhellten.

»Colt?«, krächzte ich.

»Er wartet im Auto«, antwortete der Wachmann.

Jetzt erkannte ich ihn. Der Klugscheißer, der die Karte verloren hatte. Er begegnete meinem Blick, als er die Tür öffnete. Blutspritzer zierten seine Wange. Er trug den gleichen erschrockenen Blick wie wir, den gleichen gequälten Blick, der ihn nicht mehr loslassen würde.

Er nickte mir langsam zu, als ich den anderen zum Auto folgte. Ich zuckte nicht einmal mit der Wimper, als er die Tür für uns öffnete. Ich bemerkte nur, dass mein Bruder auf dem Rücksitz saß und ins Leere starrte.

»Colt.« Vivienne stieg ein und schlang ihre Arme um ihn.

Auf ihre Stimme hin drehte er sich um. Aber irgendetwas stimmte nicht mit meinem Bruder, etwas, das den gebrochenen kleinen Jungen in seinen blauen Augen schimmern ließ.

Sie schmiegte sich an ihn, während London auf die Beifahrerseite stieg und der Wachmann hinter das Lenkrad schlüpfte. Wir waren augenblicklich weg und sahen zu, wie rote und blaue Lichter die Nacht erfüllten, als sie an uns vorbeirasten.

Sie würden hinter uns her sein.

Vielleicht nicht heute Nacht.

Aber bald ...

Vivienne

DIE SCHEINWERFER PRALLTEN GEGEN DIE VERSCHNÖRKELTEN FENSTER UNSERES HAUSES, als wir in die Einfahrt fuhren und vor der Garage zum Stehen kamen. Ich konnte mich nicht bewegen. Ein Arm war um Colt geschlungen und meine andere Hand umklammerte Carven, sodass ich zwischen ihnen war, während London die Beifahrertür aufstieß und ausstieg.

Er schlug die Tür mit einem Knall hinter sich zu, sodass ich zusammenzuckte. Doch dann öffnete Carven seine Tür und hielt mich fest, als ich ausstieg, obwohl er derjenige war, der verwundet worden war. Seine strahlend blauen Augen waren dunkler, als ich sie je zuvor gesehen hatte, als er sie von mir zu seinem Zwilling wandte.

»Colt«, rief er.

Ich schaute über meine Schulter und sah, dass mein stiller Beschützer ins Leere starrte, so wie er es den ganzen Weg über getan hatte. Bei diesem Anblick durchfuhr mich ein Schmerz in meiner Brust. Ich war so müde, so ... *leer.*

Aber er brauchte mich.

Ich schob das alles beiseite und hob meine Hand. »Baby«, flüsterte ich und beobachtete aufmerksam, wie er seinen Blick auf mich richtete. »Lass mich dich reinbringen.«

Er schaute an mir vorbei zu seinem Bruder und dann zum Haus, als hätte er gerade erst gemerkt, dass wir hier waren. Langsam rutschte er über den Sitz und stieg aus, wobei er sich von mir an der Hand führen ließ.

Kaum waren wir drinnen, stieß London die Tür zum Arbeitszimmer auf und knipste das Licht an. »Wer zum Teufel war das?«, brüllte er.

Stiefel donnerten, als Guild um die Ecke eilte und in den Raum stolperte. »Heilige Scheiße!« Er musterte uns alle vier mit einem panischen Gesichtsausdruck.

»Es war jemand!«, brüllte London und fuhr sich mit den Fingern durch die Haare. »Ich will, dass sie gefunden werden. Ich will sie ... *tot!*«

Funken sprühten in seinen Augen, als er sich umdrehte, den gläsernen Briefbeschwerer auf dem Schreibtisch packte und ihn quer durch den Raum schleuderte. Er schlug mit einem Knall gegen die Wand und zerschellte auf dem Boden. Dort blieb er liegen, während wir alle starrten, gefühllos und leer.

»Ich will, dass sie gefunden werden.« Er drehte sich langsam um und sah erst Colt, dann Carven an. »*Hört ihr mich?* Ich will, dass sie *tot* sind. Niemand rührt meine Familie an ... *Niemand* rührt ...« Seine Stimme brach, als sein Blick auf mir ruhte. »Niemand rührt die an, die ich liebe.«

Wir alle zitterten in der Gegenwart dieses Mannes.

Vor seiner Wut.

Vor seinen Versprechen.

Vor seinem Bedürfnis.

Seine Hand fuhr erneut durch sein Haar, doch diesmal sah ich das Zittern, bis er mit einem kehligen Knurren durch das Arbeitszimmer schritt und mich vom Boden aufhob.

»Ich dachte, du wärst tot.« Er zog mich an sich und vergrub sein Gesicht an meinem Hals. »Ich dachte, ihr wärt alle tot.«

Meine Hände wanderten zu seinen starken Armen und glitten über seine Schultern, während ich meinen Kopf drehte, bis meine Lippen seine trafen und ich flüsterte: »*Nicht, solange ich dich habe.*«

Ein verletzter Laut entfuhr ihm, als er mich küsste. Ich schlang meine Beine um seine Taille, als er sich umdrehte, mich aus dem Arbeitszimmer trug und den Kuss beendete. »Colt ... Carven«, rief er.

Schritte erklangen hinter uns, als wir gemeinsam Guild und das Arbeitszimmer hinter uns ließen und zu Londons Schlafzimmer gingen. Schwarz, Silber ... *Rot.* Die Farben verschmolzen miteinander, als er auf das riesige Kingsize-Bett in der Mitte des Raumes zuging.

Er küsste mich, als er mich auf das Bett hinunterließ, packte den Träger meines Kleides und schob ihn zur Seite, um den oberen Teil meiner Brust zu küssen.

»Reiß es auf«, forderte ich ihn auf.

»Was?«, fragte er, als er meinen Blick erwiderte.

»Ich sagte: *Reiß ... es ... auf.*«

Er holte tief Luft und riss daran. Ich erschrak, als der teure Stoff zerriss. Das Geräusch ließ etwas in mir zerbrechen. Eine Barriere war nun zerstört und erlaubte mir, mich aufzusetzen, den offenen Kragen seines Hemdes zu packen und daran zu ziehen.

Alles, was ich sah, war Blut ...

Blut, das in sein Hemd unter der Jacke gesickert war. Ich betrachtete das Durcheinander, dann hob ich meinen Blick zu ihm. »London, du brauchst einen Arzt.«

Er zuckte mit den Schultern und blickte an sich herunter. Ich stemmte mich gegen das Bett und erhob mich ...

»Nein, brauche ich nicht.«

Er hielt mich auf und riss an seinem Hemd. Knöpfe knackten und flogen durch den Raum, bevor er an seinem Gürtel zerrte. »Du gehst nirgendwo hin.«

In diesem Moment war er fast wahnsinnig vor Wut.

Aber dahinter steckte ...

Verzweiflung.

Das war es, was mich ruhig werden ließ, das war es, was mich gefesselt hielt, als er seine Hose herunterschob und mich um die Taille packte. »Carven«, murmelte er, ohne den Blick abzuwenden. »Nimm ihre Hand.«

Der Sohn ging um das Bett herum auf mich zu.

»Du wirst ein Baby in deinem Bauch haben, Schatz«, sagte London mit kalter Stimme. »Auf die eine oder andere Weise.«

Carvens Hand umklammerte meine, als London nach unten griff, einen Arm unter mein Knie schob und mich hochhob. Mein Körper zuckte und meine Hüften kippten zur Seite. Er glitt mit seiner Hand an meinem Oberschenkel entlang und schob mein Kleid hoch, bis er den schwarzen französischen Slip entblößte, den er so sehr liebte.

»Meine Familie«, flüsterte er, als er unter mich griff und ihn herunterzog. *Mein verdammtes Herz.*«

Mein Puls hüpfte, als er mein Höschen herunterzog und es zur Seite warf. Seine Hände, so warm ... so *vertraut*, glitten über meine Haut. Ich schloss meine Augen bei dieser Berührung. »Tu es.«

Ich spürte, wie der Raum still wurde.

Warmer Atem raste und folgte der Spur seiner Finger, als London meine Schenkel spreizte. Wir wären heute Nacht fast umgebracht worden ... *wie könnten wir unser Überleben besser feiern?* »Fick mich, London.« Ich öffnete meine Augen, als er die Innenseite meiner Oberschenkel küsste. »Fick mich und fülle mich mit deinem Kind.«

Er atmete zittrig ein.

Der Hunger in seinem Blick war an die Oberfläche gedrungen.

Aber er war so sanft, als er mich küsste und an der Innenseite meines Schenkels entlangfuhr, bis er seinen Mund auf mein Geschlecht presste. Ich stöhnte bei der Berührung auf und wölbte meinen Rücken. Meine Hand schloss sich fest um Carvens Hand.

London hielt inne und drehte dann seinen Kopf. »Colt ... Sohn?«

Aber mein Beschützer bewegte sich nicht. Er starrte mich nur an ...

Nein.

Er starrte durch mich hindurch.

Ich sah ihn weiter an, als London sich mich mit seinen Fingern spreizte.

Er wollte, dass sie dabei waren, *egal wie.* Seine Finger glitten in mich hinein und seine Zunge folgte. Ich ergriff Carvens Hand und gab ihnen meinen Körper. Hitze durchströmte mich, sodass ich meine Beine weiter spreizte und nach unten blickte, als London sich erhob. Er scherte sich nicht um die Kugel in seiner Schulter und auch nicht um die Schmerzen.

Stattdessen konzentrierte er sich nur auf eine Sache ...

Auf mich.

Er glitt mit einem Stoß in mich hinein, der mir den Atem raubte, als er den Kopf senkte und ein Stöhnen ausstieß. »Verdammt, du fühlst dich *himmlisch* an.«

Er stieß gegen mich und packte mein Bein noch fester, als er ganz in mich eindrang.

»Ah ... ah ... ah.« Meine Schreie erschraken, als die Lust an die Oberfläche stieg.

Ich sollte nicht kommen ...

Nicht so schnell.

Aber das Adrenalin schoss durch mich hindurch, angetrieben von seinem Schwanz, der in mich eindrang.

»Härter!« Ich wölbte meinen Rücken und spreizte meine Beine, so weit ich konnte. »*Fester, London!*«

Er brüllte und drückte mich gegen das Bett, während seine Hüften pumpten.

Ich verlor mich in dem Aufprall. Ich war leer und voll zur gleichen Zeit. Ein Gefäß für ihn ... *für sie alle.*

Blitze zuckten durch meinen Körper, als er mich wie ein Besessener dehnte und fickte. Ich gab mich ihm hin und ließ mich von dem Rausch mitreißen. Mein Körper verkrampfte sich und pulsierte, als ich ein Stöhnen der Lust ausstieß.

»Du. Gehörst. Mir«, grunzte er und richtete seine gefährlichen Augen auf mich. »Hast du das verstanden?«

Ich stemmte mich nach oben, packte ihn im Nacken und zog ihn so weit herunter, dass ich ihm in die Augen sehen konnte. »Du gehörst auch mir, hast *du* das verstanden?«

Mit einem leisen Stöhnen erstarrte er tief in mir. Mein Bein wurde höher gehoben, als sich die Wärme in mir ausbreitete und ich seinen Kopf losließ und nach hinten fiel.

Mir.

Mir ...

Du gehörst mir ...

Das Wort hallte in meinem Kopf wider. Er blieb so liegen, atmete tief ein und hielt meinen Blick fest.

Ich dachte, er sei fertig, aber er zog sich nicht zurück. Stattdessen stieß er erneut zu. Dieser wütende Blick funkelte, als er seinen weicher werdenden Schwanz in mich schob und sich schließlich zurückzog. Sein Blick senkte sich und fand die Feuchtigkeit.

»Du wirst alles von mir aufnehmen«, grunzte er, als er seine Finger durch meine Schamlippen schob, um seine Flüssigkeit hineinzuschieben. *»Jeden ... letzten ... Tropfen.«*

Ein Schmerz durchfuhr meine Brust.

Er wollte mich schwängern.

Aber wollte er mich *wirklich?*

»Dann heirate mich.«

Er versteifte sich, dann richtete er seinen Blick auf mich. »Was hast du gesagt?«

Ich ließ Carvens Hand los und stützte mich auf meinen Ellbogen ab. »Wenn du mich so sehr willst, dann heirate mich.«

Er schüttelte den Kopf und ein Ausdruck des Entsetzens ging über sein Gesicht.

Ich versuchte, den Schmerz zu verbergen, aber er war zu nah.

Es war alles zu nah.

Der Schmerz brüllte, als er rückwärts stolperte, und mit ihm kam die Wut. Ich richtete mich auf und scherte mich nicht um die Wärme, die zwischen meinen Schenkeln herausrutschte. »Du willst mich ficken. Du willst dein Kind in meinen Bauch stecken, aber ich bin nicht gut genug, um einen Ring von dir zu tragen. Ist es das, London?«

»Nein«, stöhnte er.

Seine Knie wackelten, als er blass wurde.

»Doch, genau das ist es!«, bellte ich und sprang praktisch vom Bett, als er sich in Richtung Badezimmer drehte. »Du darfst mich nicht verarschen, London. Das darfst du nicht.«

Er blieb stehen und drehte sich um. »*WAS WILLST DU VON MIR?*«

Ich erstarrte und zuckte zurück, als wäre ich geohrfeigt worden. Das Schlafzimmer verblasste. In diesem Moment gab es nur noch uns beide ...

»Was ich will?«, flüsterte ich und zwang mich, weiterzugehen. »*Was zum Teufel ich WILL?*«

Ich stürzte mich auf ihn und rammte meine Faust in seine gute Schulter, während mir die Tränen in die Augen stiegen. »*Ich will dich, du dummes Arschloch!*« Ich rückte näher. »Ich will dich. Verstehst du das nicht? *Ich will ... dich.*«

Er trat zurück in das dunkle Badezimmer, bis er auf das Waschbecken stieß.

Jetzt konnte er nirgendwo mehr hinlaufen.

Es gab niemandem, der ihm half.

Nur mich.

Ich rückte näher an ihn heran, weil ich es hasste, wie verzweifelt ich mich fühlte und schlang meine Arme um ihn. »Ich will nur dich, euch alle drei.« Ich drückte meinen Kopf gegen seine starke Brust, als die Worte aus mir heraussprudelten. »Du hast mich in dein Leben, in dein Zuhause gezwungen. Du hast mich gezwungen, dich zu lieben und jetzt, wo ich dich liebe, kannst du mich nicht mehr ausschließen.«

»Ich schließe dich nicht ...«

Ich hob meinen Kopf, während mir die Wärme über die Wangen lief.

Er war von diesem Anblick angewidert und schüttelte den Kopf.

»Nein, Vivienne.«

»Heirate mich.« Meine Stimme war heiser. »Liebe mich so, wie ich dich liebe.«

Seine Stirn runzelte sich und sein leerer Blick war wie ein Messer in meiner Brust.

Da wusste ich ...

Ich wusste, dass ich ihn nicht mehr ändern konnte.

Meine Arme rutschten langsam von ihm weg. »Jetzt verstehe ich es«, flüsterte ich. »Du bist wirklich ein kaltherziger Mistkerl.«

Angesichts der Worte zuckte er zusammen und seine Augen weiteten sich. »Ich–«

Ich wartete nicht darauf, dass er ein weiteres Wort sagte, sondern ging einfach rückwärts, bis ich mich umdrehte. Der Raum schwankte, als ich mit Carven zusammenstieß, der dastand und alles beobachtete.

»Wildkatze.« Er griff nach mir.

Ich schüttelte den Kopf, riss meinen Arm aus seiner Reichweite und stolperte ins Schlafzimmer. »Nicht. Einfach ... *nicht.«*

Ich ließ sie dort stehen, lief so schnell mich meine Beine trugen und machte mich auf den Weg in mein Zimmer.

»Colt?«, rief Carven. »*Colt?*«

Ich blieb stehen und schaute zu seiner geschlossenen Schlafzimmertür.

»Er war gerade noch hier«, knurrte Carven, als er an mir vorbeirannte. »Das hat uns gerade noch gefehlt.«

Ich stand in der Mitte des Flurs und spürte, wie Londons Samen aus meinem Körper floss, während ich dem schweren Geräusch von Carvens Stiefeln lauschte, die immer hektischer wurden. Ich verfolgte sie, während er von der Küche zum hinteren Teil des Hauses und wieder zurück rannte.

London schob sich sanft an mir vorbei und schenkte mir keinen weiteren Blick, als Carven zurückkam.

»Er ist weg.« Er schüttelte den Kopf und sein Blick war von Panik durchdrungen. »*Der WICHSER ist weg!*«

London schnappte sich sein Handy und tippte eine Nummer ein. Aber das Handy klingelte nur zweimal und ging dann auf die Mailbox. »Verdammt noch mal!« London versuchte es erneut.

Aber dieses Mal klingelte es nicht einmal.

Kein einziges Mal.

Als hätte Colt sein Handy ausgeschaltet ...

Als wäre er *weg*.

Der Korridor verschwamm. Ich stolperte zur Seite und knallte gegen die Wand.

»Nein«, stöhnte ich und erinnerte mich an Colts ausdruckslosen Blick, als ich ihn hereingeführt hatte.

Meine Knie knickten ein und ich stürzte auf den Boden.

Ich umarmte meine Knie und lehnte mich gegen die Wand.

Ich war besiegt.

»Nein«, wimmerte ich. »*Nein ...*«

VIERZIG

Colt

OPHELIA WIRD HINTER IHR HER SEIN.

Du wirst schon sehen ...

Das hatten wir doch ... oder nicht? Wir hatten gewartet und gesehen. Jetzt hatten wir mit den Folgen zu kämpfen.

Schüsse knallten in meinem Kopf und der quälende Klang von Viviennes Schreien folgte.

Ich werde dich beschützen.

Ich werde dich beschützen.

»Es ist okay«, flüsterte ich und starrte ihr in die Augen, während London tief in sie eindrang. »Ich werde dich beschützen.«

Sie zuckte bei seinem Stoß zusammen und stöhnte vor Lust, ohne ein Wort von mir zu hören.

Aber ich tat es ...

Und das war das Einzige, was zählte.

»Dann heirate mich«, stöhnte sie.

»Was hast du gesagt?«, fragte London.

Aber ich war schon weggetreten und konnte mich nicht mehr zurückholen, auch nicht, als der Herzschmerz den Raum einnahm.

Etwas bewegte sich und machte alles unscharf.

Denn ich war wieder da, mit dem Knall der Schüsse und den Schreien der Wut.

In meinem Kopf starrte ich den finsteren Fleck an, der über den Bürgersteig vor dem Restaurant huschte. Die Erinnerung daran ließ mich frösteln, das Eis nagte an mir, bis es mich verzehrte. *Ophelia wird kommen, wart's nur ab.*

Ich wandte mich ab, unfähig, noch eine Sekunde länger in diesem Raum zu bleiben. Ich war schon weg von hier und tauchte wieder in die Dunkelheit ein. Geräusche kamen aus dem hinteren Teil des Hauses.

Ich verfolgte die Bewegung und spürte, dass Guild sich entfernte, als ich vor Londons Arbeitszimmer stehen blieb. Die Schlüssel für den Wagen glitzerten an der Ecke des Schreibtischs und lenkten meine Aufmerksamkeit auf sich. Ich schnappte sie mir und machte mich auf den Weg nach draußen. Niemand sah, wie ich in den Wagen stieg und den Motor anließ. Niemand sah, wie ich leise aus der Einfahrt fuhr.

Ich werde dich beschützen.

Ich werde dich beschützen.

Ich sog tiefe Atemzüge ein, als ich mich wieder verlor. Die Straßen verschwammen und die Scheinwerfer blitzten. Aber ich fuhr weiter und bahnte mir meinen Weg durch Kreisverkehre und quer durch die Stadt, bis die hellen Lichter der Bars in meinem Rückspiegel verschwammen. Dann bog ich ab, fuhr eine bekannte Straße hinunter und musterte den Bordstein.

Es gab keinen Fahrer, der draußen wartete, keine Party, zu der sie gehen konnte. Es schien, als wäre Ophelia heute Abend voll und ganz zu haben. Ich zuckte zusammen, als sich etwas hinter den Vorhängen bewegte. Ich schaltete den Motor aus, riss am Griff und stieg aus.

Mein Körper war erschöpft und mein Verstand wie betäubt, als ich mich langsam über die Straße zu ihrem Haus bewegte. Ich kannte den Grundriss des Stadthauses, kannte die Kombination ihrer Schlösser. Ich wusste alles. Nur nicht, was auf dem Chip war.

Aber das spielte keine Rolle.

Nicht, als ich an der hohen Backsteinmauer stehenblieb und hinaufkletterte.

»Ich brauche dich!« Ihr schriller Schrei war viel zu deutlich, als er aus einer offenen Balkontür über mir im zweiten Stockwerk kam. *»Er wird hinter mir her sein, verstehst du das nicht? Er wird es herausfinden. Er wird ...«*

Ihre Stimme verstummte, als ich am unteren Ende der Treppe ankam und anfing, hochzugehen.

»Okay. Du hast recht. Sie sind alle tot. Keiner kann sie zu mir zurückverfolgen. Es war nur ein Zufall, dass ich dort war. Also gut, okay, ja. Hol mich einfach ab und ich verbringe die Nacht hier, und danke Haelstrom ...«

Angesichts der Worte krampfte sich mein Magen zusammen.

Danken?

DANKEN?

Ich klammerte mich an das Stahlgeländer, während ich schwankte.

Sie dankte ihm, dass er sie beschützt hatte.

Alle Vipern.

Alle Schlangen.

Ich öffnete die Augen und kletterte weiter, um das Licht zu sehen, das durch die angelehnte Tür fiel. Sie wusste nicht, dass sie die Tür einen Spalt offen gelassen hatte, während sie um ihr Leben kämpfte – ich sah, wie sie auf und ab ging und ihr Handy noch immer in der Hand hielt –, *aber bald würde sie es wissen.*

Die Türscharniere waren leise, als ich eintrat.

Sie stand mit dem Rücken zu mir, ihren Blick auf das Fenster gerichtet. Sie machte einen Schritt, schob die Vorhänge beiseite und starrte in die Nacht. Sah sie mein Auto, das in der dunklen Gasse geparkt war? Spürte sie, dass ich ihr im Nacken saß?

Ich machte einen weiteren Schritt hinein und musterte den Tresen, wo ich teilweise gefaltete weiße Stoffbezüge und einen offenen Werkzeugkasten fand. Neu aufgehängte Kunstwerke schmückten die grauen Betonwände. Kohle und Blau waren das Thema.

Aber ich war ihretwegen hier.

Stahl schleifte über den Tresen, als ich den Hammer ergriff und ihn herauszog. Dann drehte sie sich um. Ihre Augen weiteten sich, als sie meinen begegneten. Ihr grausamer Mund war fest verschlossen.

»Du«, sagte sie und schnappte dann nach Luft, als sie den Hammer in meiner Hand betrachtete. *»Was zum Teufel machst du hier?«*

»Du hättest sie nicht anfassen sollen.« Ich trat näher heran. »Du hättest dich fernhalten sollen.«

Ich war nicht ich ... ich war nicht hier.

Ich war ein anderer, ein leerer Mensch. *»Du ... hättest mich stattdessen einfach ... ruinieren sollen!«*

Sie zuckte bei dem Gebrüll zusammen. Aber dann verzog sich ihr verdammtes Maul. »Du glaubst, du kannst mir entkommen?« Sie trat vor, ohne die Waffe in meiner Hand zu beachten. »Denkst du, du kannst mir *jemals* entkommen?«

Ich sog tiefe Atemzüge ein, als sie näher kam. »Das kannst du nicht, verstehst du das nicht? Genauso wenig wie ich dir entkommen kann. Er hat dir nie die Wahrheit gesagt, stimmt's? Alles, was er dir gegeben hat, waren Lügen und Schweigen. Du hast alles runtergeschluckt, jeden einzelnen Tropfen.«

»Du hältst die Klappe.«

»Lügen, Lügen, Lügen.«

»Ich sagte, halt die Klappe!«

Sie kam näher. »London, seine Huren-Tochter und seine Bastard-Söhne.«

Ich schwang meine Faust. *»ICH SAGTE, HALT DIE KLAPPE!«*

Der Hammer traf sie mit einem Knall in die Seite des Gesichts. Sie schnellte zur Seite und stolperte dann, bis sie gegen die Wand schlug. Ihre Hand fuhr an ihre Wange, dann schaute sie auf ihre Finger. Ihr Brustkorb hob und senkte sich mit ihren keuchenden Atemzügen. »Du ... *du Mistkerl.*« Sie hob ihren Blick und ich sah Blut auf ihrer Wange. *»Du verdammter Mistkerl.«*

Sie stemmte sich gegen die Wand, stolperte aber, bevor sie sich aufrichtete. Da sah ich sie, die Schlange hinter ihren Augen. Sie blinzelte und starrte mich an.

»Ich werde sie verdammt noch mal ruinieren«, spuckte die Schlange. »Ich werde diese Fotze in den Club schleifen und dabei zusehen, wie jeder Mann dort seine Chance bekommt. Und dann werde ich sie auf die Straße setzen. Ich werde ihr so viel Heroin in die Venen spritzen, dass sie ihren eigenen Namen vergisst. Sie wird rot tragen, bis sie nichts anderes mehr kennt. Alles, woran sie sich erinnern wird, sind strahlend blaue Augen. Strahlend blaue Augen und die Erinnerung an das, was sie einmal hatte.«

Ich stürmte vor, packte sie an der Kehle und schubste sie nach hinten. *»Ich hasse dich, verdammt!«*

Ihr Kopf schlug mit einem Knall gegen die Wand. Das Weiß ihrer Augen leuchtete einen augenblicklich, als sie nach hinten rollten und sich dann schlossen. Mein Magen verkrampfte sich, als sie ein ekelhaftes Glucksen ausstießen.

»Du verstehst es nicht.« Sie öffnete ihre Augen. »Du gehörtest mir, bevor du irgendjemandem gehörtest. Ich durfte dich haben, ich durfte dich quälen, ich durfte dich zerstören. Du gehörtest mir, als du gezeugt wurdest und du gehörtest mir, als ich dich zur Welt brachte.«

Ich erstarrte.

Ihr Blick brannte sich in meinen. »*Mein Fleisch. Mein Blut.*«

»Nein.« Ich schüttelte den Kopf und ließ meine Hand auf meine Seite fallen, als ich wegging. »*Nein.*«

»Er hat es dir nie gesagt, weil er dich für sich selbst wollte. Er war so verdammt schwach und erbärmlich, wenn es um euch beide ging.«

»Du bist eine Lügnerin. Das ist es, was du tust ... *du lügst.*«

Sie riss ihre Bluse hoch, entblößte ihren Unterleib und schob ihre Hose herunter. Alles, was ich sah, war der weiße Streifen einer Narbe quer über ihren Bauch. »Du wurdest mir von einem der Gründer des Ordens eingepflanzt. Er hat seine Rechte an dir aufgegeben, aber ich habe es nie getan. *Ich habe es nie getan!*«

»Du hast uns geschlagen«, krächzte ich, als der Schmerz mich wie eine gezackte Klinge durchbohrte. »*Du hast uns geschlagen und gequält!*«

Ich konzentrierte mich auf sie. Jetzt kam alles wieder zurück. Jeder Stiefel auf meinem Rücken, jede Faust in meinem Gesicht. »*Du hast uns geschlagen, ausgehungert und ruiniert.*«

Sie reckte ihr Kinn hoch in die Luft. »Ich habe dich zu dem Mann gemacht, der du heute bist.«

»*DU HAST MICH GEBROCHEN!*«, brüllte ich. »*DU HAST UNS GEBROCHEN! DU HAST UNS ZU NICHTS GEMACHT ... DU ... DU ...*«

Ehe ich mich versah, hatte ich meine Hand um ihre Kehle gelegt. Die Muskeln an meinem Arm spannten sich an. »Aber ich werde nicht zulassen, dass du sie ruinierst. Ich werde nicht zulassen, dass du sie zerstörst. Sie wird glücklich sein. Sie wird London heiraten und sie wird glücklich sein.«

Das gleiche kranke, gurgelnde Geräusch vibrierte gegen meinen Griff.

Sie wehrte sich nicht, sondern stand einfach nur da, mit diesen wissenden Augen, die sich in meine bohrten. Ich griff den Hammer mit meiner anderen Hand. Das Werkzeug fühlte sich in meinem Griff schwer an.

»*Er kann. Sie. Nicht. Heiraten.*« Die Worte waren nur ein Zischen. »*Weil ... er mit mir verheiratet ist.*«

Die Worte waren wie ein Tritt in den Bauch. Ich schubste sie weg, bis sie an der Wand entlang rutschte.

»*Nein.*« Der Raum verschwamm.

Sie stolperte und fiel. Ihr Blick wanderte zum Fenster und in die Dunkelheit draußen.

Ich konnte nicht denken. *Ich konnte nicht ...* Ich ballte meine Faust und schlug mir auf die Seite meines Kopfes. Der Schmerz pochte tief.

»Das war die Bedingung, als er dich mitgenommen hat. Dass er mich heiratet. Er hat mir gehorcht. Aber die ganze Zeit über hat er nach einem Ausweg gesucht. Er dachte, er hätte ihn in ihr gefunden ... er hat sich geirrt.«

»*Nein.*« Ich kniff die Augen zu. »*Nein ...*«

Ich spürte eine Bewegung, aber ich konnte nicht reagieren. Ich konnte nichts tun, denn das Gefühl kroch über meine Wirbelsäule.

»Du warst schon immer erbärmlich, Colt.«

»Halt die Klappe.«

»Jämmerlich und weich. Denkst du, Daddy ...«

Ich riss meine Augen auf. Aber sie hatte es geschafft, aufzustehen, und sie war nah ... *zu nah*. Ihr Blick war auf die offene Tür gerichtet. Jetzt gab es nur noch einen Ausweg. Nur eine Möglichkeit, die Menschen, die ich liebte, in Sicherheit zu bringen. Ich schlug zu.

Sie warf ihre Hände hoch, um ihr Gesicht zu schützen. Aber das war nicht wichtig. Der Stahl traf ihre Handfläche und trieb sie in ihre Nase. Knochen knirschten. Ihre Schreie folgten, schrille Schreie, als ich meinen Arm zurückzog und noch einmal ausholte, wobei ich die Seite ihres Gesichts traf.

Jetzt war da nur noch diese Taubheit.

Schwingen.

Treffen.

Schwingen.

Treffen.

Schwingen ...

Ich blinzelte und schon lag sie vor mir auf dem Boden.

Ihr Gesicht war blutverschmiert, ihre Haare waren zerzaust.

»Ich werde dich beschützen.« Das Blut ließ meinen Griff abrutschen, sodass ich mich zusammenreißen musste, als ich

den Hammer hoch über meinen Kopf hob. »*Ich werde euch alle beschützen.*«

Ich schlug zu und trieb den Stahl so fest ich konnte durch die Luft.

Knirsch.

Er bohrte sich tief in den Knochen. Jetzt war nur noch das Zischen der Luft zu hören.

Nur das Weiß ihrer Augen und das Innere ihres Schädels.

Ich holte tief Luft, als ich mich langsam erhob. Die Wärme kühlte auf meiner Haut ab, während helle Lichter auf der Straße aufleuchteten. Das Geräusch eines Autos wurde lauter, bis ich durch den Spalt im Vorhang sah, wie es in die Einfahrt einbog.

Komm doch und hol mich ...

Ihre Worte tauchten auf, als die Realität auf mich einprasselte. Ich blickte auf meine blutverschmierten Hände hinunter ... dann sah ich auf die kaputte Frau vor mir.

Ich war das ...

Ich ... hatte das getan.

Ich hatte das getan.

Ich ... hatte ...

Meine Hand zitterte, als ich nach meinem Handy griff. Blut und Flecken weißer Hirnmasse verschmierten den Bildschirm, als der Motor draußen erstarb. Ich tippte auf die Zahlen und betete ...

»Colt«, antwortete London.

Das Aufschlagen der Autotüren war zu hören. »Ich habe etwas getan«, flüsterte ich und starrte die Leiche vor mir an. »London ... ich ... *ich habe sie getötet.*«

»Du hast sie getötet?«

»Die verdammte Schlampe, die versucht hat, dich zu töten. Ich habe ... *Ophelia getötet.*«

Stille. Dann ein tiefer Atemzug.

»Hale ist hier. Er ist gerade in die Einfahrt gefahren.«

Das *Bumm ... Bumm ... Bumm ...* ertönte. Ich dachte, es sei mein Herz.

Aber das war es nicht. Es war London ... *er rannte.*

»Bleib da«, brüllte er. *»Hörst du mich, Colt? BLEIB GENAU DA. ICH BIN AUF DEM WEG.«*

Ich riss meinen Kopf hoch, als ich das Geräusch von donnernden Stiefeln hörte. Mein Magen sank. »Sag ihr ... sag ihr, dass ich ...«

Hol dir hier die Bonusszene mit Carven und Viv!

Hier Beansprucht vorbestellen

Sie nahmen ...
Jetzt ist es an der Zeit, sie von innen heraus zu vernichten.
Aber zuerst muss ich ihn zurückholen ... meinen Sohn ... *Colt*.

www.ingramcontent.com/pod-product-compliance
Lightning Source LLC
Chambersburg PA
CBHW050955180726

48291CB00006B/1837